Wo sind die Männer,
vor denen uns unsere Mütter
immer gewarnt haben?

Gegen ein wenig mehr Erotik in ihrem Alltag hätte Germanistikstudentin Gaby nichts einzuwenden. Doch es gibt nur zwei männliche Wesen in ihrem Leben: Volker, den Trost spendenden Zimmernachbarn im Studentenwohnheim, und Wellensittichmännchen Caruso. Eindeutig zu wenig, meint die durch vier Ehen versierte Tante Hedwig, die ihre älteste Großnichte endlich unter die Haube bringen will. Aber die Männer mit Witz, Charme und Intelligenz scheinen ausgestorben zu sein. Gaby und ihre Freundinnen jedenfalls stolpern ständig nur über männliche Mängel und Macken: bei Single-Shows, Männer-Strips und erst recht im ganz normalen Alltag. Ein Fehlgriff jagt den anderen. Bis den Mädels ein außergewöhnliches Mittel einfällt, wie sie doch noch an den Mann ihres Lebens kommen können ...

Monika Eschborn, 1961 in Wiesbaden geboren, studierte in Mainz und Valencia Politikwissenschaft, Spanisch und Amerikanistik. Sie war während des Studiums als freie Journalistin tätig. Heute lebt und arbeitet sie als Redakteurin in Koblenz.

Unsere Adresse im Internet: www.fischerverlage. de

Monika Eschborn

Wo sind die Männer, vor denen uns unsere Mütter immer gewarnt haben?

Roman

Scherz

Limitierte Sonderausgabe
Veröffentlicht im Scherz Taschenbuch Verlag,
einem Unternehmen der S. Fischer Verlag GmbH,
Frankfurt am Main, März 2004

Satz: Pinkuin Satz und Datentechnik, Berlin
Druck und Bindung: Nørhaven Paperback A/S, Viborg
Printed in Denmark
ISBN 3-502-79353-0

Männer sind wie Feuer.
Wenn sie nicht beachtet werden,
gehen sie aus.

Den seltenen Exemplaren gewidmet,
die trotzdem weiterbrennen.

Inhalt

1. Kapitel
Wenn's in diesem Leben nichts mit uns wird, Baby, dann bestimmt im nächsten
oder:
Mit dem Justitiar zum Tête-à-Tête

Durch den schweren Stoff des Brautkleides hindurch kniff ich mich in meine linke Hinterbacke. Ich konnte es kaum fassen. An der Seite von Robert Redford stand ich vor dem Traualtar. Mit unendlicher Zärtlichkeit steckte er mir den Ring an und bedeutete mir mit begehrlichem Blick, wie sehr es ihn danach verlange, mich in die Arme zu schließen. Da erklangen auch schon die ersehnten Worte: »Sie dürfen die Braut jetzt küssen.« Erwartungsvoll schloss ich die Augen und reckte mich auf Zehenspitzen zu dem mir Angetrauten empor. Doch es geschah ... erst einmal gar nichts. Bis plötzlich heftig am Rock meines Brautkleides gezogen wurde, und einen halben Meter unter mir ein verschmitztes »Hallo, *hier* bin ich!« ertönte. Aufs Höchste verwundert neigte ich mich hinab und blickte in ein Paar rumpelstilzchenhaft funkelnde Augen, die ... Danny DeVito gehörten! Er steckte in einer riesigen roten Tüllschleife und säuselte: »Na, Baby, pack mich doch aus.«

»Neiiin!« Entsetzt fuhr ich auf und rieb mir die Augen. Weit und breit war kein Traualtar zu sehen, stattdessen fielen meine Blicke auf die leicht heruntergekommenen Möbel meines fünfzehn Quadratmeter großen Zimmers im Studentenwohnheim. Ich tastete nach dem Wecker. Oje, schon sieben Uhr abends! Nach dem stressigen Weihnachtseinkauf in der Stadt hatte ich mir eine kleine Mütze Schlaf gönnen wollen. Über zwei Stunden Bettruhe waren nun daraus geworden, Albtraum inklusive.

Was hatte mein Unterbewusstsein wohl derart auf Trab gebracht? In meiner Verwandtschaft waren seit einer halben

Ewigkeit keine Ehen mehr geschlossen worden. Auch beim Zahnarzt, in dessen Wartezimmer ich mich stets über die neuesten Ringwechsel der Hautevolee informierte, hatte ich mich seit Monaten nicht sehen lassen. Mein Blick streifte die Fernsehzeitschrift, die auf dem Bettkasten lag. Natürlich, die Flimmerkiste! Ich ging das Programm der vergangenen Tage durch. Das musste es gewesen sein: Lange ›Schnell gefreit, noch schneller gereut‹-Filmnacht mit ... Kathleen Turner, Michael Douglas, Bette Midler, aha ... Danny DeVito, Robert Redford. Dazu meine momentan angeschlagene Seelenverfassung, und mein Unterbewusstsein stellte die wildesten Spekulationen an!

Ich stieß einen tiefen Seufzer aus. Mein Liebeskummer feierte heute bereits sein Zweiwöchiges, und der Grund dafür trug denselben Vornamen wie der blonde Hollywood-Beau, mit dem ich im Traum vor den Traualtar geeilt war. Und der in einer roten Schleife verpackte Danny DeVito? Das musste ein vom Unterbewusstsein geschickt verschlüsseltes Symbol für meinen vorweihnachtlichen Blues sein. Und damit für das unglückselige ›Gans-mit-Trüffeln-und-Streit-Weihnachten‹ im trauten Heim meiner Erzeuger, das unerbittlich näher rückte.

Ich bohrte den Kopf ins Kissen. Am liebsten wäre ich gleich wieder eingeschlummert und erst am Morgen des Siebenundzwanzigsten erwacht. Oder war das Ganze nur eine Frage der richtigen Einstellung? Ja, ich musste versuchen, mich in positive Stimmung, in Pro-Christmas-Vibrations zu versetzen!

Bloß womit? Ich rollte mich aus dem Bett und schlurfte an mein ›Schränkchen für sentimentale Stunden‹. Darin lagerte ich allerlei Krimskrams aus glücklicheren Augenblicken meines nun fünfundzwanzig Lenze zählenden Daseins. Nach kurzem Stöbern stieß ich auf ein Album mit Bildern aus meiner Kindheit. Langsam blätterte ich mich durch die mit abgelichteten Strampelhöschen, Laufställchen, Schultüten und Schiefertafeln voll gepfropften Seiten. Dann kamen sie: drei Hochglanzfotos, auf denen eine selig dreinblickende Familie unter der festlich hergerichteten Weihnachtsfichte verewigt war. Genau das, was ich brauchte. Jetzt noch ein Schlückchen Schampus, und ich würde schnurstracks auf die richtige Vorweihnachtsstimmung zusteuern!

Ich packte das Fotoalbum auf den Schreibtisch, sprang zum Kühlschrank und schnappte mir meinen Lieblingssekt. Mit flinken Fingern befreite ich den Flaschenhals von Alupapier und Metallhalterung. Eigentlich hatte ich den Sekt ja für ein Rendezvous aufgespart. Ach, Robert, gedachte ich wehmütig des Verursachers meiner Herzschmerzen, diese Flasche hätten wir gemeinsam leeren sollen ...

Ich verscheuchte die trüben Gedanken und machte mich an den Korken. Eine leichte Drehung nach rechts ... nichts. Eine leichte Drehung in die andere Richtung ... nichts. Womit machten sich angebliche Sektkenner immer wichtig? Richtig, den Korken galt es festzuhalten und die Flasche zu drehen. Vergebens. Ich kam mir vor wie bei diesem albernen Kinderspiel, bei dem man die rechte flache Hand über dem Kopf kreisen lässt und sich dabei gleichzeitig mit der linken auf den Bauch haut. Erbost starrte ich die Flasche an. In bestimmten Lebensbereichen hatten die Kerle eindeutig die Nase vorn! Etwa beim vakuumdicht verschlossenen Marmeladenglas, beim verstopften Abflussrohr des Gemeinschaftsklos oder eben bei einem widerspenstigen Sektkorken.

Kurz entschlossen klemmte ich mir den Schampus unter den Arm und marschierte damit zur Tür meines Zimmernachbarn. Seit nun schon vier Semestern wohnten Volker und ich Tür an Tür. Vieles an Sorgen und noch viel mehr an flüssigen Sorgenkillern hatten wir miteinander geteilt. Und natürlich wussten wir um unsere geheimsten Schwächen. Zum Beispiel darum, dass Volker um diese Zeit für gewöhnlich ein kleines Schläfchen einlegte, um sich nach dem harten Uni-Alltag für einen noch härteren Zech- und Kartenkloppabend in der Wohnheimbar zu rüsten. Da war der ganze Mann gefordert, das sah ich ein. Sollte ich ihn wirklich stören? Ach was, bei einem Notfall.

Sanft pochte ich an die Tür. »Vooolker«, flötete ich mit

süßem Stimmchen, »kannst du mir einen Gefallen tun?« Da stehen die Typen normalerweise drauf: dem schwachen Geschlecht etwas unter die Arme zu greifen. Doch da Volker schon diverse Hilfeleistungen hinter sich hatte, hatten meine weiblichen Reize offenbar an Anziehungskraft eingebüßt.

Auch ein verlangendes »Volker, ich *brauche* dich!« blieb erfolglos. Jetzt gab es nur noch eine Möglichkeit, ihn auf Trab zu bringen. Mit dem Flaschenboden hieb ich auf die Tür ein. »Volllker, hier gibt's was niederzumachen!«

Fehlanzeige, wieder nichts. Spätestens jetzt hätte er sich aus Morpheus' Armen lösen und mir freudestrahlend die Tür aufmachen müssen. Ratlos latschte ich in mein Zimmer zurück, goss mir missmutig ein Glas Wasser ein und setzte mich damit an den Schreibtisch. Den Schampus rüttelte ich kräftig durch und stellte ihn vor mir ab, für den Fall, dass der Korken es sich doch noch anders überlegte.

Ich griff nach dem Fotoalbum und versuchte mich der Weihnachtsfichtenidylle zu widmen. Doch der Liebeskummer mit Robert ließ einfach keine Pro-Christmas-Vibrations aufkommen. Nun gut, vielleicht würde es ja helfen, mir das Hin und Her mit ihm noch einmal in Erinnerung zu rufen ...

»Unscheinbar.« Das war das Erste, was mir zu Robert eingefallen war. Er war mittelgroß, weder von kräftigem noch von zartem Körperbau, hatte glatte, hellbraune, zu einer Nullachtfünfzehn-Seitenscheitelfrisur gekämmte Haare, eine blasse Gesichtsfarbe und war nichts sagend gekleidet. Jemand, wie man ihn dutzendweise in Seminaren, auf Partys oder beim Einkauf trifft. Einer, mit dem man sogar noch an der Supermarktkasse ein nettes Gespräch führt. Aber mehr auch nicht. Ein Typ, der auf der Bühne des geschlechtlichen Miteinander meist nur die Nebenrolle spielt.

»Der Lächler.« Das war das Erste, was meinen Freundinnen zu Robert eingefallen war. Eine nicht ungerechtfertigte Bezeichnung. Der Tag konnte noch so trübe sein, wann und wo auch immer Robert mich antraf, er lächelte! Ein eher hilfloses Lächeln allerdings. Vor gut einem halben Jahr fasste er sich endlich ein Herz und sprach mich an. Seinen Mut wusste ich durchaus zu schätzen. Aber das war's dann auch schon. Mehr als ein paar Becher Kaffee und ein paar Flaschen Multivitaminsaft in der Uni-Cafeteria waren bei mir nicht drin.

Bis vor drei Wochen. Dabei war gar nichts Aufregendes geschehen. Außer, dass zu Roberts hilflosem Lächeln und den tapsigen Verabredungsversuchen noch eine gewisse Unbeholfenheit im Umgang mit realen Gegenständen gekommen war, sobald ich in der Nähe weilte. Vielleicht war es sogar diese Unbeholfenheit, die meine Gefühle für Robert letztendlich entflammt hatte. Frauen sprechen bei Männern ja auf die seltsamsten Dinge an, wie ich aus intensivem Zeitschriftenstudium im Wartezimmer meines Zahnarztes wusste.

Nachdem Robert mir also über Monate hinweg vergebens den Hof gemacht hatte, war ich auf einmal willens, mich auf mehr einzulassen. Ich frohlockte. Jetzt würde ich ihn und mich glücklich machen! Ich kramte das Telefonbuch hervor, suchte Roberts Nummer heraus, läutete bei ihm an und lud ihn für einen bestimmten Abend zu mir ein. Ich hatte zwar nicht gerade erwartet, dass er vor Wonne fast ohnmächtig würde, doch mit einem freudigen »Ja, ich komme gern« hatte ich nach seinen zahllosen mühseligen Avancen schon gerechnet. Stattdessen entpuppte sich Robert als harte Nuss. Als ziemlich harte Nuss sogar: Er wollte gar nicht glücklich gemacht werden. Jedenfalls nicht so schnell.

Zuerst tat er so, als verwechsele er mich mit einer anderen Gaby. Dann murmelte er etwas von zurzeit vielen Adventsfeiern und sonstigen unaufschiebbaren Verabredungen vor Weihnachten. Dann sagte er nichts mehr. Blieb aber weiterhin auf Sendung, um meinen nächsten Vorschlag auf keinen Fall zu verpassen.

Ich schaltete sofort. Anscheinend war ich zu forsch vorgegangen und hatte ihn in seiner Männlichkeit getroffen. Egal, wie klemmig die Typen auch sind, der erste Schritt muss von ihnen ausgehen, sonst ziehen sie den Schwanz ein. Ich überlegte, wie ich ihn zu mir locken und ihm trotzdem ein Hintertürchen offen halten konnte.

Mit »Die Einladung ist natürlich ganz unverbindlich« hoffte ich ins Schwarze zu treffen.

»Jaaa, wenn das so ist ...« Robert bekam wieder Oberwasser und ich eins auf die Mütze. »Tja, sofern ich die Zeit finde, beehre ich dich gerne mit meinem Besuch«, gab er aufgeblasen von sich.

Als Student der Rechtswissenschaften, das hatte ich von Anfang an gemerkt, stand Robert auch in der Alltagssprache auf Einflechtungen von juristischem Fachvokabular. Neben ›unverbindlich‹ standen noch ›ohne Vorsatz‹ und ›bis auf Widerruf‹ hoch im Kurs. Auch ›ohne Gewähr‹ gehörte zu seinem Repertoire. Da konnte man einiges draus machen. Zum Beispiel ›Verabredungen ohne Gewähr‹. Vielleicht sollte ich mir ja einen Justitiar zulegen, der die Tête-à-têtes hieb- und stichfest für mich machte? Und zwar mit aufgesetztem Vertrag, in dem beide Parteien vorab festlegten, inwieweit etwas laufen sollte oder nicht.

Ach, wie oft schon waren brüllende Löwen mit stolzer Mähne zu zahn- und haarlosen Stubentigerchen mutiert, die im Grunde nichts weiter wollten als ihr regelmäßiges Fresschen! Ein Vertrag brächte so was von vornherein ans Licht. Da müssten die potenziellen Rendezvousler dann ankreuzen, ob sie der Gattung ›wilder Draufgänger und unersättlicher Liebhaber‹ angehörten oder doch eher unter die Rubrik ›Unterhemd-mit-Bier-vor-dem-Fernseher-Freak‹ fielen. Nicht zu vergessen natürlich das große Kästchen für die heißblütigen Pantoffelheld-Casanovas. Und damit beim Ankreuzen nicht geschummelt würde, müsste zusätzlich ein Seelenklempner-Gutachten erstellt werden. Positiver Nebeneffekt: Man bekäme jede Menge arbeitsloser Juristen und Psychologen von der Straße.

Wie wohl so ein Gutachten bei Robert ausgefallen wäre?

Erst will er, dann will er nicht, aber so richtig nicht wollen will er eigentlich auch wieder nicht. Wenn ich wenigstens rechtzeitig geahnt hätte, dass Robert ein Typ vom Schlage ›Wenn's in diesem Leben nichts mit uns wird, Baby, dann bestimmt im nächsten‹ sein könnte, dann hätte ich nicht nur sinnlos vergeudete Energie gespart, sondern auch zum Fenster hinausgeworfenen Zaster.

Für besagten Abend hatte ich nämlich meinen Kühlschrank bis zur Halskrause aufgefüllt, kräftig Putzlumpen und Staubtuch geschwungen sowie mich selbst auf Hochglanz gebracht. Kurz vor Rendezvous-Time trug ich ein paar Tropfen meines schärfsten Parfüms auf. Mein Wellensittichmännchen, das meine fünfzehn Quadratmeter mit mir teilte, geriet daraufhin dermaßen in Fahrt, dass ich dem Gegurre und Gebalze ein Ende bereiten musste und den Käfig kurzerhand ins Abstellkämmerchen verfrachtete. Wenn einer gurren und balzen sollte, dann doch wohl nur Robert.

Fünf ... zehn ... fünfzehn Minuten nach Rendezvous-Time verstrichen, doch Robert kam nicht. Macht nichts, redete ich mir ein, das ist ganz normal bei Studentens. Da wird das akademische Viertelstündchen halt auch auf das Privatleben übertragen. Nachdem allerdings ein weiteres, von mir großzügig eingeräumtes ›cum tempore‹ ereignislos verstrichen war, begann ich mir Gedanken zu machen.

Vielleicht war ja die Klingelanlage defekt. Ich jagte nach unten, wo ich mit heißen Flecken im Gesicht auf Volkers Klingelknopf drückte. Aufgeregt hüpfte ich von einem Bein aufs andere. Nichts tat sich. Volker *musste* da sein. Ojemine! schoss es mir durch den Kopf, dann hat der arme Robert sich hier mit seinem Rosenstrauß die Beine in den Bauch gestanden und hat geklingelt und geklingelt und geklingelt ...

Ein heiser-schrilles »Waaas?« schreckte mich aus meinen Grübeleien auf. Es war Volkers Stimme, ich hatte ihn wohl aus seinem Fit-für-die-Bar-Nickerchen geholt.

»Volker, hier ist Gaby, es geht um Leben oder Tod«, flößte

ich ihm durch die Sprechanlage ein, um ihn erst mal auf Vordermann zu bringen. »Keine Angst«, beruhigte ich ihn daraufhin gleich wieder, »du brauchst nichts weiter zu tun, als dich mit aufgesperrten Lauschern an meine Zimmertür zu begeben.«

Nachdem ich Volkers Gebrummel als Zustimmung gedeutet hatte, legte ich los. Ich spielte alle nur möglichen Varianten durch, liebkoste den Klingelknopf zart mit den Fingerkuppen, drückte dann etwas stärker drauf und läutete zum Finale Sturm.

»Sag mal, haste se nich mehr alle«, drang Volkers Stimme an mein Ohr. »Willste hier 'ne Symphonie komponieren oder was?«

»Volkerli, ich danke dir. Hat's wirklich die ganze Zeit ohne Unterbrechung geklingelt?«

»Ja doch, hab ich doch gesagt«, brummte Volker. »Erlauben Hoheit jetzt gnädig, dass der werte Diener sich noch ein wenig aufs Ohr haut?«

»Aber klar, leg dich nur wieder hin.«

Wieder in meinem Zimmer angelangt, überdachte ich belustigt meine Anstrengungen in puncto Klingelanlage. Na ja, halb so wild, wenigstens war ich jetzt sicher, dass mit der Bimmel alles in Ordnung war. Vielleicht lag's ja am Telefon, kam mir jedoch schon der nächste Verdacht. Was nun, wenn Robert vergeblich versucht hatte, mir mitzuteilen, dass es etwas später werden könnte?

Ich schlich zu Volkers Zimmer und lauschte an der Tür. So schnell konnte ein normaler Mensch gar nicht wieder einschlafen. Unbeirrt brachte ich meine Hand mit Volkers Tür in Kontakt. Ich war kurz davor, ein zweites Mal zu klopfen, als die Tür mit einem heftigen Ruck aufgerissen wurde und ein verschlafener und überaus schlecht gelaunter Volker auf der Schwelle erschien.

»Geht's etwa wieder um Leben oder Tod? Dann bin ich diesmal für den Tod.« Sprach's und wollte mir die Tür vor der Nase zuschlagen. Ich schaffte es, in sein Zimmer zu schlüpfen, wo ich ihn inständig um eine weitere Hilfeleistung bat.

»Verdammt nochmal«, Volker warf sich mit einem Stoßseufzer aufs Bett, »wenn ihr Frauen bei den wichtigen Dingen des Lebens auch immer so hartnäckig am Ball bliebt wie bei irgendwelchen Belanglosigkeiten, dann könntet ihr euch die ganze Frauenbewegung schenken.«

Ich war Volker ob des heftigen Rundumschlags keineswegs böse, schließlich beanspruchte ich ihn wirklich sehr. »Okay, wenn dir danach ist«, gestand ich ihm großmütig zu, »dann darfst du ungestraft noch eine weitere Chauvi-Attacke ablassen.«

Ich hatte in die richtige Kerbe gehauen. Mit einem Mal wirkte Volker gar nicht mehr so übellaunig. Er warf sich in die Brust und schmetterte die vom Männerpublikum immer wieder gern gehörte Chauvi-Arie »Wenn du zum Weibe gehst, vergiss die Peitsche nicht«.

»Jaja, ist schon gut, aber jetzt komm«, drängelte ich.

»Oooch, darf ich nicht nochmal?«

Das hatte ich nun davon: Der Deckel von Pandoras Büchse war gelüftet, und die Macho-Weisheiten dieser Welt brannten darauf, ins Freie gelassen zu werden.

»Meinetwegen«, gab ich nach, »doch dann verschließt du dein Chauvi-Füllhorn wieder. Aber vakuumdicht.«

Kaum hatte ich ausgesprochen, ließ Volker auch schon die nächste bühnenreife Vorstellung vom Stapel. »Schwachheit, dein Name ist Weib!« Mit hocherhobenen Armen und flehentlichem Blick schickte er seine Weisheit gen Himmel. Die Sache begann ihm sichtlich Spaß zu machen.

Mir jedoch weniger. Mit dem ganzen Einsatz meiner Muskelkraft zog ich Volker vom Bett hoch. »Und jetzt setzt du dich für einen klitzekleinen Augenblick in mein Zimmer. Es kommt nämlich gleich ein Anruf.«

»Ein Anruf? Versteh ich nicht. Wieso gehst du denn nicht selber ans Telefon?«

»Kann ich doch gar nicht! *Ich* bin doch diejenige, die anruft!«

»Häää ...«, kommentierte Volker völlig fassungslos, prustete aber gleich darauf los: »Ist wohl weibliche Logik, wie?«

»Du hast's erfasst! Und wie du bestimmt schon des Öfteren die bittere Erfahrung gemacht hast, greifen bei weiblicher Logik die üblichen Argumentationsmechanismen nicht. Also sei ein schlauer Junge, investiere nicht unnötig in sowieso sinnlose Vorhaben und begib dich jetzt bitte endlich auf mein Zimmer!«

Den Kopf kräftig schüttelnd kam Volker meiner Bitte nach.

Ich jagte die Treppen hinab.

Unten vor der Telefonzelle stand ich mir erst mal geschlagene fünf Minuten die Beine in den Bauch. Natürlich (Männer sind und bleiben doch die größten Klatschtanten!) war ein Typ drin. Nachdem er sich endlich ausgequatscht hatte, besaß er die Unverfrorenheit, seinen Geldbeutel nach Kleingeld für ein weiteres unsinniges Telefongespräch zu durchwühlen. Mit einem »Es geht um Leben oder Tod« stürmte ich die Zelle.

Hoffentlich hatte Volker sich nicht schon wieder auf seine Matratze gewälzt. Nervös fingerte ich an den Wähltasten herum und bekam prompt einen falschen Teilnehmer an die Strippe. Und zwar einen von der Sorte, die den ganzen Tag um ihren Apparat herumscharwenzeln und auf Fehlanrufe lauern. »Macht doch gar nichts, dass du dich verwählt hast, Schätzchen«, keuchte er mir ins Ohr, »ich unterhalte mich gern mit jungen Dingern. Siehste denn auch passabel aus?«

»Hallo, hier ist Müller von der Sittenpolizei«, reagierte ich trotz meiner Nervosität postwendend, »haben wir Sie endlich erwischt, Sie Schwein! Bleiben Sie noch einen Moment dran, bis unsere Fangschaltung Ihre Nummer aufgespürt hat. Währenddessen kann ich Ihnen ja schildern, wie ich aussehe. Nun –« Ich lauschte. Aha, der feige Wicht hatte eingehängt. Dann also ›Volker, die zweite‹ ...

Tut ... tut ... tut ... verdammt, es tat sich nichts. Vielleicht war mein Apparat ja tatsächlich von der Außenwelt abgeschnitten. Na also, es wurde abgehoben. »Volker, bist du's?«

»Alles erlaubt sich ein Weib, und es dünkt unziemlich sie gar nichts!«

»Bitte, Volker, sei doch lieb und melde dich anständig, ja?«

»So geht's, wenn Männer sind beherrscht von Weibern!«

»Lass jetzt den Quatsch, Volker. Und hör gefälligst auf, in meinen Zitatenbüchern rumzuschnüffeln!«

»Der Mann fragt Bücher, Freunde, Welterfahrung; das Weib vernimmt des Herzens Offenbarung ... haha, fast schon drehbuchreif, unsere kleine Plauderei, was?«

»Sag mir lieber, ob du mich einwandfrei verstehen kannst?«

»Willst du die anderen verstehen, blick in dein eigenes Herz«, setzte Volker stattdessen noch kräftig eins drauf.

»Ich komme jetzt hoch!«, brüllte ich in die Muschel. Bevor ich den Hörer aufknallte, bekam ich noch ein »Alles verstehen, heißt alles verzeihen« ins Ohr gesäuselt.

Oben angelangt, sah ich, dass ein Zettel an meiner Tür klebte. Ich schoss an mein Portal. Sicher war es eine Nachricht von Robert! Bestimmt hatte er gleich nach mir angerufen und Volker durchgegeben, dass er sich verspäten würde. Voller Freude begann ich zu lesen: »Eines Manns Verlust fällt schwer dem Hause, doch ein Weib wird leicht entbehrt.« Volll... Ich erstickte den in meiner Kehle sich anbahnenden Schrei, zerknüllte das Geschmier und stapfte ins Zimmer.

Männer! Nichts als Sprüche! Grollend sah ich auf die Uhr: Rendezvous-Time plus eine Stunde war es inzwischen. Die heiß ersehnte Verabredung konnte ich in den Wind schreiben. Wohin nun mit dem angebrochenen Abend und meinem Kummer? Um auf andere Gedanken zu kommen, überflog ich das Fernsehprogramm. Fehlanzeige! Natürlich lief nur wieder irgendein Liebesschmonzes! Was ich jetzt zur Entspannung gebraucht hätte, wäre ein schlagkräftiger Kung-Fu-Streifen gewesen. Einer, in dem die Protagonistin den miesen Typen ordentlich eins vor den Latz haut.

In Gedanken teilte ich selbst ein paar kräftige Handtaschen-Schwinger aus, holte mir ein würziges Pils aus dem Kühlschrank, füllte meine Wärmflasche prall auf und ließ mich auf meiner Liegestatt nieder. Kurze Zeit später fiel ich in einen tiefen, traumlosen Schlaf, in dem ich mich von den Kränkungen der vorangegangenen Stunden erholte.

Am nächsten Tag in der Uni-Cafeteria blieb mir die Luft weg. Bei meiner großen Glückssträhne lief mir prompt Robert über den Weg. Doch statt vor lauter schlechtem Gewissen wegzublicken, strahlte er mich an wie ein Honigkuchenpferd! Ich kapierte überhaupt nichts mehr.

In den nun folgenden Vorlesungen und Seminaren versuchte ich mir einen Reim auf Roberts Verhalten zu machen. Leider fiel mir kein einziger in Psychologie bewanderter Student ein, der mir mit Rat und Tat zur Seite hätte stehen können. Außer meiner frisch zur Medizin übergewechselten Freundin Eva alles nur Geisteswissenschaftler in meinem Bekanntenkreis, konstatierte ich missmutig. Und die würden einem bei der Problemanalyse vermutlich mit an den Haaren herbeigezogenen Fallbeispielen aus der Literatur kommen. Doch ein etwaiger Auszug aus den ›Leiden des jungen Werther‹ war so ziemlich das Letzte, was ich in meiner verfahrenen Situation gebrauchen konnte.

Auch des Abends in meinen fünfzehn Quadratmetern gelang es mir nicht, Strahlemann Robert aus meinen Gedankengängen zu verbannen. Wahrscheinlich hielt er sich jetzt für den größten Aufreißer aller Zeiten, der es sich leisten konnte, hin und wieder Mädels bei Verabredungen sitzen zu lassen. Sie würden sich eh wieder melden.

Seufzend blickte ich den Telefonapparat an.

Na gut, Robert, auf dein Lächeln hin würdest du eine zweite Chance bekommen.

Ich atmete tief durch und griff zum Hörer.

Nach unendlich langem Klingeln wurde abgehoben.

»Jaaa …?«, klang es mir vorsichtig-zögerlich entgegen.

Mein Gott, bei allem Verständnis für seinen Absicherungstick, seinen Namen konnte er doch zumindest verraten, schließlich wurde Robert ja nicht von der Mafia verfolgt.

»Hallo, Robert, bist du dran ... hier ist Gaby, wollte mal hören, wie's dir geht?«

»Äh ... Gaby ...« Pause. »Gaby ...?« Längere Pause. Dann, er war schon kurz davor, als neuer Telefonpausen-Rekordinhaber ins Guinness Buch einzuziehen, fiel ihm ein: »Ach so, du bist dran, Gaby!«

Für Wehleidigkeiten war jetzt keine Zeit, ich musste ein Gespräch in Gang bringen.

»Schade übrigens, dass du gestern nicht kommen konntest. Bestimmt ist dir etwas dazwischengekommen?«

»Äh ... nein«, druckste er herum, »ich meine ... ja ...« Dann, auf einmal, in einem deutlich selbstbewussteren Tonfall: »Wieso, die Einladung war doch *unverbindlich* gewesen!«

Hier also lag der Hund begraben! Mit meiner so schlauen Jurisprudenz-im-Alltag-Tour hatte ich mich ins eigene Fleisch geschnitten. Nun gut, dann musste ich zu anderen Mitteln greifen.

»Schade eigentlich«, begann ich harmlos. »Ich hatte nämlich eine Kleinigkeit für uns beide zum Essen vorbereitet.« Geflissentlich überhörte ich Roberts »Dafür kann ich nichts«-Protest und machte weiter. »Aber das mit dem Essen, weißt du, das war gar nicht so schlimm, denn zu vorgerückter Stunde kam noch ein Freund von früher ganz zufällig auf einen Sprung bei mir vorbei«, brachte ich geschickt einen fiktiven Nebenbuhler ins Spiel. »Und bei reichlich Speis und Trank haben wir uns dann über gemeinsam erlebte alte Zeiten unterhalten, und ruck, zuck, du weißt ja, wie das so geht, war es auf einmal viel später, als wir angenommen hatten.«

»Sooo, wie spät war es denn?« Robert versuchte seiner Stimme einen möglichst uninteressierten Klang zu geben.

»Du wirst es nicht glauben, Robert, aber als wir schließlich dazu kamen, aufs Zifferblatt zu schauen, da war's drei Uhr morgens. Kannst du dir das vorstellen?« Ich flocht ein backfischhaftes Kichern ein. »Und natürlich fuhr um diese Zeit kein Bus mehr …« Jetzt musste er die entscheidende Frage stellen.

»Ja … äh … und wo … ähm … hat dein … äh … Kumpel … ähm … den Rest der Nacht verbracht?« Roberts Stimmbänder waren so gespannt wie Flitzbögen.

»Tja, weißt du, erst hatten wir uns überlegt, dass der Mike«, ich dachte mir ein cooles Nebenbuhlerpseudonym aus, »bei mir im Zimmer schlafen könnte. Aber dann«, ich kramte ein intimes Detail aus unserem vergangenen Liebesleben hervor, »erinnerte ich mich an sein Schnarchen von früher. Also hat Mike sein Nachtlager im Aufenthaltsraum aufgeschlagen.«

Ich glaubte einen leisen Seufzer der Erleichterung zu vernehmen. Jetzt aber ran, Robert, spornte ich ihn in Gedanken an, sonst zaubere ich aus meinem Zylinder den nächsten mich hart bedrängenden Don Juan hervor.

»Tja, ähm«, setzte Robert tatsächlich wild entschlossen an, »ich bin gerade meinen … äh … Zeitplan durchgegangen. Ich glaube, vor Weihnachten kann ich … ähm … doch mal bei dir reinschauen. Aber ich möchte mich da … äh … noch nicht so genau festlegen … du kannst mir ja auf alle Fälle deine … ähm … Telefonnummer geben …«

Ich unterdrückte einen Jauchzer und gab Robert meine Nummer durch. »Ich hoffe, dass ich dich mit meinem späten, unerwarteten Anruf nicht etwa gestört –«

»Aber nein.« Robert war jetzt ganz die Freundlichkeit in Person. »Dies ist sogar die sicherste Zeit, mich zu erreichen. Am besten rufst du frühmorgens oder spätabends an.« Er stellte mir doch tatsächlich einen Blankoscheck für weitere Telefonate aus.

In den nächsten Tagen widerstand ich hartnäckig allen Versuchungen, Roberts Nummer auch noch ein drittes Mal zu wählen. Stattdessen saß ich in jeder freien Sekunde vor dem Telefonapparat, um ja kein Lebenszeichen von ihm zu verpassen.

Doch der innig erhoffte Anruf blieb aus.

Und jetzt saß ich hier vor dieser verflixten Flasche Sekt, die ich gemeinsam mit Robert hatte genießen wollen und die ich mir nun allein runterkippen würde, wenn sie nur endlich aufginge. Wütend rüttelte ich die Flasche ein zweites Mal durch. Mit der Zunge fuhr ich mir über den Mundwinkel, wo ich etwas Salziges schmeckte. Da war mir doch wegen dieses unentschlossenen Schufts wahrhaftig eine Träne ausgebüchst, und weitere drohten ihr Kommen an.

Wo steckten bloß die Taschentücher? Mit einem Schleier vor den Augen richtete ich mich aus meinem Schreibtischstuhl auf und beugte mich über den Lieblingssekt zu dem dahinter stehenden Ablagekasten vor – da schoss mir ein »Klong« machendes Etwas entgegen. Das Geschoss prallte direkt unter meinem linken Auge auf. Dann wurde es nass in meinem Gesicht. Ich riss den Kopf zurück und versuchte, die Lage zu erfassen. Eine sprudelnde Sektfontäne war dabei, große Teile meines Schreibtisches zu besprengen. Ich schnappte nach der Flasche, rutschte aber am klebrigen Glas ab und warf sie um: Vom Schreibtischrand aus ergoss sie ihren Inhalt nun über den Fußboden. Ich fuhr auf, stieß dabei den Stuhl um, streifte die Flasche, die auf den Boden polterte, sprang nach hinten, rutschte mit den Plastiklatschen auf der sich ansammelnden Sektlache aus und knallte der vollen Länge nach auf eine höckerartige Ausbuchtung meines Linoleumfußbodens.

Ächzend richtete ich mich auf.

Aus der Schampusflasche floß nur noch ein dünnes Rinnsal.

Ich taumelte zum Spiegel. Die vom Sektkorken beschossene Stelle unter meinem linken Auge glänzte bereits in knalligem Pink. Als hätte ich vom Weihnachtsmann eins aufs Auge gekriegt, versuchte ich das Ganze mit Humor zu nehmen. Doch äußerer sowie innerer Schmerz stachelten mich zu bitterbösen Gedanken an: »Soso, Robert«, ließ ich meinem Kummer freie Bahn, »statt mit Amors Pfeilen auf mich zu schießen, hast du also ein anderes Wurfgeschoss auf mich angesetzt.« In einer Aufwallung von Zorn ergriff ich mit der einen Hand den vermaledeiten Sektkorken und packte mit der anderen den Telefonhörer. Jetzt würde ich dieser absurden Angelegenheit ein Ende bereiten!

Ich hieb Roberts Nummer in die Tastatur ein und presste die Muschel ans Ohr. Eins ... zwei ... drei ... zählte ich bei jedem Klingeln mit. Wirst du wohl endlich ans Telefon gehen, du Feigling!

»Hallllo«, ertönte plötzlich ein monotones Stimmchen. So, du raffiniertester aller Uni-Casanovas, hast du dir jetzt einen Anrufbeantworter zugelegt, damit dir auch ja kein Antrag deiner unzähligen Verehrerinnen entgeht, tobte ich. Gleich würde ich dir einen besonders feurigen aufs Band sprechen!

»Hallo«, klang es auf einmal ganz und gar nicht mehr monoton an mein Ohr. »Wer ist denn dran, bitte?«

Ach, was hatte Robert doch für eine entzückende Stimme! Wut sowie geplantes Vorhaben waren wie durch Zauberhand außer Kraft gesetzt, und mein Herz nahm einen sehnsuchtsvoll pochenden Schlag an.

»Hi, hier ist die Gaby. Wie geht's denn so?«, hörte ich mich schon wieder flöten, fügte aber geistesgegenwärtig hinzu: »Ich wollte dir noch frohe Weihnachten wünschen, falls wir uns vor den Festtagen nicht mehr –«

»Äh, das ist jetzt ungünstig«, unterbrach mich Robert brüsk und fachte meinen fast schon verrauchten Zorn erneut heftig an. »Ich bin gerade auf dem Sprung zu einer Party. Eine Freundin von mir hat Geburtstag. Aber du darfst gern wieder anrufen.«

»Okay, alles claro, dann also tschüs«, presste ich noch zwischen den Lippen hervor, bevor ich völlig aus dem Häuschen geriet. Soso, ungünstig, kochte ich vor mich hin. Diesmal nicht unverbindlich, sondern *ungünstig*! Und anrufen durfte ich auch wieder. Natürlich würde ich wieder anrufen! Dann würde der Lächler ja sehen, wie ungünstig es war, mich je angesprochen zu haben!

Ich ließ meinen Raubtierblick im Zimmer auf und ab streifen. Er blieb an einem kleinen Stapel Zitatenbücher auf dem Bettkasten hängen. Voller Tatendrang griff ich danach und schlug im jeweiligen Register unter ›Gunst‹ nach. Was hatten wir denn da ... »du hast der Götter Gunst erfahren« ... Nein, das war nicht das Passende ... Mal sehen ... »Wem Gott will rechte Gunst erweisen ...« Ach, du meine Güte, hatten die Klassiker nicht mal einen flotten, feministisch angehauchten Spruch auf der Pfanne gehabt? Na also – ich blätterte weiter – da war ja doch noch was Brauchbares. Hm, nicht schlecht, da ließe sich was draus machen: »Nur der verdient die Gunst der Frauen, der kräftigst sie zu schützen weiß.« Ich klappte die Bücher zu und machte mich ans Fabulieren. Dies musste ein verbaler Handtaschen-Schwinger der unvergesslichen Art werden!

Nachdem Roberts Blechkasper sein Sprüchlein runtergeleiert hatte, legte ich hoheitsvoll rezitierend los: *»Du, der du die Gunst der Stunde nicht zu nutzen weißt, bist alle Mal kein Günstling des Schicksals, so dünkt es mir. Wer mit einem ›ungünstig‹ seine Pforten schmückt, an dessen Tür wird die holde Dame Gunst alsbald nicht mehr mit ihrem zarten Schlage anklopfen. Denn merke, nur der verdient die Gunst der Frauen, der eine günstige Gelegenheit nicht leichtfertig vorüberziehen lässt!«*

Mit dem leeren Sektkelch prostete ich mir zu. Ein bisschen Schadenfreude war doch wohl erlaubt: Genüsslich stellte ich mir Roberts Gesicht vor, wenn er nach der Party seinen Anrufbeantworter abhören würde. Apropos Gesicht, ich musste unbedingt etwas gegen die Schwellung unter dem linken Auge unternehmen!

Ich holte mir gerade Eis aus dem Gefrierfach, da riss mich ein dröhnendes »Hoho« an meiner Tür, dicht gefolgt von lautem Klopfen, hoch. Ungebetener Besuch hatte mir gerade noch gefehlt! Ich tat keinen Muckser.

»Aber da ist doch Licht unter der Tür.« Ich erkannte Volkers Stimme. »Pass auf, wenn ich sie frage, ob sie die Flasche Sekt mit leert, macht sie bestimmt auf.«

Pah, glaubte Volker wirklich, ich sei so leicht zu ködern? Mit einem Schwung riss ich die Tür auf. Volker und sein Spezi stierten wie gebannt in mein Gesicht.

»Na, Jungs, wohl noch nie eins aufs Auge gekriegt?«, legte ich betont lässig los.

»Haha«, platzte Volker heraus. »Haste dich etwa mit dem Weihnachtsmann angelegt? Hat dir wohl ein Ding verpassen müssen, weil du nicht brav warst!«

Ich sandte ein Warnsignal aus, dass es mit meinem geselligen Wesen nicht zum Besten bestellt war: »Und, was wollt ihr zwei Nikoläuse von mir?«

»Haste Lust, einen mitzuschlucken?«

»Nee danke, ich hatte mein Quantum bereits.«

»Moment noch«, rief Volker, bevor ich die Tür schließen konnte, »dann zeig uns wenigstens, wie wir die verflixte Flasche aufkriegen!«

Belustigt blickte ich auf Volkers Spezi, der am Flaschenkorken rumfummelte. »Also Jungs, mein absoluter Geheimtipp lautet: Kräftig schütteln und dabei an Robert denken!«

Volkers berühmt-berüchtigtes »Hääà ...« schenkte ich mir diesmal und knallte die Tür zu.

»Was hat *die* denn?«, hörte ich draußen den Spezi verdutzt fragen. »Ich dachte, ihr versteht euch blendend?«

»Tun wir ja auch«, vernahm ich Volkers Stimme. »Aber weißt du, manchmal sind die Weiber halt einfach launisch. Und jetzt, so kurz vor Weihnachten, wenn die da keinen Kerl haben, werden sie entweder ganz sentimental oder rasten völlig aus!«

»Jaja, Weihnachten ...«, hörte ich den anderen noch murmeln, dann waren sie in Volkers Zimmer verschwunden.

Jaja, Weihnachten. Mir kam mein Vorhaben wieder in den Sinn. Das Fotoalbum! Ich setzte mich an den Schreibtisch und betrachtete von neuem die Weihnachtsfichtenidylle, die auch ein paar Sekttropfen abgekriegt hatte. Mit der Fingerkuppe hob ich die Tropfen vorsichtig ab und ließ sie mir auf der Zunge zergehen. Reuevoll dachte ich an Volker und seinen Schampus.

Ich seufzte, blickte erneut auf die Bilder und versank in Kindheitserinnerungen. Ach was, sagte ich mir schließlich lächelnd, vielleicht würde Weihnachten in diesem Jahr ganz nett werden. Festlich gestimmt, heftete ich Volker schon mal einen Weihnachtsgruß an die Tür:

Lieber Volker-Nachbar!
Du wirst es nicht für möglich halten,
aber ich habe tatsächlich vom Weihnachtsmann
eins aufs Auge gekriegt. Das heißt,
nicht vom ihm persönlich. Einer seiner
Gehilfen hat das in die Hand genommen.
Codename Robert.
Keine Bange, wenn du nichts verstehst.
Manchmal kapiere ich die Welt und ihre
(männlichen) Bewohner auch nicht.
Wie auch immer, falls wir uns nicht mehr sehen:
Merry Xmas!!!

Gabylein

Auf einmal verspürte ich den starken Drang, jemandem etwas Gutes zu tun. »Okay, Caruso«, sagte ich und blickte zum Wellensittichkäfig hinüber, »warum sollst du dein Geschenk eigentlich erst an Heiligabend bekommen?« Ich holte ein extragroßes Sittich-Knabberherz hervor und machte es im Käfig fest. Kaum hatte ich das Türchen verschlossen, fing Caruso auch schon an, munter draufloszupicken. Wenigstens einer, der meine Aufmerksamkeiten zu schätzen wusste!

Ich machte mich ans Gefrierfach, gönnte meiner Blessur endlich den Eisbeutel und schrieb die letzten Karten.

Ich war bereit.

Weihnachten konnte kommen!

2. Kapitel
Besser ein tranchierender Gatte als gar keiner? oder: Die Angst der Frauen vor dem Tiger

Meine fabelhafte Stimmung währte exakt vierundvierzig Stunden und fünfunddreißig Minuten …

Während der Anreise zu meinen Eltern hatte ich mich mit schmissigen Weihnachtsliedern aus dem Autoradio nochmal so richtig in Fahrt gebracht.

Die letzten Takte von ›Rudolph, the red-nosed rein-deer‹ vergnügt vor mich hin pfeifend, schloss ich die Tür des elterlichen Hauses auf.

Als Erstes betrat ich die Küche.

Zunächst sah ich nur rote Weihnachtssterne. Dann weiße. Dann sah ich den Kopf meiner Mutter. Aha, hatte sie sich also heute schon in ihre Festtagskittelschürze mit dem weihnachtlichen Muster geworfen. Sie kauerte mit gerötetem Gesicht vorm Backofen, wo sie mit einer Stecknadel hektisch auf den halb aus der Röhre ragenden Gänsebraten einstach.

»Frohe Weihn –«, setzte ich schwungvoll an.

»Stör mich jetzt nicht, du siehst doch, dass ich noch in der Arbeit stecke. Mir hilft ja auch nie jemand!«, klagte sie mit der üblichen Anspielung auf meinen Vater. »Wenn ich dagegen andere Männer sehe, was die alles für ihre Frauen tun! Heute Morgen erst hat mir Frau Schicklgruber erzählt, was für drei schöne Tage sie sich machen kann. Über Weihnachten würde ihr Mann sie gar nicht erst in die Nähe der Küche kommen lassen!«

Mutter tat einen tiefen Seufzer und dann einen herzhaften Stich in den Gänsebürzel.

Weitere Ausführungen über Frau Schicklgruber und ihren Mustergatten schenkte ich mir und ging ins Wohnzimmer, wo ich meinen Vater bei Weihnachtschormusik aus der Flimmerkiste und einer Flasche Bier auf dem Sofa vorfand.

Es kam auf einen zweiten Versuch an: »Frohe Weihnachten!« Wenigstens hatte ich diesmal aussprechen dürfen.

»Ach, hallo Gaby ... Was hast du gerade gesagt?« Mein Vater blickte mich verständnislos an.

»Ach nichts«, murmelte ich und setzte mich zu ihm aufs Sofa. Er starrte bereits wieder auf den Bildschirm.

»Was läuft denn da?«, versuchte ich eine Unterhaltung anzukurbeln.

»Von mir aus kannst du ruhig umschalten. Wie sieht's denn mit dem Essen aus?«

»Ich glaube, es dauert noch etwas.«

»Ich weiß auch nicht, was deine Mutter immer so lange in der Küche treibt. Wir waren damals zu siebt in der Familie, und trotzdem haben die Mahlzeiten stets pünktlich auf dem Tisch gestanden. Gerade an den Feiertagen. Da hätte mein Vater meiner Mutter schön was erzählt!«

Also auch im Wohnzimmer die gleiche Leier! Stell dir vor, sagte ich mir, du machst die Augen zu, und – simsalabim – Weihnachten ist vorüber. Für einige Sekunden kniff ich meine Sehschlitze fest zusammen, um danach nur wieder die Goldkehlchen des Knabenchors aus Dingelskirchen vor der Linse zu haben, die frohgemut ein weiteres Lied anstimmten.

»Und meine Mutter besaß weder Gefrierschrank noch Geschirrspüler, noch Brotschneidemaschine!«

Ich nahm meinem Vater, der immer noch seinen Kindheitserinnerungen nachhing, wo Männer noch Männer und Frauen noch Frauen waren, die Fernbedienung aus der Hand. Doch auch auf den anderen Kanälen lief nichts, was mich weihnachtsmäßig hätte antörnen können.

»Und auch keine Fritteuse oder Entsafter geschweige denn Mikrowelle!«

Ein Stöhnen unterdrückend, schritt ich zur Stereoanlage, setzte den Kopfhörer auf und stellte das Radio auf den Sender mit den fetzigen Weihnachtsliedern ein. Nach zehn Liedern wurde ich zum Tischdecken in die Küche gerufen. Exaktes Timing, das musste man meinem Vater lassen: Kaum hatte ich den letzten Handgriff getan, kam er ebenfalls und setzte sich an die gedeckte Tafel.

Mit feierlicher Geste griff er zum Tranchierbesteck und zerlegte mit stolzer Miene den Gänsebraten. Obwohl er sonst eher mit zwei linken Händen geschlagen war, im Tranchieren von Weihnachtsvögeln war er nicht zu übertreffen. Wenn es nach ihm ginge, würde jeden Tag irgendein Flattermann in die Röhre geschoben. Denn dann wäre seine außergewöhnliche Begabung nicht nur an den letzten Dezembertagen zur Geltung gekommen. Eine Begabung, die von meiner Mutter allerdings auch in diesem Jahr wieder nicht gebührend geschätzt wurde, wie ich am verkniffenen väterlichen Gesichtsausdruck sehen konnte.

Nach Vollendung des Werkes legte sich mein Vater ein großes Stück Gänsebrust auf den Teller. Betont auffällig kaute er auf dem ersten Bissen herum. »Ein bisschen zäh, das gute Vögelchen, was?«, holte er zu einem Seitenhieb auf die Kochkünste der Gattin aus. »Na ja, besser ein zähes als gar kein Weihnachtsessen, haha!«

Das Spielchen konnte beginnen!

Ich schielte nach meiner Mutter, die so tat, als habe sie nichts gehört. Doch ich wusste, sie feilte bereits an einer passenden Replik. »Na, Gaby, hast du denn auch das praktische Heimwerkerlexikon bekommen, das du besorgen solltest?«

Väterchen spitzte die Ohren.

»Nein«, schwindelte ich. »Die Buchhandlungen hatten es nicht mehr vorrätig gehabt.« Dabei hatte ich gar nicht danach Ausschau gehalten. Soweit vermeidbar, würde ich mich in die elterlichen Ehescharmützel nicht hineinziehen lassen.

»Ach, das ist aber schade.« Mutter setzte ein süffisantes Lächeln auf. »Da drin werden nämlich die Handgriffe, die *mann* in Haus und Garten so draufhaben sollte, quasi idiotensicher erklärt, sodass jeder«, sie räusperte sich, »wirklich *jeder* sie verstehen kann.«

Vater verschluckte sich und begann heftig zu husten.

»Weißt du überhaupt schon, Gabylein, dass die Bickelhaupts jetzt einen Partykeller haben? Mit jeder auch nur erdenklichen Raffinesse ausgestattet.« Mutter packte ein Gänsebein beim Schlafittchen und fuchtelte damit aufgeregt in der Luft herum. »Hat der Herr Bickelhaupt auf Wunsch seiner Frau alles selbst in die Hand genommen! Jaja, es ist schon viel wert, wenn man einen geschickten Mann im Hause weiß.«

Dabei war das eigentliche Pech meines Vaters gar nicht, dass ihm der Umgang mit Hammer und Nagel nicht in die Wiege gelegt worden war. In einer anderen Umgebung hätte meine Mutter das Fehlen des Heimwerker-Gens sicherlich überhaupt nicht bemerkt. Nein, das Unglück meines Vaters bestand vielmehr darin, dass er in der Nachbarschaft von lauter Feierabendbastlern und Freizeittüftlern umzingelt war. Egal, ob es nun Frau Schicklgruber, Frau Bickelhaupt oder Frau Kolbenschlag war, jede der Damen hatte einen Allroundgatten für Haus und Garten aufzuweisen. Da konnte meine Mutter mit ihrem perfekt tranchierenden Ehegespons nicht mithalten. Auch wenn sie ihn nach dem alle vierzehn Tage stattfindenden Großeinkauf noch in den Baumarkt verschleppte, der vor kurzem in unserer Gegend eröffnet hatte.

Mit seinem Hang zur Unbeholfenheit hätte Robert einen prächtigen Schwiegersohn für meinen Vater abgegeben. Schmunzelnd stellte ich mir vor, wie beide Männer durch die Hintertür des Baumarktes zu entkommen versuchten, während meine Mutter mit einem Päckchen Dübel hinter ihnen herjagte.

»Das freut mich aber, dass du so gut gelaunt bist, Gabriele«, holte Mutter mich in die Realität zurück. »Ich habe nämlich ganz vergessen, dir etwas mitzuteilen.«

»Jaaa …?« Sie hatte mich beim vollen Vornamen genannt: Ich befürchtete das Schlimmste.

»Eine deiner Großtanten kommt morgen zu Besuch.«

»Sooo, welche denn?« Bitte, lass es Tante Clara sein und nicht Tante Hedwig, flehte ich innerlich.

»Du weißt doch, dass diesmal Tante Hedwig mit einem Besuch dran ist.«

Auweia, das hatte ich völlig verdrängt! Meine beiden Großtanten mütterlicherseits, Tante Hedwig und Tante Clara, wechselten einander stets mit ihren Abstechern bei der lieben Verwandtschaft ab. Dabei schneiten sie einem mit Vorliebe an Feiertagen wie Ostern, Pfingsten und Weihnachten sowie an Geburts- oder Namenstagen ins Haus.

Doch während Tante Hedwig, die insgesamt viermal in den Hafen der Ehe eingelaufen war, es als ihre Lebensaufgabe ansah, beim weiblichen Nachwuchs ebenfalls die Hochzeitsglocken läuten zu lassen, machte die ledig gebliebene Tante Clara solche Bemühungen immer wieder zunichte, indem sie bei ihren Besuchen das Hohelied der weiblichen Unabhängigkeit sang.

Doch trotz aller Gegensätze bei der Ausübung ihrer sie tief erfüllenden Pflichten: Zwei nicht ganz unbedeutende Dinge verbanden die beiden alten Mädels miteinander.

Erstens: Die beiden stammten aus der gleichen elterlichen Produktionsstätte – sie waren Schwestern! Tante Hedwig erinnerte zwar eher an Zsa Zsa Gabor, verbrachte sie doch einen nicht unerheblichen Teil ihres Lebens in der Gesellschaft von Coiffeuren und Kosmetikerinnen. Tante Clara hingegen mit ihrer praktischen halb langen Ponyfrisur, die seit über einem halben Jahrhundert keinen Frisörsalon mehr von innen gesehen hatte, stand für natürliche Schönheit à la Barbara Rütting.

Und zweitens: Tante Hedwig und Tante Clara hießen eigentlich gar nicht Hedwig und Clara, sondern waren auf die Namen Charlotte beziehungsweise Emilie getauft – nach zwei der insgesamt drei schriftstellernden Brontë-Schwestern, die sich aus puritanischer Pfarrhausenge in eine Welt der heftigen Leidenschaften gesehnt hatten und deren seelenaufrüttelnde Romane meine Urgroßtante mit großer Begeisterung verschlungen hatte.

Charlotte, ebenfalls eine leidenschaftliche Leserin, entdeckte in ihren Backfischjahren die Welt der berühmtesten Herz-Schmerz-Autorin ihrer Zeit: Sie war tief berührt von den Schicksalen der Hedwig-Courths-Mahler-Heldinnen, die es immer wieder schafften, vom Dornenpfad ihres Lebens abzuschwenken und in die schützenden Arme eines Mannes zu eilen. In die eines reichlich betuchten wohlgemerkt! Denn das Liebesglück dieser Heldinnen, die so wohlgefällige Eigenschaften wie Unterwürfigkeit und Opferbereitschaft mit in die Ehe brachten, war mit einem enormen gesellschaftlichen Aufstieg verbunden.

Später vollzog Charlotte ihre Jungmädchen-Leseerlebnisse praktisch nach. Mit jeder Stufe, die sie zum Traualtar führte, erklomm sie – wie ihre Lieblingsheldinnen – auch eine Sprosse auf der sozialen Leiter. Und irgendwann fand sie es an der Zeit, ihrem Schriftstellerinnenidol, das sie mit so viel nützlichem Rüstzeug fürs Überleben in einer männlich geprägten Welt versehen hatte, einen symbolischen Dienst zu erweisen: Sie beschloss, den Namen Hedwig anzunehmen.

Auch Charlottes Schwester Emilie bekam schon früh spitz, dass die Welt eine von Männern beherrschte war. Doch statt die pubertierenden Knaben mit rosa Rüschenkleid und Käthe-Kruse-Puppen-Lächeln zu becircen, machte sie sie sich lieber durch Dresche gefügig.

Später griff Emilie dann zur Kraft des Wortes. Inspiriert durch das Lebenswerk von Clara Zetkin, der Begründerin der sozialistischen Frauenbewegung, streckte sie mit gezielten Verbalhieben jeden nieder, der es wagte, sich über den Kampf für die Gleichstellung der Frau lustig zu machen. Ganz im Sinne ihres Vorbildes stritt sie für die Erwerbstätigkeit der Frau als notwendige Voraussetzung ihrer Emanzipation. Etliche vergilbte Fotos, auf denen sie in ihrer Provinzstadt in vorderster Front mit Plakaten und Spruchbändern für die gerechte Sache marschierte, dokumentierten ihren wackeren Einsatz.

Kein Wunder, dass ihr die Entscheidung der Schwester, ihren Vornamen in den einer – »Frauen in die Sklaverei schreibenden« – Schmonzettenverfasserin umzuändern, großen Kummer bereitete. Gegen den Vornamen Hedwig selbst habe sie nichts, beteuerte sie immer wieder. Schließlich habe auch die mit spitzer Feder für die Rechte der Frauen kämpfende Hedwig Dohm so geheißen. Doch die habe das liebe Schwesterlein – »für das die Frauenbewegung ein Buch mit sieben Siegeln ist« – leider nicht im Entferntesten im Sinn gehabt.

Wie auch immer, an der Entscheidung der Schwester war nicht zu rütteln gewesen. Emilie blieb also nichts anderes übrig, als ebenfalls ein Zeichen zu setzen. Und so kam es, dass von der Leidenschaft meiner Urgroßtante für das schriftstellernde Brontë-Gespann nicht mehr als ein Eintrag im Familienstammbuch verblieb. Denn auch Emilie beschloss, fortan nicht mehr Emilie zu heißen, und nahm nach ihrem streitbaren Vorbild Clara Zetkin den Namen Clara an.

Bei ihr hatte ich nichts zu befürchten, im Gegenteil: Tante Clara versuchte mir höchstens beizubringen, wie ich wirkungsvolle Demo-Plakate mit zündenden Anti-Chauvi-Sprüchen noch wirkungsvoller gestalten konnte. Bei Tante Hedwig sah die Sache schon anders aus. Bei ihren Bemühungen, die ledigen Großnichten unter die Haube zu bringen, ging sie mit vollem Einsatz ans Werk. Sie half dem Glück ein wenig nach, um es mit ihren Worten auszudrücken. Kurzum: Sie versuchte zu kuppeln.

Aus Illustrierten und Zeitungen schnippelte Tante Hedwig Bekanntschaftsanzeigen und Heiratsannoncen aus, die sie uns armen Ledigen dann mit den mahnenden Worten »Kind, da muss doch was für dich dabei sein!« überreichte. Doch außer einigen kräftigen Lachanfällen beim Überfliegen der Anzeigen war für mich bisher nichts dabei gewesen. Meinen geplagten Cousinen ging es ebenso. Nur: Bei mir gab sich Tante Hedwig ganz besondere Mühe. Ich war nun mal ihre älteste Großnichte. Leider. Denn das bedeutete: Spezialbehandlung.

Um mich endlich an den Mann zu bringen, schreckte sie vor nichts zurück. Nicht einmal davor, in meinem Namen und ohne mein Wissen eine Kontaktanzeige aufzugeben, die Schriften der Bewerber im Vorfeld dann eigenhändig auszusortieren und ohne mein Einverständnis schließlich ein Treffen zwischen mir und dem aussichtsreichsten Kandidaten zu vereinbaren.

Als »angehende politische Beraterin« hatte sie mich, die Germanistikstudentin, in ihrer Provinzblattanzeige angepriesen. »Kind, verkauf dich nie unter Wert!«, lautete einer ihrer Lieblingssprüche. Dabei durfte ruhig etwas dicker aufgetragen werden, galt es doch, nicht etwa einen alten Stiefel an Land zu ziehen, sondern sich einen fetten Goldfisch zu angeln.

Der vollständige Text ihrer mir scheinbar auf den Leib geschriebenen Anzeige lautete: *»Angehende politische Beraterin mit großen Karriereaussichten, aber noch größerem Sinn fürs Häusliche, sucht liebevollen Akademiker (gerne auch mit Lachfalten) für alles, was zusammen Spaß macht – wie etwa gemeinsame Lebensplanung.«*

Beim Abfassen des Textes hatte Tante Hedwig jedes Wort sorgsam abgewägt. Schließlich sollte sich der Köder in das tiefste Unterbewusstsein des Goldfischs bohren. Folglich verbarg sich – laut Tante Hedwig – hinter jeder Formulierung eine haarscharf durchdachte Symbolik.

Das mit der »Beraterin« sollte den Fisch erst mal an den Haken bringen: Der potentielle Kandidat durfte dabei hoffen, dass die Beraterin ihre Tätigkeit auch im trauten Heim ausübte und er nach Vollendung des Tagewerks abends bei ihr den angestauten Seelenmüll entsorgen konnte. Die »großen Karriereaussichten« waren dazu gedacht, ihm ohne Umschweife einzuhämmern, dass er die Superfrau schlechthin bekam, die – so die noch beglückendere unterschwellige Botschaft in »mit noch größerem Sinn fürs Häusliche« – ihm zuliebe natürlich bereit war, auf die Wahnsinnskarriere zu verzichten. Die »Lachfalten«

sollten liebevoll verdeutlichen, dass die Superfrau auch gewillt war, ein älteres Semester in ihre Arme zu schließen. Mit dem »alles, was zusammen Spaß macht« hatte Tante Hedwig bewusst unter die Gürtellinie gezielt, diesen koketten Eindruck mit dem darauf folgenden Beispiel der »gemeinsamen Lebensplanung« jedoch sofort wieder korrigiert, damit der Goldfisch nicht etwa auf den Gedanken kam, die Superfrau sei ein leichtfertiges Frauenzimmer.

Anscheinend hatte Tante Hedwig mit ihrer tiefenpsychologisch konzipierten Anzeige ins Schwarze getroffen: Gleich fünf Dutzend Aspiranten wollten diese erlesene Mischung aus Superfrau, Heimchen am Herd und kokettem Weibchen kennen lernen. Mit ihrer in vier Ehen reichlich angesammelten Lebenserfahrung sortierte Tante Hedwig das Bild- und Textmaterial der Bewerber, trennte die Spreu vom Weizen, legte nach nur ihr bekannten Kriterien eine Punkteliste an und vereinbarte mit dem Kandidaten, der – mit zwei Stellen hinter dem Komma – das Rennen machte, ein Treffen.

Am Ostermontag sollte es stattfinden.

Mit mir.

Am Ostersonntag wurde ich davon in Kenntnis gesetzt.

Mit einem Riesen-Überraschungsei von Tante Hedwig. Außen war Schokolade und innen war … Dr. Dr. Harald. Beziehungsweise sein Brief und sein Foto.

Ich war fest entschlossen, das trojanische Osterei wieder zurückgehen zu lassen. Doch mit Hinweis auf meine einmal zu erwartende Erbschaft nötigte mich Tante Hedwig, den Brief durchzuackern und das Foto in Augenschein zu nehmen.

Dr. Dr. Harald, seines Zeichens offenbar Zahnklempner, hatte es vorgezogen, sich ›in action‹ fotografieren zu lassen: Mit einem Schrecken erregenden Bohrer machte er sich über einen imaginären Patienten her. Der Bohrer beherrschte nahezu das ganze Bild. Dr. Dr. Harald hatte dem Fotografen anscheinend vergessen mitzuteilen, dass es nicht um die Dokumentation eines Bohrers in Bewegung ging, sondern um ein Bewerbungsfoto auf die Anzeige einer Superfrau. Eine schwere dunkle Haarlocke war ihm im Eifer des Gefechts ins Gesicht gefallen, sodass erst das Treffen enthüllen würde, ob Dr. Dr. Harald auch ein gut aussehender Zahnklempner war.

Der Brief ließ ebenfalls Spielraum für Interpretationen. Einige blumige Formulierungen ließen darauf schließen, dass auch Dr. Dr. Harald in seiner Backfischzeit einmal ein Hedwig-Courths-Mahler-Fan gewesen war. Wer weiß, vielleicht hatte diese Komponente – tiefenpsychologisch gesehen – bei Tante Hedwig sogar den Ausschlag für ihn als Kandidaten gegeben.

»Verehrte artverwandte Seele«, hatte Dr. Dr. Harald sein Schreiben eröffnet, *»ich bin der liebevolle Akademiker mit den vielen Lachfalten – eine starke Erscheinung, jedoch auch feinfühlig und verletzlich, der für eine emotional und intellektuell intensive Beziehung eine hübsche, kluge und vielseitig interessierte Frau mit ebenfalls großem und warmem Herzen sucht, die noch dazu imstande ist, das Feuer am Herd zu entfachen. Nach rauen Jahren der Enthaltsamkeit sehne ich mich jetzt nach einer langen Zeit der Zärtlichkeit. Warum ich noch allein bin? Das Studium und der Aufbau einer Praxis haben bisher all meine Kraft und Aufmerksamkeit gefordert … PS: Alles Weitere beim Kennenlernen. Vorab noch ein interessantes Detail zu meiner Person: Bin ein Praktiker mit guter theoretischer Grundlage, der sogar einen Nagel gerade in die Wand schlagen kann.«*

»Naaa, was sagst du?«, fragte mich Tante Hedwig mit einem freudigen Funkeln in den Augen, nachdem ich meine Lektüre beendet hatte.

»Tja, das kann alles oder nichts bedeuten«, sagte ich. »Ich tippe eher auf nichts.«

»Aber Kind«, empörte sich Tante Hedwig, »du musst *zwischen* den Zeilen lesen!«

»Aber das tue ich doch! Und weißt du, was da für mich steht? Überarbeiteter Zahnklempner, gutes Mittelalter, sucht unbezahlte Sprechstundenhilfe, die ihm das Haus in Schuss hält und abends noch die Füße warmt. Und wer weiß, wie das mit der Enthaltsamkeit gemeint ist! Wahrscheinlich wartet da eine fast vierzigjährige männliche Jungfrau auf mich! Obwohl«, überlegte ich, »die Sache mit dem Nagel könnte auch etwas anderes bedeuten ...«

»Na, na!«, tadelte mich Tante Hedwig, ließ sich aber auf keine weiteren Diskussionen ein. Stattdessen gab sie mir mit einem erneuten Wink auf das in ihren vier Ehen erwirtschaftete Vermögen zu verstehen, dass am Ostermontag-Rendezvous mit Dr. Dr. Harald kein Weg vorbeiführen würde.

Das Treffen fand im Eiscafé des Nachbarortes statt.

Wie bereits bei seiner Fotoaktion mit dem überdimensionalen Bohrer übertrieb Dr. Dr. Harald auch bei diesem Einsatz schamlos. Er drückte mir einen titanischen Rosenstrauß in den Arm, mit dem man einen Ochsen hätte erschlagen können. Bis der Eiskellner einen geeigneten Wasserkübel für das monströse Bukett herangeschleppt hatte, war ich ob der gewaltigen Last nicht fähig, mich von der Stelle zu rühren. Dem Rosenkavalier war das nur recht: Er ging derweil ein lauschiges Plätzchen für uns suchen. Ich konnte ihm ja nicht entwischen.

Nachdem mich der Eiskellner endlich von dem Rosenbusch befreit hatte, versuchte ich einen genaueren optischen Eindruck von Dr. Dr. Harald zu gewinnen. Doch das schwarze Haarbüschel hing wie ein Vorhang über seinem Antlitz und ließ auch weiterhin viel Spielraum für Interpretationen. Ich überlegte, ob ich die Gesichtsgardine für einen Augenblick beiseite ziehen sollte, verwarf den Gedanken jedoch gleich wieder. Dr. Dr. Harald hätte dies als spontanen Gefühlsausbruch zu seinen Gunsten auslegen können.

Es war irgendwie wie auf dem Foto. Auch der Bohrer fehlte nicht. Akustisch gesehen. Dr. Dr. Harald hatte ihn zwar nicht mitgebracht, schwärmte aber ununterbrochen davon. Auch artverwandte zahntechnische Geräte vergaß er nicht zu erwähnen und schmückte deren spezifische Eigenschaften derart plastisch aus, dass schon bald eine richtig heimelige Atmosphäre entstand.

Dann hielt er mir eine Laudatio auf seine zwei Doktortitel. Damit ich seine wissenschaftlichen Erkenntnisse auch richtig würdigte, schilderte er mir den Zusammenhang zwischen dem Zahnen und einem Magen-Darm-Katarrh im dreizehnten Lebensmonat. In allen wissenschaftlichen Einzelheiten.

Ich zählte derweil die Eisschalen im Regal hinter der Eistheke – was gar nicht so einfach war, da der Kellner immer wieder welche für neue Eiskreationen herausnahm und andere frisch gespülte zurückstellte –, addierte dazu die geschätzte Zahl der Eiswaffeln, die in einem großen Glas auf der Vitrine lagen, subtrahierte hiervon wiederum die Zahl der angebotenen Eissorten, wobei ich die Fruchteisvarianten zuvor mit dem Faktor Einskommafünf multipliziert hatte, und bildete schließlich von dem Ergebnis die Quersumme, die, wie ich befriedigt feststellte, durch drei teilbar war. Dann flirtete ich ein wenig mit dem Eiskellner. Aber da dieser jede Menge zu tun hatte, verlegte ich meine Bemühungen auf einen in der Nähe des Ausgangs sitzenden älteren Herrn, der partout nicht raffen wollte, dass meine heißen Blicke ihm galten, und sich dauernd in Richtung Tür drehte, um das Objekt meiner Begierde zu entdecken. Dann bestellte ich auf Krankenkassen- beziehungsweise Finanzamtskosten – da Dr. Dr. Harald mit seinem Vortrag noch nicht fertig war, hatte ich bisher keine Chance gehabt, ihn zu fragen, wie er das Rendezvous denn abrechnen würde – mein fünftes Eis, womit ich alle Eissorten durch hatte. Dann wurde mir langweilig, und ich teilte Dr. Dr. Harald mit, dass ich mich wegen familiärer Verpflichtungen jetzt leider von ihm verabschieden müsse.

Entgegen meinen Vermutungen – er hatte sein Pensum noch lange nicht heruntergerasselt – leistete er keinen Widerstand und erbot sich stattdessen, mich nach Hause zu bringen. Da der Himmel inzwischen nach einem kräftigen Regenguss aussah und ich mir im Vertrauen auf den Wetterbericht für den Nachmittag herrlichen Sonnenschein ausgerechnet und die drei Kilometer vom Elternhaus zum Eiscafé auf Schusters Rappen zurückgelegt hatte, nahm ich der Not gehorchend Dr. Dr. Haralds Offerte an.

Die Aussicht, in einem schnittigen Zahnklempner-Porsche-Carrera-Turbo-Modell in der Ehrenloge zu sitzen, versüßte mir die Not ein wenig. Doch der Spielverderber schloss mir die leicht klemmende Tür eines uralten, klapprigen Ford-Taunus-Kombi-Modells auf – anscheinend hatte ich mit der unbezahlten Sprechstundenhilfe gar nicht so falsch gelegen. Wenigstens fand der Monsterstrauß im Laderaum ausreichend Liegefläche.

Wie ich befürchtet hatte, ließ Dr. Dr. Harald es sich nicht nehmen, mir seinen Geleitschutz bis zur Haustür angedeihen zu lassen. Zur Strafe ließ ich ihn den Rosenbusch tragen. Kaum hatten wir die Stufen zur Schwelle meines Elternhauses erklommen, setzte ein gewaltiger Platzregen ein. Ich suchte gerade nach passenden, möglichst endgültig klingenden Abschiedsworten, da riss meine Mutter, die hinter der Gardine gelauert hatte, die Tür auf.

»Aber Herr Doktor, Sie wollen doch nicht bei diesem Wetter den weiten Weg bis zum Auto zurücklaufen?« Mutter brannte darauf, den Zahnklempner näher unter die Lupe zu nehmen.

»Ach, die paar Meter! Ein Katzensprung sozusagen!«, versuchte ich dem Herrn Doktor die Entscheidung zu erleichtern. »Und bestimmt muss der Herr Doktor noch etwas in der Praxis für den nächsten Arbeitstag vorbereiten …?«

Doch der Zahnklempner hatte nicht vor, das Feld zu räumen. Er schien eher Zelte aufschlagen zu wollen. Als ihn Mutter mit einem »Na denn herein in die gute Stube!« zum Eintreten aufforderte, ließ er sich das nicht zweimal sagen. Den Rosenbusch vor sich herbugsierend, preschte er in die Wohnung.

In dem Moment hörte der Regenschauer auf.

»Ach, und die schönen Blumen«, säuselte Mutter. »Wie haben Sie das nur erraten? Das sind doch Gabys Lieblingsblumen!«

Ich hatte bisher zwar nicht gewusst, dass ich überhaupt irgendwelche Lieblingsblumen hatte, doch das tat nichts zur Sache. Dr. Dr. Harald und meine Mutter spielten ›Wenn die Schwiegermutter mit dem Schwiegersohne‹. Ein Glück nur, dass

Tante Hedwig bereits bei einer anderen ledigen Großnichte weilte.

Von mir wurde erst mal keine Notiz mehr genommen. Ich schlich mich die Stufen zu meinem Zimmer hoch, da erwischte mich Mutters Ruf, das gute Porzellan aus dem Wohnzimmerschrank zu holen und bei der Gelegenheit meinen Vater mitzubringen. Widerwillig trabte ich ins Wohnzimmer, wo ich meinen Vater bei Osterchormusik aus der Flimmerkiste und einer Flasche Eierlikör auf dem Sofa vorfand.

»Ach, hallo Gaaaby«, gähnte er, »von mir aus kannst du ruhig umschalten.«

Ich nahm meinem Vater die Fernbedienung aus der Hand und schaltete aus. »Dr. Dr. Harald wartet in der Küche.«

»Was? Wer?«

Obwohl auch Vater Zeuge meiner Erpressung durch Tante Hedwig gewesen war, schien er sich an nichts zu erinnern.

»Der Zahnklempner!!!«

»Ach so, der.« Vater besann sich einen Moment. »Seit wann machen die denn Hausbesuche? Und dazu noch am Ostermontag?« Er schüttelte den Kopf. »Gehört wahrscheinlich zu den von den Krankenkassen verordneten neuen Vorsorgemaßnahmen.« Vater glitt vom Sofa. »Ich geh mir noch rasch die Zähne putzen.«

Bevor ich ihn über seinen Irrtum aufklären konnte, war er in Richtung Bad verschwunden. Ich kramte eine Ladung gutes Porzellan aus dem Schrank und schleppte es in die Küche. Von meiner Mutter, Dr. Dr. Harald und dem Rosenbusch war keine Spur zu sehen. Wahrscheinlich fand gerade eine Führung durch das Schwiegerelternhaus statt. Ich schlurfte erneut ins Wohnzimmer, beförderte eine zweite Ladung gutes Porzellan ans Tageslicht und prallte damit vor der Küche fast mit meiner Mutter zusammen, die aufgeregt um die Ecke gedüst kam.

»Gabylein, du brauchst hier nicht zu decken! Wir sitzen schon alle auf der Gartenterrasse! Es ist doch sooo schönes Wetter draußen!«

»Aber eben hat's doch noch Hunde und Katzen geregnet«, knurrte ich. »Der Herr Doktor sollte sich lieber auf den weiten Weg zu seinem Wagen machen, bevor das nächste Unwetter einsetzt.«

»Aber Gaby! Wir haben ihn doch gerade erst ins Haus gebeten.«

Ausgerechnet *wir*! Ich ahnte schon, warum Mutter so auf den Zahnklempner abfuhr. Bei ihrem Heimwerkertick hatte die Sache mit dem Nagel voll eingeschlagen.

Schnaubend schleppte ich erst die eine, dann die andere Ladung des guten Porzellans von der Küche auf die Terrasse, wo der Herr Doktor in seinem Gartenstuhl bereits wie festgewachsen aussah. Alles außer mir war eitel Sonnenschein. Selbst mein Vater, der inzwischen darüber aufgeklärt worden war, dass keine Heimbohrung stattfinden sollte, strahlte mit seinem frisch gewienerten Gebiss mit Schwiegersohn und Schwiegermama in spe um die Wette. Na wartet, freute ich mich diebisch, während ich das gute Porzellan austeilte, wenn der Zahnklempner erst mal mit seinen wissenschaftlichen Thesen loslegt, vergeht euch das Lachen schon noch!

Doch der Rosenkavalier ging strategisch äußerst geschickt vor. Aufmerksam lauschte er meiner Mutter, die von den Qualitäten der nachbarlichen Allroundehemänner schwärmte. Mit ebenso großer Aufmerksamkeit bedachte er die Worte meines Vaters, der von den goldenen Zeiten erzählte, als die Frauen die Mahlzeiten noch pünktlich auf den Tisch brachten. An den richtigen Stellen sagte er ja und dann wiederum nein, stellte geschickte Zwischenfragen und fällte salomonische Urteile, wenn die Schwiegereltern in spe sich im Eifer des Gefechts zu nahe kamen. Und zwischendurch, wenn sein unermüdlicher Einsatz es zuließ, zwinkerte er mir unter der schwarzen Haartolle vertraulich zu.

Ich saß in der Falle. Wenn bloß Tante Clara hier gewesen wäre! Die hätte den Kandidaten schon auf Herz und Nieren geprüft! Wenn jetzt kein Wunder geschah ...

»Madame, Sie haben schon wieder den Nagel auf den Kopf getroffen!«, hörte ich da den Zahnklempner meiner Mutter einen weiteren Batzen Honig ums Maul schmieren.

»Nagel ...?« Mutter grübelte. »Ja sicher, Nagel!« Vertraulich wandte sie sich an den Zahnklempner. »Jetzt, lieber Herr Doktor, wo wir so gut miteinander bekannt sind, erlauben Sie mir, Ihnen einen Vorschlag zu unterbreiten«, flötete sie.

Dr. Dr. Harald hing hocherfreut an den Lippen von Schwiegermama in spe. Er schien eine fette Investition in seine in rauen Jahren der Enthaltsamkeit aufgebaute Praxis zu wittern.

»Aber zuerst muss ich Ihnen ein Geständnis machen.«

Die Mundwinkel des Zahnklempners senkten sich um eineinhalb Millimeter.

»Als Mutter«, sie räusperte sich, »möchte man natürlich wissen, mit wem das eigene Kind Umgang pflegt. Ich habe mir also erlaubt, einen Blick in Ihr Schreiben zu werfen.«

Die Mundwinkel waren jetzt auf Halbmast.

»Und wissen Sie, welche Stelle mir am besten gefallen hat? Nein, sagen Sie nichts, ich weiß, Sie sind viel zu bescheiden, um Ihre Vorzüge ins rechte Licht zu rücken. Also, am besten hat mir die Passage mit dem Nagel gefallen.« Mutter strahlte. »Es geht doch nichts über einen geschickten Mann in den eigenen vier Wänden, nicht wahr Paul-Gustav?«

Vater gab ein gefährliches Knurren von sich. Doch Dr. Dr. Harald hatte jetzt keinen Sinn für salomonische Urteile.

»Wissen Sie was, Herr Doktor«, holte Mutter zu ihrem Vorschlag aus, »wir beide machen jetzt Nägel mit Köpfen. Sie sind doch ein Mann der Praxis, das habe ich gleich gesehen. Ich habe da einige kleine Arbeiten, die ein wenig handwerkliches Geschick, so wie Sie es besitzen, erfordern. Und während Sie diese kleinen Arbeiten in null Komma nichts erledigen, bereite ich uns in null Komma nichts ein kleines, aber feines Abendessen vor. Na, was sagen Sie dazu?«

Dr. Dr. Harald sagte nichts.

Mutters Auftreten ließ sowieso keine Weigerung aufkommen. Endlich ein Mann im Haus! Sie zerrte Dr. Dr. Harald am Handgelenk ins Wohnzimmer, verschwand in Richtung Keller, kehrte mit einem Werkzeugkasten und einem röhrenden Hirsch in Öl zurück, stellte beides vor dem Zahnklempner ab, zeigte auf eine Stelle über dem Sofa, befahl kurz »Dahin!« und huschte dann glückstrahlend in Richtung Küche.

Hilflos kauerte Dr. Dr. Harald vor dem superb sortierten Werkzeugkasten. Schließlich entschied er sich für einen extrem großen Hammer, dessen Bestimmung es sicherlich nicht war, Nägel für Bilder in die Wand zu treiben, sondern der eher dazu auserkoren schien, Beton aufzubrechen. Passend dazu wählte er einen extrem kleinen Drahtstift mit winzigem Köpfchen.

Er entledigte sich seines Schuhwerks, kletterte aufs Sofa, schwankte ein wenig hin und her, und nachdem sein Gleichgewichtssinn wiederhergestellt war, versenkte er den Nagel mit einem Hauch von einem Schlag unter den Putz. Bass erstaunt über so viel Können glotzte er verblüfft den Hammer an und legte sein Auge dann an das Loch, worin der Nagel untergetaucht war. Danach zog er mit dem Finger den dekorativen Abdruck des Hammerkopfes nach, den er hinterlassen hatte. Den nagelneuen Riss in der Wohnzimmerwand begutachtete er ebenso gründlich wie den aufs Sofa rieselnden feinen Putz.

Dr. Dr. Harald stellte seine Strategie nun völlig um. Er griff zu einem der größeren Drahtstifte und einem der kleineren Hämmer. Der erste Schlag ließ den Nagel nicht mehr ganz so gerade aussehen wie zu seiner Werkzeugkistenzeit, der zweite Schlag verpasste ihm eine höchst kreative Krümmung, und der dritte machte ihm in puncto Geradlinigkeit vollends den Garaus. Ein vierter Schlag erübrigte sich. Der Zahnklempner fiel stattdessen über den Werkzeugkasten her und grapschte nach einem sich durch enorme Hebelwirkung auszeichnenden Nageleisen. Mit einem Ruck brachte er die Sache in Ordnung. Danach war er im Besitz eines hoffnungslos verbogenen Nagels und die Wand in dem eines weiteren vertikalen Risses.

Dr. Dr. Harald ließ das Corpus Delicti in der Werkzeugkiste

verschwinden und griff zu einem öligen Lappen, mit dem er die Schweißperlen in seinem Antlitz entsorgte. Dann griff er zur Bohrmaschine. Verhängnisvollerweise ließ er dabei die auf der Maschine steckende Bohrkrone außer Acht. Denn zuletzt hatte Herr Kolbenschlag mit dem Gerät zu tun gehabt und damit Löcher für das Anbringen von Steckdosen gebohrt. Da war es nicht um Millimeter, sondern um ganze Zentimeter gegangen. Um den röhrenden Hirsch an der Wohnzimmerwand aufzuhängen, waren Löcher von so beträchtlichen Ausmaßen gar nicht nötig. Doch Dr. Dr. Harald war kein Zahnklempner von kleinlichem Gemüt. Bohrer und Bohrkrone nahmen ihren Weg ins Innere des Mauerwerks. Erbarmungslos. In null Komma nichts schnitt der Zahnklempner einen gezackten Kreis in die Wand, der in etwa den Durchmesser einer Dosenmilchbüchse hatte. Selbst Herr Kolbenschlag hätte es nicht besser machen können.

Verdattert starrte Dr. Dr. Harald auf das sich ganz vorzüglich von den zwei schon vorhandenen Einschlägen abhebende Kunstwerk und fingerte hektisch an der Bohrmaschine herum. Mit sicherem Gespür erwischte er den Schlagbohrmechanismus. Damit kreierte er nicht nur einen Zackenkreis, sondern sogleich auch ein fabelhaft großes und fabelhaft tiefes Loch. Das war zu viel für den Zahnklempner. Er bekam den Heimwerker-Blackout. Wie von Sinnen bretterte Dr. Dr. Harald mit dem Bohrer kreuz und quer über Mutters Wohnzimmerwand, swingte dabei im Takt mit, strauchelte, fasste wieder Halt, strauchelte erneut, krallte sich an der Sofarückwand fest, ließ dabei die Bohrmaschine los, die auf den röhrenden Hirsch krachte – der somit seines bezeichnenden Brunftschreis für alle Zeiten beraubt wurde: Die Bohrmaschine schlug ihm den Unterkiefer weg. In null Komma nichts.

In dem Moment wieselte Mutter ins Zimmer. In der festen Überzeugung, dass Dr. Dr. Harald Teil eins seiner Arbeit in null Komma nichts erledigt haben würde, hielt sie freudestrahlend Teil zwei der Aufgabe in den Händen: eine Heißluftpistole. Mit der sollte der Zahnklempner alte Fensterrahmenfarbe zum Schmelzen bringen.

Stattdessen schmolz Mutters Freude dahin. Mit vorquellenden Augen stierte sie auf die Stelle, wo eigentlich der röhrende Hirsch prangen sollte und wo jetzt ein gewagtes avantgardistisches Lochmuster die Blicke auf sich zog. Schwiegersohn in spe hatte gründliche Arbeit geleistet. Was sie auch angenommen hatte. Aber dass er so gründlich vorgehen würde, hätte sie sich nicht vorzustellen vermocht. Dagegen war selbst ihr Paul-Gustav ein Waisenknabe.

»Aaaber ...«, setzte Mutter fassungslos an. Dann verhärteten sich ihre Gesichtszüge. »Hinaus, Sie ... Sie Kurpfuscher!«, schnaubte sie und visierte mit der Heißluftpistole die schwarze Haartolle des Zahnklempners an.

Der spurtete an Mutter und der Heißluftpistole vorbei, stoppte abrupt an der Wohnzimmertür, spurtete im Bewusstsein höchster Gefahr zurück, riss sein Schuhwerk an sich und legte dann nochmals einen Spurt zur Haustür ein.

Und das alles in null Komma nichts.

Just, als er das Haus der Schwiegereltern in spe für immer verließ, begann es wie aus Kübeln zu schütten.

Vom Wohnzimmerfenster aus beobachtete Mutter befriedigt, wie der Zahnklempner in null Komma nichts patschnass wurde. Dann verteilte sie die Beute: Zehn Rosen behielt sie für sich, zehn bekam ich für meine Studentenbude, und mit je zehn wurden Frau Schicklgruber, Frau Bickelhaupt und Frau Kolbenschlag bestochen. Damit ihre Allroundehemänner auch in Zukunft für die eine oder andere Dienstleistung zur Verfügung standen.

Alle waren zufrieden. Nicht zuletzt mein Vater. Endlich war der Beweis erbracht worden, dass es neben ihm mindestens einen weiteren ungeschickten Mann auf dem Erdball gab.

Nur ich war unzufrieden.

Die nächsten Monate verbrachte ich in ständiger Sorge davor, dass Tante Hedwig mir ein weiteres Überraschungsei ins Nest legen könnte.

Bis kurz vor Weihnachten hielt die Sorge an. Dann wurde sie überlagert. Vom Tauziehen mit Robert.

Mutters Mitteilung vom Besuch Tante Hedwigs erwischte mich also eiskalt.

Die Nacht von Heiligabend auf den ersten Weihnachtsfeiertag verbrachte ich mit einem mehrstündigen Albtraum. Mir war Tante Hedwig erschienen, die mir mit einem »Kind, da muss doch was für dich dabei sein!« eine überdimensionale Christbaumkugel überreichte, der der Reihe nach zwei Dr. med. vet., drei Dr. öc. troph., ein Dr. rer. pol. sowie ein Dipl.-Ing. entstiegen. Als ich die ersten drei von insgesamt sieben arrangierten Verabredungen hinter mich gebracht hatte, schellte der Wecker. Schweißgebadet stieg ich aus dem Bett. Mit einem unguten Gefühl im Bauch sah ich Tante Hedwigs Ankunft entgegen.

Den ganzen Vormittag über lauerte ich am Wohnzimmerfenster, fest entschlossen, sofort das Weite zu suchen, falls ich etwas erspähen sollte, das auch nur im Entferntesten einer trojanischen Christbaumkugel ähnlich sah.

Doch die Päckchen, die Tante Hedwig auf dem Weg ins Haus mit sich führte, waren allesamt rechteckig geformt. Ich wollte meinen Argwohn schon fallen lassen, als Tante Hedwig mir mein Präsent mit diesem gewissen Glanz in den Augen überreichte, der immer dann auftrat, wenn sie etwas im Schilde führte. Mit spitzen Fingern nahm ich das Päckchen an mich und beäugte es misstrauisch.

»Keine Angst«, sagte Tante Hedwig, die meine Vorsicht falsch deutete, »es ist nicht zerbrechlich. Ganz im Gegenteil. Da drin wartet ein guter Freund auf dich.«

»Was???« Voller Panik ließ ich das Päckchen auf die Erde plumpsen.

»Aber Kind«, tadelte mich Tante Hedwig, »was ist denn mit dir los? Du bist ja so nervös heute.« Sie bückte sich nach ihrem Mitbringsel. »Mach jetzt erst mal dein Geschenk auf, dann geht's dir gleich besser.«

»Wie war das nochmal mit dem Freund?« Unlustig fummelte ich am Geschenkpapier herum.

»Aber Kind, manchmal bist du wirklich schwer von Begriff. Du weißt doch, Bücher sind die besten Freunde.«

Erleichtert fiel ich der Tante um den Hals. Hurra, es war nur ein Schmöker! Und wenn es eine der Courths-Mahler'schen Liebesschmonzetten wäre, ich würde sie auf der Stelle dankbar verschlingen!

Mit einem Ruck riss ich das Geschenkpapier auf. Ich erblickte ein in Popartmanier gezeichnetes Frauchen, das höchst bekümmert auf dem Bett lag und argwöhnisch auf den Wecker starrte, wobei es die Stunden zu zählen schien.

»Komm, ich les dir den Titel vor.« Tante Hedwig nahm mir das Geschenk ab und trug mit pastoral gefärbter Stimme vor: »›Eine Frau über fünfunddreißig läuft eher Gefahr«, sie legte eine bedeutungsvolle Pause ein, »von einem Tiger gefressen zu werden, als einen Mann zu finden.‹ – Na Kind, was sagst du jetzt?«

Ich setzte mich erst einmal hin. Mir war schummerig vor Augen geworden.

Derweil trichterte mir Tante Hedwig eine ausführliche Beschreibung meines neuen guten Freundes ein: »Also, hör gut zu! Jeder Ratschlag in diesem Buch ist Gold wert. Teil eins trägt bereits die höchst informative Überschrift: ›Wie überlebt man den Männermangel und Ähnliches‹.«

Der Ohnmacht immer noch nahe, konnte ich mich gegen den nun folgenden Wortschwall nicht zur Wehr setzen. Hilflos ruderte ich mit meinen Armen nach dem Buch. Als Tante Hedwig beim ›Klimakterium‹ angelangt war, erwachten meine Lebensgeister wieder. Ich riss ihr die Schwarte aus der Hand und blaffte: »Ich kann selbst lesen!«

Und wie ich las! Ich las vom 2. Juli 1986, dem Tag, nach welchem für die Frauen der westlichen Welt nichts mehr so sein sollte, wie es einmal war. Ich las von dem an diesem Tag publizierten Artikel im amerikanischen Nachrichtenmagazin ›Newsweek‹, der dem weiblichen Geschlecht die bittere Wahrheit beigebracht hatte. Und die lautete, dass passende Männer – was heißen sollte, Männer, die einigermaßen gesund waren und nicht gerade am Hungertuch nagten, aber nicht so jung, dass man ihnen beibringen musste, mit welcher Gabel sie den gebackenen Ziegenkäse als Vorspeise essen sollten, und noch nicht so alt, dass die Chancen größer waren, sie könnten im Schlaf sterben, als erst einmal einen hochzukriegen, also, – dass passende Männer verdammt schwer zu finden waren, genauso wie der weiße Wal. Ich las, dass eine Frau mit Universitätsausbildung im Alter von dreißig nur eine zwanzigprozentige Chance hatte, je zu heiraten. Danach las ich, dass dieselbe Frau mit fünfunddreißig gut daran tat, sich einen erstklassigen Vibrator zuzulegen, da die Aussichten, einen Mann zum Zusammenleben zu finden, sich nun schon auf fünf Prozent verringert hatten. Dann las ich, dass dieselbe Frau mit vierzig – ganz gleich, wie erfolgreich oder talentiert oder intelligent oder schön oder nett oder anziehend sie auch sein mochte – größere Chancen hatte, von einem Terroristen ermordet zu werden, als einen Ehemann zu finden. Dann wurde mir wieder schummerig vor Augen.

Auch über meinen zweiten drohenden Ohnmachtsanfall setzte sich Tante Hedwig mit einem Wortschwall hinweg. »Kind, ich habe eingesehen, dass ich dir mit meinen Erfahrungen nur bis zu einem gewissen Grad nützlich sein kann. Andere Zeiten erfordern andere Methoden. Gerade heutzutage, wo die Dinge sich mit rasanter Geschwindigkeit ändern. Da muss man als Frau –«

»Aber ich bin doch erst fünfundzwanzig«, warf ich mit letzter Kraft ein.

»– immer auf dem neuesten Stand sein und Bescheid wissen.« Tante Hedwig blätterte schon wieder in der Tigerschwarte. »Etwa darüber, woher frau überhaupt weiß, ob *er* einen Versuch wert ist. Und darüber, wie frau mit Männern redet. Und vor allem darüber, wie frau welche kennen lernt und ob dabei eher die traditionelle oder die moderne Methode vorzuziehen ist. Also, Kind«, ich bekam noch einen weiteren ungebetenen Ratschlag ab, »arbeite alles genau durch und erprobe es in der täglichen Praxis.«

Und wann bitte schön soll ich studieren?, dachte ich ärgerlich. Doch das behielt ich besser für mich.

Denn Tante Hedwig drohte bereits: »Und wenn auch das nicht fruchtet, dann muss ich mir für kommendes Weihnachten etwas völlig aus dem Rahmen Fallendes für dich überlegen!«

»Aber sicher fruchtet das. Ganz bestimmt sogar!«, beeilte ich mich zu sagen, um sie wenigstens im Moment von der Möglichkeit einer Super-Sonder-Spezialbehandlung abzubringen. »Ach, da fällt mir ein«, ich hatte plötzlich eine Idee, um einen Tag früher als geplant die Kurve kratzen zu können, »ich muss ja heute Abend noch jemanden vom Flughafen abholen.« Ich machte mich auf lautstarken Protest gefasst.

»Flughafen!«, jauchzte die Tante da unverhofft. »Das ist *der* Ort zum Kennenlernen! Dort kannst du jede Menge ungebundener Geschäftsleute treffen!«

Ich ließ sie in dem Glauben, fuhr stattdessen schnurstracks zum Studentenwohnheim zurück und flitzte geradewegs in mein Zimmer, um nicht etwa einem ungebundenen Geschäftsmann oder gar einem Tiger in die Pratzen zu fallen.

Caruso begrüßte mich lautstark tirilierend. Wie war das nochmal gewesen? »Einige Frauen ziehen Haustiere vor«, hatte in der Tigerschwarte gestanden. Ach, papperlapapp! Von so einem Geschwätz würden wir uns nicht irre machen lassen, nicht wahr, Caruso?

Caruso nickte mir freudig zu. Er war eben der Einzige, der mich verstand.

Ich sank aufs Bett, schmökerte noch ein wenig in einem frauenfreundlichen Buch, worin die Amazonen ein paar Männer einfingen und sie zum Zwecke der Fortpflanzung in ihr Dorf verschleppten, und verbrachte dann eine ruhige Nacht, in der es kein einziger Dr. oder Dipl.-Ing. wagte, meinen Schlaf zu stören.

3. Kapitel
It's raining men, nur wo?
oder:
Je größer die Auswahl, desto einsamer der Single

Am nächsten Morgen schellte das Telefon. Um acht Uhr. Das war früh. Zu früh für den zweiten Weihnachtsfeiertag. Vor allem für einen Anruf im Studentenwohnheim. Außerdem wusste niemand, dass ich einen Tag eher als geplant zurückgekommen war. Außer meinen Eltern. Und ... Tante Hedwig.

Misstrauisch beäugte ich den Apparat. So penetrant konnte nur sie das Telefon läuten lassen. Sicherlich brannte Tante Hedwig darauf zu erfahren, mit wie viel gut situierten Geschäftsleuten ich gestern am Flughafen Fühlung aufgenommen hatte.

Auch Caruso schien nicht sonderlich erfreut über das aufdringliche Läuten. Er, der sonst jedes Klingeln mit heiterem Zwitschern begleitete und dazu munter von Stange zu Stange turnte, hatte sich äußerst missgelaunt kreischend an der Käfigtür festgekrallt.

Zwar hatte mir Tante Hedwig ein Ultimatum in puncto Männerfang gestellt. Doch das lief schließlich erst in einem Jahr ab und nicht schon heute! Ich beschloss, nicht ans Telefon zu gehen. Vor Ablauf der mir eingeräumten dreihundertfünfundsechzig Tage würde ich mit keinen Informationen über etwaige Flughafenbekanntschaften herausrücken. Das war mein gutes Recht. Und es war auch mein gutes Recht, mir zu Weihnachten verehrte Bücher bei Missfallen auf Nimmerwiedersehen verschwinden zu lassen.

Ich stopfte die Tigerschwarte in eine alte Schachtel und bugsierte den Karton unter das Bett in die hinterste Ecke. So, dieses

Problem wäre aus dem Weg geräumt. Jetzt konnte ich mich vergnüglicheren Dingen widmen. Wie etwa einem ausgiebigem Frühstück. Danach vertiefte ich mich erneut in den frauenfreundlichen Amazonenschmöker, in dem es von interessanten Informationen zum Umgang mit dem angeblich starken Geschlecht nur so wimmelte. Von neuem Selbstbewusstsein erfüllt, ignorierte ich drei weitere aufdringlich schellende Anrufe und machte mich – inspiriert durch ein im Schmöker abgedrucktes, vor prallen Frauenleibern strotzendes Bild einer Amazonenschlacht von Rubens – am frühen Nachmittag in die Stadt auf, um mir etwas Leckeres zum Kaffee zu besorgen.

Mit einem beeindruckenden Kuchenpaket kehrte ich zurück. Schließlich brauchte ich in diesem Jahr keine Geschäftsleute oder Zahnklempner mehr zu beeindrucken. Da kam es auf ein paar tausend Kalorien mehr in den nächsten Tagen nicht an.

Gierig riss ich das Papier auf. Neun Tortenstücke und ein Windbeutel lachten mich verlockend an. Ich schnabulierte als Erstes die Käsesahne, danach verdrückte ich ein Stück Schwarzwälder Kirsch und schob mir zum Schluss den Windbeutel rein, dessen Genuss durch erneutes penetrantes Telefonklingeln allerdings ein wenig beeinträchtigt wurde.

Mit einem wohligen Stöhnen streckte ich mich auf meiner Liegestatt aus und tätschelte mein pralles Bäuchlein. Caruso schien nach einer gehaltvollen Körnermahlzeit einem Nickerchen ebenfalls nicht abgeneigt und steckte das Köpfchen bereits ins Gefieder. Auch mir fielen die Augen zu. Sollte ich nicht lieber das Telefon ausstöpseln? Damit kein lästiger Anrufer uns beiden das Verdauungsschläfchen vermasseln konnte? Ich streckte langsam einen Fuß aus dem Bett …

Aber ich stand ja schon längst! Ich hatte die Beine gespreizt und presste die Füße mit aller Kraft auf den Boden, da ich mit meinen Armen an etwas zog, das sich heftig sträubte. Das Etwas war ein Mann. Ein leicht geschürzter. Er sah aus wie Robert. Auch seinen Körperbau besaß er. Da hatte er gegen mich keine Chance. Denn ich war wie eine der Amazonen auf dem

Rubens'schen Schlachtenbild gebaut. Nur noch wenige Meter trennten uns von meiner Hütte. Mit einem leichten Kinnhaken beendete ich das zeitraubende Sich-Sträuben des erbeuteten Burschen, schleifte ihn in meine Hütte und warf ihn auf mein Strohbett. Nachdem er wieder zu sich gekommen war, beugte ich mich mit einem verführerischen Lächeln und einem Windbeutel zu ihm hinab, um ihn mir gefügig zu machen. Ich steckte den Finger in die Sahne ... da klopfte es an der Tür. Komisch, ich erwartete doch gar keinen Besuch. Komisch war auch, dass sich das Klopfen gar nicht wie ein richtiges Klopfen, sondern eher wie ein Klingeln anhörte. Ich war fest entschlossen, nicht aufzumachen, doch es klingelte immer weiter. Mit dem Finger auf den Lippen drohte ich meiner Beute, sich mucksmäuschenstill zu verhalten, schlich zur Tür und lugte durch das Strohgeflecht nach draußen. Doch außer etwas Ockerfarbenem, das mit schwarzen Streifen durchsetzt war, konnte ich nichts erkennen. Vorsichtig machte ich die Tür einen Spalt auf. Ich erschrak zu Tode! Vor mir thronte ein Kaventsmann von einem Tiger! Er hielt einen Telefonapparat gepackt und streckte mir mit seiner Pranke den Hörer hin. Ich wollte die Tür wieder zudrücken, da hieb er mit der Pratze in den Spalt, riss das Maul auf und setzte zu einem fürchterlichen ... Kreischen an. Angsterfüllt presste ich die Augen zusammen.

Als ich sie aufriss, sah ich den an der Käfigtür festgekrallten, entsetzlich kreischenden Caruso. Ach du meine Güte, das Telefon schrillte schon wieder! Erbost griff ich zum Hörer. »Hier Zimmermann!«, bellte ich in die Muschel. Tante Hedwig sollte ruhig merken, dass mit mir momentan nicht gut Kirschen essen war.

»Sag mal, wo steckst du denn? Ich versuche schon den ganzen Tag, dich zu erreichen!«, tönte es vorwurfsvoll aus der Leitung.

»Eva!« Ich war völlig verdutzt. »Woher weißt *du* denn, dass ich wieder in studentischen Gefilden weile?«

»Woher soll ich das schon wissen! Von deinen Eltern natürlich. Da hab ich gestern angerufen. Und heute habe ich bestimmt schon ein Dutzend Mal bei dir angeläutet.«

»Sorry, aber ich hatte den festen Verdacht, Tante Hedwig könnte am Apparat sein. Da bin ich nicht ans Telefon. Die Tante kriegt nämlich langsam die Torschlusspanik.«

Eva kicherte. »In ihrem Alter hätte ich die aber auch.«

»Ach, Unsinn! Die war doch schon x-mal verheiratet. Wegen mir kriegt sie die Torschlusspanik. Sie will mich unbedingt unter die Haube bringen, bevor ich vom Tiger gefressen werde.«

»Waaas???«

»Erzähl ich dir ein andermal, das mit dem Tiger. Sei nur froh, dass du keine so umtriebige Großtante hast, die ständig versucht, dich an den Mann zu bringen. Mein Bedarf ist gedeckt! In diesem Jahr will ich nichts mehr über Männer hören, geschweige denn einen vor die Augen bekommen!«

»Auch nicht am letzten Tag des Jahres?«, fragte Eva lauernd.

»Was soll das denn heißen?«

»Na, an Silvester. Willst du dich da etwa auf deine Bude verkriechen?«

»Vielleicht gehe ich ja zur Silvesterfete des Autonomen Frauenreferats«, knurrte ich. »Die findet in diesem Jahr unter dem Motto ›Ohne Mann – der beste Vorsatz fürs neue Jahr‹ statt. Es wird also weit und breit kein Typ zu sehen sein, es sei denn, irgendein Tootsie-Verschnitt schleicht sich ein.«

»Und ich hatte sooo eine tolle Idee für uns beide für Silvester.«

»Hmm ...«

»In den anderen Städten war die Party schon ein Riesenerfolg, und jetzt kommen sie damit zu uns. Die Karten gehen weg wie warme Semmeln, sag ich dir.«

»Ich gehe zwar sowieso nicht mit, aber was für eine Party läuft denn?«

»Nee, wenn's dich eh nicht interessiert ...«

»Los, sag schon!«

»Also, die Bille geht auch mit. Und wenn du nicht magst, weitere Interessentinnen stehen bereits Schlange.«

»Sagst du mir jetzt endlich, was das für eine Party ist?«

»Aber nur, wenn du mitkommst.«

Ich stöhnte laut. »Im Erpressen bist du fast schon so gut wie Tante Hedwig. Also, ich bin dabei, aber nur unter der Bedingung, dass ich mich verziehen kann, wenn es mir nicht gefällt.«

»Ach was, bei der Riesengaudi dort wirst du gar nicht wegwollen. Es sei denn –«, Eva legte eine bedeutungsvolle Pause ein, »du verlässt die Party frühzeitig mit einem Fahrrad.«

»Hääää …?« Eine warme Welle des Verständnisses für Volker durchflutete mich. Das war ja nicht zum Aushalten, wenn jemand ständig in Rätseln sprach.

»Na gut«, Eva hatte endlich ein Einsehen, »jetzt will ich dich mal aufklären. Also, du kennst doch den Spruch: ›Eine Frau ohne Mann ist wie ein Fisch ohne Fahrrad‹?«

»Natürlich, der hat doch vor etlichen Jahren überall die Runde gemacht. Letztens hab ich ihn sogar noch auf irgendeinem vergammelten Kneipenklo gesichtet.«

»Okay, und was für eine Bedeutung hat der Spruch?«

»Na, ist doch klar: Es geht auch bestens ohne Macker!«

»Und warum?«

»Das ist ja schlimmer als bei Tante Hedwig. Die kommt wenigstens ruck, zuck zur Sache!«, schnaubte ich. »Warum, ja, warum wohl? Weil Fische und Fahrräder ebenso gut zueinander passen wie die berühmte Faust aufs Auge!«

»Jaaa«, gab sich Eva wichtigtuerisch, »das war früher. Aber mittlerweile haben Männlein und Weiblein eingesehen, dass es ohne einander nicht geht. Der Fisch braucht halt doch das Fahrrad und das Fahrrad den Fisch.«

»Ich glaube, bei mir ist es eher umgekehrt«, warf ich in Anbetracht meines Schiffbruchs mit Robert ein.

»Und damit das Ganze«, fuhr Eva unbeirrt fort, »möglichst locker, aber doch effektiv über die Bühne geht, gibt's dafür spezielle Kennenlernpartys.«

»Waaas?« Ich kreischte schon bald wie Caruso. »Du willst mich auf eine Kuppelfete schleppen?«

»Nun übertreib doch nicht so! Das ist eine stinknormale Tanzfete. Nur, dass da keine Pärchen rumlaufen, sondern lauter Singles eben. Singles, die ihr Single-Dasein beenden wollen. Stell dir das doch mal vor! Hunderte ungebundener Männer auf einem Fleck!«

»Das kann ich mir sogar sehr gut vorstellen! Das sind bestimmt lauter Typen mit 'nem Sprung in der Schüssel: Beziehungsgeschädigte, Risikoscheue, Neurotiker …«

Ich hörte Papier rascheln. »Mensch, Gaby, ich hab's hier doch schwarz auf weiß. Also: In der Gruppe der Fünfundzwanzig- bis Vierundvierzigjährigen gibt es über zweieinhalb Millionen Alleinlebende. Die können nicht alle was an der Waffel haben. Außerdem gehörst du selbst auch dazu!«

Ich war sprachlos.

»Aber es kommt noch besser«, jubelte Eva. »Von diesen zweieinhalb Millionen Singles sind über eineinhalb Millionen männlichen Geschlechts!«

»Was, so viele?«, warf ich eingeschüchtert ein. »Kommen die etwa alle zur Party?«

Eva jubilierte weiter. »Mensch, Gaby! Das bedeutet einen satten Männerüberschuss von sage und schreibe einer halben Million! Da haben wir doch die Riesenauswahl!«

Ich war überwältigt.

»Also abgemacht, ich besorge die Karten und hole dich am Silvesterabend um acht Uhr ab.«

»Moment noch«, rief ich schnell, »in welche Klamotten soll ich mich denn überhaupt schmeißen?«

»Hm«, überlegte Eva, »ist eigentlich ziemlich egal. Nur das Oberteil sollte nicht aus zu zartem Material sein, damit du dir mit den Buttons nicht den Stoff zerstichst. Aber das erkläre ich dir dann alles vor Ort«, bestimmte sie in einem Ton, der keinen Widerspruch zuließ, und hängte auf.

Ich machte einen Satz zurück aufs Bett und streckte alle viere von mir. In diesem Jahr nahmen die Überraschungen wohl gar kein Ende mehr! Was sollte ich bloß anziehen? Vielleicht den tief ausgeschnittenen schwarzen Body mit dem roten Minirock? Oder die schwarzen Satin-Leggings mit dem eng anliegenden geblümten Rüschentop? Oder doch lieber etwas weniger Figurbetonendes?

Ach, du Schreck, die Figur, durchzuckte es mich. Das Kuchenpaket! Es musste auf der Stelle verschwinden! Als aufgedunsenen Karpfen würde mich auf der ›Fisch-sucht-Fahrrad-Fete‹ kein Zweirad auch nur von der Seite angucken! Ich warf einen letzten liebevollen Blick auf Kiwi-Joghurt-Schnitte, Erdbeersahne, Holländisch Kirsch, Nusscreme, Prinzregenten- und Sachertorte, tauchte den Finger noch einmal in die Schokoladensahne, schritt mit den sieben Prachtstücken zur Gemeinschaftsküche und versenkte das süße Päckchen in der Tiefe der Gemeinschaftsmülltonne.

Dann ging ich zur Anprobe über, musste jedoch feststellen, dass die auserkorenen Kleidungsstücke mindestens um eine halbe Größe zu eng saßen. Ich sah aus wie die ins Stützkorsett gezwängte Venus von Botticelli.

Wie viele Tage blieben mir denn noch bis zur Single-Fete? Der zweite Weihnachtsfeiertag war fast rum, also hatte ich knapp fünf Tage, um mich vom korpulenten Karpfen in einen schlanken Salm zu verwandeln. Vier Pfund mussten auf alle Fälle runter.

Diese Eva! Wegen ihrer glorreichen Idee durfte ich mich nun in spartanischer Lebensweise üben. Sie war schon eine resolute Person, das musste man ihr lassen. Obwohl die meisten eher das Gegenteil annahmen. Denn sie war nur einsneunundfünfzig groß und wog gerade mal einen Zentner. Da hatte sie in der Männerwelt nichts zu lachen.

Eva hatte viele Semester lang mit mir Germanistik studiert, um dann auf einmal zu erkennen, dass ihre beruflichen Neigungen eher auf medizinischem Gebiet lagen. Daraufhin legte sie Goethe, Schiller und Lessing beiseite, absolvierte ein mehrmonatiges Pflegepraktikum im Krankenhaus und bewarb sich für einen Studienplatz in Medizin. Seit knapp drei Monaten behauptete sie sich nun in diesem Fachbereich. Was gar nicht so einfach war. Einerseits dienten sich ihr ständig angehende sowie bereits fertige Weißkittel als Beschützer an. Andererseits bekam sie von den Medizinchauvis zu hören, ein zerbrechliches Persönchen wie sie studiere doch wohl nur Medizin, um sich einen reichen Halbgott in Weiß zu angeln.

Verflixte Typen! Und für die wollte ich mir nun auch noch zwei Kilo von den Rippen hungern! Mürrisch ging ich die möglichen Diäten durch und entschied mich schließlich für die Reiskur mit Entschlackungsgarantie. Schon beim Gedanken daran begann mein Magen zu knurren.

Am Silvesterabend hatte ich es geschafft. Genüsslich wandelte ich vor dem Spiegel auf und ab. Body und Leggings passten wie angegossen. Ich war wieder so gut in Form, dass ich es mir sogar leisten konnte, einen handbreiten Ledergürtel mit riesiger Goldschnalle um die Taille zu zurren. Ja, heute Abend würde ich mir einen dieser eineinhalb Millionen bindungswilliger Single-Männer angeln! Wenn nur dieses entsetzliche Magenknurren nicht wäre.

Um Punkt acht Uhr klopfte es. Mit Heißhunger stürmte ich zur Tür.

»He, du siehst ja toll aus«, stellte Eva mit anerkennendem Blick fest. »Kann's gleich losgehen?«

»Ja, nur noch eine Frage: Weißt du, was es dort zu futtern gibt?«

»Ich vermute, irgendwelche Häppchen. Klein, aber exquisit.«

»Keine knackige Bockwurst oder ein saftiges Steak?« Schon beim Aussprechen dieser so lange schmerzlich vermissten Köstlichkeiten lief mir das Wasser im Munde zusammen.

»Bockwurst? Steak? Weiß ich nicht, aber jede Menge knackiger Jungs werden da sein. Heute Abend leben wir von Luft und Liebe.«

Das Knurren wurde immer stärker. »Aber Liebe geht doch auch durch den Magen.«

»Ach was, komm jetzt! Oder willst du dir etwa noch ein Lunchpaket einstecken?«

Zu dumm, dass momentan nur Reis in meinem Vorratsschrank lagerte. Und Carusos Knabbermischung. Na ja, vielleicht waren die Häppchen ja ordentlich belegt.

»Sag mal«, fragte mich Eva im Aufzug, »weißt du, welche Laus Robert über die Leber gelaufen ist? Den hab ich gestern mit völlig verhärteten Gesichtszügen in der Stadt gesichtet.«

»Jaja, Robert«, sagte ich, »der hat vorerst ausgelächelt«, und erzählte Eva die Story von der Robert'schen Hinhaltetaktik, meinem vorweihnachtlichen Blues, dem ferngesteuerten Sektkorken sowie meinem abschließenden Geniestreich. Dann erzählte ich ihr von der Tigerschwarte, Tante Hedwigs Ultimatum und der mir angedrohten Super-Sonder-Spezialbehandlung.

Prustend vor Lachen erreichten wir die Pforten des Kulturzentrums, wo die ›Fisch-sucht-Fahrrad-Fete‹ stattfinden sollte. Evas Freundin Bille, eine Krankenschwester, die sie bei ihrem Pflegepraktikum kennen gelernt hatte, bog wenig später um die Ecke.

»Uff«, japste sie, »das war vielleicht ein Tag! Wir hatten heute Personalausfall. Und zum Schluss hat mir der Lustgreis von Zimmer zweiundfünfzig noch den Rest gegeben. Nachdem ich ihn mit dem Waschlappen abgerieben hatte, packte er mich auf einmal mit ungeahnten Kräften am Arm, zeigte auf seine Weichteile und jammerte mit wollüstiger Stimme: ›Aber Schwesterchen, hier unten haben Sie mich noch gar nicht gewaschen.‹«

»Das ist mir während des Pflegepraktikums auch passiert«, kicherte Eva. »Bei uneinsichtigen Patienten hab ich dann den Luffahandschuh zum Einsatz gebracht. Danach war's vorbei mit der Wollust und dem kindischen ›Schwester Evchen‹-Gebrabbel.«

»Na, hoffentlich sind heute Abend nicht allzu viele Knalltüten dabei«, meinte Bille trocken. »Was ist, stürzen wir uns ins Gefecht?«

Wir stürmten den Eingang. Der Männerüberschuss hockte bereits breitbeinig an der Bar und musterte äußerst bindungswillig Evas miniberockte Beine, dann meine Leggings und zu guter Letzt Billes in Jeans und Stiefeln steckendes Fahrgestell.

»Na, wollen wir es uns auch an der Bar gemütlich machen und uns ein kühles Blondes genehmigen?«, schlug Eva unternehmungslustig vor.

Alkohol auf nüchternen Magen? Schon beim Gedanken daran kriegte ich Schlagseite. Mit einem »Ich muss erst mal Essen fassen« stürzte ich davon. Immer dem Schild ›Zum Mitternachtsbüfett‹ nach. In Gedanken türmte ich mir bereits den Teller voll. Nachdem ich fünf Hinweisschildern gefolgt war, fand ich mich in einem leeren Raum wieder. Vielleicht ging es ja durch die Tür da drüben weiter. Ich drückte die Klinke runter. Zugeschlossen! Verzweifelt rüttelte ich am Türgriff.

Plötzlich ging die Tür auf, und ein mürrisch dreinblickender Kellner stand mir gegenüber. »Was gibt's?«, schnauzte er.

»Ich möchte zum Mitternachtsbüfett. Geht's hier lang?« Unter seiner Achsel hindurch versuchte ich etwas Essbares zu erspähen.

»Mitternachtsbüfett gibt's erst um Mitternacht.« Die Tür wurde zugeknallt. Dann wurde sie wieder aufgerissen. »Eine halbe Stunde vor Mitternacht.«

Das waren ja noch fast drei Stunden! Ermattet stützte ich mich gegen die Wand. Dann musste ich bis dahin wirklich von Luft und Liebe leben. Obwohl es mit der Liebe ja auch nicht so gut aussah. Dann eben nur von Luft. Ich tat einen tiefen Atemzug. Mir wurde schwarz vor Augen.

»Ist Ihnen nicht gut? Soll ich den Notarzt rufen?«

Ich richtete mich auf und blickte in das erschrockene Gesicht einer mütterlich aussehenden Frau. Sie hatte eine Küchenschürze an. Das war meine Chance.

»Eeessen«, röchelte ich.

»Ach, Sie haben Hunger. Warten Sie, ich bringe Ihnen was vom Mitternachtsbüfett.« Kurze Zeit später streckte sie mir einen fürsorglich vollgehäuften Teller entgegen. »Aber lassen Sie sich nicht damit erwischen«, schärfte sie mir ein. »Sonst krieg ich Ärger.«

Vorsichtig stahl ich mich zum Tanzsaal, wo sich noch keine Menschenseele aufhielt, und verdrückte mich hinter die Lautsprecher. Während ich vergnüglich vor mich hin schmatzte, begutachtete ich die Saaldekoration. Zwei Mountainbikes und etliche bunt bemalte Fische aus Styropor baumelten an der Decke. Hm, diese Fahrräder waren wirklich nicht zu verachten. Ich kaute am letzten Rinderfiletröllchen, da hörte ich auf einmal Stimmen.

»Aber sie muss doch irgendwo sein«, sagte die eine Stimme.

»Aber bestimmt nicht hier im leeren Saal«, sagte die andere.

Vorsichtig lugte ich zwischen den Lautsprechern durch. Eva und Bille! Auweia, die hatte ich völlig vergessen.

»Haaallo, hiiier bin ich«, piepste ich mit schlechtem Gewissen hinter den Boxen hervor.

»Mensch, Gaby«, raunzte Eva, »wo hast du dich denn verkrochen? Wir suchen dich seit über einer halben Stunde!«

Ich war höchstens fünfundzwanzig Minuten weg gewesen. »Wie war das nochmal mit den Buttons?«, versuchte ich Eva von einer Gardinenpredigt abzuhalten. »Du wolltest mir doch erklären, wie das hier funktioniert.«

»Ach so«, erinnerte sich Eva, »ich muss euch beiden ja noch das Einmaleins der Kontaktaufnahme beibringen.« Sie schleppte Bille und mich ins Foyer zu einer riesigen Tafel, wo es von Kleingedrucktem nur so wimmelte. »Das müsst ihr erst mal durchackern.«

Ich zuckte zurück. »Was, die ganze Tafel?«

»Nein, natürlich nur die Rubrik ›Mann sucht Frau‹. Es sei denn«, sie grinste, »ihr steht auch auf Frauen. Dann müsst ihr noch –«

»Kontaktanzeigen!!!«, kreischte ich fassungslos. »Das sind ja lauter Kontaktanzeigen!«

»Ja, natürlich«. Eva blickte mich verständnislos an. »Das ist doch der Witz bei der ganzen Sache. Was hast du denn erwartet?«

Schreckensbleich überflog ich das Kleingedruckte, um sicherzustellen, dass nicht etwa ein gewisser Praktiker mit guter theoretischer Grundlage, der sogar einen Nagel gerade in die Wand schlagen konnte, dabei war.

»Was machst du denn da?« Genervt zerrte mich Eva von der Tafel weg. »Du weißt doch noch gar nicht, wie's weitergeht. Also«, fuhr sie fort, »all diese Inserate, die bereits vor einer Woche im hiesigen Stadtmagazin erschienen sind, tragen eine Nummer. Seht ihr die?«

Bille und ich schauten gehorsam auf der Tafel nach.

»Wenn euch nun eine Kontaktanzeige gefällt, merkt ihr euch einfach die dazugehörige Nummer, geht an den Tisch dort drüben, wo die Buttons ausgegeben werden, und lasst die Nummer mit Filzstift auf einen leeren Button auftragen. Und den steckt ihr euch dann gut sichtbar an. Kapiert?«

Bille und ich nickten gehorsam.

»Und wenn euch mehrere Anzeigen gefallen, dann steckt ihr euch eben mehrere Buttons an. Theoretisch so viele, wie ihr Platz auf Bluse oder Body habt.«

Bille nickte zufrieden. Sie hatte eine beträchtliche Oberweite.

»Und was machen wir, nachdem wir die Buttons angesteckt haben?«, fragte ich.

»Dann stürzt ihr euch ins Getümmel. Auf die Tanzfläche, an die Bar, ist eigentlich egal, wohin. Hauptsache, ihr seid viel unterwegs. Denn derjenige, der die Anzeige aufgegeben hat, geht natürlich auch rum und schaut, wer seine Nummer auf dem Button trägt. Und wenn ihr ihm gefallt, spricht er euch an.«

»Und wenn nicht?«, kam es von Bille und mir wie aus der Pistole geschossen.

Eva grinste. »Tja, dann habt ihr Pech gehabt und werdet nie erfahren, wer euer Traumpartner war. Aber da die Typen sowieso erst mal auf Äußerlichkeiten abfahren«, sie blickte zuversichtlich an uns herunter, »glaube ich, dass unsere Chancen, per Button Kontakt aufzunehmen, gar nicht schlecht stehen. Es sei denn, das Getümmel ist so groß, dass man sich schlichtweg verpasst.«

Bille und ich schwiegen betreten.

»Aber Kopf hoch! Wenn man bedenkt, dass auf üblichem Wege ein Partnersuchender sich im Schnitt zweiunddreißigmal mit anderen Partnersuchenden im Restaurant treffen muss, bis es funkt, ist diese Single-Party der reinste Zeitraffer.« Dann gab Eva den Startschuss. »Also los, Mädels, dann mal ran an den Speck!«

Ich stürzte an die Tafel.

»Die Steinzeit ist vorüber. Wir nähern uns dem dritten Jahrtausend. Man(n) stürmt nicht mehr mit der Keule auf die Frauen los, um sie dann beim Schopfe zu packen und in die Höhle zu schleifen«, las ich entgeistert. »Einen riesigen Vorteil hatte diese Technik jedoch: Sie war einfach. Höhlenbewohner bittet dich um die Erlaubnis, zuschlagen zu dürfen. PS: Ich bin der mit dem Kopftuch.«

Das war ja gemeingefährlich hier! Vorsichtig stöberte ich weiter. Sogar für meine Mutter war etwas dabei. »Zuverlässiger Handwerker kommt morgens zeitig, damit man den Tag nicht verpasst.« Das Angebot eines Schreiners, der den Frauen seinen Hammer zeigen wollte, schloss sich an, dicht gefolgt von starker elektrischer Konkurrenz: Ein Eurostecker hielt Ausschau nach einer Steckdose. Zwecks Stromfluss.

Nach den Heimwerkeranzeigen kamen die Tierinserate. Zur tabulosen Bestäubung wurde von strammer Hummel mit spitzem Stachel eine süße Tulpe gesucht. Große Blätter und einen blanken Kelch sollte sie haben.

Ich schüttelte den Kopf. Vielleicht war in den letzten Monaten der Zeitgeist an mir vorbeigerauscht und ich war nicht mehr auf dem neuesten Stand, was die Flirtformulierungen anging?

Ah, da war ja endlich was! »Ich bin der Märchenprinz!«, las ich hocherfreut. »Zur Zeit leider noch in Froschgestalt.« Meine Freude erlosch wieder. »Suche eine Märchenprinzessin, die mich von meinem Fluch erlöst.« Das kam schon mal gar nicht in die Tüte. Da küsst man dann und küsst und küsst, und am Ende hält man immer noch einen kalten, glitschigen Frosch im Arm.

Ich überging die selbst ernannten Weihnachtsmänner, Kuschelbären und Steppenwölfe und landete sodann bei den Aufschneidern. Allesamt »sehr gut aussehende« und »höchst gebildete« Exemplare. Wenn da mal nicht mehr Dichtung als Wahrheit dahintersteckte. Die nächste Spalte war voll von Schnorrern. Marke armer Student im Einführungssemester, der zum Weiterstudieren eine reiche Frau sucht. Die hätte ich selbst gern! Dann kamen die Kandidaten, die sich eine Frau fix und fertig konstruiert hatten. Nach dem Baukastenprinzip: Konfektionsgröße, Haarfarbe und Intelligenzquotient waren vorgegeben.

Vielleicht war ja bei den Esoterikern was dabei. Obwohl die meist zu viel quasselten. »Die ersten Fußstapfen in frisch gefallenen Schnee zu setzen – solche Wege reizen mich am meisten«, las ich wenig entzückt. »Wie flügge gewordene Vögel werfe ich meine Freude an den Himmel. Du, eine kreativ-positive Frau, bist das Echo meiner Lieder und vielleicht noch mehr.«

Uff! Mir brach der Schweiß aus. Panisch schaute ich mich nach Eva und Bille um. Beide saßen bereits am Button-Tisch und trugen ihre Nummernwünsche vor. Nur ich war noch ohne! Fest entschlossen, nicht als Mauerblümchen zu enden, nahm ich mir die Anzeigen ein zweites Mal vor.

Hm, Nummer 159 war gar nicht so übel. »Ich bin kein Traumtyp!«, stand da. »Suche ein Mädel, das auch keine Traumfrau ist. Träume sind Schäume. Achtung, ich gehe trotzdem scharf ran!« Wenigstens eine ehrliche Aussage nach all dem Schwindel.

Für alle Fälle sollte ich mir einen zweiten Button mit der Nummer eines Alternativfahrrads zulegen. Ich fahndete weiter. Da war ja tatsächlich noch eine sympathische Anzeige. »Jungfrau sucht nettes Mädel zum Verlieben«, las ich. Was hatte das

Sternzeichen Jungfrau nochmal für Eigenschaften? »Bin ein ebenso netter Mann in den besten Jahren, romantisch und verschmust, aber auch unternehmungslustig. Wenn du Treue und Ehrlichkeit mit mir teilen möchtest, dann lass dir meine Nummer auf deinen Button schreiben.« Das tat ich prompt. Gut sichtbar heftete ich das Buttonpärchen an meinen Body und stürzte mich ins Getümmel.

Im Tanzsaal lief mittlerweile Musik, sonst war noch nicht allzu viel los. Der Männerüberschuss hatte sich um die leere Tanzfläche geschart. Ein Rinderfiletröllchen konnte ich mir ja schon mal abtanzen. Aber, so ganz allein auf die Tanzfläche? Unschlüssig schob ich einen Fuß nach vorne ... Womm! Heftiger Donnerschlag setzte ein. Super, sie spielten ja mein Lieblingslied! Jetzt konnte mich nichts mehr halten. »... and have we got news for you ...«, dröhnte es aus den Boxen. Ich stürmte die Tanzfläche. Begeistert schmetterte ich mit: »... just about half past ten ...« Ich blickte auf die Uhr. Es war erst kurz nach halb zehn. »... for the first time in history it's gonna start raining men ...«

Aufgeregt stierte ich nach oben. Da waren nur Styroporfische. Na ja, es war ja noch eine gute Stunde Zeit. Hatte sich der Männerüberschuss eben nicht von der Stelle bewegt? »Halleluja!« Ich drehte mich dreimal um die eigene Achse. »... I'm gonna let myself get absolutely soaking wet ...« Verzückt schüttelte ich mein Becken und schloss die Augen. Als ich sie wieder öffnete, hatte sich der Männerüberschuss erneut um einiges bewegt. Um es genauer zu sagen: Er marschierte direkt auf mich zu. Die Jungs mussten irgendwas in die falsche Kehle bekommen haben. Verflixte Reisdiät, jetzt hätte ich die Figur der ›Weather Girls‹ gebrauchen können! Nur gut, dass ich wenigstens das Mitternachtsbüfett auf den Rippen hatte.

Ich kämpfte mich durch den Männerüberschuss bis zum Ausgang des Tanzsaals, da wurde mir erneut der Weg verstellt. »He, Tussi, kannste mir erklären, wie das hier abgeht. Ich möcht heut' Abend auf keinen Fall leer ausgehen.« Oje, ein

Charmeur! Den schleppte ich auf eine Kurzeinführung hin zur Kontaktanzeigentafel und dann an den Button-Tisch. »Nee, das ist mir alles zu umständlich und zu unsicher«, quengelte er herum, »kann ich nicht selbst 'ne Anzeige aufgeben? Mit eigenen Wünschen?«

»Das hättest du dir früher überlegen müssen«, sagte die schrille Rothaarige am Button-Tisch. »Aber meinetwegen, wenn du noch ein freies Plätzchen an der Tafel findest, kannst du dich gern mit deinem Spruch dort verewigen.« Dann flüsterte sie mir zu: »Auf einen abgefahrenen Typen mehr oder weniger kommt es heute sowieso nicht mehr an.«

Bevor ich ihr beipflichten konnte, hatte der Charmeur mich ins Schlepptau genommen und zog mich wieder zur Tafel. »Hm, was schreib ich bloß?«, sann er nach. »Worauf steht ihr Tussis denn?«

Ich überlegte. Da waren Treue, Ehrlichkeit, Bodenständigkeit ...

»Ich hab's!«, riss mich der Charmeur aus meinen Gedanken. »Ich schreib einfach: ›Hauptsache, weiblich und zwei Beine.‹« Er gaffte auf meine Leggings. »Na, was hältste davon, Tussi?«

Die Tussi hielt nichts davon. Stattdessen gab sie dem Charmeur den Rat, es bei Frauen doch grundsätzlich mit einer etwas ausgefalleneren Formulierung zu versuchen. Was den Charmeur gehörig ins Grübeln brachte. Das wiederum nutzte ich dazu, die Treppe emporzueilen und am Sektstand endlich ein Glas Schampus in Empfang zu nehmen.

Plötzlich wurde mir flau im Magen. Ich witterte das aufdringliche Parfüm eines Vorstadt-Casanovas. Eine Flutwelle des billigen Wässerchens brandete direkt auf mich zu. »Aaaah, Bellissima«, wurde mir auch schon ins Ohr geraunt, »du siehst aus wie die Venus von Botticelli!« So eine Unverschämtheit! Schließlich lagen fünf entbehrungsvolle Tage Reis-Entschlackungskur hinter mir! Empört schubste ich den Beleidiger beiseite und rauschte die Treppe hinab.

»Wollen wir beide eine Runde auf der Tanzfläche drehen?«

Vor mir stand ein Typ mit blonden Löckchen und protzigem Goldhalsband. Mehr breit als hoch. Na ja, der würde mich wenigstens vor den selbst ernannten Ladykillern abschirmen. Wir zockelten auf die Tanzfläche und drehten eine Runde. Dann drehten wir noch eine. Danach eine weitere. Nach zehn Runden hatte ich genug von seiner Abschirmung. Schließlich musste ich ja noch meine Nummernboys ausfindig machen. Und außerdem sollte es laut Wetterbericht der ›Weather Girls‹ bald anfangen, Männer zu regnen.

Ich griff nach Blondies Halsband und zog ihn zu mir heran. Vorsichtig versuchte ich ihm beizubringen, dass ich seines Schutzes nicht länger bedurfte. Verzweifelt versuchte er mich zu zehn weiteren Runden auf der Tanzfläche zu überreden.

»Wir seh'n uns dann später«, rief ich ihm aufmunternd zu. Bei meinem Glück laufen wir uns bestimmt noch ein paar Mal über den Weg, ergänzte ich in Gedanken.

Doch Blondie gab nicht auf. »Bei meinem Glück verfehlen wir uns bestimmt«, maulte er. »Kannst du mir nicht schon mal deine Telefonnummer geben?«

»Ja, die kann ich dir gerne geben«, strahlte ich ihn an. »Aber das ganze nächste Jahr bringt das leider nichts, wenn du anrufst. Ich habe nämlich überhaupt keine Zeit, da ich Ende des Jahres mein Examen mache.«

»Das ganze Jahr keine Zeit?«, wiederholte Blondie ungläubig. »Das gibt es doch gar nicht.«

Stumm nickend beharrte ich auf meiner Aussage.

»Aber du gefällst mir doch so gut. Ehrlich! Vom ersten Augenblick an!«

»Kein Problem. Ich habe ja nur nächstes Jahr keine Zeit. Aber im übernächsten Jahr, da klappt's bestimmt«, tröstete ich ihn.

So lange wollte Blondie nun doch nicht warten. »Immer lern ich nur Studentinnen im Examen kennen«, nörgelte er vor sich hin und stiefelte verbittert davon.

Ich fegte los, um meine Nummernboys aufzuspüren. Ich jagte an die Bar, preschte zum Sektstand und flitzte die Treppen rauf und runter. Als ich wieder gen Tanzsaal schoss, knallte ich mit etwas Glitschigem zusammen. Oje, der Prinz in Froschgestalt. Ich erschrak und schnellte zurück. Weit schlimmer. Vor mir stand der Neandertaler. Der mit dem Kopftuch. Mit nacktem Oberkörper. Frauenjagd musste eine schweißtreibende Angelegenheit sein. Dem Neandertaler quoll er aus allen Poren. Seinen Antrag per Keule wartete ich gar nicht erst ab und flüchtete aufs Klo.

Dort entdeckte ich die Bescherung. Der Neandertaler hatte seine Duftmarke auf meinem Body hinterlassen. Notdürftig restaurierte ich mich und mischte mich wieder unter die Menge.

Das Zifferblatt meiner Uhr zeigte inzwischen Viertel vor elf. Mist, jetzt hatte ich den Männerregen verpasst! Ah, da vorn wurde irgendwas verteilt. Neugierig stellte ich mich hinter den anderen Frauen in der Schlange an. Als ich an die Reihe kam, drückte mir ein ernst dreinblickender junger Mann eine Visitenkarte in die Hand. »Bruder Donald« stand drauf und gleich darunter »Gewinne durch Verzicht«. Gefolgt von einer Telefonnummer. Seltsame Masche, grübelte ich und sah hoch. Bruder Donald zückte bereits den nächsten Stapel Visitenkarten. Nach Entsagung sah mir das ganz und gar nicht aus. Eher nach gewaltigem Nachholbedarf. Ich fing an zu rechnen: Wenn Bruder Donald im Schnitt alle fünf Sekunden eine Visitenkarte los wurde, und das im Zeitraum von einer halben Stunde, und wenn die Trefferquote der Anrufe bei zwei Prozent lag ... wie hoch war dann nochmal seine Erfolgsquote in absoluten Zahlen ...?

»He, du trägst ja gar nicht meinen Button!«

Hm, zwölf mal dreißig, das waren ... »Dreihundertsechzig«, rief ich erfreut.

»Nee, ganz falsch! Aber wenn du zweihundert abziehst, dann hast du's!«

Ich zog zweihundert ab. Das waren ... Ach Quatsch, ich

musste doch zwei Prozent nehmen! Erzürnt starrte ich den Störenfried an. »Was willst du denn? Du siehst doch, dass ich gerade etwas ausrechne!«

»Ja. Aber wenn du doch falsch liegst. Du musst so rechnen, dass du genau auf einhundertsechzig als Endergebnis kommst.«

»Und warum, bitte schön?«

»Na, weil das die Nummer ist, unter der mein Inserat läuft. Da, schau«, er tippte auf einen meiner Buttons, »du hast mich nur um eine Anzeige verfehlt.«

»Und, was steht Aufregendes unter der Nummer 160?«

»Da solltest du schon selbst nachsehen.« Schmunzelnd setzte er hinzu: »Es lohnt sich!«

Neugierig eilte ich zur Kontaktanzeigentafel. »Mmmh!«, las ich unter besagter Nummer. »Ich bin frisch, fruchtig, bärig. Ich bin der Haribo-Goldbär. Jede Frau, die meine Nummer am Silvesterabend trägt, bekommt mich oder eine Tüte mit meinen kleinen essbaren Freunden. Keinen Hunger?«

Doch, ein wenig Appetit hatte ich schon. Ich tappte zurück. »Na dann mal her mit der Tüte Gummibärchen«, forderte ich.

»Äh, die sind leider aus, die Nachfrage war riesig. Darf's nicht auch die große Ausgabe sein?«, feixte der Goldbär.

Ich taxierte ihn näher. So frisch und fruchtig sah er gar nicht mehr aus. Und außerdem würde ich dann bestimmt das ganze nächste Jahr an ihm zu knabbern haben. »Nee danke, so riesig ist mein Appetit nun auch wieder nicht.« Dann lieber ein paar Löffel mehr am Mitternachtsbüfett.

Apropos Mitternachtsbüfett. Das musste ja in Kürze aufmachen. Da würde ich sicher wieder auf Eva und Bille treffen. Frohgemut trippelte ich los. An der zweiten Ecke kippte ich fast um. Mir war, als hätte mich ein Feuer speiender Drache angeschnaubt. »Hallo, ich bin der Traumtyp«, polterte er. Mit seinem Zeigefinger stieß er penetrant gegen einen meiner Buttons. »Das heißt, natürlich bin ich's nicht. Ich bin nämlich genau der, den du suchst!«, schwallte er und riss sperrangelweit den Schlund auf. Mühsam hielt ich mich auf den Beinen. Das musste mein Wunschfahrrad mit der Nummer 159 sein, dämmerte es mir. Junge, Junge, der ging wirklich scharf ran. Der musste vor der Fete ja kiloweise Zwiebeln, Knoblauch und Peperoni verschlungen haben.

»Ich glaube, das ist ein Missverständnis«, sagte ich geistesgegenwärtig und versuchte mein Gesicht aus der Windrichtung zu drehen. »Bist du denn die Nummer 158?«

»Nein, aber die 159. Genau der, den du suchst!« Hartnäckig glotzte er auf meinen Button.

»Nein, nein.« Ich tippte auf den Button. »Hier steht doch 158!«

»Ich lese aber eindeutig eine Neun!«

»Oh«, sagte ich scheinbar überrascht. »Da muss ich aber schleunigst zum Button-Tisch. Dann haben die mir ja die Acht nicht richtig zugemacht.«

»Ich komme mit«, kläffte Nummer 159 und hängte sich an mich. »Um mich zu beschweren! Dauernd treffe ich Frauen, deren Acht auf dem Button wie eine Neun aussieht!«

Am Button-Tisch übermalte ich meine alte Nummer, heftete sie jedoch nicht mehr an, sondern ließ den Button in der Handtasche verschwinden. Nummer 159 übte derweil mit der entnervten Rothaarigen reihenweise Achten und Neunen. Unbemerkt kratzte ich die Kurve. Aufs Mitternachtsbüfett war mir die Lust vergangen. Noch immer war ich in den Zwiebel-Knoblauch-Peperoni-Dunst eingehüllt.

»Mensch, Gaby, da bist du ja endlich! Kommst du mit, das Büfett abräumen?« Eva und Bille standen vor mir.

»Nee, geht ihr beiden mal alleine.« Ich presste eine Hand auf den Bauch. »Ich fürchte, ich bin nicht so ganz auf dem Damm.«

»Das gibt's doch wohl nicht«, schalt Eva. »Erst schiebst du tierischen Kohldampf. Und dann, wenn's endlich ans Spachteln geht, kriegst du Magenverstimmung. Mit dieser negativen Grundeinstellung hast du hier bestimmt noch niemanden kennen gelernt!«

»Wenn du wüsstest«, krächzte ich.

»Na ja, kannst du uns ja gleich berichten. Also, ich schlage Folgendes vor: Während wir das Büfett stürmen, besorgst du uns 'ne Pulle Sekt und ein paar Gläser, damit wir nachher gemeinsam aufs neue Jahr anstoßen können. Und zwar am besten im Tanzsaal. In der Nähe der Lautsprecher.«

Ich nickte. Den Platz kannte ich schon.

Als Eva mit Bille und zwei voll getürmten Tellern am verabredeten Ort aufkreuzte, fing sie mich gleich an zu löchern: »Und, wen hast du in den letzten drei Stunden alles aufgerissen?«

Meine Blicke suchten den Tanzsaal ab. »Da«, sagte ich schließlich und deutete mit dem Zeigefinger auf die Nummer 160, »den da habe ich kennen gelernt. Das ist der Haribo-Goldbär.«

Evas Augen folgten meinem Finger. »Aber nein«, widersprach sie, »du irrst dich, das kann nicht der Goldbär sein. Das ist doch der Duplo-Riegel. Der mit der längsten Praline der Welt!«

»Ach wo«, mischte sich Bille ins Gespräch, »das ist die Nogger-Tüte. Ich hab doch auf der Kontaktanzeigentafel nachgesehen.«

»Ich auch!«

»Ich auch!«

Bestürzt blickten wir uns an.

»Drei Kontaktanzeigen! Der Typ hat drei verschiedene Kontaktanzeigen aufgegeben!« Wir verschafften unserer Empörung über diese ungeheure Freveltat gerade Luft, da wurde die Musik unterbrochen.

»So, Jungs und Mädels«, dröhnte es aus dem Lautsprecher, »zum Beriechen, Beschnüffeln und Beschnuppern hattet ihr Zeit genug. Jetzt wollen wir Resultate sehen! Für alle Fische, die ihr Fahrrad ergattert haben, beziehungsweise für alle Fahrräder, die ihren Fisch an Land gezogen haben, heißt es nun: Auf die Tanzfläche! Und damit ihr euch noch ein bisschen nähähäher kommt«, raunte es aus den Boxen, »spielen wir für euch jetzt den ultimativen Midnight-Schmuseee-Bluhuhues.« Aus dem Lautsprecher plätscherte ein seichtes Liedchen. Eng umschlungen kam ein lesbisches Pärchen auf die Tanzfläche. Dann kam nichts mehr.

Der Männerüberschuss, der sich während des Abends in den Ecken des Kulturzentrums verteilt hatte, schien jetzt wieder auf einer Stelle zu hocken. Gierig starrte er in unsere Richtung und heischte nach einer Aufforderung zum Schmuseee-Bluhuhues. Eva, Bille und ich rückten eng zusammen.

Endlich wurde der Startschuss zum Countdown des alten Jahres gegeben. Allzu gerne überließ ich Eva das Entkorken der Sektflasche. Wir stießen auf das Ende der fahrradlosen Zeit an. Dann schwatzten wir über unsere Partyerlebnisse.

Eva hatte wieder mal mit ihrer typischen Klientel zu kämpfen gehabt. »Ach«, winkte sie ab, »wieder das Übliche. Ständig hingen irgendwelche Schränke über einsneunzig an mir, die sich als Beschützer aufspielen wollten.«

Auch Bille hatte nur Nieten gezogen.

Wir blickten auf unsere Buttons und beschlossen, den dazugehörigen Fahrrädern eine allerletzte Chance zu geben, die tollsten Frauen ihres Lebens kennen zu lernen. Während Eva und Bille ihr Glück außerhalb des Tanzsaales suchten, klapperte ich die Tanzfläche ab. Nicht alleine. An mir klebte ein männliches Individuum, zu dessen gockelhaftem Gebaren nur noch der Kamm auf dem Scheitel fehlte. »Na, immer noch nicht von Amors Pfeilen getroffen worden?«, fragte er mich nach der fünften Durchquerung der Tanzfläche mit impertinentem Grinsen.

Ich grinste ebenso unverschämt zurück. »Ist ja auch kein Wunder. Die Auswahl hier ist nicht gerade berauschend.«

Der Gockel blieb unbeeindruckt. »Wenn du keinen mehr findest, können wir gern Adressen austauschen«, bot er sich an.

Dankend lehnte ich ab. So dringlich war es nun auch wieder nicht. Der Gockel ließ es sich nicht nehmen, mir seinen Standort für die nächste halbe Stunde mitzuteilen. Für alle Fälle, meinte er.

Erschöpft von der vielen Herumrennerei lehnte ich mich an einen Pfosten. Die Singles legten gerade eine verzweifelte Sohle zu Gloria Gaynors ›I will survive‹ aufs Parkett.

Herzhaft gähnte ich.

»Na, findest du es auch so öde hier?«

Ich blickte zur Seite. Neben mir stand ein ganz und gar nicht unsympathisch wirkender Knabe. Sollte das etwa mein nettes, unternehmungslustiges Wunschfahrrad in den besten Jahren sein, dessen Nummer auf dem mir verbliebenen Button prangte?

Ich drehte mich so zu ihm hin, dass mein Button ihm sofort ins Auge springen musste. »Hast du denn auch eine Kontaktanzeige aufgegeben?«

Er strahlte mich an. »Ja, und was für eine!«

Ich senkte den Blick und spielte kokett mit meinem Button. »Darf frau denn erfahren, was drinsteht?«

»Aber natürlich. An der Kontaktanzeigentafel unter Numero 77 erfährst du alles, was dein Herz begehrt«, flötete er und setzte zuversichtlich hinzu: »Ich warte so lange auf dich.«

Hm, Nummer 77 ... Das war zwar nicht die Nummer, die ich suchte, aber Nachschauen konnte ja nicht schaden.

Der Anzeigentext von Numero 77 hatte es tatsächlich in sich. »Willst du lieber vom Tiger gefressen oder von mir gefunden werden?«, las ich wie versteinert. »Welche sanftmütige Kuschelfrau möchte mit mir das Sprichwort widerlegen?« Mit meiner Sanftmut hatte es daraufhin ein jähes Ende. »So eine Unverschämtheit!«, brüllte ich so laut, dass alle Umstehenden im Umkreis von zehn Metern zusammenzuckten. Nun war der Tigerschwarten-Titel auch schon zum Sprichwort gediehen!

Jetzt aber nichts wie ab nach Hause! Ich sah mich um. Von der Brüstung starrten Eva und Bille zu mir herab. »Hast du eben so laut geschrien?«

»Mir reicht's!«, brüllte ich. »Ich will heim! Und zwar sofort!«

»Wenn du eine Minute wartest, kommen wir mit. Wir müssen nur noch austrinken«, sagte Eva.

Eine ganze Minute! Gierig hielten meine Augen nach Überbrückung dieser langen Zeit Ausschau. An einem großen, bunt schillernden Styroporfisch über der Kontaktanzeigentafel blieb mein Blick hängen. Den würde ich mir jetzt schnappen, koste es, was es wolle!

Nach dem dritten Sprung hielt ich meine Trophäe in der Hand. Die Tafel mit den angeblichen Traumkandidaten hing zwar jetzt ein wenig schief, doch das kümmerte mich wenig.

»Bist du verrückt? Du kannst doch hier nicht die Dekoration mitgehen lassen«, rügte Eva.

»Pah!«, sagte ich in einem Ton, der keinen Widerspruch zuließ, und stolzierte zum Ausgang.

»Halt! Ich bin die Nummer, die du suchst.«

Verblüfft blieb ich stehen.

»Ich wollte dich schon drinnen ansprechen, doch du warst auf einmal verschwunden. Da hab ich dann hier auf dich gewartet.«

Das musste mein netter, romantischer, verschmuster, unternehmungslustiger, treuer und ehrlicher Mann in den besten Jahren sein. Der mit dem Tierkreiszeichen Jungfrau. Obwohl, die besten Jahre schienen schon überschritten. Und allzu unternehmungslustig sah er auch nicht aus. Eher danach, dass er lieber auf dem Sofa mit einem Schmusekissen im Arm romantisch vor dem Fernseher sitzen würde.

»Gibst du mir jetzt deine Telefonnummer?«

Auch das noch! Wie kam ich da bloß raus?

»Äh, ich habe leider in den nächsten Tagen überhaupt keine Zeit. Du weißt ja, die Uni fängt wieder an und –«

»Das macht nichts. Ich kann warten. Ich heiße übrigens Herbert.« Er gickelte. »Meine Freunde nennen mich aber Herbie, du weißt schon, wie der flotte Käfer!«

Der flotte Herbert schien nicht so schnell aufgeben zu wollen. Und meine Widerstandskraft war nach all den stressigen

Begegnungen nicht mehr die stärkste. Widerwillig kritzelte ich ihm meine Nummer auf. Ich konnte ihn ja immer noch am Telefon abwimmeln.

Freudig erregt steckte Herbert den Zettel mit meiner Nummer ein. »Und jetzt tauschen wir«, befahl er.

»Tauschen? Was denn?«

Herbert fuchtelte mit einem mickrigen, blässlich getünchten Styroporfisch unter meiner Nase herum. »Den da! Den hab ich unter höchster Gefahr für dich von der Decke geholt. Gegen den, den du mir mitgebracht hast.«

Das wurde ja immer schöner. So ein schlechtes Geschäft hatte ich schon lange nicht mehr gemacht!

Doch Herbert grapschte bereits nach meinem prachtvollen, bunt schillernden Exemplar.

Ich ließ ihn gewähren. Ich hatte nur noch ein Ziel: Endlich nach Hause!

Mit dem Mickerfisch unterm Arm eilte ich nach draußen, wo Eva und Bille schon ungeduldig auf mich warteten. Willig nahm ich sogar noch ein mir aufgedrängtes Flugblatt mit.

In meinen heiß geliebten fünfzehn Quadratmetern streckte ich erst einmal alle viere von mir. Caruso fiepte leise vor sich hin. Ich stand auf und ging zum Käfig. »Ach, Caruso, entschuldige bitte, ich wünsch dir ein frohes neues Jahr. Was hältst du denn von meinem Mitbringsel?« Ich drückte den Mickerfisch an die Gitterstäbe.

Caruso hielt nichts davon. Den Fisch ignorierend pickte er in seinen Körnern.

Ich beschloss, in meinem Schränkchen für sentimentale Stunden eine Extraecke für absonderliche Trophäen einzurichten und den Mickerfisch mit einem kurzen Hinweis auf Herbie, den flotten Käfer, dort verschwinden zu lassen.

Was stand denn eigentlich auf dem Flugblatt, das ich mir hatte andrehen lassen? Ich warf mich zurück aufs Bett und las:

»Na, haben Sie heute Abend wieder keine/n abgekriegt? Haben Sie heute wieder wie ein Mauerblümchen an der Wand

geklebt und die vielen Paare beobachtet, die ausgelassen getanzt haben? Oder haben Sie Ihren Frust an der Bar heruntergespült, während neben Ihnen die ersten zarten Bande geknüpft wurden? Schon das nächste Mal können auch Sie zu denjenigen gehören, die gemeinsam die Party verlassen ... Wie aus dem Liebesglück etwas wird, erfahren Sie beim Zwei-Tage-Intensivkontakttraining für Singles. Damit Sie die längste Zeit mit vor der Brust verschränkten Armen und auf Halbmast stehenden Mundwinkeln anderen beim Liebesglück neidisch zugeschaut haben!«

Unter dem Text grinste mich ein im Liebesglück schwelgendes Pärchen an. Ob so viel Glückseligkeit konnte ich nicht umhin, ebenfalls zu lächeln. Doch als ich den Preis der Intensivkontaktnachhilfe las, sanken meine Mundwinkel auf Halbmast.

Dann lieber auf den Tiger warten, sagte ich mir und löschte das Licht.

4. Kapitel
Es regnet Knallerbsentarzans oder: von Uni-Charmeuren und anderen Herzensbrechern

Die restlichen Abende der Weihnachtsferien verbrachte ich mit Volker und etlichen flüssigen Sorgenkillern in der Wohnheimbar.

»Das Alleinsein hat auch seine Vorteile«, versuchte mich mein Zimmernachbar zu trösten, nachdem ich ihm meine Pleite auf der Single-Fete geklagt hatte. »Kein Spielverderber erpresst dich mit einem Hinweis auf etwaige bei ihm Schlange stehende wohlgebaute Konkurrentinnen, wenn du plötzlich Gelüste verspürst, ein Stück Schwarzwälder Kirsch sowie eine Käsesahne zu verdrücken und dir hinterher noch einen Windbeutel reinzuschieben.«

Ich nickte. Da war was dran.

»Kein Miesepeter hält dir eine Gardinenpredigt, wenn du dem Wunsch nachgehst, eine Flasche Schampus mit mir zu killen.«

Volker kannte wirklich haargenau meine Bedürfnisse.

»Und kein eifersüchtiger Zeitgenosse versucht die Aufmerksamkeit auf sich zu lenken, wenn du mit Caruso turtelst.«

Dankbar prostete ich Volker zu. Diese Überlegungen würden mir wieder Auftrieb geben.

»Außerdem«, setzte Volker augenzwinkernd hinzu, »kommt alles auf die Perspektive an. Weißt du, Liebe zwischen zwei Menschen ist eine wunderbare Sache. Vorausgesetzt, man findet die beiden richtigen Leute, zwischen denen man sich wohl fühlt. Haha, ist doch göttlich, oder? Der Spruch stammt übrigens von Woody Allen.«

Ein campusbekannter Uni-Schnorrer, der sich häuslich an

unserem Tisch niedergelassen hatte, schien bereits zwischen den richtigen beiden Leuten zu sitzen. Seit geraumer Zeit half er mit, meine Chipstüte zu leeren, und nun fand er es ob der zunehmenden Vertrautheit an der Zeit, sich eine Zigarette aus Volkers Schachtel zu stibitzen und sie sich genüsslich mit Volkers Feuerzeug anzuzünden, woraufhin er selbiges in seiner Jackentasche verschwinden ließ.

Trotz seines beachtlichen flüssigen Gerstenkonsums hatte Volker alles im Griff. »He, Typ, lass mal wieder rüberwachsen.«

»So was aber auch! Da hab ich ja aus Versehen dein Feuerzeug eingesteckt.« Der Schnorrer legte es zurück. »Aber 'ne Fluppe darf ich mir noch nehmen, ja? Ich hab doch heut' tatsächlich meine Zigaretten zu Hause liegen lassen. Hm, zu trinken habt ihr nichts für mich, oder?« Der Schnorrer fischte drei Glimmstängel aus Volkers Schachtel, langte nochmal kräftig in die Chipstüte, verließ uns dann, sich fröhlich verabschiedend, und schlug drei Tische weiter seine Zelte zwischen zwei anderen richtigen Leuten auf.

Ich ließ mein Bier, das ich fest umklammert hatte, wieder los.

Am nächsten Morgen lag ein zusammengefalteter Zettel in meinem Briefkasten. Vielleicht eine hausinterne Mitteilung?

»Hallo, ich möchte dich gern vernaschen«, las ich völlig entgeistert. »Was hältst du davon?«

Ich hielt überhaupt nichts davon. Stattdessen hielt ich jede Menge davon, dem anonymen Lüstling kräftig ein paar hinter die Löffel zu hauen. Zornentbrannt jagte ich die Treppen zu meinem Stockwerk hoch und hämmerte an Volkers Tür.

Laut gähnend öffnete er. »Was is'n los? Brennt's irgendwo?«

»Da, lies!«, befahl ich und streckte ihm den Zettel hin.

Volker las, wurde erst bleich und dann puterrot.

»Ich hab das aber nicht geschrieben!«, empörte er sich.

»Weiß ich doch.« Ich riss ihm den Zettel aus der Hand. »Aber hast du vielleicht eine Ahnung, von wem die Schmiererei stammen könnte? Vielleicht von irgendeiner sexuell ausgehungerten Knallerbse aus der Bar? Am Ende noch vom Schnorrer?«

»Nee, der ist doch schon froh, wenn er seine täglichen Kalorien zusammenkratzen kann«, meinte Volker. »Aber ich kann dir gern meine Schreckschusspistole ausleihen. Falls sich der Typ erdreistet, dir auf die Pelle zu rücken.«

Dankbar nahm ich Volkers Offerte an. Die Pistole versteckte ich in meinem Bettkasten. Jetzt sollten die Knallerbsentarzans es nur wagen, mich zu belästigen! Doch es tat sich erst einmal nichts mehr. Außer, dass mir meine linke untere Backenzahnplombe ausfiel. Und das ausgerechnet am Morgen des ersten Uni-Tages. Die Plombe steckte in einem herzhaften Bissen eines rotbackigen Apfels. Von wegen, es war gesund, bereits zum Frühstück ein großes Stück Obst zu verzehren!

Mit der Sprechstundenhilfe meines Zahnarztes vereinbarte ich einen Bohrtermin für den nächsten Tag. Dann zog ich zur Uni los. Am Abend kam ich mit leichtem Herzrasen zurück. Ich hielt den Klausurenplan für den Rest des Semesters in meinen Händen. Da musste ich ganz schön ranklotzen, wenn ich das vorgeschriebene Pensum schaffen wollte. Weggehen war vorerst nicht drin. Jetzt brauchte ich vor allem viel Schlaf, um den Tag über fit und konzentriert zu sein. Am Abend lag ich um zehn Uhr im Bett.

Gegen eins schreckte ich hoch. Ich hatte geträumt, dass sich jemand an meiner Klinke zu schaffen machte. Verschlafen blickte ich zur Tür. Tatsächlich ... die Klinke wurde ganz langsam runtergedrückt.

Ich schnappte mir die Schreckschusspistole aus dem Bettkasten, sprang zur Tür und riss sie mit einem Ruck auf.

Vor mir stand Howard Carpendale. Beziehungsweise ein Typ, der ihm verblüffend ähnlich sah. Er hatte ein dickliches Gesicht, halb lange, zu einer Föhnfrisur geformte blonde Haare, trug eine beige Hose mit scharfer Bügelfalte sowie einen doppelreihigen dunkelblauen Blazer mit Goldknöpfen. Darunter ein blütenweißes Hemd, das bis zum Bauchnabel offen stand.

»Was gibt's?«, blaffte ich und spannte schon mal vorsichtshalber den Abzug der Pistole hinter meinem Rücken.

»Oh, entschuldigen Sie«, säuselte der Typ, »ich hab mich im Stockwerk geirrt. Ich wohne nämlich direkt über Ihnen.« Sprach's und eilte zur Flurtür, wo er mit wehenden Rockschößen verschwand. Wie angewurzelt blieb ich auf der Türschwelle stehen. Komische Aufmachung für einen Studenten, grübelte ich. Komisch war auch, dass der Typ mich gesiezt hatte. Ganz und gar unüblich unter Kommilitonen. Da hörte ich auf einmal Geräusche. Die Aufzugtür wurde aufgedrückt. Ich zückte die Pistole. Ein zweites Mal würde ich mich nicht an der Nase herumführen lassen!

Ich vernahm ein dröhnendes »Hoho«, dicht gefolgt von taumelnden Schritten. Es war Volker. Nach seiner Schräglage zu urteilen, schien er in der Bar kräftig getankt zu haben.

»Das iss awwer nett, dass du hier Empfangs ... dingsbums ... äh ... komitee für misch spielst.« Er torkelte auf mich zu. Dann entdeckte er die Knarre. »Oh, dass iss ja ein Üwwerfall«, lallte er und hob die Arme. »Bidde nisch schießen! Isch schwöre, isch hab keinen Pfennig bei mir. Hab alless in flüss ... flüsssige Nahrung umgesetzt.« Bei der Erinnerung an seinen feuchtfröhlichen Abend wurde Volker von einem heftigen Lachkrampf geschüttelt.

Geduldig wartete ich, bis sein Anfall vorüber war, und versuchte ihm dann zu verklickern, dass ich von einer dubiosen Gestalt aus meiner Nachtruhe aufgeschreckt worden war, die eine verdammt große Ähnlichkeit mit Howard Carpendale besessen hatte.

»Hauwerd Garpendäl?« Volker stierte auf die Pistole und grinste. »Aber den brauchste doch nisch gleich umzunieten. Sooo schlecht singt der nun auch wieder nisch!«

Ich versuchte Volker einzutrichtern, dass ich nicht im mindesten daran dachte, Howard Carpendale ins Jenseits zu befördern, und dass der Typ, der ihm ähnlich gesehen hatte, sich ganz von selbst aus dem Staub gemacht hatte.

»Wass? Den haste einfach so ziehen lassen!«, regte sich Volker nun auf. »Mensch, Gaby! Meine Schwester sch.... schteht doch so auf den! Das nächste Mal, wenn Hauwerd ... Hauwerd Garpendäl bei dir aufkreuzt, lässte dir gefälligst ein Autogramm von ihm geben!« Entrüstet wandte er sich von mir ab und versuchte verbissen, den Schlüssel in sein Türschloss zu stecken.

Mit einem Seufzer trat ich ins Zimmer zurück. Für den Ernstfall brauchte ich mit männlichem Schutz nicht zu rechnen. Ich war ganz auf mich allein gestellt! Zweimal schloss ich von innen ab. Danach stand ich mehrmals vom Bett auf, um zu kontrollieren, ob die Tür auch wirklich fest verschlossen war.

Vor sechs Uhr morgens tat ich kein Auge zu.

Um neun Uhr wachte ich fix und fertig auf. Jetzt musste ich aber ruck, zuck in die Gänge kommen. Um Viertel vor zehn hatte ich meinen Zahnarzttermin. Und schließlich wollte ich mich im Wartezimmer noch über die neuesten Ringwechsel der Hautevolee schlau machen. Nach einer Viertelstunde war ich abmarschbereit. Ich war schon über der Türschwelle, da schellte das Telefon.

»Zimmerrrmann!«, kläffte ich in die Muschel.

Vom anderen Ende der Leitung drang ein Stöhnen an mein Ohr. Zunächst leise. Dann stärker. Dann blubberte ein männliches Organ: »He, Baby, ich will dich jetzt endlich vernaschen.«

»Menschenskinder, kannst du mit deinen abartigen Wünschen nicht zu anderen Zeiten kommen«, tobte ich, »wegen dir Blindzocker verpasse ich noch meinen Bus!« Dann fiel mir die Schreckschusspistole ein, und ich wurde zur Liebenswürdigkeit in Person. »Bitte warte mal eine Sekunde, ich hab da was für dich.«

Die Knarre lag von der Nacht her griffbereit in der Nähe des Telefons. Ich spannte den Abzug, streckte Pistole sowie Hörer so weit wie möglich von mir weg und drückte ab. Ein ohrenbetäubender Schuss nahm seinen Weg durch die Leitung. »Haaallo«, säuselte ich, »bist du noch dran?« Ich hörte keinen Muckser mehr.

Jetzt aber nichts wie los! Von weitem schon sah ich den Bus in der Haltebucht stehen. Ich legte einen verzweifelten Spurt ein. Als mich noch zwei Meter vom Einstieg trennten, schloss der Fahrer mit einem boshaften Grinsen die Türen und fuhr davon. Ich ließ mich auf einen der kackbraunen Plastikhocker fallen und japste nach Luft. Jetzt hatte ich trotz Zähneputzens von der Rennerei auch noch einen üblen Geschmack im Mund. Na ja, mein Zahnarzt war bestimmt Schlimmeres gewohnt.

In der Praxis hechtete ich an der Sprechstundenhilfe vorbei ins Wartezimmer. Gierig stürzte ich an das Tischchen mit den interessanten Illustrierten.

Kaum hatte ich die ersten Seiten umgeblättert, schallte es aus der Sprechanlage: »Frau Zimmermann, bitte in die Nummer zwei.«

Nachdem ich zehn Minuten lang mutterseelenallein in Raum Nummer zwei herumgesessen hatte, wurde ich unruhig. War mein Zahnarzt nun etwa auch der in Arztpraxen weit verbreiteten Verschiebebahnhoftaktik erlegen? Die Patienten sitzen nur kurze Zeit im eigentlichen Wartezimmer und werden dann in diverse Abstellkammern rangiert, wo sie in stoischer Ruhe ausharren. Das Beschweren bei der Sprechstundenhilfe, wie es vom Wartezimmer aus noch möglich war, fällt flach. Denn wenn die Wartenden nach draußen gingen, um ihre Beschwerde vorzutragen, könnte ja inzwischen drinnen der Halbgott in Weiß aufkreuzen und in Anbetracht dessen, dass er keinen Menschen vorfände, in ein anderes Abstellkämmerchen eilen. Fazit: Sie müssten noch länger warten.

Empört stapfte ich im Zimmer auf und ab. Wenn ich das geahnt hätte ... Ich hätte mir doch einen Stoß der informativen Zeitschriften mitnehmen können! Auf einmal hörte ich Stimmen aus dem Nebenraum. Ich schlich zur Tür und lauschte.

»Aber ich verstehe immer noch nicht«, sagte eine hohe weibliche Stimme, »warum sie den König aufs Schafott geschickt haben.«

»Aber meine Liebe«, ich erkannte die Stimme meines Zahnarztes, »es wurde doch gar nicht der König geköpft, sondern der Bürger Louis Capet.«

Unglaublich! Während ich hier vor Schmerzen ob des Riesenlochs in meinem Backenzahn darbte, plauschte im Nebenraum mein Zahnarzt mit einer Privatpatientin über die Geschichte der Französischen Revolution!

Ich horchte erneut. Die beiden waren ein gutes Stück weitergekommen. Sie plauderten bereits über Danton. Einige Minuten später war Robespierre an der Reihe. Na, der würde auch bald unter der Guillotine enden. Dann war erst mal Schluss. Ich rechnete mit dem baldigen Auftauchen meines Zahnarztes in Nummer zwei.

Ich hatte mich nicht geirrt. Nachdem er mit der Privatpatientin auch Robespierre geköpft hatte, schneite er bei mir herein. »Aber Frau Zimmermann, warum sitzen Sie denn noch nicht auf dem Stuhl!«, tadelte er. »So geht doch unnötig Zeit verloren. Sie sind schließlich nicht meine einzige Patientin!«

Grollend kletterte ich auf den Zahnklempnerstuhl. »Wissen Sie, warum Revolutionen entstehen?«

Mein Zahnarzt sah mich verblüfft an und senkte mit einem Druck auf den Knopf den Stuhl ab.

»Sie entstehen«, konnte ich es mir trotz der horizontalen Lage nicht verkneifen festzustellen, »weil die Menschen danach streben, ihr Recht auf juristische und soziale Gleichheit zu verwirklichen. Sie fordern Gleichbehandlung. In allen Situationen!« Das war hoffentlich deutlich genug. Wenn mein Zahnarzt über das Hantieren mit dem Bohrer hinaus ein wenig Grips besaß, hatte er meinen Wink auf eine mögliche Revolution der Kassenpatienten kapiert.

Er hatte sogar nur zu gut verstanden. Mit einem zweiten Druck auf den Knopf senkte er den Zahnklempnerstuhl noch weiter ab. Mit überstrecktem Kinn hing ich jetzt nach unten und war seiner Willkür ausgeliefert.

»Aber«, röchelte ich, um aus der misslichen Lage herauszukommen, »es gibt natürlich auch Fälle, wo sich die Menschen die Ungleichbehandlung nur einbilden.«

Mein Zahnarzt räusperte sich zufrieden und beförderte mich

wieder nach oben. »Und jetzt machen wir den Mund mal ganz weit auf«, befahl er, drückte mir nach kurzem Bohren die Füllung in mein Backenzahnloch und verfügte dann: »Die anderen müssen auch raus. Alle.«

»Wer muss raus?«, fragte ich konsterniert.

»Na, Ihre Plomben. Die müssen ausgewechselt werden. An den Rändern nagt ja schon der Kariesteufel!«

»Aber in den nächsten Wochen hab ich keine Zeit«, warf ich ein. »Da hab ich an der Uni jede Menge Prüfungen.«

Mein Zahnarzt schmunzelte. »Na, was studieren wir denn?«, fragte er gönnerhaft.

Ich verzichtete darauf, ihm darzulegen, dass er mit an hundert Prozent grenzender Wahrscheinlichkeit etwas anderes studiert hatte als ich, und antwortete lapidar: »Germanistik.«

Meine Antwort schien ihm großes Amüsement zu bereiten. »Ach, ist das nicht das Fach, wo wir so viele vergnügliche Romane lesen müssen und uns deshalb kaum Zeit für etwas anderes bleibt?« Mühsam verkniff er sich ein dröhnendes Chauvi-Lachen.

»Ja, wenn es das nur wäre.« Leise stöhnend senkte ich den Kopf. »Es ist nicht mehr so einfach wie zu Ihren Zeiten, Herr Doktor. Wer sich heute auf dem Arbeitsmarkt behaupten will, muss weit über den Tellerrand seines Studienfaches hinausblicken.« Dann legte ich los. Mit meinen den Zusammenhang zwischen dem Zahnen und einem Magen-Darm-Katarrh im dreizehnten Lebensmonat betreffenden wissenschaftlichen Kenntnissen. In allen wissenschaftlichen Einzelheiten.

Ich linste nach oben. Meinem Zahnarzt war das Schmunzeln vergangen. »Das sehe ich ein, dass Sie bei einem solchen Wissensstand andere Dinge vernachlässigen müssen«, sagte er tief beeindruckt. »Aber wenn Sie mal wieder Zeit für mich und meinen Bohrer haben, dann rufen Sie doch bitte wegen eines Termins an. Auch kurzfristig. Ich stehe Ihnen jederzeit zur Verfügung.«

Er reichte mir die Hand, um mir aus dem Zahnklempnerstuhl aufzuhelfen. Dann huschte er zur Tür, um mir die schwere Arbeit des Klinkenherunterdrückens zu ersparen. Bis zum Ausgang scharwenzelte er um mich herum. Endlich Gleichbehandlung! Hocherhobenen Kopfes stolzierte ich aus der Praxis.

Im Studentenwohnheim fuhr ich mit dem Aufzug ein Stockwerk höher, um die Aussage des nächtlichen Ruhestörers zu überprüfen. Doch als ich an der Tür des Zimmers über mir klopfte, machten mir zwei asiatisch aussehende Studenten auf, die nicht im mindesten Ähnlichkeit mit Howard Carpendale besaßen.

»Ähm, Entschuldigung«, sagte ich, »wohnt bei euch noch jemand? Groß, blond und schick angezogen?«

Die beiden schüttelten den Kopf. »Wil kommen aus China«, lächelten sie. »Dolt gibt es keine blonden Haale.«

»Vielleicht war er ja Gast bei euch«, versuchte ich es weiter. »Ein großer, blonder Deutscher. Sieht aus wie Howard Carpendale.«

»Oh, Howald Calpendale!« Die beiden zeigten sich hoch erfreut. »Wil sind gloße Fans von Howald Calpendale. Willst du unsel Schallplattensammlung sehen?«

»Äh, danke nein, vielleicht ein andermal.« Nachdenklich schritt ich zum Aufzug zurück. Als ich mich umdrehte, standen die beiden immer noch da und lächelten.

Mir war das Lachen gründlich vergangen. Das Howard-Carpendale-Imitat, so hatte ich jetzt den Beweis, war überhaupt nicht im Studentenwohnheim ansässig. Ebenso wenig war der im Blazerlook gewandete große Blonde wahrscheinlich Student. Eher ein gemeingefährlicher Sittenstrolch in der Maske des Biedermanns. Mir lief es eiskalt den Rücken runter.

»Jetzt müssen wir aber mächtig aufpassen, Caruso«, mahnte ich, nachdem ich meine Zimmertür verrammelt hatte. »Wer soll denn für dich sorgen, wenn ich nicht mehr da bin?«

Caruso plusterte sich auf und schlug mit seinen Flügelchen wild um sich. Bestimmt malte er sich gerade aus, ein riesiger

Adler mit weit ausladenden Schwingen zu sein, der im Sturzflug auf die mich belästigenden Wüstlinge zuschoss und sie mit scharfen Schnabelhieben in die Flucht schlug.

»Tja, Caruso, jeder muss halt das Schicksal tragen, das ihm auferlegt ist.« Ich trat zum Käfig und redete ihm gut zu, weil er mit seinen Flügeln noch immer Rabatz machte, als das Telefon bimmelte. Am Ende war das wieder diese sexuell ausgehungerte Knalltüte. Vielleicht war der Knilch ja masochistisch veranlagt. Sodass der Schuss durch die Leitung ihn erst richtig angetörnt hatte.

Vorsichtig nahm ich den Hörer ab. »Jaaa?«

»Hallo, Zimmermann, altes Lattengesicht! Hier ist Robert. Ich wollte dir ein frohes neues Jahr wünschen.«

Pah! Fadenscheinige Ausrede! Das neue Jahr war schon zwei Wochen alt! Und überhaupt ... Hatte ich mich da eben verhört, oder hatte der Lächler es tatsächlich gewagt, mich mit Nachnamen anzusprechen? Na, dem würde ich jetzt ordentlich Bescheid stoßen!

»Hallo, Gaby, bist du noch dran?«, klang es ängstlich aus der Leitung. »Du sagst ja gar nichts.«

»Natürlich bin ich dran!«, schnaubte ich. »Ich habe gerade an dem guten Ratschlag gearbeitet, den ich dir fürs neue Jahr zu geben gedenke. Also, mein Lieber, lass dir von einer erfahrenen Frau gesagt sein: Wenn du eine weibliche Person mit Nachnamen anredest, kannst du bei selbiger keinen Blumentopf mehr gewinnen.« Ich legte eine kleine Pause ein. »Du kriegst höchstens einen solchen auf den Kopf.«

Das hatte gesessen. »Und jetzt?«, fragte der Lächler kleinlaut.

»Und jetzt habe ich zu tun. Dein Anruf kommt nämlich in höchstem Maße *ungünstig*.« Ich legte auf. Mit abgesägten Liebhabern fing man am besten nichts mehr an. Vor allem, wenn sie sich so haarsträubend lächerlich benahmen. Ich stutzte. Wie hatte mich Robert noch zusätzlich angeredet? Irgendwas mit Latte hatte es zu tun gehabt. Hm ... Lattengitter ... Lattenrost ... Lattenverschlag ... hm ... Lattenkiste ... Lattenzaun ... Lattengesicht! Er hatte doch tatsächlich »altes Lattengesicht« zu mir gesagt! So eine bodenlose Frechheit! Der Lächler konnte froh sein, dass er noch so glimpflich davongekommen war!

Nachdem sich meine Wut gelegt hatte, sann ich über die tieferen Ursachen von Roberts merkwürdigem Verhalten nach. Vielleicht war er ja zu diesem absonderlichen Benehmen angestiftet worden. Von seinen Kumpels. Bestimmt hatte er denen sein Leid mit dem weiblichen Geschlecht geklagt, und die hatten ihm daraufhin geraten, im Zeitalter der Gleichberechtigung möglichst wenig Aufwand zu betreiben und Frauen gegenüber einen unverkrampften, kumpelhaften Ton anzuschlagen. Ganz so wie unter seinesgleichen. Um erst mal das Eis zu brechen. Dass Robert mit seiner kumpelhaften Tour dermaßen tief einbrechen würde, hatten sie ja nicht ahnen können.

Vielleicht sollte ich Robert das Flugblatt mit dem Hinweis auf das Zwei-Tage-Intensivkontakttraining für Singles zukommen lassen. Wo hatte ich den Zettel bloß hingepackt? Als ich auf dem Fußboden lag, um nachzuschauen, ob der Wisch etwa unters Bett gesegelt war, schellte erneut das Telefon. Das war ja heute schlimmer als bei der Telefonvermittlung!

»Hallllo!«, brüllte ich in die Muschel.

»Haallohoo«, flötete es vom anderen Ende. »Hier ist dein Faaahrraaad. Die zwei Wochen sind uuuhuuum.«

Glühend heiß durchfuhr es mich. Das war ja der Drahtesel von der Single-Fete, der mich am Ausgang abgepasst hatte. Den hatte ich völlig vergessen.

»Haallohoo«, schoss er bereits die nächste Ladung kindischen Geblubbers ab. »Hier ist Hööörbiiiie, dein flotter Kääafeeer.«

Ich rieb mir das Ohr.

»Was macht denn mein Fiiihiiisch?«

»Dein Fiiihiiisch??? Ach so, du meint den Fisch. Der liegt auf einem ganz speziellen Platz«, berichtete ich wahrheitsgemäß, lag er doch in der Extraecke für absonderliche Trophäen.

»Das ist aber schööhöön«, brabbelte Herbie, der flotte Käfer, munter im Kleinkindjargon weiter. Dann wurde er feierlich: »Auch dein Geschenk an mich hat einen Ehrenplatz bekommen.«

Von wegen Geschenk! Düster erinnerte ich mich an das schlechte Geschäft, zu dem ich genötigt worden war.

»Na, wo liegt das Prachtexemplar denn?«, fragte ich neugierig.

»Auf dem Nachttisch. Gleich neben meinem Kopfkissen. Es ist das Letzte, was meine Augen abends vor dem Einschlafen sehen, und das Erste, wenn ich morgens aufwache.«

Mir fiel fast der Hörer aus der Hand.

»Na, wann hast du denn Zeiheit für mich?«, bombadierte mich der flotte Herbert mit seinem nächsten Anliegen.

»Ähm, Zeit ...?«

»Also ich bin dafür, dass wir uns so bald wie möglich seeeheen.«

»Tja, weißt du ...«

Herbert wurde wieder feierlich. »Hiermit lade ich dich zu meinem Geburtstag ein. Kommenden Freitag. Um acht Uhr abends.«

Ausgerechnet! Freitagabend lief doch mein Lieblingskrimi.

»Hör mal, Herbert, momentan weiß ich wirklich nicht, wo mir der Kopf steht. Eine Klausur jagt die nächste und –«

»Och, du Armes«, nutzte er prompt die Gelegenheit, um vertrauliche Töne zu spucken, »dann hast du dir den freien Abend ja richtig verdient.«

»Äh, aber mein Wagen ist nicht ganz in Ordnung, und weißt du, als Frau, in der Dunkelheit mit dem Bus ...«

»Ja natürlich! Wie konnte ich das nur außer Acht lassen! Selbstverständlich hole ich dich mit dem Auto ab und geleite dich auch sicher wieder zurück.«

»Aber die anderen Gäste? Um die musst du dich doch auch kümmern«, stieß ich verzweifelt hervor.

Herbert jauchzte. »Es gibt gar keine anderen Gäste!!!«

Ich zuckte zusammen.

»Damit wir zwei Hübschen uns näher kennen lernen, dachte ich, machen wir es uns so richtig gemütlich. Bei einem Candlelight-Dinner bei mir zu Hause. Du weißt schon, roohaaamaaantisch ...«

Ich wischte mir den Schweiß von der Stirn. Au Backe! Kreuzverhör mit Herbert! Das konnte ja heiter werden!

»Da bist du sprachlos, was?«, jubilierte Herbert. »Das hast du nicht erwartet!«

Ich pflichtete ihm bei.

»Sonst noch Fragen?«

Ich hatte keine. Mir war alles erschreckend klar.

»Dann gib mir mal deine genaue Adresse. Damit dein Kavalier Herbie auch pünktlich vor deiner Tüühüür steht!«

Zähneknirschend rückte ich mit meiner Anschrift raus. Kavalier Herbie ließ sie sich nochmal Buchstabe für Buchstabe durchgeben, damit er auch ja pünktlich vor meiner Tüühüür stehen würde. So weit durfte ich es nicht kommen lassen. Am kommenden Freitag würde ich mit mindestens vierzig Grad Fieber im Bett liegen. Dann musste das Kreuzverhör zwangsläufig ins Wasser fallen.

»Ähm, Herbert, da fällt mir ein, ich habe ja noch gar nicht deine Telefonnummer. Falls etwas dazwischenkommen sollte ...«

Herbert war entrüstet. »Was soll denn dazwischenkommen?«

Während ich ihm klarzumachen suchte, dass man mir als zukünftiger Wissenschaftlerin an der Uni beigebracht hatte, stets auch den aberwitzigsten Notfall mit einzukalkulieren, arbeitete ich an meinem Schlachtplan: Völlig ermattet vom hohen Fieber würde ich mich drei Tage vor dem Kreuzverhör von meiner Liegestatt ans Telefon schleppen, um Herbert mit letzter Kraft die schmerzliche Nachricht zu übermitteln. Dann hätte er erstens noch genug Zeit, sich einen anderen Knüller für sein Wiegenfest zu überlegen, und zweitens würde ich ihn finanziell nicht schädigen, denn er hätte zu diesem Zeitpunkt bestimmt noch keine Nahrungsmitteleinkäufe für das rooohaaamaaantische Candlelight-Dinner gemacht.

»Aber wirklich nur für den äußersten Notfall«, mahnte Herbert, als er endlich mit der Nummer rausrückte. Dann plapperte er noch von seinem Fiiihiiisch, den ich bis kommenden Freitag ja in Ehren halten sollte. Dann säuselte er ein kindisches »Tschüühüüüs«. Und dann ... dann legte er endlich auf.

Ich hatte ganz vergessen zu fragen, wie alt er denn wurde. Na ja, manche Geheimnisse sollte man lieber nicht erforschen. Carusos Geburtstag war ja auch bald. Genau drei Tage nach Herberts. Da gab's dann wieder ein extragroßes Knabberherz für mein Wellensittichmännchen. Moment mal ... da stimmte doch was nicht! Wenn Caruso vom Sternzeichen her Wassermann war, wie konnte dann Herbert, der drei Tage vorher Geburtstag hatte, Jungfrau sein?

Ich schnappte mir die Fernsehzeitschrift und blätterte aufgeregt nach dem Horoskop ... Jungfrau ... 24. August bis 23. September. Dann war Herbert ja gar nicht Jungfrau, wie es in seiner Kontaktanzeige auf der ›Fisch-sucht-Fahrrad‹-Fete gestanden hatte. Er war Wassermann. Wie Caruso.

Ich schlug mir gegen die Stirn. Aber natürlich war er es! Herbie, der flotte Käfer, war Jungfrau! Nur halt nicht vom Sternzeichen her. Pah, rooohaaamaaantisches Candlelight-Dinner!, schimpfte ich vor mich hin. Mir war dabei wohl der Part des weiblichen Casanova zugedacht. Ich beschloss, meine Temperatur für nächste Woche auf zweiundvierzig Grad zu erhöhen.

In der Nacht sicherte ich die Tür und legte die Schreckschusspistole auf den Bettkasten, für den Fall, dass Howard Carpendale es wagen sollte, wieder aufzukreuzen. Mit einer zum Bersten gefüllten Blase wachte ich auf. Es half nichts, ich musste raus aufs Gemeinschaftsklo. Schlaftrunken langte ich nach dem Revolver und tastete mich durch stockfinstere Nacht zur Flurbeleuchtung vor. Als ich sie anknipste, sah ich in der Nähe des Gemeinschaftsklos ein nur mit Unterhose bekleidetes barfüßiges Kerlchen. Wie ein aufgescheuchtes Kaninchen starrte es zunächst auf mich, dann auf meinen Colt, dann faltete es schützend die Hände über seine Genitalien und schob sich langsam an der Wand entlang von mir weg, wobei es den Blick nicht von der Knarre ließ. Als das Kerlchen den Aufzugsbereich erreicht hatte, geriet es aus meinem Blickfeld. Ich vernahm einen kurzen Sprint. Dann fiel eine Tür ins Schloss.

Das war nie und nimmer ein Flurbewohner gewesen! Die kannte ich doch alle, zumindest vom Sehen. Der Sache würde ich sogleich nachgehen! Aber zuerst war die Blase dran.

Puh!, stöhnte ich erleichtert, als ich auf der Gemeinschaftsklobrille saß. Jetzt konnte ich klare Gedanken fassen. Da ich das Kerlchen nicht als Flurbewohner identifiziert hatte, war es entweder Gast von irgendjemand oder ein Eindringling, der in der Anonymität des Studentenwohnheims eine Gratisnacht zu verbringen gedachte. Grummelnd erinnerte ich mich an die zahlreichen ungebetenen Besucher unseres Flurs, die man nur noch von hinten gesehen hatte, wie sie eilig die Treppe hinunterstürzten, die dafür aber alle eine nette Überraschung hinterlassen hatten: einen Haufen schwarzer Barthaare inmitten glitschiger Wogen übel riechenden Rasierschaums, was für eine nette Verstopfung aller drei Duschwannen gesorgt hatte. Oder ein tiefschwarz verkohltes Hähnchen, das in einem unserer Gemeinschaftsbacköfen auf einem Backstein gethront und für einen netten Gestank gesorgt hatte.

Forschen Schrittes durchkämmte ich den Flur nach dem Eindringling. In der Gemeinschaftsküche merkte ich, dass ich meine Knarre auf dem Spülkasten des Klos liegen gelassen hatte. Ich griff nach einem riesigen Fleischmesser, das im Abwaschbecken lag, schlich damit zur Tür des Aufenthaltsraumes und drückte langsam die Klinke runter. Argwöhnisch spähte ich durch den Türspalt. Auf der Gemeinschaftscouch lag ein zusammengerolltes Bündel, das in gleichmäßigen Abständen höchst zufriedene Schnarchlaute von sich gab. Diese beschauliche Szene rührte an mein Herz, und ich beschloss, den Eindringling erst am frühen Morgen zu stellen.

Ich eilte zurück zum Gemeinschaftsklo. Dort prallte ich mit Volker zusammen. Er zitterte am ganzen Leib.

»Ich glaub, in Zukunff muss ich ewwas die Finger vomm Allohol lassen«, lallte Volker mit entgeistertem Blick, als habe er gerade ein Gespenst gesehen. »Weißte, wass ich ewwen gesehen hab?«

Ich schüttelte den Kopf.

Volker verdrehte die Augen. »Eine Piss... Piss... tolllää ... aufm Spüül... Spüül... Spüülkasssten ...«

Ich unterließ es, Volker in seinem Zustand über den Sachverhalt aufzuklären, und geleitete ihn zu seinem Zimmer, worin er mit einem gequälten Stöhnen verschwand. Dann schnappte ich mir die Knarre und legte mich endlich wieder in die Falle.

Am nächsten Morgen wurde ich durch lautstarkes Klopfen aus dem Schlaf gerissen. Ich langte nach dem Wecker. Kurz vor neun! Ich hatte schon wieder verpennt. Würden diese nächtlichen Aufregungen denn gar kein Ende mehr nehmen? Steifbeinig kraxelte ich von meiner Liegestatt.

Es polterte schon wieder an der Tür.

Ich hielt mir das Kreuz. »Aber ja doch, ich komm ja schon!«

Wo war bloß der verflixte Morgenmantel? Auch von meinen Latschen konnte ich nur den linken aufspüren. Egal, Robert Redford würde bestimmt nicht vor der Tür stehen.

Es war der Typ, der am anderen Ende des Flures wohnte und diesen merkwürdigen Namen hatte. Irgendwas mit Erde hatte es zu tun ... hm ... Erdward ... Erdmut ... Erdbeben ...

»Grüß dich, ich bin der Erdmann.«

Wie hatte ich das nur vergessen können. Ich hatte mir doch als Eselsbrücke für ihn einen blinden Maulwurf vorgestellt.

»Und ich bin die Gaby. Was kann ich zu so früher Stunde für dich tun?«

Erdmann musterte meinen Latschen, nahm den nackten rechten Fuß in Augenschein, wanderte mit seinem Blick über mein verrutschtes Nachthemd und landete bei meinen mir wahrscheinlich höchst eigenwillig vom Haupte abstehenden Haaren. Dann schüttelte er den Kopf. »Nein, das kann nicht sein«, murmelte er.

Ich gähnte. »Darf ich erfahren, um was es sich handelt?«

»Du kannst unmöglich die Revolverlady sein, von der mir mein Freund heute Morgen schreckensbleich berichtet hat.«

Aha, daher wehte der Wind. Von wegen schreckensbleich. So sehr konnte mein nächtlicher Auftritt den Freund nicht mitgenommen haben, er hatte doch anschließend geschlummert wie in Mutters Schoß.

Ich blickte Erdmann aus weit aufgerissenen Augen an. »Äh ... Lady ... äh ... Revolver ... äh ...« Bühnenreif sank ich gegen den Türrahmen, wobei ich angsterfüllt hervorstieß: »Aber ... aber ... seit wann wird denn hier geschossen?« Du alte Petze, knurrte ich innerlich, so wie du aussiehst, rennst du bestimmt schnurstracks zum Hausmeister, sobald du erfährst, dass ich im Besitz einer Schreckschusspistole bin.

Erdmann tätschelte mir jovial die vom Nachthemd entblößte Schulter. »Na, na, wer wird denn gleich in Ohnmacht fallen. Hier schießt schon keiner auf dich. Ich bin doch bei dir.«

Mit einem Ruck zog ich mein Nachthemd gerade. Wenn du nicht gleich die Kurve kratzt, du blinder Maulwurf, fauchte ich innerlich, dann mach ich dir Beine. Und zwar mit meiner Knarre! Ich konnte mir ein boshaftes Grinsen nicht verkneifen.

»Na also, da lächelt sie ja schon wieder«, meinte ein verzückter Erdmann, der sich vor mir aufzuplustern begann.

»Was war denn jetzt mit deinem Freund?«, fragte ich spitz.

»Ach der! Den hab ich gestern im Aufenthaltsraum übernachten lassen. Da hat er wahrscheinlich zu lange ferngesehen. Bestimmt ›Die Lady mit dem Colt‹ oder so was.« Erdmann strahlte mich an. »Zerbrich du dir mal nicht dein hübsches Köpfchen darüber.«

Ich streckte mein hübsches Köpfchen in die Höhe und bleckte die Zähne. »Also dann, tschüs.«

Erdmann wollte gar nicht mehr aufhören zu strahlen. »Tschüs, Gaby. Und entschuldige bitte die Störung.«

Ich entblößte nochmals mein Gebiss und drückte dann langsam, aber bestimmt die Tür zu. »Was erzähle ich jetzt bloß dem Hausmeister?«, hörte ich Erdmann draußen stöhnen.

Am Waschbecken erfrischte ich mein hübsches Köpfchen mit einer großen Ladung kaltem Wasser.

Es klopfte erneut. Leise, aber bestimmt.

Ausgerechnet jetzt, wo ich mich gerade einseifte. Egal, auch diesmal würde wohl kaum Robert Redford vor der Tür stehen. Ich langte nach dem Handtuch.

Es war wieder Erdmann. Ein Erdmann mit einem Hauch von Wangenrot.

»Ich wollte dir nur noch sagen, Gaby, für meine Freunde heiße ich ... Erdi«, platzte er heraus.

Warum klebten bloß immer alle Knallerbsentarzans dieser Welt an mir? Trübsinnig trocknete ich mir das Gesicht ab.

»Also, tschüs dann, Gaby!«

»Ja, tschüs ... äh ... Erdmann.« Ich drückte die Tür zu.

Von außen wurde sie wieder aufgedrückt. »Nicht Erdmann, Erdi!«

»Jaja, tschüs ... Erdi.« Diesmal blieb die Tür zu.

Ich pappte ein Pflaster auf einen sich vorwitzig hervorwagenden Pickel am Hals, warf mich in die Klamotten und stürzte zu meinen Vorlesungen. Mittags in der Mensa stellte ich mich voller Rachedurst in der Schlange für das ›Schweinesteak Robert‹ an. Das mit dem ›alten Lattengesicht‹ nagte immer noch an mir. Beim Essen stellte ich jedoch fest, dass wieder mal ich die Betrogene war: Das ›Schweinesteak Robert‹ war zäh wie eine alte Schuhsohle. Unwillig verdrückte ich die Beilage, die aus fünf Bratkartoffeln und drei Blättchen Kopfsalat bestand.

Wenigstens war in der Zentralbibliothek im Lesesaal mein Lieblingsplatz frei. Ich breitete Seminarunterlagen sowie Nachschlagewerke vor mir aus, lehnte mich behaglich in meinem Stuhl zurück, ließ mich von ein paar Sonnenstrahlen kitzeln und machte mich an die Arbeit. Doch der literarische Schöpfergeist der Sturm-und-Drang-Zeit, den ich zu untersuchen hatte, wollte mich nicht so recht überkommen. So verschaffte ich mir erst mal einen Überblick über die im Lesesaal anwesenden Geistesgrößen. Der Blick nach vorne brachte wenig Neues. Dort saß seit Jahr und Tag die Karohemdenfraktion: Chemiker, Physiker und Informatiker, an denen jeder aktuelle Herrenmodetrend gnadenlos abprallte. Hinter mir gab's ebenso wenig Erfrischendes fürs Auge: Dort hatte sich die Altphilologenriege aufgereiht, die wie immer ihre morgendliche Garderobe nach dem Motto ›Grau is beautiful‹ zusammenzustellen schien. Vielleicht tat sich ja rechts von mir etwas Aufregendes. Tatsächlich. Ein Subjekt mit an Mephisto erinnernden Glupschern fixierte mich zielstrebig. Goethe hätte gejubelt!

Egal, zu welchem Zeitpunkt ich von nun an zur Seite linste, das elektrisierte Augenpaar starrte unentwegt in meine Richtung. Unter ständiger Observation war an Arbeiten nicht mehr zu denken. Ich beschloss, ein paar wichtige Absätze aus den Nachschlagewerken zu kopieren und mich damit in die Juristenbibliothek zurückzuziehen, die bis spät in den Abend geöffnet hatte.

Nach drei Seiten streikte der Kopierer. »Heute ist nicht mein Tag«, seufzte ich, sah mich Hilfe suchend um und erstarrte. Mephisto stand direkt hinter mir und versuchte, sich mit einem »Hallo« bei mir einzuführen. Hektisch grabschte ich nach den Nachschlagewerken und stellte sie ins Regal zurück. Dann rannte ich mit meinen Unterlagen an der wild gestikulierenden Bibliotheksaufsicht vorbei zu meinem Spind. Im Foyer wartete bereits Mephisto. Sein »Hallo« klang jetzt schon eine Spur bestimmter. Ich riss die Sachen aus dem Spind und stürmte davon. Für den Fall, dass Mephisto mir zu folgen gedachte, schlug ich ein paar Haken. Vor der Juristenbibliothek peilte ich die Lage. Befreit atmete ich durch. Dann fuhr ich zusammen. Jemand hatte mir von hinten auf die Schulter getippt.

»Entschuldige bitte, ich wollte dich nicht erschrecken«, sagte ein mir unbekannter, wie Robert Redford in jungen Jahren aussehender Mann. Alles mir je an Ungemach Zugefügte war mit einem Schlag vergessen. Ich setzte mein schönstes Lächeln auf. »Jaaa?«

»Ich wollte dich nur auf unsere Aktion hinweisen.« Robert Redford reichte mir ein Flugblatt. »Gay is beautiful«, las ich und direkt darunter: »Schwulsein ist ein Menschenrecht.« Verständnislos blickte ich hoch.

»Oh, ich hab mich ja noch gar nicht vorgestellt. Ich bin der Uwe«, sagte Robert Redford, »und arbeite im Schwulen-Referat des Studentenausschusses. Mit unserer Aktion wollen wir gegen die dämlichen Vorurteile vorgehen, die man gegen uns Schwule hat. Du hast doch nichts gegen Schwule, oder?«

Ich verneinte. Im allgemeinen nicht, nur in deinem besonderen Fall, fügte ich in Gedanken hinzu.

»Moment, ich geb dir noch was anderes mit«, riss Uwe mich aus meinen Überlegungen. »Vorurteile dürfen nämlich nicht nur mit harten Fakten bekämpft werden, man muss auch Witz und Ironie einsetzen.« Er zog aus seiner Tasche etliche Tütchen mit giftgrünen Bonbons. »Hier, für dich.« Er zwinkerte mir zu. »Aber vorher die Packungsbeilage studieren!«

Die Bonbontütchen waren allesamt mit einem rosa Aufkleber versehen. »Ihr Arzt und Apotheker warnt«, war darauf zu lesen. »Der Verzehr dieses Bonbons macht SCHWUL!« Ein Bonbon steckte ich mir gleich in den Mund, die anderen packte ich in meine Tasche. Nicht schlecht, die konnte man bestimmt noch anderweitig gebrauchen.

Schon seit geraumer Zeit unterdrückte ich heldenhaft ein mich quälendes Bedürfnis. Es galt dringendst den Lokus zu finden. An der Klotür prangte ein Schild, das mich auf notwendige Renovierungsarbeiten hinwies und auf die Toilette im fünften Stockwerk schickte. Den Weg durchs Treppenhaus würde meine Blase kaum mehr mitmachen. Schon ganz zappelig drückte ich auf den Aufzugsknopf. Die Sekunden, die bis zur Ankunft des Lifts verstrichen, kamen mir wie eine halbe Ewigkeit vor. Als die Aufzugstür sich endlich öffnete, hechtete ich hinein und prallte mit einem männlichen Wesen im grauen Kittel zusammen, das augenscheinlich der Pedell des Gebäudes war.

Der Zusammenprall mit mir schien ganz nach seinem Geschmack zu sein. »Hoppla, gehen Sie immer so stürmisch ran?« Der Pedell strahlte übers ganze Gesicht. »Wo darf's denn hingehen, mein schönes Fräulein?«

Ich ignorierte das mit dem Fräulein und brummte: »Fünfter Stock.«

Der Pedell drückte auf den entsprechenden Knopf. »Eigentlich wollte ich hier aussteigen, aber dann fahr ich mit Ihnen noch ein Ründchen«, feixte er und zwinkerte mir vertraulich zu.

Als die Aufzugstür sich schloss, meldete sich meine Blase wieder. Unruhig stapfte ich auf und ab.

Der Pedell deutete meine Nervosität in anderem Sinne. »Ich tue Ihnen auch nichts«, grinste er und kam einen Schritt auf mich zu.

»Ich Ihnen auch nicht«, knurrte ich angriffslustig zurück.

Der Pedell rückte noch etwas näher. »Schade«, murmelte er. Dann glotzte er auf meinen Hals. »Na, von einem Vampir gebissen worden?«, meinte er anzüglich und zeigte auf das Pflaster.

Blitzschnell arbeitete ich eine Antibelästigungsstrategie aus. »Nein, das ist ein Knutschfleck«, entgegnete ich und senkte schamhaft den Blick.

Wie ich vorausgesehen hatte, spulte der Pedell seine Nullachtfünfzehn-Bemerkung ab. »Ihr Freund ist wohl ein ganz Wilder«, meinte er mit wollüstigem Grinsen.

Jetzt konnte ich meinen Treffer landen. »Meine Freund*in*«, verbesserte ich und beobachtete, wie die Wollust aus des Pedells Augen entschwand. Vertraulich beugte ich mich vor: »Ich steh nämlich nicht auf Manner.«

Des Pedells Gesichtsausdruck nahm aggressive Züge an. »Ja,

aber das ist doch …«, schnaubte er und trat zwei Schritte zurück.

»Ich hab da noch was für Sie«, sagte ich, als es »Bing« machte, und kramte drei der giftgrünen Bonbons aus meiner Tasche. »Aber nicht alle auf einmal lutschen«, warnte ich, »Sie sehen ja an mir, wie das endet. Schönen Tag noch!« Ich huschte durch die sich öffnende Lifttür in Richtung Toilette. Noch auf der Klobrille hörte ich den Pedell, wie er sich aufgebracht über die Moral der heutigen Studentengeneration ausließ.

Unbehelligt fuhr ich nach unten zurück. Als ich aus dem Aufzug trat, sah ich Robert das Drehkreuz der Juristenbibliothek passieren. Der Lächler hatte mir gerade noch gefehlt! Der wollte bestimmt sein juristisches Fachvokabular für den Alltagsgebrauch auffrischen. Auf eine klemmige Begegnung mit dem klemmigen Robert verspürte ich nicht die geringste Lust. Lernen konnte ich auch zu Hause, sagte ich mir und trottete ins Studentenwohnheim zurück.

Caruso begrüßte mich mit freudigem Tirilieren. Ach, war das schön, wieder in meinen fünfzehn Quadratmetern zu weilen! Ich präsentierte meinem Wellensittichmännchen die giftgrünen Bonbons, die ich ergattert hatte, schob mir noch zwei davon in den Mund, wobei mich Caruso neidisch beäugte, und legte mich aufs Bett, um mich mit einem kleinen Nickerchen auf die Arbeit, die vor mir lag, einzustimmen.

Ein mich wenige Minuten später unsanft aus dem Schlummer reißendes Klopfen ignorierte ich. Heute war ich für niemanden mehr zu sprechen. Dann hörte ich jedoch, wie ein Schlüssel ins Schloss gesteckt wurde. Bevor ich aufspringen konnte, wurde die Tür auch schon geöffnet. Zum Glück hatte ich mich in voller Montur aufs Bett gelegt.

Den Hausmeister, der sich soeben Eintritt in meine fünfzehn Quadratmeter verschafft hatte, schien meine missliche Lage nicht zu stören. »Bleiben Sie ruhig liegen«, sagte er. »Ich kontrolliere nur das Schloss.« Er nahm seinen Generalschlüssel und sperrte von innen ab. »Und den Boiler.« Er verschwand hinter der Zwischenwand, die die Waschecke vom übrigen Zimmer trennte, und fummelte hektisch an Boiler und Armatur herum. Mit frischem Wangenrot tauchte er wieder auf. »Alles in Ordnung«, sagte er und drückte die Klinke runter. Die Tür ließ sich nicht öffnen. Kein Wunder, er hatte sie ja gerade erst zugesperrt. Scheinbar besorgt wühlte der Hausmeister in seinen Kitteltaschen herum. »Wo hab ich denn nur den Schlüssel«, murmelte er und wandte sich scheinheilig grinsend zu mir. »Wie kommen wir denn jetzt wieder raus?«

Mit einem Satz war ich an der Tür. »Na, ganz einfach so«, blaffte ich und drehte das über dem Schlüsselloch befindliche Drehschloss herum. Dann drückte ich die Klinke herunter. »Bitte sehr«, sagte ich und wies auf die offene Tür.

»Man wird doch wohl noch ein Späßchen machen dürfen«, brummelte der Hausmeister, holte mit einem gezielten Griff seinen Generalschlüssel aus der rechten Kitteltasche und machte sich nach kurzem Klopfen an Volkers Schloss zu schaffen.

Ich knallte die Tür zu und warf mich aufs Bett. Noch ein Viertelstündchen, dann würde ich mit der Arbeit anfangen ...

Da pochte es schon wieder an die Tür, diesmal etwas zaghafter. Nochmal würde der Hausmeister mich nicht auf meiner Liegestatt überraschen. Ich sprang an die Tür, riss sie auf und starrte verdutzt auf einen in einen dicken roten Wollschal gehüllten Erdmann, der mir ein infernalisch aussehendes Gebräu unter die Nase hielt.

»Hi, Gaby! Schön, dass du da bist«, sagte er strahlend. »Ich habe mich heute etwas erkältet«, fügte er mit gekünsteltem Krächzen hinzu und stemmte den mitgebrachten Glaskrug in die Höhe. »Darf ich mein heißes Bier mit Honig bei dir trinken?«

Das war zu viel für mich. Mit einem unmissverständlichen »Neiiiiin!!!« schlug ich dem Mitleid heischend dreinblickenden Erdmann die Tür vor der Nase zu. Caruso kauerte schreckensstarr auf seiner Holzstange. So hatte er mich noch nie erlebt.

Ich war reif für die Insel.

5. Kapitel
Volksmund tut Chauvi-Weisheit kund
oder:
Jetzt aber ran an die Fische!

Vor allem am Dienstagabend hätte ich mich gern Tausende Kilometer weit weggezaubert. Da hatte ich die leidige Pflicht, Jungfrau Herbie von meiner Unpässlichkeit zu unterrichten. Leider reagierte der flotte Käfer nicht wie gewünscht. Als ich ihm mit mattem Stimmchen mitteilte, dass ich durch eine plötzliche Fieberattacke zu absoluter Bettruhe verurteilt sei und mich daher, so Leid es mir auch täte, gezwungen sähe, ihm für den Freitagabend abzusagen, wollte er auf der Stelle vorbeikommen und mich auf Teufel komm raus für seinen Geburtstag gesund pflegen.

»Das ist wirklich sehr nett von dir«, hauchte ich herzallerliebst in die Muschel. »Aber ich habe hier die beste Pflege, die du dir denken kannst. Meine Mitbewohner kochen laufend Tee, versorgen mich mit vitaminreichem Obst und machen kalte Wickel.«

Herbie war nicht überzeugt. »Aber sie kochen dir keine Schleimsuppen?«

»Doch, doch«, beeilte ich mich zu sagen. »Schleimsuppen kriege ich selbstverständlich auch. Jede Menge. Von meiner Zimmernachbarin. Die ist Expertin in Schleimsuppen.« Dann bat ich Herbie um Verständnis darum, dass ich in meinem Zustand kein längeres Gespräch führen könne, und ließ mir von ihm noch ein »Guuuhuuute Besserung« ins Ohr flöten.

Am nächsten Tag hatte ich ihn wieder an der Strippe. In seiner nervigen Art erkundigte er sich nach meinem Befinden. Ich entschied mich für »Ein klitzekleines bisschen besser«. Als ich

Herbie jedoch am darauf folgenden Tag keine entscheidende Besserung meines Gesundheitszustandes mitteilen konnte, verkündete er mir mit Frohlocken in der Stimme, dass er sich entschlossen habe, seine morgige Geburtstagsfeier zu verschieben. Auf nächsten Freitag. Und wenn es mir da noch nicht besser ginge, auf die Woche darauf.

Jetzt reichte es! »Kannst du deinen verdammten Geburtstag nicht ohne mich feiern!«, schrie ich wutentbrannt ins Telefon.

Herbie war zutiefst beleidigt. »Und ob ich das kann. Ich kenne genug Frauen, die gerne zum Candlelight-Dinner zu mir kommen würden«, sagte er geschwollen und knallte ganz unrohaamantisch den Hörer auf die Gabel.

An Carusos Geburtstag klingelte er dann nochmal bei mir an, um mich davon zu unterrichten, dass er gerade meinen Fisch in die Tiefe seiner Mülltonne versenkt habe. »Vorher musste ich ihn natürlich in handliche Stücke schneiden«, fügte er mit unüberhörbaren Rachegelüsten hinzu. Dann legte er auf. Hoffentlich für immer, seufzte ich und gedachte voller Wehmut meines prachtvollen, bunt schillernden Styroporfisches, der jetzt zerstückelt in irgendeiner Abfalltonne lag. Doch Carusos Freude über sein gerade erhaltenes extragroßes Knabberherz brachte mich rasch auf andere Gedanken.

Auch die viele Arbeit, die ich bis zum Semesterende zu bewältigen hatte, half mir über Herbies Untat hinweg. Als ich die Klausuren hinter mich gebracht hatte und mich endlich um die noch ausstehenden Seminararbeiten kümmern konnte, gab mein Computerbildschirm seinen Geist auf. So lange hatte ich den noch gar nicht, da war bestimmt noch Garantie drauf. Ich eilte ins Abstellkämmerchen, wo ich die klobige Originalverpackung verstaut hatte, verfrachtete den Monitor in den Karton und klopfte bei Volker, um ihn um eine kleine Handreichung beim Tragen zu bitten.

Volker war williger als erwartet. Kaum hatte ich meine Bitte ausgesprochen, hechtete er auch schon aus seinem Zimmer, stemmte den Riesenkarton hoch, schleppte ihn ohne Widerworte bis zu meinem Auto und lehnte selbst dann meine Hilfe ab, als es darum ging, das unhandliche Paket im Kofferraum zu verstauen.

»Das ist wohl das Mindeste, was ich noch für dich tun kann«, meinte Volker, als er den Kofferraumdeckel zuklappte.

»Wieso noch?«, fragte ich verdutzt.

»Ich ziehe aus. In den Semesterferien. Habe eine superbillige Wohnung gefunden. Direkt über einer spitzenmäßigen Kneipe. Mit einer Atmosphäre wie in der Wohnheimbar. Na ja, fast so wie in der Wohnheimbar«, korrigierte sich Volker, als er meinen betrübten Blick bemerkte. »Mensch, Gaby, mir tut's doch auch Leid, dass ich ausziehe. Aber spätestens in zwei Semestern hätte ich eh hier rausgemusst. Ab und an kann ich ja mit 'ner Pulle Schampus vorbeikommen, und wir stoßen auf die alten Zeiten an.«

Das versöhnte mich ein wenig.

»Schaffst du's denn mit dem Karton ab jetzt alleine? Oder soll ich zum Computerladen mitfahren und ihn dir reintragen?«

»Nee danke, dazu kann ich einen der Verkäufer verpflichten.«

»Aber vergiss nicht, bei mir zu klingeln, wenn du den Monitor wieder abholst. Dann schlepp ich ihn dir wenigstens hoch.«

Volker war wirklich der Beste! Während ich mich durch den Stadtverkehr quälte, überlegte ich, ob ich ihn nicht manchmal zu arg für meine Zwecke eingespannt hatte. Jetzt zog er aus, und mir blieb nur noch Caruso! Die Welt war einfach ungerecht!

Ein Hupen schreckte mich aus meinen Gedanken auf. Ich schaute in den Rückspiegel und erblickte das von einer Schimpfkanonade entstellte Gesicht eines älteren Herrn. Dann schaute ich auf die Ampel. Die sprang gerade von Grün auf Rot um. Das Hupen hörte auf.

Ich ließ die Ampel nicht aus den Augen. Als sie auf Gelb

umschaltete, trat ich mit Volldampf aufs Gas. Der Motor gab ein schrilles Heulen von sich. Mist, ich hatte keinen Gang eingelegt. Hinter mir ging das Hupkonzert wieder los. Verdammt, der erste Gang wollte einfach nicht reingehen. Aha, jetzt hatte ich ihn. Ich gab kräftig Gas. Mein guter alter Kadett machte einen Ruck nach vorne. Er ruckte noch einmal, dann röchelte er und der Motor ging aus. Ich hatte den dritten Gang erwischt. Die Ampel schaltete auf Rot, woraufhin das Hupkonzert zu einer wahren Kakophonie gedieh.

Mit schlechtem Gewissen linste ich in den Rückspiegel. Der Fahrersitz des BMW hinter mir war leer. Da hämmerte es auch schon gegen meine Scheibe. Von nahem betrachtet, wirkte das Gesicht des älteren Herrn noch entstellter als im Rückspiegel. Kaum hatte ich das Fenster ein kleines Stück runtergekurbelt, zeterte er los: »Junge Frau, wollen Sie hier Wurzeln schlagen?«

»Ich ... äh ...«, setzte ich an.

Doch an näheren Erklärungen war der BMW-Eigner nicht interessiert. »Sie sollten mit Ihrem Vehikel erst mal auf dem Parkplatz Probe fahren, wenn Sie damit nicht umgehen können! Wie lange haben Sie den Führerschein? Ein halbes Jahr? Frisch gemacht?«, nahm er mich ins Verhör.

»Fünfzehn Jahre«, verdoppelte ich rasch die wirkliche Zahl.

Verblüfft glotzte der Typ mich an. Dann polterte er: »Ach papperlapapp! Frauen sollte man den Führerschein gar nicht machen lassen. Man sieht ja, was dabei rauskommt. Verkehrsstaus am laufenden Band! Keine einzige Fahrstunde kriegt meine Erna mehr bezahlt. Keine einzige!«

In dem Moment wurde es wieder grün. Ich legte den ersten Gang ein und brauste los. Im Rückspiegel beobachtete ich, wie der dicke ältliche Herr zurück zu seinem dicken ältlichen BMW hastete. Doch über die Kreuzung kam der Kavalier am Steuer nicht mehr hinaus. Aus lauter Ärger über die weiblichen Verkehrsteilnehmer hatte er seinen Wagen abgewürgt. Aus der Ferne erscholl ein Hupkonzert. Die Welt war doch nicht so ungerecht!

Im Computerladen lief es zunächst einfacher als erwartet. Ein freundlicher und aufgeweckt wirkender junger Verkäufer kam ohne Murren zu dem um die Ecke liegenden Parkplatz mit, trug den sperrigen Karton ins Geschäft und hörte sich mit großem Interesse sogar noch meinen Ärger mit dem BMW-Fahrer an. »Was meinen Sie denn zu so was?«, heischte ich um eine Prise Verständnis.

»Ach, wissen Sie«, sagte der Verkäufer treuherzig, »meine Freundin lasse ich auch nur mit dem Einkaufswagen im Supermarkt fahren.«

Eine heiße Welle durchflutete mich. Der Verkäufer schien von meiner Empörung nichts zu merken. »Ist Ihnen nicht gut?«, fragte er fürsorglich.

Irritiert blickte ich mich nach Verstärkung um. Doch alles, was ich sah, waren die feixenden Gesichter der übrigen Verkäufer. Als ich mich wieder zum Ladentisch drehte, fingen sie an zu flüstern. Unter beifälligem Gemurmel wurden Chauvi-Slogans wie »Frau am Steuer, Ungeheuer« oder »Weiber hinterm Lenkrad, nein danke« ausgetauscht. So wie es aussah, durfte der gesamte weibliche Anhang der hier Angestellten seine Runden nur im Supermarkt drehen. Aha, es gab auch Ausnahmen: »Also ich lass meine Alte schon mal ans Steuer. Aber nur, wenn ich mehr als fünf Bier intus hab.« Eine Aussage, die nicht auf ungeteilte Zustimmung stieß: »Bist du verrückt, meine Alte kriegt die Autoschlüssel nur, wenn ich ins Koma falle.« Auch das Niveau des Geplauders fiel. Und zwar ins Bodenlose: »Also ich finde nicht, dass Frauen den Verkehr gefährden – vorausgesetzt, sie haben die richtigen Kurven.« Es wurde seltsam still. Sicher checkten sie gerade meine Kurven auf Verkehrstauglichkeit ab.

»Beschreiben Sie mir nun bitte den Defekt an Ihrem Monitor?« Der Verursacher meiner Schmach hatte mittlerweile das richtige Formular hervorgekramt und wartete mit gezücktem Kugelschreiber auf meine Antwort. Während er sich das von mir geschilderte Flimmern und Flirren vor dem endgültigen

Bildschirm-Blackout akribisch notierte, suchte ich in Gedanken nach einer wirkungsvollen Replik auf das Chauvi-Getuschel. Doch mir fiel nur Goethes Dortchen mit dem etwas laschen »Bei den Mannsleuten ist alle Mühe verloren, sie sind doch nicht zu bessern« ein.

»Name, Adresse und Telefonnummer bitte.«

»Goethe«, setzte ich noch ganz in Gedanken versunken an, korrigierte aber sofort: »Zimmermann«. Ich musste jetzt höllisch aufpassen, dass ich mit meinem Verhalten nicht noch mehr Wasser auf die Mühlen der Flüsterer goss.

»Götezimmermann mit oder ohne Bindestrich?« Der Verkäufer lächelte mich treuherzig an. Ich war baff. Der Arme! Er konnte gar nichts dafür. Sofort sprach ich ihn von all seinen Sünden frei. Nur die anderen sollten ihren Dämpfer kriegen, nahm ich mir fest vor.

»Wie lange dauert das denn mit dem Monitor? Ich brauche ihn dringend für meine Arbeit an der Uni.«

»Was studieren Sie denn?«, fragte der Verkäufer freundlich.

Ich beugte mich leicht nach vorne. »Germanistik«, flüsterte ich vertraulich. Mein Studienfach ging schließlich nicht jeden etwas an. Nachher würden bloß irgendwelche abstrusen Verbindungen zwischen beruflichem Fachgebiet und Fahrkünsten gezogen.

»Ah, Germanistik«, wiederholte der Verkäufer lautstark. »Ist das nicht das Fach, wo man so viele Romane lesen muss?« Dunkel erinnerte ich mich an die unerfreuliche Unterhaltung mit meinem Zahnarzt. »Meine Freundin wollte auch so was studieren. Hab ich ihr aber nicht erlaubt. Heute ist sie mir dankbar dafür«, sagte der Verkäufer und lächelte mich treuherzig an.

Das wurde ja immer schöner! Hoffentlich kam ich bald aus dem Laden raus! »Wann kann ich denn nun den Monitor wieder abholen? Es ist wirklich sehr eilig.«

»Hm, wir schauen erst mal, ob der Defekt gravierend ist. Am besten erkundigen Sie sich Anfang nächster Woche, ob der

Monitor hier vor Ort durchgesehen werden kann oder ob er eingeschickt werden muss.«

Kurz vor dem Ausgang hatte ich doch noch einen Geistesblitz. »Kennen Sie schon den neuesten Witz?«, fragte ich in die Runde der Flüsterer. Vier Augenpaare starrten mich verblüfft an. »Warum sind die meisten Witze so kurz?« Gebanntes Schweigen. »Na ist doch klar: damit auch Männer sie verstehen! Wünsche noch einen schönen Tag.« Hocherhobenen Hauptes drehte ich mich um. Leider wurde die Wirkung des Witzes durch zwei Dinge geschmälert: Beim Umdrehen stolperte ich über einen auf dem Boden liegenden leeren Karton, und an der Tür knickte ich noch einmal mit dem Knöchel um.

Zurück in meinen fünfzehn Quadratmetern, griff ich nach den Zitatenbüchern. Vielleicht konnte ich mir ein paar geflügelte Klassikerworte für potentielle Zwangslagen zurechtlegen. Mal sehen, was unter dem Stichwort ›Mann‹ alles zu finden war. Die Zitate, die Volker zu meinen Ungunsten verwendet hatte, waren schon mal nicht zu gebrauchen. Auch sonst schien es, als ob die Klassiker von Kritik am eigenen Geschlecht nicht viel gehalten hatten. »Unsere männlichsten Gedanken, oft zerstörte sie – ein Weib« – das war ja nicht auszuhalten, was da aus von Chauvi-Hand gehaltener Feder alles auf Papier geflossen war! Missgestimmt legte ich die angeblichen Zitatenschätze beiseite und zog das Sprichwörterbuch heraus. ›Ein Handbuch der Lebenserfahrung und Weisheit der Völker‹ lautete der Untertitel. Folglich mussten auch jede Menge weiblicher Weisheit und Erfahrung darin versammelt sein.

Doch auch hier überbordeten männliche Weisheiten, eine schlimmer als die andere. »Es sind nur drei gute Weiber gewesen: die eine ist aus der Welt geloffen, die andre ist im Rhein ersoffen, die dritte sucht man noch.« Dahinter stand ›a-s‹, Abkürzung für alter Spruch. So sah also der Volksmund aus, zumindest der deutsche. Mit dem indischen war es nicht besser bestellt. »Flüsse und Weiber haben einen Sinn: Sie trachten zum Niedern hin«, las ich entgeistert. Der englische Volksmund setzte mit »Frauen sind des Teufels Fangnetze« noch eins drauf. Wenn auch die internationale Vereinigung des Proletariats noch ausstand, die Chauvis dieser Welt schienen sich bereits vereinigt zu haben.

Hoffnungsvoll griff ich nach dem Fernsehheftchen. Vielleicht hatte ich ja Glück und es lief ein knallharter Actionfilm mit weiblicher Hauptbesetzung. Am besten mit einer heißen Verfolgungsjagd, in der die Protagonistin ihren tumben männlichen Widersachern vorführte, was Autofahren überhaupt hieß. Dazu würde ich mir noch ein Bier aus der Wohnheimbar holen oder auch zwei oder drei und es mir auf meiner Liegestatt so richtig gemütlich –

Das Telefon schrillte. Ausgerechnet jetzt. »Jjja«, bellte ich in die Muschel, in der Hoffnung, bei einem missliebigen Anrufer noch schnell ein »Falsch verbunden« hinterherschicken und mich dann in aller Ruhe meinem gemütlichen Abend widmen zu können.

Doch es war Eva. Und die ließ sich nun mal nicht so leicht abwimmeln. »Ach bitte, komm doch mit ins Stadtbad«, bettelte sie. »Schwimmen steigert das allgemeine Wohlbefinden erheblich«, dozierte sie im Hinblick auf meine schlechte Laune und setzte hinzu: »Deine ganze Silhouette wird dadurch verbessert.«

»Red nicht so geschwollen daher«, fauchte ich in die Muschel. »Ich habe keinerlei Ambitionen, meinen Körper durch exzessives Schwimmtraining zu schleifen. Meine Silhouette bleibt gefälligst so, wie sie ist! Oder willst du mich demnächst wieder zu einer Kennenlern-Fete schleppen?«, argwöhnte ich.

»Nee, aber wie wär's mit einem Actionfilm nach dem Schwimmen«, versuchte Eva mich zu ködern. »Einem, in dem die Hauptdarstellerin die Männer reihenweise k. o. schlägt?«

»Gibt's da auch eine Verfolgungsjagd mit dem Auto?«

»Nee, aber eine zu Pferde, glaube ich. Also was ist?«

»Na gut, ich bin dabei.«

Als ich mich gleich darauf in meinen Badeanzug zwängte,

musste ich feststellen, dass Eva mit der Silhouette gar nicht so falsch gelegen hatte. Mein Schattenriss war eine Nummer zu groß für mein Badekleid. Kein Wunder. Seit Silvester waren einige Wochen unkontrollierten Schlemmens ins Land gegangen. Selbst Caruso war ob meiner großzügigen Spenden an extragroßen Sittich-Knabberherzen in letzter Zeit zum Anhänger Epikurs geworden. Ich seufzte. Mit außerkulinarischen Genüssen war es bei uns beiden momentan nicht zum Besten bestellt. Vielleicht sollte ich Caruso ja ein Weibchen kaufen. Dann würde wenigstens einer von uns zu seinem Recht kommen. Ich schaute zum Käfig, wo Caruso in Wellensittichträume versunken sein Köpfchen ins Gefieder gesteckt hatte. Aber dann, überlegte ich mir, würde Caruso bestimmt nicht mehr so aufmerksam zu mir sein, wie er es jetzt war. Nein, es musste andersherum laufen. Erst würde ich mir ein Männchen kaufen, äh, ein Männchen suchen, das heißt einen mir ebenbürtigen Partner finden und dann Caruso zu seinem Honeymoon verhelfen.

Zum Glück war Tante Hedwig nicht da. Die hätte mit scharfem Kennerblick auf meine Silhouette bestimmt getönt: »Aber Kind, sooo kannst du doch nicht ins Schwimmbad gehen!« Auch wenn Schwimmbäder nicht gerade auf ihrer Prioritätenliste der Orte standen, wo man jede Menge ungebundener Geschäftsleute treffen konnte.

Eva wartete bereits in der Vorhalle. »Du, ich hab da was übersehen«, gestand sie zaghaft. »Ich glaube, heute ist Kinderspaßbadeabend. Aber ich finde, wir sollten trotzdem reingehen. So schlimm wird's schon nicht werden.«

Es wurde noch schlimmer. Vom Bademeister abgesehen, waren Eva und ich die einzigen Erwachsenen im Stadtbad. Um es deutlicher zu sagen: die Einzigen, die mehr als zwölf Lenze zählten. Meiner Silhouette bekam das gar nicht. Mehr als fünf Meter Schwimmen am Stück war nicht drin. Vor und hinter uns, rechts und links war eine Unzahl planschender Gören damit beschäftigt, uns eine Ladung Wasser nach der anderen ins Gesicht zu klatschen. Unter uns boxte uns eine Unzahl tauchender Gören in die Magengegend. Und über uns wartete eine Unzahl hopsender Gören auf den Sprungbrettern darauf, wenn uns schon nicht auf den Kopf, dann zumindest doch wenige Zentimeter von uns entfernt ins Wasser zu springen.

Eva und ich zogen es vor, in sicherer Entfernung am Beckenrand zu bleiben. Mangels Bewegungsmöglichkeit wurde es uns nach einiger Zeit jedoch zu kühl, sodass wir uns auf der einzigen Sitzbank in der Nähe des Schwimmmeisterhäuschens niederlassen mussten. Dass wir nun vom Bademeister in Ermangelung anderer Alternativen ständig fixiert wurden, war das geringere Übel.

»Was wünschst du dir eigentlich zum Geburtstag?«, fragte Eva.

»Jedenfalls keine Zehnerkarte fürs Stadtbad«, sagte ich bissig. »Und keinen Gutschein für die nächste Single-Kuppel-Fete.«

»Sei doch nicht so nachtragend«, tadelte Eva. »Erzähl mir lieber, wen du alles einlädst. Du feierst doch?«

Nach Feiern war mir momentan nicht zumute. Doch schließlich hatte ich erst in einem knappen Monat Geburtstag. Hm, wen könnte ich denn alles einladen ... Eva natürlich, die Bille auch, die war ganz nett, Fatima, die musste demnächst von ihrem Auslandssemester aus Jordanien zurückkommen ...

»Apropos Feiern«, störte mich Eva bei meiner Gästeliste, »ihr müsst doch jetzt zum Semesterende eure Flurfete haben?«

Ach, du Schreck! Die Flurfete! Die hatte ich bei dem Stress und den Aufregungen der letzten Zeit völlig vergessen. Dabei war ich doch dazu verdonnert worden, irgendwas Grässliches zu kochen, Fischköpfe im Teigmantel oder so ähnlich, irgendwas Englisches, ich war noch gar nicht dazu gekommen, das Rezept zu studieren, geschweige denn einzukaufen.

»Ist heute Mittwoch oder Donnerstag?«, fragte ich Eva.

»Donnerstag natürlich. Wieso?«

Au Backe. Freitag war Fischkopftag.

»Wann ist denn jetzt eure Flurfete?«

»Morgen«, stöhnte ich.

»Du kannst doch bestimmt jemanden mitbringen, darf ich das sein?«

Ich nickte. Einen männlichen Jemand gab es ja im Moment nicht.

»Die Flurfeten, auf denen ich bisher war, die waren immer spitze. Bis auf die eine mit dem Fischbüfett«, meinte Eva. »Da gab's kalten Fisch ohne Ende. Brrr! Von Makrelenpastete über Steinbuttmousse bis hin zum obligatorischen Rollmops. Seit dieser geballten Ladung Hering und Co. ist mir der Appetit auf das Fischzeug gründlich vergangen. Für die Flurbewohner war's natürlich 'ne Riesengaudi. Das waren nämlich allesamt Fischköppe –«

»Fischköpfe?«, unterbrach ich Eva. Vor meinem geistigen Auge tauchte das degoutante Gericht auf, das ich zubereiten sollte.

»Ja, die Flurbewohner stammten alle von der Nord- und Ostsee. Ich glaube, bei denen gibt's Fisch schon zum Frühstück. Das ist genauso, als wenn bei uns alle Tage Aschermittwoch wär. Stell dir mal vor, jeden Morgen einen Hering in den Schlund. Brrr!« Eva schüttelte sich.

Ich schöpfte wieder Hoffnung. Vielleicht waren das gar keine richtigen Fischköpfe in dem englischen Gericht. So wie bei Himmel und Erde. Da war ja auch keine Erde im Essen.

»Was gibt's eigentlich auf eurer Flurfete zu futtern?«

»Äh, bei uns? Weiß ich nicht. Als die das auf der Flurversammlung besprochen haben, war ich nicht dabei.«

»Aber was *du* kochst, weißt du schon?«

»Äh ja ... ich meine, nein ...« Ich hatte keineswegs vor, Eva das mit den Fischköpfen auf die Nase zu binden. Das Thema würde ich den ganzen Abend dann nicht mehr los. »Nach der Flurversammlung haben die mir eine Nachricht mit dem Rezept an die Tür geklebt, und da hab ich gar nicht groß draufgeschaut, sondern den Zettel irgendwo abgelegt. Aber es ist was Englisches, glaube ich.«

»Was Englisches?« Eva schüttelte sich vor Lachen. »Aber die können doch gar nicht kochen, die Engländer!«

»Unsinn, natürlich kochen die auch!« Fischköpfe hin, Fischköpfe her, ein solches Pauschalurteil konnte ich nicht gelten lassen. »In jedem größeren Kochbuch findest du auch ein Kapitel über die englische Küche«, stellte ich lauthals klar und fügte etwas leiser hinzu: »Wenn auch vielleicht nicht ein so umfangreiches.«

»Aber das meine ich doch gerade! Was ihren Umgang mit dem Kochlöffel angeht, genießen die Engländer den schlechtesten Ruf überhaupt«, insistierte Eva. »Da brauche ich nur an die labbrigen Sandwiches zu denken, die ich als Austauschschülerin in London von meiner Gastfamilie immer zum Lunch mitbekam. Die habe ich dann auf dem Weg zur Schule an die Tauben auf dem Trafalgar Square verfüttert. Zum Glück gab's an jeder Ecke 'nen Inder oder Pakistani. Oder 'nen Laden mit Fish and Chips. Sonst wäre ich glatt verhungert.«

Ich schluckte. Mir waren wieder die Fischköpfe eingefallen.

»Trotzdem, das ist schon seltsam, dass du gerade was Englisches kochen sollst«, ritt Eva unbarmherzig auf der Sache herum. »Am Ende gibt's auf eurer Flurfete den ganzen Abend über nur englischen Schlangenfraß.«

»Quatsch!« Evas Sticheleien gingen mir langsam auf die Nerven. »Lass dich halt überraschen. Von Gerichten der internationalen Küche«, sagte ich hochtrabend.

»Bei euch?« Sie glotzte mich verdutzt an.

»Ja, gerade bei uns. Weil unser Studentenwohnheim nun mal Internationales Studentenwohnheim heißt und auf allen Fluren auch Ausländer wohnen. Capito?«

»Aber auf eurem Flur gibt's doch gar keinen Ausländer!«

»Natürlich wohnt da einer. Ein Araber. Genauer gesagt Palästinenser. Muhammad heißt er wie der Prophet. Und studiert Medizin. Genau wie du. Zufrieden?«

Doch Eva war am Studienfach des Namensvetters des Propheten nicht im mindesten interessiert. »Mensch, Gaby, der hat aber auch ein Pech. Nicht nur, dass er von den Engländern kolonialisiert worden ist, beim Studium in Deutschland kriegt er auch noch englischen Schlangenfraß vorgesetzt!«

Langsam riss mir der Geduldsfaden.

»Wieso kochst du denn nicht etwas Orientali–«

Eva kam nicht mehr dazu, ihren Vorschlag auszusprechen. Ich zerrte sie von der Bank und schubste sie ins Wasser, wo sie erst mal unterging und kein nervtötendes Zeug mehr blubbern konnte. Mit einem markerschütternden Schrei schnellte sie aus den Stadtbadfluten empor. »Ihhhhh!!! Mensch, ist das kalt!«

Kein Wunder, wir hatten ja eine halbe Ewigkeit draußen gesessen, und unsere Badeanzüge waren inzwischen getrocknet. Vorsichtig tauchte ich meinen rechten großen Zeh ins Wasser.

»Los, komm rein«, rief Eva.

»Nee, lieber nicht.«

»Wetten, dass doch?« Eva wies hinter mich, wo mit Trillerpfeife im Mund und drohendem Zeigefinger der Bademeister auf uns zumarschierte. Schnell sprang auch ich ins Wasser. Das daraufhin einsetzende Trillerpfeifenkonzert überhörte ich geflissentlich und tauchte erst mal unter. Schließlich war heute Spaßbadeabend. Da durfte ein Sprung vom Beckenrand wohl kaum ins Gewicht fallen. Da von den kreischenden, planschenden und tauchenden Gören keine einzige mehr zu sehen war, konnten Eva und ich noch ein paar Runden ungestört schwimmen. Fast ungestört: Der Bademeister behielt uns fest im Auge.

In der Umkleide erwartete mich eine böse Überraschung. Der Spind, in dem ich Tasche und Kleidung deponiert hatte, stand sperrangelweit auf. Innen herrschte gähnende Leere. Hatten die Gören das mit dem Spaßbadeabend vielleicht übertrieben und aus lauter Jux noch meinen Spind leer geräumt?

»Los, beeil dich«, drängelte Eva.

»Ich hab aber nichts anzuziehen«, jammerte ich. »Meine Sachen sind weg.«

Mit einem »Das gibt's doch gar nicht« machte Eva die Tür ihrer Kabine hinter sich zu. Obwohl ich schon ein halbes Dutzend Mal die Nummer des von mir abgezogenen Schlüssels mit der des Spindes verglichen hatte, tat ich es noch einmal, klapperte dann sämtliche Spinde in der Umgebung ab, danach sämtliche Umkleidekabinen. Ich klopfte an Evas Tür. Fertig angezogen trat sie aus ihrer Kabine.

»Und?«

»Was und?«, blaffte ich. »Soll ich etwa zum Bademeister gehen und mir von ihm was zum Anziehen ausleihen?«

»Nee, aber du kannst ihn fragen, ob bei ihm was abgegeben worden ist.«

In meinem wieder fast schon trockenen Badeanzug stapfte ich in die Schwimmhalle. Der Bademeister schien mich bereits zu erwarten. Selbstzufrieden trommelte er mit den Fingern an seinen Stuhl.

»Ist hier vielleicht was abgegeben worden? Aus meinem Spind sind sämtliche Sachen verschwunden. Und zwar Kleidung und Tasche«, brachte ich kleinlaut vor, während er mich musterte.

»Hm ... abgegeben ... da muss ich erst mal nachsehen.« Schwerfällig erhob er sich von seinem Stuhl und schlurfte zum Schrank.

Geht's vielleicht auch ein wenig flotter?, setzte ich grollend in Gedanken hinzu.

»Dann woll'n wir mal gucken. Was sagten Sie, Kleidung und Tasche? Also hier auf der Seite ist schon mal nichts.« Gleich würde ich ihn um Hose und Hemd für mich bitten müssen. Welche Demütigung! »Und auf der anderen Seite ist auch nichts. Zumindest nicht im ersten Fach.« Wie viele Fächer hatte denn der Schrank? Hoffnungsvoll lugte ich nach vorne. Im zweiten Fach lag ein Kleiderbündel, das meiner Jacke, Hose und meinem Pulli äußerst ähnlich sah. Und dahinter etwas, das genau wie meine Tasche aussah.

»Aber da ... da ...«, stammelte ich hocherfreut und zeigte mit dem Finger auf das mittlere Fach.

Kaltblütig ignorierte der Bademeister meinen Hinweis. »Immer langsam mit den jungen Pferden, Frollein. Jetzt woll'n wir erst mal im unteren Fach nachsehen.« Umständlich beugte er sich nach unten. »Hier ist auch nichts.« Jetzt war mir alles klar. Der trieb sein Spielchen mit mir! Erzürnt harrte ich der Sichtung des mittleren Faches. »Und jetzt seh'n wir im letzten Fach nach.« Er betonte »letzten«, als ob es sich um ein Ultimatum für einen Raketenangriff handelte. »Ah, da scheint tatsächlich was zu liegen.« Natürlich lag *da* was, das konnte ich ja von hier aus sehen! »Was haben wir denn angehabt, Frollein?« Das schien eine abendfüllende Veranstaltung zu werden.

»Jeans, T-Shirt, Pulli, Wolljacke, Schnürschuhe, Strümpfe«, ratterte ich herunter. Die Unterwäsche ließ ich erst mal weg.

»Und welche Farbe haben die Sachen?« Wenn das so weiterging, konnte ich im Stadtbad übernachten.

»Die Jeans blau, T-Shirt weiß, Pulli schwarz, Wolljacke rotschwarz kariert, Schnürschuhe schwarz, Strümpfe ebenfalls schwarz.« Gleich würde er nach der Größe der Karos meiner Jacke fragen, dieser kleinkarierte Bademeister!

Doch er hatte anderes im Sinn. Genüsslich zog er meinen Pulli heraus, drehte das Etikett nach außen und fragte: »Und welche Größe hat der Pulli?«

Wenn ich nicht Acht gab, würde er sich bis zur Größe meines BHs durchfragen! In Gedanken trat ich ihm kräftig vor sein spärlich behaartes Schienbein, flötete aber zuckersüß, um ihn nicht zu verärgern: »Wenn Sie so freundlich wären, in die schwarze Sporttasche, die hinter der Kleidung liegt, zu greifen? Im Innenfach mit dem Reißverschluss steckt mein Studentenausweis.«

Umständlich kramte der Bademeister in meiner Tasche. »Wie heißen wir denn?«, ging das Spielchen weiter. »Gabriele Zimmermann«, las er in Zeitlupe im Ausweis nach. »Und was studieren wir, wenn wir so schusselig sind?«

Keinesfalls durfte ich mich zu meinem Studienfach bekennen. Die Gegenfrage »Ist das nicht das Fach, wo wir so viele

Romane lesen müssen?« würde ich nicht noch einmal über mich ergehen lassen. Ohne rot zu werden, brachte ich glaubwürdig »Elektrotechnik« heraus, riss ihm den Ausweis aus den Fingern und befahl: »Und jetzt geben Sie mir meine Sachen wieder. Ich habe noch was anderes zu tun, als Ihre Fragen zu beantworten.«

Der Bademeister gehorchte aufs Wort. »Sie müssen schon entschuldigen, Frau Ingenieurin«, säuselte er, »aber ein paar Kinder haben die Sachen bei mir vorbeigebracht. Die haben gesagt, der Spind sei offen gestanden.«

»Dann sollten Sie mal schleunigst den Schließmechanismus Ihrer Spinde kontrollieren«, merkte ich fachlich versiert an. »Damit so was nicht mehr vorkommt!« Ich nahm mir fest vor, in Zukunft besser aufzupassen. Bestimmt hatte ich den Schlüssel abgezogen, ohne ihn umgedreht zu haben.

»Na, das hat ja gedauert«, empfing mich eine fix und fertig gestylte Eva in der Umkleide.

»Du hast gut reden«, brummte ich und verzog mich in die Kabine, wo ich mich unter nervtötenden Anfeuerungsrufen anziehen musste. Nachdem Eva die siebente Version von »Jetzt beeil dich aber!« gerufen hatte, war ich fertig. Mit viel Mühe überredete ich sie, mir noch fünf Minuten am Haartrockner zu schenken. Dann rasten wir los. Neben Eva, die genug Zeit gehabt hatte, sich ordentlich zurechtzumachen, wirkte ich wie ein Wischmopp. Wie ein rasender Wischmopp. Egal, im Kino war's eh dunkel.

Vorbei an mit Sylvester-Stallone-Konterfeis voll gehängten Schaukästen stürmten wir an die Kinokasse. »Zweimal ›Rächerin der Blauen Berge‹«, verlangte Eva. Der Filmtitel klang wirklich super. Gemeinsam mit der Leinwandheldin würde ich in den nächsten eineinhalb Stunden durch die Blauen Berge ziehen und unbarmherzig Rache nehmen. Gleich würden wir unsere Fahrscheine zu einer anderen, gerechteren Welt in den Händen halten.

Doch die Frau an der Kasse rührte keinen Finger. »Gibt's heit net«, brummelte sie und schaute kurz von ihrer Zeitschrift hoch. »Is korzfristisch abgesetzt won.«

Verdutzt starrte ich sie an. »Und was läuft stattdessen?«

»Des da läft.« Sie zeigte auf das hinter ihr hängende Plakat mit Muskelprotz Sylvester Stallone. »Mit dem do.«

Ich schüttelte den Kopf. Meine Rache würde warten müssen. Mit »dem do« konnte ich mich unmöglich identifizieren.

»Aber warum ist der Film denn abgesetzt worden?«, hakte Eva nach. »In der Zeitung wurde er doch heute groß angekündigt!«

»Was weiß dann isch! Isch mach hier nur mei Abeit.«

»Läft net, hammer net, krie mer net mer roi«, äffte Eva die Frau nach. Doch die hatte sich schon wieder in ihre Zeitschrift vertieft.

»Und was fangen wir jetzt mit dem angebrochenen Abend an?«, fragte mich Eva. »Geh'n wir noch in 'ne Kneipe, einen zur Brust nehmen –«

Meine Wischmoppfrisur stand diesem Vorschlag eindeutig entgegen.

»– oder lieber was schnabulieren?«

Auweia. Schon war ich wieder an die englischen Fischköpfe erinnert worden, die auf der Flurfete schnabuliert werden sollten.

»Ähm, für mich ist der Abend eigentlich gelaufen. Ich würde lieber heimfahren.« Ich stupste die schmollende Eva an. »Jetzt sei doch nicht böse. Dafür feiern wir morgen die ganze Nacht durch.« Kokett fügte ich hinzu: »Wer weiß, vielleicht sogar mit einem interessanten Mann. Oder mit zweien oder dreien? Also heißt es heute Nacht früh in die Heia gehen –«

»– damit wir morgen bei der Fete auch noch zu vorgerückter Stunde eine gute Figur machen«, ergänzte eine wieder gut aufgelegte Eva.

Von früher Heia konnte bei mir jedoch keine Rede sein. Da ich nicht mehr wusste, wo ich das Fischkopfrezept abgelegt hatte, musste ich meine gesamte Bude auf den Kopf stellen. Das dauerte erst mal drei Stunden. Danach hatte ich zwar zum ersten Mal seit dem ins Wasser gefallenen Tête-à-tête mit dem Lächler wieder Ordnung in meine fünfzehn Quadratmeter gebracht, das Rezept aber nicht aufgetrieben. Caruso, der es mit zunehmendem Alter vorzog, vor Mitternacht sein Köpfchen ins Gefieder zu stecken, schimpfte leise vor sich hin.

»Mensch, Caruso, ich würd jetzt auch viel lieber in der Falle liegen«, stöhnte ich. »Verrat mir lieber, wo dieses verdammte Rezept steckt, oder uns erwartet eine lange Nacht.«

Caruso setzte sich auf der Stange zurecht, kratzte sich erst mit dem rechten Fuß unter dem rechten, dann mit dem linken Fuß unter dem linken Flügel, pickte Flaum aus seinem Federkleid, plusterte sich auf, schüttelte sich kräftig, wobei ein paar Flaumfedern durch den Käfig flogen, und putzte dann sein Brustgefieder, woraufhin ihm ein wenig Flaum am Schnabel hängen blieb. Um den unerwünschten Fremdkörper loszuwerden, klappte Caruso wiederholt den Schnabel auf und zu, rieb ihn am Gefieder, wetzte ihn an den Gitterstäben hin und her, und als auch das nichts brachte, drehte er verärgert mehrere Flugrunden, woraufhin der ganze Flaum aus dem Käfig durch meine fünfzehn Quadratmeter wirbelte.

»Ach, Caruso, musst du dich denn dauernd putzen«, tadelte ich. »Einmal in der Woche Gefiedergroßputz würde doch auch reichen. Jetzt kann ich schon wieder den Staubsauger ausleihen!« Mit dem Handrücken wehrte ich eine auf mich herabsegelnde Flaumfeder ab.

»Wenn du mir verrätst, wo das Fischkopfrezept steckt, dann helfe ich dir«, lockte ich Caruso, der sich noch immer mit dem lästigen Flaum am Schnabel abmühte. Ich schritt zum Käfig und klappte das Türchen runter. »So, jetzt halten wir mal schön still und sperren den Schnabel weit auf.« Meine Güte, ich schwafelte schon wie mein Zahnarzt daher, schoss es mir durch den Kopf, während ich die Feder entfernte. Zum Dank hüpfte Caruso auf meinen Handrücken und pickte liebevoll an meinem Handgelenk. Dann flog er zurück auf die Stange, reckte sich zu stattlicher Wellensittichmännchen-Größe und drehte das Köpfchen gewichtig in Richtung Schränkchen für sentimentale Stunden.

»Nee, Caruso, da drin lagere ich zwar Liebesbriefe von Verflossenen, aber weiß Gott doch kein Fischkopfrezept.« Doch so abwegig war sein Tipp gar nicht. Im Anschluss an die Kuppelfete hatte ich in dem Schränkchen ja ein spezielles Eckchen eingerichtet, für Absonderlichkeiten wie den blässlichen Styroporfisch, den mir dieser Herbie aufgenötigt hatte. Tatsächlich! Der Zettel mit dem Rezept lag unter dem Mickerfisch – vom Thema her durchaus passend. Vielleicht hätte ich es Herbie als Essensvorschlag fürs Candlelight-Dinner schicken sollen. Zur unroohaamaaantischen Abschreckung. Obwohl, der flotte Käfer hätte wohl auch frittierte Rattenschwänze in Kauf genommen, wenn er mich dafür im Gegenzug in seine Finger bekommen hätte.

Die Zufriedenheit damit, das Rezept in Händen zu halten, war nur von kurzer Dauer. Da mir beim Lesen flau wurde, musste ich mich aufs Bett setzen. Dort las ich noch einmal, was die anderen Flurbewohner mir eingebrockt hatten:

Für das Gericht mit dem neckischen Namen ›Stargazy Pie‹ brauchte man acht bis zehn kleine frische Sardinen, Heringe oder Makrelen. Die mussten ausgenommen und geputzt werden. Die Köpfe sollten allerdings dran bleiben. Nachdem die Innereien raus waren, galt es die Fische flach auszubreiten, um auch noch das Rückgrat zu entfernen und die Innenseiten mit Salz und Pfeffer zu bestreuen. Zusätzlich noch mit reichlich Petersilie versehen, wurden die Fische wieder zugeklappt. Eine Pie-Form (wo bitte schön sollte ich die hernehmen, ich war für englische Küche nicht ausgerüstet) galt es auszubuttern, darauf kam eine dicke Schicht Semmelbrösel, darauf dann die Hälfte der Fische, darauf wieder eine Schicht Semmelbrösel. Dann kam der dem Rezept seinen Namen gebende ›Sterngucker‹-Effekt: Die restlichen Tierchen waren so zu drapieren, dass sie mit ihren Köpfen in der Mitte nach oben ragten und mit ihren toten

Fischaugen über den Rand der Pie-Form hinausglotzten. Sie wurden mit einer gut verquirlten Eier-Sahne-Mischung übergossen und von einem zuvor zuzubereitenden Mürbeteig bedeckt. Leider nicht vollständig, denn in den Teig galt es Schlitze zu schneiden und die Fischköpfe herauszuziehen, sodass sie in voller Pracht gen Himmel ragten. Zum Finish wurde der Pie mit einer Eigelb-Wasser-Mischung bepinselt und dann endlich aus dem eigenen Blickfeld weg in den Ofen geschoben.

Betrübt blickte ich Caruso an. Der hatte es gut als Vegetarier! Am besten, ich stand morgen früh auf und machte schnell alles fertig. Schließlich musste die Küche ja wieder auslüften. Wenn ich dann alles hinter mich gebracht hatte, konnte ich noch ein kleines Schönheitsschläfchen für die Flurfete halten.

Am nächsten Morgen beschloss ich, das Schönheitsschläfchen kräftig auszudehnen. Ich fühlte mich wie gerädert. In einem Albtraum hatte ich alles durchgekaut, was mir tagsüber passiert war – nur, dass alle Personen außer mir Fischköpfe auf ihrem Körper trugen. Herbie erschien mir als Flunder, der BMW-Fahrer als dicker Karpfen, während hinter den Lenkrädern der übrigen Autos lauter Haie saßen, im Computerladen wimmelte es von Piranhas, die Gören waren ein Schwarm Heringe, und der Barrakuda-Bademeister versuchte mir ein Schuppenkleid anzudrehen. An der Kinokasse hockte ein Barsch und verwies mich auf ein Schwertfisch-Stallone-Plakat. An die Fischköpfe, die Volker und Eva trugen, konnte ich mich nicht erinnern, aber Caruso mit seinem Seepferdchenkopf auf dem Gefieder war herzallerliebst anzuschauen.

Im Gegensatz zu mir schien mein Wellensittichmännchen prächtig geruht zu haben. Putzmunter thronte es auf der Sitzstange und zog die Schwanzfedern durch den Schnabel. Eine Dusche würde auch mir den nötigen Schwung verleihen. Ich schob mich in den Bademantel und schlurfte zur Gemeinschaftsdusche. Vor lauter Müdigkeit bekam ich kaum die Lider hoch. Ich drückte den Lichtschalter und tastete mich fröstelnd in den Duschraum vor. Durch meine Sehschlitze drang absolute

Finsternis. Ich trottete wieder nach draußen und knipste den Lichtschalter rauf und runter. Auch das noch, die Neonröhre war kaputt. Meine einzige Rettung war jetzt der Zivi, der bei uns auf dem Stockwerk wohnte. Weil er etwas muffelte, machte ich sonst einen weiten Bogen um ihn.

Vorsichtshalber hielt ich mir die Nasenlöcher zu. Ein ungewaschener Typ mit fettigen Haaren machte auf. Als ich die Finger von meiner Nase nahm, wurde ich vom Mief fast erschlagen. »Kannst du mal im Hausmeisterbüro Bescheid sagen, dass das Licht in der Dusche nicht funktioniert«, stieß ich schwer atmend hervor.

Der Zivi glotzte mich erstaunt an.

»In der Dusche ist's stockdunkel. Da muss die Neonröhre ausgewechselt werden.«

»Dusche?«, fragte der Zivi verdutzt und schüttelte seinen pappigen Kopf. »Wo ist denn hier 'ne Dusche?«

Was tun? Im Bademantel konnte ich unmöglich selber zum Hausmeisterbüro gehen. Es erst mal ein Stockwerk höher oder tiefer in einer anderen Dusche zu versuchen, dazu hatte ich keine Lust. Also musste ich mich wohl oder übel ankleiden. Eigentlich war's eh besser, erst nach der Zubereitung des Sterngucker-Pies unter die Brause zu stiefeln.

Doch das Hausmeisterbüro war abgeschlossen. Ich wollte gerade gehen, da stürzte ein Mann mit einem Schlüsselbund in der Hand heran. Zum Glück nicht der, der sich erdreistet hatte, während meines Nickerchens in mein Zimmer einzudringen. »Da sind Sie ja endlich«, schalt ich und blickte an ihm hoch. »Fast hätte ich Sie nicht erkannt.« Es war der jüngere des Hausmeistergespanns. Nicht ganz so helle, dafür aber pflegeleichter als der andere.

»Habe ich mich tatsächlich so verändert?« Hocherfreut blinzelte er mich an.

Während er die Bürotür aufschloss, betrachtete ich ihn mir genauer. Irgendeine nicht sehr dekorative Veränderung war mit ihm vor sich gegangen.

»Meine Frau und die Kinder meinen auch, dass es mir gut steht. Nur mein jüngster Sohn wollte anfangs nicht mit mir spielen, weil er mich nicht erkannt hat.« Kokett griff er in seinen Schopf.

Jetzt sah ich es. Er hatte sich seine Schnittlauchhaare ondulieren lassen!

»Ich brauche zwar nun morgens ein wenig länger, besonders wenn ich nachts falsch gelegen habe, aber das ist mir die Mühe wert.« Er schüttelte sein Haupt, als ob er jetzt eine Löwenmähne hätte. »Wie finden Sie denn meine Lockenpracht?«

Ich musterte das wüste Gekrause. Der Sohnemann war wahrscheinlich in den Spielstreik getreten, weil Papa auf einmal so schrecklich aussah. »Wirklich sehr apart«, log ich, und weil ich nicht wusste, ob er wusste, was ›apart‹ überhaupt bedeutete, und damit er mir das mit der Neonröhre auch schnell in Ordnung brachte, setzte ich hinzu: »Macht Sie glatt um zehn Jahre jünger.«

»Ja wirklich?« Der Hausmeister schüttelte nochmals sein frisch gekräuseltes Haupt, setzte sich dann endlich an den Bürotisch und versprach, das mit dem Licht in der Dusche prompt zu erledigen.

Zufrieden fuhr ich in die Stadt. Im ›Fischparadies‹ (wenn es im Paradies so roch, wollte ich lieber ein paar Etagen weiter nach unten) besorgte ich acht Sardinen. Das musste reichen, mein Fischkopf-Gericht würde bestimmt nicht der Renner des Abends werden. Damit ich die Zubereitung besser überstand, kaufte ich im Supermarkt neben Eiern, Petersilie, Semmelbrösel und Sahne auch noch einen Pikkolo Sekt.

Nachdem ich Zutaten und Kochutensilien – in meinen fünfzehn Quadratmetern hatte sich sogar eine Auflaufform gefunden – in die Gemeinschaftsküche verfrachtet hatte, bemerkte ich die Bescherung: Wer sollte die Sardinen ausnehmen? Das würde eine eklige Angelegenheit werden, schwante mir. Wenn ich dem Verkäufer im ›Fischparadies‹ einen Fünfer über die

Theke geschoben hätte, vielleicht hätte der mir ...? Wie auch immer, da musste ich durch. Aber nicht ohne seelisch-moralische Unterstützung. Ich ging zu meinem Zimmer, um mir den Pikkolo einzugießen.

An meinen fünfzehn Quadratmetern stutzte ich. Meine Tür stand sperrangelweit offen. Energisch marschierte ich ins Zimmer – und prallte prompt mit jemandem zusammen, der hinaus wollte.

»Bist du aber stürmisch«, sagte der Typ und rieb sich die Nase.

»Ich werd gleich noch viel stürmischer, wenn du mir nicht erzählst, was du hier zu suchen hast!«

Der Typ grinste mich breit an. »Och, wenn offen ist, schau ich schon mal rein.«

»Was heißt hier ›offen‹!«, schäumte ich. »Bei mir ist doch kein ›Tag der offenen Tür‹! Du willst mir doch nicht weismachen, dass du dir nur meinen Wellensittich angesehen hast!«

Caruso schnatterte aufgeregt. Der Typ grinste immer noch.

»Bestimmt hast du irgendwas mitgehen lassen. Los, rück es wieder raus!« Ich packte ihn und schüttelte ihn heftig.

Jetzt grinste er nicht mehr. »Volker, Hilfe!«, rief er verzweifelt.

Ich stutzte und ließ ihn los. »Dich kenn ich doch irgendwoher?«

»Was geht denn hier ab?«, fragte verwundert der auf der Türschwelle erschienene Volker.

»Die da«, der Typ zeigte ganz ungeniert mit dem Finger auf mich, »die da hat mich angegriffen.«

»Mensch, Gaby, auch wenn du momentan keinen Freund hast, du kannst doch nicht einfach meinen Kumpel mir nichts, dir nichts auf deine Bude verschleppen und über ihn herfallen«, wieherte Volker los.

Tatsächlich, das war der Spezi, der zusammen mit Volker kurz vor Weihnachten mit der nicht-aufgehen-wollenden Schampuspulle vor meiner Tür gestanden hatte.

»Mensch, Gaby, den kannst du doch nicht einfach so vernaschen. Der muss mir doch beim Umzug helfen!«

»Und was hat er dann in meinem Zimmer zu suchen? Sollen etwa ein paar meiner Sachen in deine neue Bude mit? Hat dein Kumpel etwa schon eine Vorauswahl getroffen?«

»Das meint der nicht so. Der ist in einer der letzten Kommunen Deutschlands aufgewachsen. Antiautoritäre Erziehung. Du verstehst schon.«

»Gar nichts verstehe ich!« Mir platzte der Kragen. »Raus jetzt mit euch! Alle beide! – Moment«, blaffte ich, als Volker sich mit seinem Kumpel in Bewegung setzte, und packte den Spezi am Arm. »Du bleibst hier. Du hilfst mir zur Strafe beim Kochen«, befahl ich. Mir war eine glänzende Lösung meines Problems eingefallen. Der Spezi, dem es ob meiner Autorität die Sprache verschlagen hatte, sah sich Hilfe suchend nach Volker um. Doch der zuckte nur die Schultern und brummelte gar nicht so unzufrieden, als er zu seinem Zimmer trottete: »Dann hau ich mich eben nochmal kurz aufs Ohr. Aber danach machen wir uns gleich an den Umzug.«

Als Erstes wies ich den Spezi an, mir Schampus und Sektglas zu holen. Der Spezi begann schon wieder zu strahlen. Der dachte wohl, es ginge zu so einer Art frühmorgendlichem Candlelight-Dinner. Wenn der wüsste! Vor meinem inneren Auge sah ich ihn bereits die achte Sardine ausnehmen. Frohgemut bugsierte ich meinen Kochgehilfen zur Gemeinschaftsküche. »Wie heißt du überhaupt?«

»Konrad«, murmelte der Spezi kleinlaut.

»Das klingt ja wahnsinnig antiautoritär. Haben deine Eltern in ihrer Kindheit zu viel ›Struwwelpeter‹ gelesen?«, gluckste ich und rezitierte: »Konrad! sprach die Frau Mama, ich geh aus und du bleibst da.« Bei »da« wies ich auf die Einkäufe aus dem Fischparadies.

Zögerlich näherte sich Konrad den acht nebeneinander aufgereihten Sardinen.

»Ausnehmen!«, ordnete ich an. »Aber die Köpfe dran lassen!«

Konrads Gesichtsfarbe zeigte mir, dass meine nicht ganz uneigennützige Erziehungsmaßnahme bereits zu wirken begann. In Zukunft würde er es sich zehnmal überlegen, ob er bei einer offenen Tür einen Besuch riskierte.

Ich drückte ihm Pikkolo und Glas in die Hand. »Einschenken!«, befahl ich. Dann gönnte ich mir erst mal einen satten Schluck. Es war schon etwas anstrengend, autoritär zu sein.

»Darf ich mal nippen?«, drang ein leises Stimmchen an mein Ohr. Spezi Konrad war kaum wiederzuerkennen.

»Vielleicht nach getaner Arbeit«, versprach ich hinterhältig. Bis dahin hatte ich den Pikkolo bestimmt schon alleine geleert. »Donn mol ron an die Fische, jonger Monn«, sagte ich jovial und prostete ihm aus sicherer Entfernung zu.

Halbherzig griff sich Konrad das Messer. »Ich dachte, ich sollte beim Kochen helfen«, versuchte er sich in schwachem Protest.

»Auch das Ausnehmen von Sardinen gehört zur hohen Schule des Kochens«, sagte ich lakonisch und befahl mit ausgestrecktem Zeigefinger: »Nummer eins!«

Trotz zunehmenden Gestanks hielt Konrad tapfer durch. Bei Sardine Nummer fünf versuchte er mein Herz zu erweichen, indem er mir erzählte, dass es die Großmutter gewesen sei, die ihm den Namen Konrad verpasst habe. Bei der sei er auch zunächst aufgewachsen. Bis zum sechsten Lebensjahr. Dann hätten seine Eltern, die damals von einem längeren Indientrip zurückgekehrt seien, ihr unstetes Leben aufgegeben und seien mit ihm in eine Kommune gezogen. Statt einer habe er auf einmal ein Dutzend Bezugspersonen gehabt. Von der Irritation wegen der Sachen, die ihm vorher verboten und nun erlaubt gewesen seien, ganz zu schweigen. Mit den Kindern in der Schule sei er dann gar nicht zurande gekommen. Er habe wie auf einer Insel gelebt. Auf einer Insel, von der er jeden Tag aufs Neue in die kalte, stürmische See gestürzt wurde.

Ich schniefte und fuhr mir mit dem Handrücken über die Nase. Jaja, es war schon grausam, welche Unbill das Schicksal manchem zufügte. Dann erzählte auch ich. Von meinem Vater, der meist mit etwas Hochprozentigem vor der Flimmerkiste saß, und von meiner Mutter, die ihre Frustrationen in der Küche an irgendeinem gebratenen Getier ausließ. Von den festgefügten Rollenvorstellungen, die jeder hatte, die der Ehepartner aber nicht im mindesten erfüllte. Von Frau Schicklgruber, Frau Bickelhaupt und Frau Kolbenschlag, deren Ehemänner dem Rollenbild meiner Mutter dagegen voll entsprachen und die –

Konrad gähnte.

Abrupt stoppte ich mitten im Satz.

Er merkte es nicht einmal.

Aufs Höchste frustriert setzte ich den Pikkolo zu einem letzten großen Schluck an, warf die leere Flasche entgegen meinen sonst sehr ausgeprägten Abfalltrennqualitäten in die Gemeinschaftsmülltonne, untersagte aber Konrad, das Gleiche mit den Innereien der acht Sardinen zu tun, und schickte ihn zum großen Abfallkübel nach unten.

Ich riss die Fenster auf und nahm ein paar Atemzüge frische Luft. Dann beobachtete ich Konrad, wie er, den Innereienbeutel mit spitzen Fingern weit von sich streckend, zum Abfallcontainer schlich und das unappetitliche Zeug dort versenkte. Eine Studentin, die sich neben Konrad gestellt hatte, um auch etwas in den Container zu leeren, stutzte plötzlich, rümpfte die Nase, wandte sich nach allen Seiten, um auszumachen, woher das wohl kommen mochte, was ihre Nase in höchstem Maße beleidigte, und starrte schließlich völlig entrüstet Konrad an. Irgendwie konnte er einem schon Leid tun. Ich rief seinen Namen und winkte ihm leutselig zu. Konrad, der an seinen Kleidern schnüffelte, sah irritiert hoch. Ich signalisierte mit einer Handbewegung, dass er wieder nach oben kommen sollte.

Dann machte ich mich an den Mürbeteig. Als ich die Zutaten miteinander vermengen wollte, hörte ich ein Räuspern. Konrad stand im Türrahmen. »Wenn du dann nichts mehr für mich zu tun hast, geh ich jetzt Volker beim Umzug helfen«, sagte er und versuchte, männliche Entschlossenheit in seine Stimme zu legen.

Natürlich hatte ich noch was für ihn zu tun. Warum sonst hätte ich ihn zu mir hochwinken sollen?

Konrad spielte den Ahnungslosen. »Also, ich geh dann jetzt.«

»Hiergeblieben!«, donnerte ich, bevor er sich umdrehen konnte, und deutete mit meinem mehligen Zeigefinger auf die ausgeweideten Sardinen. »Du musst noch das Rückgrat rausnehmen.«

Widerstrebend kam Konrad näher. »Können wir nicht tauschen?«, fragte er und linste in meine Teigschüssel.

»Nichts da, das da ist Männerarbeit und das hier Frauenarbeit.« Hemmungslos das starre Rollenverständnis meiner Eltern übernehmend, knetete ich den Teig.

»Und wo ist der versprochene Schampus?«

In einer Pantomimevorstellung erster Güte machte ich Konrad klar, dass der Pikkolo, den ich vorhin geleert hatte, der einzige war, den ich besessen hatte. Daraufhin brach bei Konrad die antiautoritäre Erziehung wieder durch. Ohne ein weiteres Wort machte er sich aus der Küche davon.

Ich betrachtete die acht vor mir ausgebreiteten Sardinen. Der Rest würde mich nicht mehr allzu große Überwindung kosten. Doch erst einmal formte ich eine Mürbeteig-Kugel, die ich vorschriftsmäßig in Butterbrotpapier einwickelte. Zufrieden vor mich hinsummend, tänzelte ich zu meinem Zimmer, legte die Kugel in den Kühlschrank und klopfte dann an Volkers Tür, um mich wenigstens noch bei Konrad zu bedanken.

Volker sah aus, als habe er sich gerade von seiner Matratze gewälzt.

»Ich dachte, ihr seid beim Umzug«, fragte ich verwundert. »Wo ist denn Konrad?«

»Den hab ich erst mal nach draußen geschickt. Zum Auslüften. Der stinkt mir ja alles voll. Der muss mindestens zehn Runden ums Wohnheim drehen, bevor er hier wieder reindarf!« Volker beugte sich zu mir und schnupperte. »Komisch, du riechst höchstens nach etwas Mehl. Was habt ihr zwei da eigentlich in der Küche getrieben? Aus Konrad war nichts rauszukriegen.«

»Geheimnis«, flötete ich und klimperte mit den Wimpern.

»Na, von mir aus kannst du mit Konrad gerne ein paar Geheimnisse haben«, sagte Volker entgegen seiner sonstigen Art (zumindest ein »Häää ...?« hätte ich erwartet), »solange er sich die Griffel schrubbt, bevor er meine Sachen anfasst. Ich hab nämlich keine Lust auf Fischgeruch in meiner neuen Bude. Dann hätte ich ja gleich bei den Fischköppen im Norden studieren können.« Sprach's und machte mir die Tür vor der Nase zu.

Kopfschüttelnd schritt ich zur Küche zurück, um mich wieder meinen Fischköpfen zu widmen. Die Welt war voller Vorurteile. Irgendwie hatte ich das Gefühl, dass mein Gericht bei der Flurfete nicht besonders gut ankommen würde. An meiner Zubereitung sollte es jedenfalls nicht liegen. Liebevoll begab ich mich an das Ausbuttern der Auflaufform, das Ausstreuen der Semmelbrösel und das Anordnen der Sardinen. Hatte man sich erst einmal an die Fischköpfe gewöhnt, hatte das Ganze sogar etwas Künstlerisches. Ich gluckste vor mich hin. Am Ende entwickelte ich mich noch zu einem Fan der englischen Küche.

Jetzt würde ich mir endlich die wohlverdiente Dusche gönnen. Auf dem Flur stieß ich auf Volker und seinen Spezi, die einen sperrigen Umzugskarton zum Aufzug schleppten. Konrad würdigte mich nicht nur keines Blickes, er wich mir sogar aus. Was mir im Grunde gar nicht so unrecht war, denn er roch immer noch etwas streng.

Mit den ›Caprifischern‹ auf den Lippen spazierte ich in die Dusche. Warum sollte man nicht auch mal eine Schnulze trällern dürfen, wenn einem danach war? Außerdem passte sie exzellent zu meinem Fischgericht. »Wenn bei Capri die rote Sonne im Meer versinkt ...« In der Dusche war's stockdunkel. Hatte ich eben den Lichtschalter betätigt oder nicht? »Zieh'n die Fischer mit ihren Booten aufs Meer hinaus ...« Ich ging nochmal nach draußen und drückte den Schalter rauf und runter. Kein Licht. Nicht mal auf das Wohnheimpersonal war mehr Verlass. Da hatte der Hausmeister bestimmt voller Verzückung ob seines frisch gekräuselten Kopfes die ganze Zeit vorm Spiegel gestanden und meinen Auftrag glatt vergessen. Und jetzt? Jetzt war's zu spät, um nochmal runterzugehen. Freitags fiel im Hausmeisterbüro schon um zwölf Uhr der Griffel. Entweder musste ich mich im Finstern abbrausen oder die Tür beim Duschen sperrangelweit offen lassen oder in einem anderen Stockwerk mein Glück versuchen.

Vorsichtig lugte ich zur Abschlusstür ins Treppenhaus hinaus. Hoffentlich begegnete ich jetzt keinem. Ich blickte an meinem abgewetzten Frotteemantel herunter und zog den Gürtel etwas fester zu. Ich sollte mir wirklich mal einen repräsentativeren Bademantel zulegen. Vor allem einen längeren. Der sah ja aus, als hätte ich ihn zur Konfirmation bekommen. Mit einem Klingeln kündigte sich der Aufzug neben mir an. Bevor jemand aussteigen und einen Blick auf mein Outfit erhaschen konnte, schnellte ich ins Treppenhaus. Da von unten Stimmen an mein Ohr drangen, hastete ich nach oben, zwei Stufen auf einmal nehmend. Atemlos riss ich die Abschlusstür zum nächsten Flur auf. Auge in Auge stand ich einem Typen gegenüber, der mich ebenso erstaunt musterte wie ich ihn. Und der mir ausnehmend gut gefiel. Warum musste ich jetzt ausgerechnet dieses dämliche grüne Frotteeteil anhaben! Verlegen zupfte ich am Gürtel.

»Gehst du immer so stürmisch ran?«, brach der Traumtyp das Eis.

»Äh, nein, äh … eigentlich nur heute, äh … das heißt, es kommt ganz darauf an«, stammelte ich und trat einen Schritt zurück. Jetzt hatte er mich in voller Größe im Visier. Er sah an mir runter, dann wieder hoch, dann zwinkerte er mir zu. »Kannst mir ja Bescheid geben, wenn du dich entschieden hast.« Er grinste breit übers ganze Gesicht. »Ich meine, in Sachen Stürmischkeit.«

»Äh, ja, alles klar«, presste ich zwischen meinen Lippen hervor und hätte mir dafür im gleichen Moment eine kleben können. In Sachen Blödheit.

Der Traumtyp nickte kurz, schob sich dann mit Tuchfühlung an mir vorbei, was mich wie von einem Tausend-Volt-Schlag getroffen zusammenfahren ließ, und hüpfte die Treppe hinab, immer zwei Stufen auf einmal nehmend. Durchs Treppengeländer sah ich ihm nach.

Zwei Stockwerke tiefer streckte er nochmal den Kopf nach oben. »Grün steht dir übrigens ausgezeichnet!«

Ich zog mich schnell zurück, damit er nicht sehen konnte, dass ich puterrot geworden war. Mit eiskalter Hand fühlte ich an meine heißen Backen. Dann fühlte ich mein Herz. Es hämmerte stakkato.

Traumatisiert wandelte ich zur Dusche.

6. Kapitel
Der frühe Vogel fängt nicht immer den Wurm oder: Ein besonders schwerer Fall für Florence Nightingale

»Du siehst topfit aus. Ich sag ja: Ein bisschen Sport wirkt Wunder«, meinte Eva, als sie zur Flurfete bei mir auf der Matte stand.

»Ach wo, die Schwimmerei hat damit nichts zu tun.« Ich strahlte mich im Spiegel an. Sollte ich noch etwas Wangenrot auflegen?

»Auf keinen Fall«, protestierte Eva, als ich mit der Puderquaste über die Backen gehen wollte. »Du siehst jetzt schon aus wie das vom Prinzen wachgeküsste Dornröschen.«

»Meinst du?« Selbstverliebt wiegte ich mich vor dem Spiegel hin und her. »Du bist übrigens ziemlich früh dran.«

»Der frühe Vogel fängt den Wurm«, parierte Eva. »Auf ein bereits zur Hälfte abgegrastes Büfett hab ich keine Lust. Heute will ich die volle Auswahl.«

Keine Angst, dachte ich boshaft, zur Not sind ja immer noch die Fischköpfe da.

»Das gilt selbstverständlich auch in Sachen Männer.« Eva zwinkerte mir zu. »Bei den vielen interessanten Exemplaren, die du mir versprochen hast, muss frau ihre Claims frühzeitig abstecken.«

»Erstens hab ich gar nichts versprochen, und zweitens –«, ich legte einen geheimnisvollen Unterton in meine Stimme, »zweitens habe ich es gar nicht mehr nötig, einen Wurm zu fangen.« Ich grinste. »Weder einen Wurm noch einen Frosch.«

Eva platzte vor Neugierde. »Sag bloß, du hast jemanden kennen gelernt.« Sie zog ihre Stirn in Falten. »Bist du denn gestern noch alleine weggegangen, nachdem du mich abgewimmelt hattest?«

In den schönsten Farben schilderte ich ihr, wen das Schicksal auf meinem Gang zur Dusche meine Wege hatte kreuzen lassen.

Eva war enttäuscht. »Ich darf nochmal zusammenfassen: Du warst unterwegs zur Dusche, und als du die Tür zur oberen Etage geöffnet hast, kam ein Kerl raus, der die Treppe runterging.«

»Wir hatten bereits Hautkontakt!« Die entscheidenden Dinge durften nicht unterschlagen werden.

»Aber du hast dich weder mit ihm noch hat er sich mit dir verabredet. Und was ist daran außergewöhnlich?«

Eva war einfach gemein heute Abend. »Das ging alles so schnell. Wie soll man sich denn da verabreden, wenn man im Bademantel auf seinen Traumtypen trifft«, verteidigte ich mich kleinlaut.

»Um es in einem Satz zu sagen: Es ist *nichts* passiert.«

»Und was ist mit dem charmanten Kompliment zu meinem Aussehen?« Für meinen geheimnisvollen Unbekannten war ich doch die ›Lady in Green‹! Trotzig blickte ich Eva an. Von meinen Fischköpfen würde sie heute Abend nichts bekommen.

»Na ja«, meinte sie aufmunternd, »immerhin ist es denkbar, dass ihr euch nochmal begegnet. Am Ende taucht er vielleicht sogar heute Abend hier auf, wenn er Leute im Studentenwohnheim kennt.«

Auf die Idee war ich noch gar nicht gekommen. Dankbar lächelte ich Eva an: »Komm, lass uns endlich auf die Fete gehen.«

»So gefällst du mir schon besser.« Eva hakte sich bei mir unter. Im Aufenthaltsraum hatten sich bereits die Flurbewohner mit ihren Gästen versammelt. Ich reckte den Hals. War mein Prinz etwa auch da? Doch ich sah nur die üblichen uninteressanten männlichen Physiognomien.

Ein metallisches Klopfen auf Glas riss mich aus meinen Gedanken. In der Mitte des Aufenthaltsraums hatte sich Flursprecherin Kathrin in weißer Rüschenbluse und grauem Faltenrock postiert und pochte mit einem Dessertlöffel gegen ihr leeres

Sektglas. Gleich würde der obligatorische Langweilervortrag zum Ende des Semesters folgen.

»Jetzt, da wir endlich alle vollzählig sind«, hob Kathrin mit schneidender Stimme und scharfem Blick auf mich an, »können wir die Flurfete nun für eröffnet erklären.«

Als Germanistin drehte sich mir der Magen um. Eine Fete für eröffnet erklären, was war denn das für ein grauenhaftes Deutsch. Während Kathrin ihren Sermon zum Besten gab, betrachtete ich mir die Gäste. Ein unscheinbar aussehender Typ, Marke Robert, begegnete meinem Blick und lächelte mich an. Schnell schaute ich woandershin.

»Blablabla ... bedauern wir es besonders, dass unser ausländischer Mitbewohner Muhammad unserer heutigen Flurfete nicht beiwohnen kann, da er aus plötzlichen gesundheitlichen Gründen leider unpässlich ist. Gerne hätten wir ihm demonstriert, dass auch wir Deutschen es verstehen, ausgelassen zu feiern.«

Ha, gerade der graue Faltenrock Kathrin verstand es prächtig zu feiern! Die hockte sich mit einem Glas Sekt in die Ecke, brauchte zwei Stunden, um es leer zu trinken, war dann voll wie eine Haubitze, belästigte mit um einen Knopf gelockerter Rüschenbluse noch einen männlichen Flurbewohner oder einen Gast, bevor sie weit vor Mitternacht dann in ihr Zimmer torkelte, um sich am nächsten Morgen zu beschweren, dass sie wegen des Lärms kein Auge zugetan hätte. Ich ließ erneut meine Blicke kreisen. Prompt blieb ich am Robert-Double hängen, das mir krampfig zublinkte.

Eva stupste mich an. »Komm, wir gehen Essen fassen.«

»Ist der Faltenrock mit seinem Vortrag schon fertig?«

»Du hast wohl von deinem Prinzen geträumt und vom ganzen Sermon nichts mitgekriegt, was?«, neckte Eva. »Ich hab währenddessen die Herren der Schöpfung unter die Lupe genommen. Ist ja ausgesprochen dürftig, was hier so rumläuft. Ich fürchte, wir müssen uns mit dem Büfett begnügen. Außer, du stehst auf den da.« Ich folgte ihrem Blick ... und schaute nun schon zum dritten Mal in das hinter dicken Brillengläsern blinkende Augenpaar.

»Ich glaube, der fährt voll auf dich ab. Robert mit Brille und dunklen Haaren.« Eva kicherte schadenfroh.

Ich zerrte sie zum Büfett. Die Fischköpfe strotzten in unangetasteter Pracht. »Ich hab dir's ja prophezeit, keine Flurfete ohne Fisch.« Eva wies angeekelt auf mein Meisterwerk. »Wo steht eigentlich dein Vorzeigegericht der englischen Küche?«

»Gabriele Zimmerrrmann, kommst du mal bitte!« Die Stimme des grauen Faltenrocks dröhnte an mein Ohr. »Bist du für das da verantwortlich?« Sie streckte ihren Zeigefinger in Richtung Fischköpfe. Eva ließ verwundert die Gabel sinken.

»Ich äh –«, setzte ich an.

»Ich habe hier eine Liste«, fuchtelte der Faltenrock mit einem DIN-A4-Blatt vor meinen Augen herum, »auf der in der linken Spalte die zuzubereitenden Speisen stehen, während die rechte Spalte die Namen der dazugehörigen Flurbewohner enthält. Beim Abgleich dieser Liste mit dem kalten und warmen Büfett –«, das Bürokratendeutsch des Faltenrocks zerrte fast noch mehr an meinen Nerven als die unerwartete Standpauke, »hat sich stets eine hundertprozentige Übereinstimmung ergeben.« Kathrin spitzte triumphierend das rosa lackierte Mündchen. »Bis ich auf deinen Namen und das da«, erneut wurde den Fischköpfen mit ausgestrecktem Zeigefinger gedroht, »gestoßen bin. Ist meine Hypothese, dass eine Verbindung zwischen beidem besteht, korrekt?«

»Du solltest doch was Englisches kochen«, versuchte Eva mir zu Hilfe zu kommen.

»Ja genau!« Der Faltenrock stierte auf seine Liste. »Und zwar gebackenen Schinken mit Cumberlandsauce. Ein von mir persönlich ausgewähltes Mahl der englischen Küche. Hier steht's! Schwarz auf weiß!« Der Zettel wurde mir ins Gesicht gestreckt.

»Ich hab's auch schwarz auf weiß!«, begehrte ich auf. »Nämlich, dass ich einen Stargazy Pie zubereiten sollte.«

Der Faltenrock war irritiert. »Stargazy Pie, was ist das?«

»Na, das da!« Jetzt war ich an der Reihe, auf die Fischköpfe zu zeigen. Etliche Flurbewohner und Gäste hatten sich um uns geschart und begutachteten mein kulinarisches Husarenstück.

»Dann muss ich wohl weitersuchen«, schnaubte Kathrin, »und zwar nach der Person, die den bei der Flurversammlung nicht anwesenden Bewohnern die für sie zugedachten Rezepte kopieren sollte.« Grummelnd entfernte sie sich. Eine Entschuldigung an meine Adresse war anscheinend nicht angebracht. Der Faltenrock drehte sich nochmal um. »Wenn du bei der Flurversammlung nicht gefehlt hättest, wäre dieses Missgeschick erst gar nicht eingetreten!«

Ich tat einen tiefen Seufzer. Eva starrte mich immer noch an. »Ich will keinen Kommentar hören!«, befahl ich eisig. »Nicht eine einzige Silbe!«

Stumm schaufelten wir uns Kartoffel-Käse-Gratin, marinierte Zucchini und Spargel-Tortilla auf unsere Teller. Plötzlich wurde ich von hinten angestoßen. Wenn das wieder der Faltenrock war ... Doch statt der steifen, hochgeschlossenen weißen Rüschenbluse sah ich einen dezent ausgeschnittenen auberginefarbenen Body, in dem Mitbewohnerin Jutta steckte.

»Das mit dem falschen Rezept tut mir echt Leid«, murmelte sie betreten. »Sieht so aus, als ob ich dir aus Versehen die gegenüberliegende Seite in dem Kochbuch, das mir Kathrin gegeben hat, kopiert habe.«

»Schwamm drüber, in fünf Jahren lachen wir kräftig.« Bis dahin hoffte ich das Trauma mit den Fischköpfen vergessen zu haben.

»Du verrätst mich also nicht beim Oberfeldwebel?«

Das mit dem ›Oberfeldwebel‹ brachte mich wieder zum Lachen. »Erzähl mir lieber, warum unser ausländischer Mitbewohner«, ich ahmte Kathrins näselnden Tonfall nach, »heute unpässlich ist.«

»Dem ist der große Zehennagel gezogen worden.«

»Waaas?« So was Grausames hatte ich schon lange nicht mehr gehört.

»Halb so wild«, sagte Jutta lakonisch. »Ist bei mir auch mal gemacht worden. Musste dann nur aufpassen, dass mir niemand auf den großen Onkel trat. Aber Muhammad stellt sich an, als sei ihm der ganze Fuß amputiert worden.«

»Jeder hat eben ein anderes Schmerzempfinden«, sprang ich für ihn in die Bresche.

»Aber essen könnte er doch zumindest was«, wandte Jutta ein. »Oder ist ihm vielleicht auch der Magen wegoperiert worden?«

»Man muss ihm halt was aufs Zimmer bringen, wenn er nicht zur Flurfete kommen mag.«

»Hab ich alles schon probiert. Ist zwecklos. Er verweigert die Nahrungsaufnahme.«

»Ich kann's ja nochmal versuchen«, schlug ich vor. »Vielleicht lässt er sich ja von mir was bringen.«

»Na, wenn du meinst, dass du's besser kannst«, sagte Jutta spitz, schnappte sich eine große saure Essiggurke und rauschte davon.

»Und weg ist sie«, bemerkte Eva, die sich wieder traute, etwas zu sagen. »Jaja, die einen sind halt schmerzempfindlich, die anderen haben's mit den Nerven.«

»Ich jedenfalls gehe jetzt zu Muhammad. Der Arme. So allein auf seinem Zimmer, wenn alle feiern«, seufzte ich mitfühlend.

»Wenn du medizinischen Beistand brauchst, sag mir Bescheid.«

»Nee, aber du kannst mir helfen, einen Teller mit Leckereien für ihn zusammenzustellen. Am besten was Kräftigendes, mit viel Fleisch, damit er rasch wieder auf die Beine kommt.«

»Siehst du hier irgendwo noch einen leeren Teller?«, fragte Eva.

Typisch Kathrin. Bestimmt hatte sie das Geschirr akribisch abgezählt. Ich eilte in mein Zimmer und suchte nach einem möglichst unversehrten Exemplar. Als ich zurückkam, hielt mir Eva stolz einen vollgehäuften Teller unter die Nase. »Ich hab doch noch einen aufgetrieben. Na, was sagst du zu der gelungenen Zusammenstellung? Dazu kann selbst Muhammad nicht nein sagen.«

»Honigmelone mit Parmaschinken, Bratenröllchen, Filet im Blätterteigmantel. Das Zeug muss alles wieder runter.«

Eva war zutiefst beleidigt.

»Mensch, Eva, das ist doch alles Schweinefleisch.« Ich fing an, die Speisen vom Teller an ihre ursprünglichen Plätze zurückzubefördern. »Muhammad ist schließlich Moslem.«

»Aber das Schweinefilet im Blätterteigmantel kannst du doch drauflassen. Das sieht man doch von außen nicht.«

»Keine Chance. Muhammad riecht Schwein auf zehn Kilometer Entfernung.« Prüfend ließ ich meine Augen über das Büfett gleiten. »Lamm, Kalb oder Rind, das ist jetzt die Frage.«

»Die Suche kannst du dir schenken«, motzte Eva. »Wenn davon je was da war, dann haben es die anderen schon abgeräumt. Es gibt also nur Schwein oder die vegetarische Alternative. Es sei denn ...«

»Ja ...?«, fragte ich hoffnungsvoll.

»Fisch dürfen die Moslems doch essen, oder?« Eva blinzelte boshaft.

Ich warf ihr einen drohenden Blick zu. Dann betrachtete ich interessiert die vegetarischen Speisen, die wir uns aufgetan hatten. »Am besten, ich nehm gleich den da, damit nicht noch mehr Zeit verloren geht.« Ich griff nach Evas Teller.

»Moment mal, genauso gut kannst du deinen Teller nehmen. Da ist nämlich das Gleiche drauf«, murrte Eva.

»Du hast Recht. Den muss ich auch mitnehmen. Schließlich muss ich Muhammad beim Essen Gesellschaft leisten. Das wäre sonst unhöflich. Das siehst du doch ein?«

Knurrend griff sich Eva eine große saure Essiggurke und biss herzhaft hinein. Ich zwinkerte ihr zu und balancierte die zwei vollgehäuften Teller durch die Gästeschar. Vielleicht hätte ich noch eine Essiggurke dazulegen sollen? Gingen heute Abend ja weg wie warme Semmeln. Mit einem der Teller pochte ich an Muhammads Tür. Statt eines auffordernden »Herein« vernahm ich nur ein klagendes »Auuuuuh«. Wenigstens war er wach. Ich drückte mit dem Ellbogen die Klinke runter.

»Grüß dich, Muhammad. Sag mal, was machst du denn für Geschichten?«

Statt eines »Hallo, Gaby, schön, dass du vorbeischaust« erklang ein zweites, mir durch Mark und Bein gehendes »Auuuuuuuuh«. Mit Märtyrerleidensmiene streckte Muhammad seinen in weißen Mull gehüllten rechten großen Zeh demonstrativ aus dem Bett.

Ich hielt ihm einen der beiden Teller hin. »Schau mal, was ich dir mitgebracht habe.« Den gezogenen Zehennagel wollte ich erst mal unerwähnt lassen und Muhammad so weit wie möglich von seinen Beschwerden ablenken.

Er blickte stur geradeaus. »Interessiert dich gar nicht, warum ich so krank bin?«, fragte er anklagend.

»Doch, doch, überaus«, beeilte ich mich zu beteuern. »Aber ich dachte, wir essen erst mal was. Du weißt doch, wie wir Deutschen sagen: Essen und Trinken hält Leib und Seele zusammen.«

»Aber zum Trinken hast du nichts dabei?«, stellte Muhammad sogleich fest.

»Äh nein«, sagte ich verdattert. »Ich kann aber gern noch was von der Fete –«

»Hast du kein Lammfleisch mitgebracht?«, unterbrach mich Muhammad, der inzwischen den Teller inspiziert hatte.

»Gab's leider nicht. Aber schau mal, was für schöne Sachen –«

»Was ist das?« Muhammad wies auf die Spargel-Tortilla.

»Das ist Tortilla, mit –«

»Das ist doch Omelett!«

»Jaaa, irgendwie schon, aber die Spanier sagen dazu Tortilla, und da es nun mal ein spanisches –«

»Aber die Deutschen sagen Omelett«, sagte Muhammad mit einer Beharrlichkeit, die ich einem Kranken wie ihm gar nicht zugetraut hätte. »Du kannst gerne im deutschen Wörterbuch nachschauen.« Er wies auf einen dicken roten Band in seinem Regal. »Ich wette mit dir, dass das Wort ›Tortilla‹ darin nicht vorkommt.«

Ich verzichtete. Mit Muhammad Diskussionen über die deutsche Sprache zu führen brachte nichts. Da er sie von der Pike auf gelernt hatte, wie er immer so schön sagte – das hieß Volkshochschule, deutsche Gasteltern, Studienkolleg, deutsche Freundin, Uni, und jetzt gab er zudem noch ausländischen Kommilitonen Nachhilfeunterricht in Deutsch –, fühlte er sich über jeden Irrtum erhaben. Einmal, als er sich mit seiner Freundin verkracht hatte, hatte er mir seine Famulaturarbeit vorbeigebracht, nicht etwa zur Korrektur, wie er betonte, sondern zum »interessierten Durchlesen«. Amüsiert hatte ich ihm nach der Lektüre mitgeteilt, dass das Wörtchen ›Lokus‹, das Muhammad in seiner Arbeit inflationär verwendet hatte, zwar in seiner lateinischen Ursprungsfassung für ›Ort‹ stehe, es aber im Deutschen umgangssprachlich allenfalls das ›stille Örtchen‹ bezeichne und daher für seine Famulaturarbeit gänzlich ungeeignet sei. Muhammad wälzte daraufhin nicht nur sein dickes rotes einsprachiges Wörterbuch, sondern auch noch diverse zweisprachige Wörterbücher sowie ein mehrbändiges Lexikon. Dann nahm er kleinlaut die unumgänglichen Korrekturen vor, schaute mich aber eine ganze Woche lang vorwurfsvoll an.

»Unguis incarnatus«, intonierte Muhammad auf einmal feierlich.

Aus meinen Gedanken gerissen, starrte ich auf den Teller. »Also ich hätte sie marinierte Zucchini genannt, aber wenn du meinst, dass es im Deutschen anders heißt«, gab ich klein bei.

»Unguis incarnatus!«, wiederholte Muhammad erzürnt. »Kannst du denn kein Latein?«

»Ja schon, aber natürlich nicht so gut wie du«, versuchte ich den Kranken gnädig zu stimmen. »Was heißt das denn?«

Muhammad wies auf das aufgeschlagene Medizinlexikon auf seinem Nachttisch. »Von der angestrichenen Stelle an lesen«, befahl er. »Aber laut!«

Ich stellte die Teller auf den Schreibtisch, nahm das Lexikon und wollte mich ans Fußende des Bettes setzen, als Muhammad »Vorsicht!!!«, brüllte. »Das war knapp«, japste er mit Blick auf den bandagierten Zeh. Ich war mir zwar sicher, noch einen guten Meter entfernt gewesen zu sein, unterließ aber jeglichen Kommentar, zog mir den Schreibtischstuhl ans Bett und begann vorzulesen: *»Unguis incarnatus: Nagel, eingewachsener; schmerzhafte Entzündung des durch den Nagelrand wundgedrückten Nagelfalzes; meist mit infizierter Weichteilwunde beziehungsweise Granulom, besonders an der Außenseite der Großzehe. Vergleiche Uhrglasnägel, Extraktion.«* Ich schaute auf. »Wo soll ich weiterlesen?«

Das darauf folgende »Auuuuuh« ließ mir weitgehende Entscheidungsfreiheit, daher beschloss ich nach dem Alphabet vorzugehen. »Also Extraktion. Hier steht's ja schon: *Nagelextraktion; Abtragen eines Nagels; Längsspaltung in der Mitte und Herausdrehen mit der Kornzange.* Ist dein Nagel denn auch so entfernt worden?«, fragte ich mit wissenschaftlicher Neugier.

Muhammad schien keiner Antwort fähig. Mit geschlossenen Augen stöhnte er vor sich hin. Ich griff nach einem anderen aufgeschlagenen Buch, einem Gesundheitsratgeber. Hier war nun der Begriff ›Paronychie‹, Nagelbettentzündung, angekreuzt. *»Unter einer Nagelbettentzündung«*, deklamierte ich, *»versteht man die schmerzhafte Entzündung des Gewebes um den Nagel herum beziehungsweise unter dem Nagel. Bei den Zehen ist die Entzündung oft mit einem eingewachsenen Zehennagel verbunden.* Sag mal, Muhammad, hast du gewusst, dass Frauen in den Wechseljahren besonders häufig davon betroffen sind?«

Muhammad schien das Schicksal des weiblichen Geschlechts in der Menopause kalt zu lassen. Ihn auf andere Gedanken zu bringen, war schwieriger, als ich mir vorgestellt hatte. Ich stellte ihm eine Alternativfrage, auf die er mir einfach antworten musste. »Was hast du denn jetzt genau vor der Nagelextraktion gehabt, Unguis incarnatus oder Paronychie? Oder am Ende gar beides?« Die neu erworbenen Fachbegriffe gingen mir wie Butter von den Lippen.

Auch diese Antwort schien Muhammad zu überfordern. Einzig ein weiteres, schmerzschwangeres »Auuuuuh« drang aus seinem Mund. Wenigstens sprach er jetzt wieder.

Im Gegensatz zum drögen Medizinerlexikon gab es im Gesundheitsratgeber viele bunte Bilder zu bestaunen. »Sei froh, dass du keine Fußpilzflechte zwischen den Zehen hast«, ich hielt ihm das Buch unter die Nase, »guck mal, wie schrecklich das aussieht.« Muhammad warf einen entsetzten Blick auf das halbseitige Foto. Auch der Versuch, ihn in ein Gespräch über einen die Papageienkrankheit betreffenden Artikel zu verwickeln, scheiterte. Dabei hätte mich eine Vertiefung dieses Themas durchaus interessiert. Durfte ich mit Caruso auch weiterhin zärtliche Gesten austauschen oder war jeglicher Gefieder- und Schnabelkontakt in Zukunft untersagt?

»Darf ich das eine oder andere Buch mal ausleihen?« Ich spähte im Regal nach weiteren interessanten Werken.

Muhammad sah mich erstaunt an. »Meinst du, du kommst damit zurecht? Als Geisteswissenschaftlerin?«

Bevor er auf die Idee kam, eine Bemerkung über die vielen Romane zu machen, die ich lesen musste, beglückte ich ihn mit meinen Kenntnissen über den Zusammenhang zwischen dem Zahnen und einem Magen-Darm-Katarrh im dreizehnten Lebensmonat. Der mit offenem Mund lauschende Muhammad war so beeindruckt, dass er sogar vergaß, sein »Auuuuuh« zu krächzen.

Der gute Dr. Dr. Harald! Wer hätte gedacht, dass das Rendezvous mit ihm sich noch als so nützlich erweisen würde. Ich blätterte weiter. »Mensch, Muhammad!«, rief ich hocherfreut. »Hier hab ich was zu Uhrglasnägeln gefunden. Das wollten wir ja sowieso nachgucken. Also, Uhrglasnägel sind große, gewölbte Nägel, die oft in Kombination mit Trommelschlägelfingern auftreten. Weiter steht hier, dass sie zum Beispiel bei Lungentuberkulose, Bronchialkarzinom oder zyanotischen Herzfehlern vorkommen. Das hört sich ja gar nicht gut an. Bist du sicher, dass du keine Uhrglasnägel hast?«

Endlich wurden die Lebensgeister in Muhammad wieder wach. Er richtete sich in seinem Bett auf und sagte laut und bestimmt: »Klappst du *bitte* die Bücher zu und stellst sie weg. Und zwar ganz weit weg. Am besten an den äußeren Rand des Schreibtisches.«

Schade, zu gerne hätte ich noch nachgeschaut, was Trommelschlägelfinger und zyanotische Herzfehler waren. Irgendwie sah Muhammad bedrückter aus als vor meinem Besuch. »So ein Nagel, der wächst bestimmt in null Komma nichts wieder nach«, sagte ich freundlich. Es wäre doch gelacht, wenn ich ihn nicht noch ein bisschen aufmuntern könnte.

»Die Wachstumsgeschwindigkeit beträgt etwa null Komma eins Millimeter pro Tag. Beim Daumennagel. Zehennägel wachsen langsamer. Nur halb oder ein Drittel so schnell«, brachte Muhammad trocken vor.

»Na, das sind immerhin noch eins Komma fünf Millimeter pro Monat.« Tatendurstig sprang ich auf. »Hast du ein Lineal?«

»Auf dem Schreibtisch liegt ein Geodreieck. Was willst du denn damit?«

Muhammad hatte schon seit mindestens zwei Minuten kein »Auuuuuh« mehr gesagt. Mein Besuch schien doch noch ein voller Erfolg zu werden. Ich griff nach dem Geodreieck und näherte mich Muhammads Fuß. Dem linken wohlgemerkt.

»Nein! Nein! Nicht an den Fuß gehen!«, kreischte Muhammad.

»Wieso, ich will doch bloß das Nagelbett ausmessen.«

»Aber bitte nicht an mir!«

»An den bandagierten Fuß gehe ich doch gar nicht. An den anderen will ich.«

»Nein, nein!«, wimmerte Muhammad und versteckte seinen linken Fuß tief unter der Bettdecke.

»Aber da hast du doch gar nichts«, ereiferte ich mich.

»Doch, doch! Alles tut weh!«

»Gut, dann mess ich's halt bei mir aus.« Ich entledigte mich meines rechten Schuhes und Strumpfes. »Aber beschwer dich nachher nicht, wenn es ein Millimeter mehr oder weniger bei dir ist.« Ich legte das Geodreieck an. »Bei mir sind es genau eins Komma fünf Zentimeter. Das heißt, bei einer Wachstumsgeschwindigkeit von eins Komma fünf Millimetern pro Monat braucht es ... exakt zehn Monate, damit dein rechter großer Onkel wieder in voller Schönheit erstrahlt.«

Muhammad bäumte sich auf, fiel aufs Bett zurück und japste: »Zehn Monate ... zehn Monate ... zehn Monate.«

Erschrocken ließ ich das Geodreieck fallen. »Ist dir nicht gut? Soll ich vielleicht meine Freundin Eva holen? Die studiert Medizin. Genau wie du.«

»Keine Ärzte«, jaulte Muhammad. »Alles, nur keine Ärzte.«

Schade, dass Fatima noch immer in Jordanien weilte. Die hätte bestimmt gewusst, warum Muhammad sich so hartnäckig meinen Aufmunterungsversuchen widersetzte.

»Vielleicht gehe ich jetzt lieber zur Flurfete zurück«, schlug ich bedrückt vor. »Die werden mich schon vermissen.«

»Jaja!« Auf Muhammads Gesicht zeichnete sich ein glückliches Lächeln ab. Ich zuckte die Schultern, griff nach den Tellern und bugsierte Kartoffel-Käse-Gratin, marinierte Zucchini und Spargel-Tortilla, nein, Spargel-Omelett zurück ans kalte Büfett.

»Na, Florence Nightingale hat wohl keinen Erfolg gehabt«, meinte Eva spitz mit Blick auf die unberührten Speisen.

»Komm mir bloß nicht mit Florence Nightingale. Von wegen innerer Befriedigung, die eine hingebungsvolle Krankenpflege verschafft. Von wegen Dankbarkeit des Kranken!«, ereiferte ich mich. »Selbst mein gut gemeinter Vorschlag, dich als Studentin der Heilkunst zu Rate zu ziehen, wurde gnadenlos abgeschmettert.«

Eva lachte. »Mediziner sind nun mal die denkbar schlechtesten Patienten. Schließlich wissen die aus erster Quelle, was ihre Kollegen so treiben. Von wegen Halbgott in Weiß. Unter den Medizinern ist längst die Götterdämmerung herangebrochen.«

Da konnte ich nur froh sein, so ein ehrenwertes Studienfach wie Germanistik ergriffen zu haben. Der Appetit auf Kartoffel-Käse-Gratin, marinierte Zucchini und Spargel-Tortilla, äh, Spargel-Omelett war mir allerdings gründlich vergangen. Jetzt hätte ich Lust auf eine extragroße Essiggurke gehabt. Doch ich konnte keine mehr entdecken. Ich hielt Eva die beiden Teller hin. »Hast du vielleicht noch Hunger?«, fragte ich zaghaft.

»Ich hätte da schon Interesse an einem der Teller«, schallte es an mein Ohr. Das dunkelhaarige Robert-Double stand vor mir.

»Na, das ging ja schneller als erwartet«, grinste Eva und ließ mich mit Lächler Nummer zwei einfach stehen. Der blinkte mich hinter seinen Brillengläsern heftig an. Von wegen am Essen interessiert. Der war hinter mir her!

»Welcher Teller darf's denn sein?« Ich streckte sie ihm abwechselnd unter die Brillengläser.

»Da kann man sich ja gar nicht entscheiden«, brabbelte er, »beide sind doch so liebevoll belegt.«

So liebevoll, dass ich sie gleich in die Gemeinschaftsmülltonne kippen würde, wenn sie mir nicht endlich jemand abnähme, dachte ich grimmig. »Jetzt nimm halt einen«, drängte ich ungeduldig, »auf beiden ist doch das Gleiche drauf.«

»Aber erst wenn du mit mir ein Tänzchen wagst.«

Mit dieser erpresserischen Ader glich er jetzt eher Herbie als Robert. »Aber nur ein Lied. Dann muss ich wieder zu meinen Leuten.« Verzweifelt hielt ich nach Eva Ausschau.

Das Herbie-Robert-Double zog mich in den Flur, wo die Disko eröffnet worden war. Ich fing einen argwöhnischen Blick des grauen Faltenrocks auf. »Oh, das ist ja mein Lieblingslied«, rief mein Tanzpartner in spe enthusiatisch, als ›Love ist in the air‹ ertönte. Meines ist eher ›I will survive‹, dachte ich düster, als ich in den Schwitzkasten genommen wurde. Mit fester Hand wurde ich im Disko-Fox-Schritt über den Flur geführt. Im Grunde tanzte er gar nicht schlecht. Wohlig schloss ich die Augen und stellte mir vor, dass ich in den Armen von Robert Redford über die Tanzfläche glitt.

»Du bist also Florence Nightingale«, holte mich mein Gegenüber in die Wirklichkeit zurück. Aha, hatte der Bube also gelauscht. Das brachte ihm den ersten Minuspunkt ein. Ich war entschlossen, ihn tief in die roten Zahlen zu bringen.

»Und wer bist du? Albert Schweitzer?«

Mein Tanzpartner schaute mir tief in die Augen. »Ich bin Manfred«, eröffnete er mir gewichtig. »Manfred Schöneck. Wie das Deutsche Eck. Nur eben schöner. Haha.«

Pflichteifrig wieherte ich mit. Nicht nur in Sachen Erpressung, auch in puncto Albernheiten ähnelte er eher Herbie als Robert. Ich gab ihm einen weiteren Minuspunkt.

»Und welchen Namen trägst du?«

»Gabriele«, entgegnete ich steif. »Gabriele Zimmermann. Wie der schwarze Mann«, fügte ich drohend hinzu.

Manfred gickelte. »Ich liiiebe Frauen mit Humor«, dröhnte er und schob mich im Disko-Fox-Laufschritt bis ans hintere Ende des Flurs. Dort, wo mein Zimmer lag. Verzweifelt versuchte ich ihn zurückzudrücken. »Love is in the air, when the day is nearly done«, erklang es aus dem Munde von John Paul Young. Nahm dieses Lied denn gar kein Ende? Manfred vollführte eine temperamentvolle Drehung mit mir. Eine Spur zu temperamentvoll. Die Brille segelte ihm von der Nase. Direkt auf meinen Fußabwischer.

»Na, wenn das keine Schicksalsfügung ist«, meinte Manfred beglückt, nachdem er sich sein Nasenfahrrad aufgesetzt und mein Namensschild an der Tür begutachtet hatte. »Hier wohnst du also«, sagte er bedeutungsschwanger, als ob er schon seine Besuchstermine für das nächste halbe Jahr eingeplant hätte.

»Wohnen ist eigentlich übertrieben«, versuchte ich Manfreds Entdeckung abzuschwächen. »Die meiste Zeit bin ich eh an der

Uni. Und ansonsten besuche ich Freunde.« Ich reckte den Hals. Nie war Eva da, wenn man sie mal wirklich brauchte.

»Was studierst du denn so fleißig?« Manfred hielt mich immer noch im Eingangsbereich meiner fünfzehn Quadratmeter fest.

»Germanistik.«

»Oh!«, machte Manfred.

»Das ist das Fach, wo man so viele Romane lesen muss«, bekundete ich trocken. Das würde ihn hoffentlich abschrecken.

Manfred schien tief betroffen. »Da hast du dir ja ein besonders aufwendiges Studienfach ausgesucht«, meinte er mitfühlend.

Nahm der mich auf den Arm? Oder versuchte er sich mit aller Gewalt bei mir einzuschmeicheln? »Was studierst du denn?«, fragte ich argwöhnisch.

»Och, nur Chemie«, sagte Manfred fast entschuldigend.

Ich musterte sein Outfit. Endlich mal ein Chemiestudent, der sich nicht der Karohemdenfraktion angeschlossen hatte. Mit seinem beigen Rollkragenpulli und der braunen Wollstoffhose mit Aufschlägen war Manfred für den naturwissenschaftlichen Bereich schon fast avantgardistisch gekleidet. Zerknirscht räumte ich ein, dass das nach zwei Pluspunkten verlangte. Damit war Manfreds Punktekonto leider wieder ausgeglichen.

»Da kommt ja noch ein Lieblingslied von mir.« Zu den Klängen von Limahls ›Neverending Story‹ wollte mich Manfred erneut in den Schwitzkasten nehmen. Wenn ich jetzt nicht entschieden nein sagte, würde er mich noch im Morgengrauen den Flur entlangschieben. »Ein Lied, hatten wir gesagt. Jetzt muss ich wieder zu meiner Freundin.«

Während wir zurückgingen, quetschte mich Manfred nach dem Gericht aus, das ich für die Flurfete kochen sollte. Genüsslich schilderte ich ihm Zubereitung und Aussehen des Sterngucker-Pie in allen grausamen Einzelheiten.

»Ist denn von diesem köstlichen Mahl noch etwas übrig? Mir läuft jetzt schon das Wasser im Munde zusammen!«

Es war nicht zu fassen. Alles, was von meinen Lippen kam, schien grenzenlose Begeisterung bei meinem Begleiter hervorzurufen. In größter Not schaute ich mich nach Eva um. Die stand in einer Ecke in ein Gespräch mit Erdmann vertieft, das heißt, Erdmann, der einen großen Glaskrug in der Hand hielt, redete ununterbrochen auf sie ein, während Eva Hilfe suchend um sich blickte. Als sie mich entdeckte, leuchteten ihre Augen. Wir eilten aufeinander zu, brachten beide ein vorwurfsvolles »Wo hast du denn so lange gesteckt!« hervor und fielen uns in die Arme.

»Ich geh dann mal was essen«, verkündete Manfred. Richtig, der musste ja noch sein Kartoffel-Käse-Gratin, die marinierten Zucchini und das Spargel-Omelett auffuttern. Gut, dass ich soviel auf die Teller gehäuft hatte. Da hatte Manfred erst mal zu tun.

Eva klagte mir derweil ihr Leid mit Erdmann. »Du, der hat mich doch allen Ernstes gefragt, ob er sein heißes Bier mit Honig bei mir trinken darf. Ich war so baff, dass mir keine richtige Abfuhr einfiel. Getrunken hat er dann nichts, mich aber zugelabert. Mit was für einer tollen Frau er seit kurzem befreundet sei. So toll, dass er gar nicht verstehen könne, warum sie gerade ihn auserkoren habe.«

Ich nickte beipflichtend. Das konnte ich auch nicht verstehen.

»Mann, war ich froh, als du endlich aufgetaucht bist. Apropos tauchen, ich glaube, du solltest schleunigst wieder abtauchen.«

Ich folgte Evas Blick und sah einen krampfig-strahlenden Manfred auf mich zueilen. Von seinem Teller strahlten mich ganz unverkrampft vier weitere Augenpaare an: Manfred hatte sich die Hälfte meines Sterngucker-Pies aufgetragen.

»Mensch, hab ich ein Glück!« Er schien ganz aus dem Häuschen zu sein. »Da hatte noch niemand von probiert. Für euch ist auch noch genug da.« Feierlich hob er eine gehäufte Gabel empor. »Auf die beste Köchin des Studentenwohnheims!«

Eva verschluckte sich und bekam einen Hustenanfall. Bevor ich ihr auf den Rücken klopfen konnte, wurde ich weggeschubst. Vom grauen Faltenrock. Der pflanzte sich neben Manfred auf und sagte mit bedrohlichem Timbre in der Stimme: »Hier steckst du also.«

Manfred hustete jetzt gemeinsam mit Eva um die Wette. Vor Schreck war ihm etwas Stargazy Pie in die Luftröhre gerutscht. »Ich muss mich um meinen Gast kümmern«, sagte der Faltenrock im Befehlston und zog den hustenden Manfred samt Fischkopfteller mit sich.

Dass er sich von Faltenrock Kathrin auf die Flurfete hatte einladen lassen, brachte Manfred glatt zehn Minuspunkte ein. So schnell würde der bei mir nicht mehr in die schwarzen Zahlen kommen. Dann tat ich Eva kund, dass ich in Sachen Verehrer genug hatte und mich gerne in meine fünfzehn Quadratmeter zurückziehen würde. Auch wenn es nichts Peinlicheres gab, als sich sogar noch *vor* dem grauen Faltenrock von der Flurfete zu verabschieden.

Eva gähnte. »Ich werde auch nicht mehr alt hier.«

»Du kannst gern bei Caruso und mir schlafen«, bot ich ihr an.

»Nee danke. Du kannst ruhig gehen. Ich decke soweit deinen Rückzug.« Sie zwinkerte mir zu.

Von Manfred schien keine Gefahr mehr zu drohen. Kathrin hatte ihn mit Beschlag belegt. So wie es aussah, würde sie heute Nacht die Letzte sein, die die Flurfete verließ.

Als ich die Tür zu meinen fünfzehn Quadratmetern aufschloss, plumpste Caruso von der Stange. Ich hatte ihn wohl aus der Tiefschlafphase geholt. Aufgeregt flatterte er im Käfig umher. Flaum und Staub wirbelten durch die Luft, was mich prompt zum Husten brachte. »Wenn du die Papageienkrankheit hast, stecke ich dich in Quarantäne«, drohte ich ihm, bevor ich das Licht ausmachte und mich heftig hustend unter die Bettdecke schob.

Am nächsten Morgen klingelte Eva bei mir an. Sie berichtete

mir von Manfred. Als der Faltenrock ihn für einige Minuten unbeaufsichtigt gelassen habe, habe er sich sogleich aufgeregt nach meinem Verbleib erkundigt. Eva tischte ihm auf, dass ich wegen eines plötzlichen Unwohlseins die Flurfete leider vorzeitig hätte verlassen müssen. Woraufhin Manfred sich mitfühlend den Rest der Fischköpfe genehmigt habe.

Am Montag rief ich im Computerladen an. Wie mir der Verkäufer aufgetragen hatte, fragte ich nach, ob es möglich gewesen sei, meinen Monitor vor Ort durchzusehen. »Doschgesehe?«, tat mein Gesprächspartner entrüstet. »Sie kenne sich im Hartwär-Bereich wohl gar net aus, was? Mer habbe doch hier kei Röntgelabor!« Auf mein äußerst geduldiges Nachfragen hin wurde ich dann vertröstet. Auf Donnerstag. Da sollte ich nochmal anrufen.

Am Dienstag stand Erdmann bei mir auf der Matte, um mich um einen Hammer zu bitten. Da ich keinen im Zimmer hatte, ging ich runter zum Auto, um den aus meinem Werkzeugkoffer zu holen. Als ich damit bei Erdmann vor der Tür stand, reagierte er höchst merkwürdig. Er öffnete die Tür gerade so weit, dass ich ihm den Hammer durch den Spalt durchreichen konnte.

Am Mittwoch lag der Hammer dann bei mir auf der Fußmatte. Ich ging runter, um ihn wieder in den Kofferraum zu verfrachten. Auf dem Parkplatz kam mir Erdmann mit einem Werkzeugkasten in der Hand entgegen. »Du hättest dir doch keinen zu kaufen brauchen, hättest doch meinen jederzeit ausleihen können«, sagte ich gutherzig. Nein, nein, erwiderte Erdmann, der Werkzeugkasten sei nicht neu, den habe er die ganze Zeit schon im Auto liegen. »Hat das Auto gestern etwa auch auf dem Parkplatz gestanden?«, hakte ich in nicht mehr ganz so gutherziger Absicht nach. Erdmann bejahte freudig. Nur habe er gestern nicht nach unten gehen können. Er habe nämlich Besuch gehabt. »Ich konnte doch meine Freundin nicht alleine lassen«, sagte er, als sei dies das Selbstverständlichste von der Welt. Für mich wäre selbstverständlich gewesen, ihm dafür einen der Fischköpfe in den Rachen zu stopfen. Leider hatte sie Manfred alle aufgegessen.

Am Donnerstag holte ich meinen Monitor ab. Die Frage, ob er jetzt doch eingeschickt worden war, schenkte ich mir. Hauptsache, er funktionierte wieder. Als ich bei Volker klingelte, damit er mir den sperrigen Karton hochtrug, war keiner da. Bestimmt war er immer noch in Sachen Umzug unterwegs. Keuchend schleppte ich den verpackten Monitor zum Aufzug, wo ich jemanden gerade einsteigen sah. »Halt!«, japste ich, die letzten Meter im Laufschritt nehmend. Genau vor meiner Nase ließ der Typ die Aufzugstür zuknallen. Durch das Guckloch beobachtete er, wie ich mit dem sperrigen Karton in die Knie sank. Dann fuhr er nach oben.

Am Freitag kam Fatima aus Jordanien zurück. Sie erzählte mir Anekdoten von den Söhnen der Wüste, ich klagte ihr mein Leid mit dem männlichen Geschlecht im und ums Studentenwohnheim herum. Plötzlich stoppte sie meinen Redefluss. »Hör mal, ich glaube, bei dir hat jemand geklopft.« Fatima, die das Zimmer neben Volker, also schräg gegenüber von mir hatte, öffnete vorsichtig ihre Tür und spähte hinaus. »Es ist ein Er«, flüsterte sie mir zu. In meinen Gedanken sah ich den Traumtypen vom Treppenhaus an meine Pforte klopfen. »Ist es ein Frosch oder ein Prinz?«, flüsterte ich erregt zurück. »Eher ein Frosch.« Fatima verkniff sich ein Lachen. »Ein Frosch mit einer Rose.« Nachdem sich Fatima vergewissert hatte, dass der Frosch wieder verschwunden war, huschten wir neugierig an meine Tür. Auf der Fußmatte lag eine dunkelrote Rose. An der Tür klebte eine Nachricht. Von Manfred. In schnörkeligen Buchstaben erkundigte er sich nach meinem werten Gesundheitszustand. Seine werte Telefonnummer stand auch auf dem Zettel. Für den Fall, dass ich etwas brauchte, hatte er dazugeschrieben. Ich brauchte nichts. Da war es nur konsequent, dass ich den Zettel wegwarf.

Am Samstag stattete ich der Uni-Buchhandlung einen Besuch ab. Ich hatte Fatima von der Tigerschwarte, die ich von

Tante Hedwig zu Weihnachten bekommen hatte, erzählt. Fatima hatte gleich einen Blick hineinwerfen wollen, besonders die Stelle, an der den Fünfundreißigjährigen geraten wurde, sich einen erstklassigen Vibrator zuzulegen, hatte sie empört. Fatima zählte nämlich zu dieser Altersgruppe. Nachdem ich die Tigerschwarte in meinem Zimmer vergebens gesucht hatte (Caruso hatte diesmal seine Hilfe verweigert, anscheinend schmollte er wegen der Bemerkung zur Papageienkrankheit), entschloss ich mich, ein neues Exemplar zu kaufen, auch wenn es im Grunde zum Fenster hinausgeworfenes Geld war. Da ich der Aushilfskraft in der Uni-Buchhandlung die Autorin gar nicht und den Titel nur unvollständig nennen konnte, suchte sie im Verzeichnis lieferbarer Bücher unter diversen Schlagworten. Dann hatte sie einen Geistesblitz. »Ei, iss dess nicht dess Buch mit dem Vibraador?« Ich schaute mich erschrocken um. Keiner hatte etwas gehört. Ich beugte mich nach vorn. »Äh, ich weiß nicht so recht«, flüsterte ich. »Isses es nun oder issess es net?«, fragte die Aushilfskraft schon eine Spur lauter. »Ja, ich glaube schon«, sagte ich beschwichtigend. »Hätte Se doch gleich sache könne«, raunzte die Aushilfskraft und brüllte dann quer durch den Raum zu einer anderen Angestellten, die auf einer Stehleiter Bücher in die Regale einsortierte: »Waltraud, hammer dess Buch mit dem Vibraador do?« – »Waas?«, brüllte die andere zurück. Bevor noch der letzte Kunde im Laden auf mich aufmerksam wurde, murmelte ich ein »Ich hab mir's doch anders überlegt« und flüchtete aus der Buchhandlung.

7. Kapitel
Zigtausend Jahre Evolution für die Katz?
oder:
Ein (fast) männerfreies Wiegenfest

Beim Frühjahrsputz stöberte ich die verloren geglaubte Tigerschwarte wieder auf. Unfroh war ich nicht über den Fund, sollte meinen Freundinnen und mir der Gesprächsstoff auf meiner bevorstehenden Geburtstagsparty ausgehen, konnten wir uns immer noch ausführlich über dieses Albtraumbuch weiblicher Singles auslassen.

Am Morgen meines Geburtstages wurde ich vom Postboten herausgeklingelt. Er überreichte mir ein Einschreiben von Tante Hedwig. Vorsichtig spähte ich in den Umschlag. Ich zog eine maschinengeschriebene Liste heraus, welche die laut Tante Hedwig »zehn ergiebigsten Jagdreviere des ausgehenden 20. Jahrhunderts« umfasste. Und die reichten vom Supermarktregal mit den Fertiggerichten über Wohnungssammelbesichtigungstermine bis hin zu Events, auf denen frau Angehörigen von Berufsgruppen mit überdurchschnittlich hoher Single-Dichte begegnete. Die unterschwellige Botschaft: Überall warteten jede Menge kapitaler Böcke darauf, mit den Waffen einer Gabriele Zimmermann zur Strecke gebracht zu werden. Eine Karte steckte auch im Umschlag. Man musste schon sehr wohlwollend sein, um sie als Geburtstagsgruß aufzufassen. »Liebe Großnichte Gabriele«, hatte Tante Hedwig fein säuberlich geschrieben, »denk dran, jetzt bist du schon 26!«, dahinter in Klammern »in Worten sechsundzwanzig«. Die Mahnung endete mit »Trotzdem herzlichen Glückwunsch«.

Leicht verärgert stieg ich ins Stockwerk über mir, um zu duschen. Die Neonröhre in unserem Gemeinschaftsduschraum war zwar schon längst ersetzt worden, doch ich hoffte inständig, meinen Traumprinzen wieder zu sehen. Für alle Fälle hatte ich mir einen schicken neuen Bademantel zugelegt. Natürlich in Grün. Nach dem Duschen (leider war wieder nichts Außergewöhnliches vorgefallen) fuhr ich in die Stadt, um noch ein paar Dinge für meine Geburtstagsparty zu besorgen. Unter anderem lila Filzstifte. Mit denen gestaltete ich am Nachmittag ein Plakat. Nachdem ich den letzten Buchstaben in kräftigem Lila ausgemalt hatte, brachte ich es an meiner Pforte an:

MÄNNERFREIE
ZONE

Caruso, der mich beim Plakatmalen argwöhnisch beobachtet hatte, hüpfte aufgeregt im Käfig umher. »Keine Angst«, beschwichtigte ich ihn, »du bist von der Regelung ausgenommen.«

Meine weiblichen Geburtstagsgäste waren allesamt begeistert von der ›männerfreien Zone‹. »Endlich sind wir mal ungestört«, hieß es wie aus einem Munde. So viel Zustimmung hatte ich schon lange nicht mehr erfahren. Ich musste das Plakat nach der Fete ja nicht gleich wieder abmachen.

Das erste Geschenk, das ich auspackte, stammte von Eva. Gleichermaßen um mein geistiges wie körperliches Wohl besorgt, hatte sie mir ein so genanntes literarisches Kochbuch geschenkt. Der Band erörterte unter anderem die im Germanistikstudium vernachlässigte Frage: Konnte Goethe kochen? Wenig erfreut las ich, dass Deutschlands Dichterfürst eine Vorliebe für Fisch gehabt hatte: Nicht nur, dass er Forelle und Co. eigenhändig aus dem Wasser zog, er bereitete sie auch an Ort und Stelle zu. Die Frage, ob er die Rezeptur des Stargazy Pie kannte, blieb allerdings offen. Aber für meinen Vater war noch ein interessanter Aspekt dabei: Wer hätte gedacht, dass Johann Wolfgang sich als Bruder im Geiste von Paul-Gustav erweisen würde? Auch Goethe hatte in seinem Haus in Weimar bei Tisch das Fleisch gewöhnlich selber tranchiert.

Bille bedachte mich ebenfalls mit einem Rezeptebuch. Das ›Dinner-for-two‹-Kochbuch enthielt nicht nur Anregungen zum leidenschaftlichen Nudeln, sondern auch hilfreiche Tipps fürs Candlelight-Dinner. Vielleicht hatte der flotte Käfer Herbie diesen Band auch besessen und sich vom Kapitel über die schiere Fleischeslust inspirieren lassen?

Auch Jutta hatte in Sachen Erotik an mich gedacht. ›Dein Wellensittich und du‹ hieß der Ratgeber, den sie mir überreichte. Dieses Geschenk würde das seit meiner unbedachten Äußerung zur Papageienkrankheit noch immer etwas gespannte Verhältnis zu Caruso wieder auf Vordermann bringen.

Assi, eine Freundin aus der Schulzeit, bedachte mich mit einem Gutschein für ein Fernsehzeitschriften-Abo. Ach, war es schön, Freundinnen zu haben, die intuitiv ahnten, was man brauchte.

Ich tastete Fatimas Geschenk ab. »Das ist bestimmt noch ein Kochbuch. Wahrscheinlich eins mit Gerichten aus dem Orient«, murmelte ich, während ich das Geschenkband abstreifte. Fatima lächelte vieldeutig. Oh, ein Politschmöker, dachte ich wenig begeistert, als ich den Titel ›Die neue Mitte‹ sah. Die darunter abgebildete Frau mit rotem Fransen-BH und weit schwingendem Tellerrock wollte allerdings nicht so recht dazu passen. Stirnrunzelnd las ich den Untertitel vor: ›Lebensfreude durch Bauchtanz‹.

»Gefällt es dir?«, fragte Fatima.

»Mal was anderes«, entgegnete ich lahm. So recht konnte ich mich mit dem Geschenk nicht anfreunden.

»Bauchtanz ist doch was Anrüchiges!«

»Der ist nur dazu gedacht, die Kerle anzumachen!«

»Außerdem muss man sich erst einen dicken Bauch anfuttern!«

Unter meinen Gästen war eine rege Diskussion ausgebrochen, der Fatima mit einem energischen »Halt!« ein Ende bereitete. »Ja, glaubt ihr denn, Bauchtanz sei so 'ne Art orientalischer Striptease?«, schalt sie.

»Aber ein gewisses frauendiskrimierendes Image hat er schon«, insistierte ich.

Fatima grinste. »Also für diskrimierend halte ich es zum Beispiel, wenn frau den ganzen Abend über auf einen Typen wartet, der nicht kommt, und dann diesen Typen, der sie sitzen gelassen hat, ein paar Tage später auch noch anruft.«

Ich schluckte. Mir war das peinliche Hin- und Hergezerre mit Lächler Robert eingefallen.

»Oder wenn frau eine Bekanntschaftsanzeige aufgibt, in der sie ihre Vorzüge anpreist, als sei sie ein Möbelstück«, pflichtete Assi Fatima bei.

Volltreffer! Diesmal wurde ich an die tiefenpsychologisch konzipierte Provinzblattanzeige erinnert, die Tante Hedwig in meinem Namen aufgegeben hatte.

»Oder wenn frau auf eine Single-Fete geht und sich dort mit hautengen Leggings und extrabreitem, um die Taille gezurrtem Gürtel den männlichen Singles für einen Flirt und mehr anbietet«, fiel auch Jutta ein Beispiel ein.

Betreten sah ich zu Boden. Gegen all diese Verstöße erschien mir Bauchtanz plötzlich wie der reinste feministische Befreiungstanz.

»Wir im Westen müssen erst wieder lernen, mit unserer Weiblichkeit zu spielen. Bauchtanz gibt uns die Möglichkeit, uns unserer eigenen, oft unterdrückten Erotik und Sinnlichkeit bewusst zu werden«, dozierte Fatima. »Schon nach den ersten Schritten nehmen wir eine ganz andere Haltung ein, die nicht das Geringste mit unserem westlichen ›Brust raus, Bauch rein‹-Zwangskorsett zu tun hat. Beim Bauchtanz heißt es los- und lockerlassen.«

Ich ließ meinen durch die russische Nusstorte leicht gewölbten Bauch, den ich die ganze Zeit über angespannt hatte, los. Fatima hatte Recht. Sogleich fühlte ich mich wie neugeboren.

»Ja, greift nur zu«, ermunterte uns Fatima mit Blick auf die Kuchenplatte. »Ein paar Pfund zu viel können beim Orientalischen Tanz nicht schaden.«

Ich streckte meine Finger nach der Himbeersahne aus.

»Und nicht zuletzt«, machte sich Fatima zwischen unserem genüsslichen Schmatzen bemerkbar, »könnt ihr euch mit Bauchtanz eure sinnliche Ausstrahlung bis ins hohe Alter bewahren.«

Glücklich drückte ich ihr Geschenk an mich. Jawohl, der Tigerschwarte würde jetzt der Kampf angesagt. Von wegen, dass eine Frau über fünfunddreißig eher vom Tiger gefressen wurde, als dass sie einen Mann fand. Mit unserer neu gewonnenen sinnlichen Ausstrahlung würden wir mit sechzig noch die volle Auswahl haben! Ich griff nach dem Bienenstich. Auch meine Freundinnen visierten bereits wieder die Kuchenplatte an.

»Die einzelnen Bewegungen des Bauchtanzes könnt ihr problemlos überall praktizieren. Am Schreibtisch etwa Kopf-, Hand- und Schulterübungen, beim Gehen durch die Wohnung könnt ihr Hüftschwünge üben, das Bügeln kann zu Shimmys, also zum Schütteln bestimmter Körperteile genutzt werden, und beim Staubsaugen legt ihr ab und zu einen Wechselschritt ein.«

Restlose Begeisterung erfasste uns. »Tanzen! Tanzen! Tanzen!«, skandierten wir lauthals.

Fatima ließ sich nicht lange bitten. »Ich zieh mir aber erst mein Kostüm an, das ich mir aus Jordanien mitgebracht habe. Ein bisschen Glitzer und Glamour gehören schließlich dazu«, zwinkerte sie und schwirrte davon.

»Sag mal, aus welchem Land kommt Fatima eigentlich?«, fragte Assi neugierig. »Diese blonden Araberinnen sind doch Nachfahren von europäischen Sklavinnen, oder?«

Ich verschluckte mich fast am Bienenstich. »Nein, nein«, lachte ich. »Bei Fatima gibt es keine Sklaven in der Familie. Höchstens der Opa. Der muss das machen, was die Oma sagt. Vor allem, wenn er mit seiner Rentnergang mal wieder über die Stränge geschlagen hat.«

Assi starrte mich baff an.

»Die Lösung ist ganz einfach«, klärte ich sie auf. »Fatima heißt Ingeborg, und Ingeborg kommt aus Osnabrück.«

»Ach, deshalb spricht sie so gut deutsch«, warf Bille ein.

»Und warum nennt ihr sie dann Fatima?«, fragte Assi.

»Wegen ihrem Faible für den Orient«, erläuterte ich. »Nach längerer Arbeit als Rechtsanwaltsgehilfin hatte sie die Paragraphenreiterei satt, holte ihr Abi nach und sattelte auf die Orientalistik um. Vor kurzem ist sie übrigens aus Jordanien zurückgekehrt, wo sie ein Semester studiert hat.«

»Sie wird doch wohl nicht zu einem zweiten Semester nach Jordanien aufgebrochen sein«, grinste Eva mit Blick auf die Uhr.

Ja, wo blieb Fatima? Meinen Gästen schien langsam die Geduld auszugehen. »Tanzen! Tanzen!«, skandierten sie schon wieder und blickten dabei mich an.

»Ich, äh, geh mal schauen, ob Fatima was dazwischengekommen ist«, murmelte ich und strebte zur Tür.

»Du willst doch wohl deine Gäste nicht alleine lassen.« Eva hielt mich am Arm fest.

»Wir wollen jetzt ein paar Figuren aus der Bauchtanzfibel sehen«, sagte Jutta und blätterte im Buch herum. »Sozusagen als amuse gueule für den Auftritt der großen Fatima.«

»Amuse was? Ihr seid wohl nicht ganz dicht«, raunzte ich. »Ich mach doch hier nicht einen auf die Zuckerpuppe von der Bauchtanzgruppe.«

»Also wer dafür ist, dass Gaby uns in die Welt von tausendundeiner Nacht entführt, der schreit jetzt ganz laut ›Ja‹«, fiel Eva mir in den Rücken.

Ein markerschütterndes »Jaaaa!!!« hallte durch den Raum. Selbst Caruso hatte mich schnöde verraten und seine Zustimmung gezwitschert.

»Aber wir haben gar keine Musik«, begehrte ich auf.

»Ach, irgendwas Orientalisches wird sich schon auf Kurzwelle finden«, sagte Assi und drehte am Radioknopf.

»Aber ich habe nicht die richtige Kleidung.«

Jutta schlug im Bauchtanzbuch die ersten Seiten auf. »Also hier steht, dass für den Anfang eine Strumpfhose, ein Body sowie ein größeres Tuch für die Betonung der Hüften genügen.«

Missmutig wühlte ich im Schrank herum. Die einzige Strumpfhose, die ich auftat, hatte ein Loch auf Oberschenkelhöhe.

»Mensch, Gaby, jetzt stell dich nicht so an. Wir sind doch unter uns«, zeterte Assi.

Die hatten gut reden. Wo blieb nur Fatima? Unlustig streifte ich meine Kleider ab und schlüpfte in den Body. »Schaut doch mal, Gaby hat genau die richtige Bauchtanzfigur«, kreischte Bille. Sofort nahm ich Hab-acht-Haltung ein, Brust raus, Bauch rein. Aus dem Radio erschollen morgenländische Klänge, zu denen Bille, Jutta, Eva und Assi begeistert mit der flachen Hand den Takt schlugen.

»Aber ich habe kein Tuch«, protestierte ich.

»Und was ist das?«, fragte Assi und hielt triumphierend einen fadenscheinigen dunkelroten Fetzen hoch.

»Das ist das Tuch für den Wellensittichkäfig, wenn ich mal ein Mittagsschläfchen halte. Damit Caruso denkt, dass es schon Abend ist, und nicht mehr so laut schnattert«, stotterte ich.

»Umbinden! Umbinden!«, schrien die anderen. Caruso blickte anklagend von seiner Stange auf mich herab. Anscheinend nahm er es mir übel, dass er so viele Semester lang in einen künstlichen Mittagsschlaf geschickt worden war.

Die selbst ernannte Bauchtanzexpertin Jutta nahm mir das Tuch aus der Hand und knotete es um mich, sodass der Knoten exakt auf meiner linken Hüfte saß. Dann befahl sie: »Die Schuhe musst du ausziehen. Barfuß sieht's authentischer aus.«

Vor allem auf meinem hubbeligen Linoleumfußboden, dachte ich grimmig und wiegte mich vorsichtig zu der Musik hin und her.

»Ist das alles?« Während Bille, Eva und Assi gelangweilt aufstöhnten, blätterte Jutta emsig im Bauchtanzbuch. »*Das* wollen wir sehen.« Sie wies auf ein Foto mit der ›Türkischen Armpose‹. »O ja«, sagte Bille, »das kam kürzlich im Fernsehen. Bei dieser Tänzerin in ›Der Tiger von Eschnapur‹.«

»Ich glaub, du machst da was falsch«, tadelte ›Tiger von

Eschnapur‹-Expertin Bille nun meine Körperhaltung. »Du darfst nur deinen Kopf verschieben und nicht mit dem ganzen Oberkörper wackeln.«

»Jetzt machst du erst mal grundlegende Technik.« Mit dem Buch in der Hand erhob sich Jutta gewichtig. »Du musst ein Gefühl für das Zentrum der eigenen Schwere bekommen.« In Kommandosprache wies sie mich an: »Füße auf Hüfthöhe! Arme zur Seite ausbreiten! Handteller nach oben! Jetzt um dich selbst schwingen!« Ich drehte und drehte mich, während Jutta beschwörend sprach: »Immer kleiner werden die Schwingungen, bis du deinen Mittelpunkt gefunden hast.« In der ich-weiß-nicht-wievielten Drehung stolperte ich und riss Jutta mit mir aufs Bett. »Mann, ist mir schwindlig«, stöhnte ich.

»Das sah aber gar nicht wie Bauchtanz aus«, nörgelte Bille. »Wo waren denn da Sinnlichkeit und Erotik?«

Ächzend erhob ich mich vom Bett.

»Ich finde, wir sollten Gaby einen orientalischen Namen geben. Das macht das Ganze authentischer«, schlug Assi vor.

Mir war's eigentlich authentisch genug. Meine nackten Füße waren inzwischen eiskalt.

Angestrengt dachten alle nach. Auf einmal sprang Bille auf: »Wie wär's mit Alhambra?« Eva runzelte die Stirn: »Irgendwo hab ich den Namen schon mal gehört.« – »Ist doch egal, Hauptsache, er klingt geheimnisvoll«, meinte Assi, und Jutta fuhr fort: »Also, bist du für die nächste Figur bereit, Alhambra?«

Während ich in die Zimmermitte torkelte, überlegte ich, was mit dem Namen ›Alhambra‹ nicht stimmte. »Pass auf, dass du die Kurve kriegst«, mahnte Bauchtanzexpertin Jutta und wies mich in die Figur acht der Hüfte ein. Schon wieder wurde Kritik laut: »Ich hab' noch nie eine so eckige Acht gesehen.«

»Jetzt ist's aber langsam genug«, jammerte ich.

Mit »Willst du die Choreographie lieber mit dem Kleopatra-Sitz, der Sultansbrücke oder der Serpentinen-Rolle abschließen?« wollte nun auch Jutta die Vorführung beenden. Ich entschied mich für die Brücke, die hatte ich in der Kinderturnstunde schon gemacht. Ich kniete mich hin, bog den Rücken nach hinten, bis mein Kopf den Boden berührte, und hob Brustkorb und Becken an. »Nicht schlecht«, meinte selbst Jutta anerkennend und befahl: »Und jetzt das Ganze nochmal, und zwar mit geflügelten Schlangenarmen.« Ich richtete mich wieder auf. »Wie gehen die denn«, keuchte ich. Jutta studierte die Bilderfolge und machte es vor. »Bravo!«, schrien die anderen. Halb erbost, halb angespornt ließ ich mich wieder nach hinten sacken. »Die Hebelkraft für die Schlangenarme musst du allein aus den Schultern rausholen«, belehrte mich Jutta. »Und vor allem die Ellenbogen nach oben richten, das macht ja die Grazie des Ganzen aus.« Das war zu viel für mich. Höchst ungraziös krachte ich auf den Linoleumfußboden. »Ohhhhh!«, machten alle.

Ächzend richtete ich mich auf. Dann machte auch ich »Ohhhhh!«. Vor mir stand Fatima, in einen dunkelblauen Tülltraum gehüllt. »Tut mir Leid, aber ich habe die Bauchtanzmusik nicht gleich gefunden«, sagte sie und schwenkte die Musikkassette. Ich hielt mir die Hand vor Augen, damit ich beim Blick auf BH-Oberteil und Bauchtanzgürtel nicht von Perlen, Pailletten, Strass und Münzen geblendet wurde.

»Wie ein Traum aus tausendundeiner Nacht«, sagte Bille ehrfürchtig.

Fatima sah mich und mein zusammengeschustertes Outfit belustigt an. »Was war denn hier los?«

»Alhambra hat die Sultansbrücke nicht zu Ende geschafft«, verpetzte mich Bille.

»Alhambra?«

Bille zeigte auf mich. »Gaby. Wir haben ihr einen Künstlernamen gegeben.«

»In puncto Orient seid ihr wirklich gänzlich unbeleckt.« Fatima war schockiert. »Alhambra ist doch kein Vorname, das ist eine maurische Burg in Granada, eine der großartigsten Schöpfungen islamischer Baukunst.«

Ich hatte doch geahnt, dass mit dem Namen irgendwas faul war.

Die Kassette wurde eingelegt, ein fröhliches, schnelles Stück erklang, und Fatima geriet sofort in Fahrt. Während sie mit temperamentvollen Hüftschwüngen über den Linoleumboden wirbelte, blätterte Jutta emsig im Bauchtanzbuch, um die einzelnen Bewegungen zu identifizieren. Bille, Assi und Eva wussten nicht, wen sie bewundernder anblicken sollten: Fatima, die ihnen in Vollendung zeigte, was der weibliche Körper für Möglichkeiten bot, oder Jutta, die sich in null Komma nichts zur Kennerin dieser Möglichkeiten entwickelt hatte. Ich wurde vorerst nicht mehr beachtet. Obwohl ich als Geburtstagskind eigentlich die Hauptattraktion des Tages hätte sein sollen.

Die Perlen und Pailletten, Ketten und Münzen an Fatimas Bauchtanzgürtel schepperten frenetisch. Jutta war mit dem Bauchtanzschmöker in der Hand aufgesprungen und brüllte begeistert: »Stampfschimmy, Zitterschimmy, Wippschimmy, Ägyptische Drehung, Derwischdrehung!« In dem Moment ging die Tür auf, eine Frau mit blondem Kurzhaarschnitt streckte ihren Kopf ins Zimmer, blickte irritiert auf den wogenden Körper Fatimas, murmelte: »Ich glaub, ich bin hier falsch« und machte die Tür wieder zu. »Stopp!«, schrie Jutta, sauste auf die Tür zu, stolperte dabei über den rechten Fuß Fatimas, mit dem diese zu einem besonders ausgeprägten Kamelschritt angesetzt hatte, und fiel der Länge nach auf den frisch gewienerten Linoleumfußboden. Fatima, die das Gleichgewicht verloren hatte und mit den Füßen höchst ungraziös auf ihren bodenlangen Tülltraum gelatscht war, leistete Jutta kurz darauf Gesellschaft. Ich dachte an meine missratene Schlangenarm-Sultansbrücke und daran, dass am Ende doch die Gerechtigkeit siegte.

Die Tür ging erneut auf. »Ich glaube, ich bin hier doch richtig«, sprach die Frau mit dem blonden Kurzhaarschnitt und stieg über Jutta und Fatima hinweg. »Wer von euch ist Gaby? Tut mir Leid, dass ich so spät dran bin, aber ich musste ja noch etwas für dich besorgen«, sagte die geheimnisvolle Besucherin und drückte mir ein Päckchen in die Hand. Endlich wurde der wahre Grund des heutigen Zusammentreffens wieder gewürdigt.

»Alzheimer lässt grüßen«, meinte Jutta und blickte mich entschuldigend an. »Ich hab dir ganz vergessen mitzuteilen, dass meine Schwester Walburga bei mir zu Besuch ist. Ich hab sie einfach zu deinem Geburtstag mit eingeladen. Geht doch in Ordnung, oder?«

»Du hast ihr nichts von mir erzählt?«, protestierte Walburga.

»Geht schon klar«, beruhigte ich sie und zerrte am Papier des sich leicht und geschmeidig anfühlenden Päckchens. Ein Buch konnte es schon mal nicht sein. Es war auch kein Buch, es war ein Tuch. Eines mit Fransen. »Oh, ein Tuch«, sagte ich entzückt, »das kann ich prima gebrauchen. Zum Beispiel als Hüfttuch zum Bauchtanzüben. Vielen Dank, Walburga.« Ich drückte ihren Oberarm. »Guck dir mal das tolle Muster an«, sagte Walburga. Ich erfasste zwei Enden des Tuches und schüttelte es vor mir aus: Ein riesiger Tigerkopf nahm mich aus blutunterlaufenen Augen aufs Korn. »Wirklich außerge ... gewöhnlich, das Muster«, stotterte ich.

Walburga wandte sich Fatima zu: »Machst du das mit dem Bauchtanz professionell?« Ich nutzte die Gelegenheit, das Tigertuch in meinem Schränkchen für sentimentale Stunden verschwinden zu lassen. In der Extraecke für absonderliche Trophäen. Dann begutachtete ich Walburga. Große Ähnlichkeit mit ihrer Schwester besaß sie nicht. Auch musste sie ein paar Jährchen älter sein als Jutta. Ich gab ihr eine Dekade mehr. Dann war sie ja im Vibrator-Alter – wie Fatima. Widerstrebend musste ich grinsen.

»Sag mal, Gaby«, wandte sich Walburga an mich, »ist das ernst gemeint, das mit der ›männerfreien Zone‹?«

»Für heute schon«, bekräftigte ich stolz. »Da brauchen wir wenigstens an einem Tag mal keine Rücksicht auf die männlichen Eitelkeiten zu nehmen.«

»Ja, die Kerle müssen immer im Mittelpunkt stehen«, schimpfte Jutta, »und bestimmen, wo's langgeht.«

»Genau!«, pflichtete Eva bei. »Zum Beispiel halten sich viele für den geborenen Entertainer. Die eine Hand haben sie betont lässig in die Hosentasche gestopft, mit der anderen gestikulieren sie wild und lassen sich dabei abwechselnd über die Lage der Welt und die der Fußball-Nationalmannschaft aus. Dass ihren Zuhörern mittlerweile der Unterkiefer einschläft, lässt sie völlig kalt.«

»Eng verwandt damit ist das Einstein-Syndrom.« Walburga zog schmunzelnd die Augenbrauen hoch. »Da gibt es tatsächlich Männer, die brauchst du nur nach dem Datum zu fragen, und sie halten dir einen Vortrag über die Geschichte des Kalenders.«

»Kennt ihr auch das Big-Spender-Syndrom?«, warf ich ein. Über diese Männermacke hatte ich bei meinem vorletzten Zahnarztbesuch gelesen. Bei meiner letzten Visite war ich ja gleich aus dem Wartezimmer gewiesen worden.

»Trifft das nicht auf die Männer zu, die ihre Frauen wie einen Christbaum behängen, aber nicht etwa, um ihr eine Freude zu bereiten, sondern nur, um die eigene Person aufzuwerten?«, fragte Assi.

Ich nickte. Bei welchem Zahnarzt sie wohl ihre Kenntnisse bezog?

»Das Pfadfinder-Syndrom ist euch bestimmt auch ein Begriff«, brachte Fatima vor. »Das sind die Männer, die damit prahlen, weder einen Stadtplan noch eine Wanderkarte nötig zu haben. Die ganz Hartgesottenen lehnen es sogar ab, Passanten nach dem Weg zu fragen. Und wenn man dann irgendwo anders landet als dort, wo man ursprünglich hin wollte, dann tun sie so, als sei das Absicht gewesen. Nach dem Motto: ›Das wollte ich dir schon immer mal zeigen.‹«

»Im Grunde ist es ganz einfach: Männer brauchen immer das Gefühl, überlegen zu sein«, analysierte Jutta trocken. »Und das geht natürlich auf unsere Kosten.«

Finster erinnerte ich mich an die Chauvi-Verkäufer im Computerladen. »Wer von euch kennt eigentlich einen guten Männerwitz?«, fragte ich in die Runde.

»Ich glaub, ich hab da was für dich.« Walburga kramte in ihrer Umhängetasche. »Hab ich zufällig auf einem Bücherwühltisch gefunden, als ich mich heute Nachmittag nach einem Geschenk für dich umgesehen habe. Ich dachte, ich nehm's mal mit, schaden kann's bestimmt nicht.«

Mit Begeisterung las ich den Titel des Buches, das Walburga aus ihrer Tasche gezogen hatte: ›Frauen schlagen zurück – Die besten Witze rund um die Männerwelt‹. Das wäre ein Geschenk nach meinem Geschmack gewesen! Stattdessen hatte ich dieses alte Wunden aufbrechende Tigertuch bekommen. Wenn etwas schadete, dann das. Bei den Männerwitzen konnte ich nur größten Nutzen erkennen.

»Wie sieht die ideale Frau für die meisten Männer aus?«, trug ich süffisant aus dem Buch vor. »Eine taubstumme, blinde Nymphomanin, die drei Kneipen besitzt.«

Alles grölte: »Noch einen! Noch einen!«

»Warum erschuf Gott den Mann? – Weil der Vibrator nicht den Rasen mähen kann.«

Jutta liefen schon die Tränen runter. »Köstlich«, stöhnte sie. »Zugabe! Zugabe!«, brüllten die anderen.

Dieses Buch gehörte nicht auf den Wühltisch, sondern in die vordersten Regale. Ich wählte den nächsten Witz aus: »Was ist der Unterschied zwischen einem Mann und einer Tafel Schokolade?« Fünf Augenpaare hingen gebannt an meinen Lippen. »Die Tafel Schokolade kann eine Frau stets befriedigen.«

Walburga griff nach dem Buch. »Im Bus hab ich auch einen guten entdeckt ... Wie nennt man einen Strand, auf dem sich lauter Männer tummeln?« Schmunzelnd blickte Walburga uns an. »Na, ganz einfach: Schweinebucht.«

Wieder kreischten und johlten alle. Walburga, die vor lauter Lachen einen Hustenanfall bekam, schlug wild um sich und fegte mit einem rechten Schwinger ihr Pilsglas vom Tisch. Nur gut, dass Fatima und ich unsere Bauchtanzauftritte schon hinter uns hatten. Als ich den Putzfeudel über die Bierlache warf, schrillte das Telefon. Eva hob ab und sagte ausgelassen: »Hier männerfreie Zone bei Gaby Zimmermann!« Dann schluckte sie, wurde blass und reichte mir flüsternd den Hörer: »Es ist deine Tante Hedwig.«

»Hast du etwa keine Männer zu deinem Geburtstag eingeladen, Gabriele?«, vernahm mich die Tante sofort. »Doch, doch!«, versicherte ich rasch. Ich hielt die Muschel zu und wies meine Gäste an, mit ihren Stimmen ein paar Oktaven tiefer zu gehen und maskulines Gemurmel zu simulieren. »Hörst du denn nicht die vielen Männerstimmen im Hintergrund, Tante Hedwig?« Ich streckte die Muschel in die Gästerunde. Die schuldbewusste Eva versuchte ihre Sache besonders gut zu machen und imitierte mit tiefster Kellerstimme Ivan Rebroff. Tante Hedwig war von so viel Männlichkeit in meinen fünfzehn Quadratmetern schier beeindruckt. »Trotzdem solltest du dich ab und zu im Supermarkt am Regal mit den Fertiggerichten umsehen«, schärfte sie mir ein. »Eine Frau sollte immer mehrere Eisen im Feuer haben.« Dann beschwor sie mich noch, auch an meinem Geburtstag nicht mehr als ein Gläschen Wein oder ein Fläschchen Bier zu mir zu nehmen. »Frauen, die Alkohol in großen Mengen konsumieren, sehen Männer gar nicht gerne.«

Nachdem die Großtante aufgelegt hatte, goss ich Walburga und mir erst mal ein frisches Pils ein. »Das mit dem umgestoßenen Glas tut mir echt Leid«, sagte Walburga. »Ich würde das gerne wieder gutmachen und dir das Buch mit den Männerwitzen schenken.«

Entzückt nahm ich an.

Assi gluckste vor sich hin. »Wisst ihr eigentlich, dass wir genau über das reden, wovon die Männer immer befürchten, dass Frauen darüber reden? Und zwar über ihre emotionalen und hormonellen Befindlichkeiten.«

»Und was zeigt uns das?«, fragte Walburga. »Wir Frauen haben eben Phantasie. Ganz im Gegensatz zu den Kerlen. In deren Gesprächen geht's immer nur um Top-Langweiler-Themen wie das letzte Fußballspiel, die letzte Autoreparatur, das letzte Saufgelage oder die letzte Software-Installation. Da sind Frauengespräche von einem ganz anderen Kaliber«, feixte sie. »Mit Kreativität und Liebe zum Detail leuchten wir die Kerle vom Scheitel bis zur Sohle aus. Und das eben mal so zwischen Carpaccio und Creme Caramel.«

Himmel, das Essen! Ich eilte in die Gemeinschaftsküche, um die von mir vorbereiteten kalten Platten zu holen. Als ich die Frischhaltefolie abmachte, sah ich, dass eine Kalbsleberwurstschnitte sowie ein Gurken-Eier-Brot fehlten. Am Ende war das diese Knalltüte Erdmann gewesen. Vielleicht hatte seine geheimnisvolle Freundin Hunger bekommen, und er hatte sich an meinen kalten Platten vergriffen. Wütend arrangierte ich alle Schnitten neu, sodass man von den hineingerissenen Schneisen nichts mehr sah.

In meinen fünfzehn Quadratmetern streckte mir Eva den Telefonhörer entgegen. »Eine deiner Großtanten ist wieder dran«, brummelte sie mit Ivan-Rebroff-Stimme. Um mich herum schwoll männlich-tiefes Gemurmel an. »Hallo?«, sprach ich vorsichtig in die Muschel. »Herzlichen Glückwunsch zum Geburtstag, liebe Gaby«, ertönte am anderen Ende der Leitung Tante Claras Stimme. »Sag mal, hast du etwa nur Männer eingeladen?« Ich lachte befreit. »Ganz im Gegenteil, liebe Tante, ganz im Gegenteil«, jauchzte ich und wies die anderen an, gemeinsam mit mir »Heute ist hier männerfreie Zone!« zu rufen. »Gabylein, ich bin stolz auf dich!«, jubelte Tante Clara. Bevor sie einhängte, erzählte ich ihr noch rasch den Männerwitz mit der Schweinebucht.

Bei Schweinebucht fielen mir dann Schweinefleisch und die Geschichte mit Muhammad ein. »Wahrscheinlich hast du nicht lange genug an seinem Bett gesessen und ihn bedauert«, lachte Fatima. »Im Orient, da läuft der Gesundungsprozess eben nicht im stillen Kämmerlein ab. Da wird der Kranke so lange von seinen Verwandten umlagert, bis er sich wieder vom Krankenlager erhebt.«

»Was hat das denn mit dem Orient zu tun«, ereiferte sich Jutta. »Wehleidig sind die Kerle, das wird in allen Ländern das Gleiche sein. Ich wohnte mal mit 'nem Typen zusammen, immer wenn ich was mit dem unternehmen wollte, täuschte der ein anderes Zipperlein vor. Tagsüber spielte er den taffen Jungunternehmer, der sich in der Geschäftswelt zäh wie Leder und hart wie Kruppstahl gab, aber sobald er die Wohnungstür aufschloss, ging eine unglaubliche Verwandlung mit ihm vor. ›Ins Kino? Heute Abend? Nicht bei diesen Schmerzen, Schatz. Am besten, ich leg mich gleich hin.‹ Und dann erwartete er, dass Jutta Nithingale ihm das Abendessen ans Bett brachte.«

»Also ich war mal mit einem zusammen«, platzte Assi heraus, »den hatte ich zum Wäschewaschen verdonnert. Und der hat mir dann mit seinen lila Sweatshirts ständig absichtlich die Wäsche verfärbt. Bis ich genug lila Reizwäsche hatte und ihn rausgeschmissen hab.«

»Das ist ja schon Sabotage!«, rief Jutta entrüstet.

Walburga schmunzelte. »Tja, zu viel herumerziehen sollte frau nicht an den Männern. Das hat dann eher den gegenteiligen Effekt. Sodass sie aus purem Trotz etwa Eigelb im Flokati verschmieren.«

»Dabei ist es mit der Überlegenheit des Mannes wirklich nicht weit her«, stöhnte Assi. »Die Liste ihrer Komplexe ist nämlich ellenlang. Die reicht vom Adam- über den Napoleon- und Samson-Komplex bis hin zum Don-Juan-Komplex.«

Woher hatte Assi bloß dieses enorme Wissen? »Sag' mal, wie oft gehst du eigentlich zum Zahnarzt?«

»Was hat das jetzt damit zu tun?«, fragte Assi irritiert. »Einmal im Jahr. Manchmal auch zweimal.«

Das konnte es also nicht sein. »Und wie steht's mit den anderen Ärzten?«, hakte ich nach. »Oder mit dem Frisör?«

»Beim Frauenarzt bin ich etwa alle Vierteljahre. Und zum Frisör muss ich mindestens alle vier Wochen, allein schon wegen meiner Stellung als Chefsekretärin.«

»Mensch, Gaby, ist doch egal, wie oft sie zum Frisör geht«, rief Eva ungeduldig.

Zumindest war ich jetzt darüber informiert, woher Assi ihr Wissen bezog.

»Beginnen wir also mit dem Adam-Komplex«, setzte Assi an. »Daran leiden die Männer, die nicht verkraften, wenn ihre Frau mehr verdient als sie. Oder wenn sie aus finanziellen Gründen mitarbeiten muss. Denn dies ist ihrem Selbstbild als Familienernährer völlig entgegengerichtet. Dann gibt es den Napoleon-Komplex. Der kommt bei Männern unter einem Meter siebzig ins Spiel. Diese versuchen ihr körperliches Manko durch übertriebenen Ehrgeiz wettzumachen. Weiter geht's mit der griechischen Mythologie: Da Zeus sich gegen seinen Vater Kronos erhob und ihn stürzte, haben alle Männer, die davor Angst haben, von einem Jüngeren überflügelt zu werden – und das sind nun mal fast alle –, einen Kronos-Komplex. Der König-David-Komplex wiederum trifft auf die zu, die mit Beziehungen zu wesentlich jüngeren Frauen ihr Selbstbewusstsein aufpolieren wollen, sich dabei aber stets die Frage stellen, ob es denn nur ihr Geld ist, das die Frauen lieben.«

»Oooh, so viele interessante Komplexe«, sagte Bille begeistert.

»Männer mit dem Alexander-Komplex haben Angst vor einer latenten homosexuellen Neigung. Bekanntermaßen war Alexander der Große in seiner Jugend dem eigenen Geschlecht zugeneigt gewesen. Beim Vulkan-Komplex rührt die Furcht der Männer dagegen daher, kläglich im Bett zu versagen – so wie es besagtem griechischen Helden, Schmied und Ehemann der Venus widerfuhr.« Assi holte kurz Luft. »Und jetzt zu Bibelheld Samson, der mit seinen Haaren auch all seine Kraft verlor. Darum fürchten Männer mit dem Samson-Komplex, dass mit jedem Haar, das geht oder grau wird, sich auch ein Stück ihrer Manneskraft verabschiedet.«

Dagegen hatte ich es ja richtig gut. Ich hatte nur den Tiger-Komplex.

»Dann wäre da noch die Sache mit Gilgamesch. Wegen diesem Held der Babylonier, der einst mit fatalen Folgen das ›Kraut der Jugend‹ verlor, leiden Millionen von Männern heute am Gilgamesch-Komplex: und zwar all diejenigen mit zu hohem Blutdruck, zu hohem Cholesterinspiegel und mit Übergewicht.« Assi nahm einen Schluck Rosé. »Ich glaub, ich hab sie jetzt alle durch.«

Eva stutzte. »Hattest du nicht auch den Don-Juan-Komplex erwähnt?«

»Ja, natürlich. Aber da fällt mir noch der Herkules-Komplex ein. Den haben all die Männer, die beruflich einer Frau Rechenschaft ablegen müssen. Also deren Boss eine Frau ist. Und für Männer mit dem Don-Juan-Komplex, die ja in Liebesdingen den Ton angeben möchten, gibt es nichts Schlimmeres, als wenn eine Frau sie verlässt. Besonders tragisch wird die Sache, wenn ein Rivale ins Spiel kommt, das heißt, wenn die Frau wegen eines anderen ihre Koffer packt.«

Walburga blickte auffordernd in die Runde. »Mit den männlichen Macken eng verbunden sind ja die weiblichen Strategien. Soll ich euch dazu was Interessantes erzählen?«

»Au ja!« Alle waren Feuer und Flamme. Heute lernten wir wirklich mehr als in manchem Semester.

»Also: Ich habe da eine Freundin, die, wenn sie etwas Bestimmtes will, immer die ›Tränendrüsen-Strategie‹ anwendet.« Walburga räusperte sich. »Nehmen wir mal an, Dorle, so heißt meine Freundin, will mal wieder so richtig schön essen gehen. Dann ruft sie zum Beispiel Hansdieter an und klagt ihm mit auf die Tränendrüsen drückender Stimme, dass sie sich in letzter Zeit gar nicht wohl fühle. Hansdieter fühlt sich geschmeichelt, dass Dorle in ihrer Not ihm und keinem anderen ihr Herz ausschüttet. Natürlich will er helfen, und als Dorle meint, dass sie gern was Schönes machen würde, was sie aus dem Trott herausholt, geht er sofort darauf ein und schlägt vor, sie ins Kino einzuladen. Dorle gibt sich dankbar, bemerkt aber, dass sie lieber was unternehmen würde, wobei man sich unterhalten könne. Gerade mit ihm würde das Klönen so viel Spaß machen. Hansdieter fühlt sich jetzt erst recht geschmeichelt und zieht im Geiste bereits die Spendierhosen an. Wenn Dorle dann noch erwähnt, dass sie nach dem Kino immer so ein großes Hungergefühl verspüre, ist die Sache so gut wie geritzt. Hansdieter schlägt jetzt einen Kinobesuch mit anschließendem Essen vor. Dorle lobt ihn überschwänglich und hebt dabei seine Feinschmecker- und Restaurantkenner-Qualitäten heraus. Jetzt kann Hansdieter gar nicht anders. Um sich des Lobes würdig zu erweisen, muss er mindestens ein Drei-Sterne-Restaurant auswählen.« Walburga lachte. »Ich würde sagen, wenn Hansdieter an diesem Abend mit dreihundert Mark davonkommt, hat er Glück gehabt.«

Wir waren beeindruckt. Wirklich eine clevere Person, diese Dorle.

Assi kramte ihre bei den monatlichen Frisörbesuchen erworbenen Kenntnisse hervor. »Also ich hab mal gelesen, dass drei Viertel der Männer zwischen achtzehn und fünfunddreißig das Gefühl haben, ihrer Partnerin zu wenig Wünsche zu erfüllen.«

»Ist doch klar, warum«, tat Jutta kund. »Männer sind nun mal wandelnde Gewissenskomplexe. Darum funktioniert die Tränendrüsen-Taktik auch so gut.«

»Wisst ihr was«, meldete Eva sich zu Wort, »als ich noch Germanistik studierte, da hatte ich auch mal in die Ägyptologie reingerochen. In einem Seminar schauten wir uns die Hieroglyphen von Luxor an. Und da waren auch Bilderzeichen dabei, die bedeuteteten: ›Frau weint – Mann gibt Geschenke‹!«

»Dann ist das mit den Tränen ja eine seit Urzeiten bewährte Taktik«, staunte ich.

»Aber nur weil in jeder Partnerschaft beim Mann mit der Zeit die Schuldgefühle wachsen«, steuerte Assi aus ihrem Wissensfundus bei. »Und warum? Eben weil der Mann die Frau emotional vernachlässigt. Ihr wisst ja selber, wie das in der Beziehung läuft. Kleine Aufmerksamkeiten zwischendurch gibt's schon nach einigen Monaten nicht mehr, und nach ein paar Jahren werden dann auch noch Tag des Kennenlernens sowie Geburtstag vergessen. Langsam, aber sicher häuft sich ein gewaltiger emotionaler Schuldenberg an. Und dann ist der Mann natürlich heilfroh, wenn er diese Schuld abbezahlen kann: durch Geschenke, Essen oder Ähnliches.«

»Hm, wenn ein Mann also an einer Frau interessiert ist, dann stürzt er sich in alle möglichen Gefechte, um sie zu erobern. Aber sobald er mit dieser Frau in einer Beziehung ist«, resümierte ich, »dann will er nur noch Ruhe an der Privatfront. Sehe ich das richtig?«

»Absolut richtig. Er will einfach nur, dass die Beziehung ihn nicht stört«, unterstrich Walburga. »Damit er sich in Ruhe seinen Hobbys widmen kann.«

»Eben«, lachte Fatima. »Solange die Frau nicht das Auto zu Schrott fährt oder das Haus anzündet, sehen die meisten Männer wirklich keinen Grund zu klagen. Aber uns Frauen ist das natürlich zu wenig.«

Frauen, so hatte ich bei meinem Zahnarzt einmal gelesen, liebten die Männer nicht *mit*, sondern *trotz* ihrer Schwächen. Und versuchten darum ständig, an ihnen herumzuerziehen. Bastelten wir Frauen uns nicht immer wieder vorschnell einen Traummann? War nicht auch Lächler Robert ob meiner hormonellen Wallungen auf Robert-Redford-Niveau geklettert? War vielleicht auch Robert Redford am Ende nur ein Blender und Blindfisch? Bedrückt schaute ich mein leeres Glas an. Trank ich an meinem Wiegenfest vielleicht zu viel Bier? Ich verspürte einen starken Druck auf meiner Blase. »Ich verschwinde mal eben für kleine Germanistikstudentinnen«, sagte ich und stolperte mit leichter Schlagseite zur Tür.

Als ich nach einer Viertelstunde das Gemeinschaftsklo wieder verließ, glaubte ich, Volker am Aufzug erkannt zu haben. Ich schüttelte den Kopf. Wen konnte der wohl besucht haben? Mein ehemaliger Zimmernachbar würde doch nie und nimmer das Studentenwohnheim verlassen, ohne mir zu meinem Sechsundzwanzigsten gratuliert zu haben. Was hatte Assi vorhin gesagt? Zu guter Letzt vergessen die Männer auch noch den Geburtstag? In meinen fünfzehn Quadratmetern griff ich erst mal nach dem Kaffeepulver. »Wer von euch braucht einen starken Kaffee?«

»Ich! Ich! Ich!«, schallte es durch den Raum. Ich blickte auf die sich unter der Spüle ansammelnden leeren Bier- und Roséweinflaschen. Das Telefon schrillte. »Gehst du mal bitte ran«, bat ich Eva. Tante Hedwig konnte es ja nun nicht mehr sein.

»Wie oft willst du's denn noch hören!«, brüllte Eva plötzlich in die Muschel. »Bei Gaby ist heute männerfreie Zone!« Dann knallte sie den Hörer auf.

»Wer war das denn?«, fragte ich erschrocken.

Jutta grinste. »Das war bestimmt wieder Volker. Wahrscheinlich von der Telefonzelle vorm Studentenwohnheim aus. Als du auf dem Klo saßt, hat er an die Tür geklopft. Wir haben ihn natürlich sofort gefragt, ob er denn nicht lesen könne. Dann haben wir ihn gefragt, ob er das große bunte Päckchen, das er unter dem Arm trug, nicht dalassen wolle. Er wollte nicht. Dann haben wir die Tür wieder zugemacht.«

Betrübt dachte ich an das Geschenk, das mir entgangen war. Es klingelte wieder. Ich ließ den Kaffeelöffel fallen und sprang zum Telefonapparat.

»Ich verlange auf der Stelle, mit Gaby zu sprechen«, hallte es wütend an mein Ohr.

»Aber Volkerli, ich bin doch selbst dran«, flötete ich.

Volker war nicht so leicht zu beruhigen. »Malt ihr etwa ein lila Schauergemälde vom bösen Mann, oder was geht da bei euch vor?«

»Das ist alles nicht so, wie du denkst, Volkerli«, säuselte ich. »Komm erst mal hoch, ja? Dann sehen wir weiter.«

»Und was sehen wir dann? Wie ich von der lila Weiberhorde zerfleischt werde?«, schnaubte er aufgebracht.

»Jetzt stell dich nicht so an, Volker! Einmal hast du die Möglichkeit, Hahn im Korb zu sein, und dann kneifst du.«

Diesen Vorwurf wollte Volker nicht auf sich sitzen lassen.

»Aber vergiss nicht das große bunte Päckchen«, zirpte ich.

Mit dem linken Arm drückte er mich kurz darauf an sich und wünschte mir alles Gute. Den rechten hielt er hinter dem Rücken verborgen. »Rat mal, was ich hier für dich habe«, sagte er verschmitzt. »Ich kann es dir leider nicht in die Hand geben, da ich das Geschenkpapier aus Wut zerrissen habe.« Caruso, der in die linke obere Käfigecke geklettert war, um einen Blick auf das Geschenk zu erhaschen, schnatterte aufgeregt.

»Ist es vielleicht ein Riesenwellensittich?«, fragte ich fidel.

Volker grinste. »Du liegst gar nicht mal so falsch«, sagte er. »Wenn du die Federn weglässt und durch Fell ersetzt ...«

Mit Fell statt Federn? »Etwa ein Wolpertinger-Wellensittich?«, fragte ich perplex. Das würde auch Carusos Reaktion erklären.

Volker hieb sich mit der freien Hand auf den Schenkel.

»Jetzt spann mich nicht länger auf die Folter«, flehte ich und tastete hinter Volkers Rücken herum. Der krümmte sich kichernd. »Bevor du mich zu Tode kitzelst, verrat ich dir's. Also«, sprach er gewichtig, »es ist ein kleiner Beschützer vor den bösen Machos.« Bevor ich den Mund zu einem verdutzten »Häää ...?« aufreißen konnte, wurde mir ein ockerfarbenes, mit schwarzen Streifen durchsetztes Ungetüm ins Gesicht gedrückt. Erschrocken strauchelte ich, fiel nach hinten, wurde allerdings, bevor ich ein zweites Mal an meinem Geburtstag auf den Linoleumfußboden knallte, von meinen Freundinnen aufgefangen. Ich richtete mich auf und stand ihm gegenüber. Dem Tiger. Auge in Auge.

»Rrrrrr«, fauchte Volker albern und fuchtelte mit dem Stofftiger vor mir herum, »wenn du nicht lieb zu mir bist, beiße ich dich.«

Das fehlte noch! Ich riss ihm das getigerte Plüschvieh aus der Hand, warf es aufs Bett und sagte kurz angebunden: »Danke.« Den bestürzt dreinblickenden Volker lenkte ich mit einer Flasche Bier ab. Meine Freundinnen, die anscheinend nicht vorhatten, irgendwelche Rücksichten auf den neuen Gast zu nehmen, unterhielten sich bereits wieder lautstark. Über Männer.

»Das stimmt gar nicht, dass die Kerle in erster Linie auf schöne Frauen abfahren«, ereiferte sich Jutta. »Sie muss sexy angezogen sein, das ist das Entscheidende. Und sexy heißt für die Männerwelt: kurz, eng und schwarz bestrumpft. Ob die Kleidung modisch zusammenpasst, spielt überhaupt keine Rolle. Und ob die Frau auf dem in engem Gewande steckenden Körper einen Godzilla-Kopf trägt, oft auch nicht.«

Wir prusteten los. Volker verschluckte sich an seinem Bier.

»Beim Mann läuft eben alles auf einen Punkt hin. Das ist medizinisch erwiesen. Hier, ich hab's euch mal aufgemalt.« Eva ließ ein Blatt Papier herumgehen, auf das sie zwei Figuren gekritzelt hatte, eine mit Brüsten und eine mit Schniedelwutz. »An den Pfeilen könnt ihr ersehen, wo die erogenen Zonen sitzen.« Bei der Frau zählte ich zehn Pfeile. Sie deuteten auf Ohrläppchen, Lippen, Nacken, Achselhöhlen, Brustwarzen, seitliche Taille, Nabel, Handinnenfläche, Klitoris und Kniescheibe. Beim Mann zählte ich ebenfalls zehn Pfeile. Sie zeigten alle auf einen Punkt: auf den Schniedelwutz. Mit einem »Gib mal her« riss Volker mir das Blatt und Eva den Stift aus der Hand. Dann zeichnete er einen elften Pfeil ein, der auf die Sohle des linken Fußes deutete.

»He, du verfälschst ja meine wissenschaftliche Skizze«, schrie Eva.

Volker zuckte mit den Schultern. »Dann muss sich die Medizin ihre Probanden eben sorgfältiger auswählen. Ich jedenfalls habe da«, er wies auf seine linke Fußsohle, »eine weitere erogene Zone.«

»Um nochmal auf das Thema von vorhin zurückzukommen«, sagte Walburga, »auch wenn die typische Männerphantasie darin besteht, dass sich ihnen die aufreizend gekleidete Frau mit einem ›Nimm mich, mein starker Held‹ nähert, würde, wenn dies in der Realität geschähe, der Betreffende doch am liebsten Reißaus nehmen.«

Ich nickte heftig. Für diese These konnte man Robert als Paradebeispiel nehmen. Dann schaute ich zu Volker, der so aussah, als hätte er sich am liebsten aus meinen fünfzehn Quadratmetern weggebeamt. »Mein Gott, Kinder«, sagte ich mit gekünsteltem Lachen. »Wir tun ja gerade so, als ob die Männerwelt nur aus Psychopathen, Blindgängern, Chauvis und Machos bestünde. Und was ist mit den feinfühligen Männern?«

»Du meinst wohl Machos im Schafspelz«, raunzte Jutta.

Alle redeten wild durcheinander.

»Auf der Leinwand kommen die Machos zumindest nicht mehr ungestraft davon«, verschaffte sich Jutta Gehör. »Da müssen sie endlich Federn lassen. Wie in ›Eine verhängnisvolle Affaire‹ oder ›Basic Instinct‹.«

»Da gibt es noch einen anderen Film«, rief Fatima. »Da wird der Macho von seiner Frau und seiner Geliebten, die sich miteinander verbündet haben, im Swimmingpool versenkt.«

Volker schluckte. »Ich glaub, ich muss jetzt gehen.« Sanft drückte ich ihn auf seinen Stuhl zurück. »Bleib doch noch ein bisschen«, bat ich. »Jetzt, wo's gerade so nett ist. Ich hol dir auch noch ein Bier.« Knurrend willigte Volker ein.

»Also, ich finde, Streifen wie ›Eine verhängnisvolle Affaire‹ müssten Pflichtfilme für die Männer werden. Damit sie endlich Einblick in die potentiellen Folgen ihrer Macho-Handlungen bekommen.« Jutta blickte Volker streitlustig an. »Welcher Film gefällt dir denn besser? ›Eine verhängnisvolle Affaire‹ oder ›Basic Instinct‹?«

Volker nahm einen kräftigen Schluck aus der Pulle. »Leider kann ich da nicht mitreden«, stammelte er. »Ich kenne nur ›Mrs. Doubtfire – Das stachelige Kindermädchen‹.«

Jutta schnaubte. »Das ist doch kein Anti-Macho-Film! Du willst mich wohl verar –«

»Oder ›Tootsie‹«, brachte Volker rasch vor.

Juttas Wut verrauchte. »Na, immerhin ein Streifen, in dem Kritik am männlichen Gehabe geübt wird.«

»Apropos Gehabe, warum müssen Männer auf dem Bau eigentlich immer pfeifen, wenn sie ein weibliches Wesen sichten?«, fragte Bille. »In der Nähe meines Krankenhauses, da gibt's momentan 'ne Baustelle. Da ist für uns Frauen jeden Tag Spießrutenlauf angesagt.«

»Mein Gott«, kicherte Eva. »Vierzigtausend Jahre Evolution, und die Männer sind immer noch die gleichen wie in den Steinzeithöhlen. Da kann frau ja den Glauben an die Zivilisation verlieren.«

»Wir haben doch hier 'nen Experten sitzen. Soll der uns doch sagen, warum immer gepfiffen wird«, zeigte sich Jutta wieder streitlustig. »Der weiß das doch aus erster Hand.«

Volker stand auf, um sich mehr Autorität zu verschaffen. »Erstens hab' ich noch nie auf 'nem Bau gearbeitet. Und zweitens«, betonte er, »zweitens hab ich noch keiner Frau hinterhergepfiffen.« Er setzte sich wieder. »Jedenfalls noch nicht in diesem Monat«, flüsterte er mir grinsend ins Ohr. Das war doch – »Vielleicht hat das was mit Gruppenzwang zu tun«, sagte Volker da auch schon wieder in die Runde. »Wenn einer pfeift, müssen alle pfeifen.«

»Das scheint mir eher Laienpsychologie zu sein«, meinte Jutta spitz. »Außerdem ist damit keineswegs geklärt, warum der Erste anfängt zu pfeifen.« Sie runzelte die Stirn, dann wandte sie sich an Eva: »Sag mal, Eva, du studierst doch seit einem Semester Medizin. Sind die Männer hier oben«, sie wies auf die Stelle, wo das Gehirn verborgen lag, »irgendwie anders gepolt?«

»Ich für meinen Teil will gar nicht wissen, was sich im Labyrinth des Männergehirns alles so tut«, hielt Fatima dagegen. »Hauptsache, ich bin gegen die Auswirkungen gewappnet.«

»Das heißt, du hast immer Reizgas in der Handtasche?«, fragte Bille. »Oder eine Trillerpfeife?« Oder eine Schreckschusspistole, dachte ich. Da vergeht selbst dem Bauarbeiter im zehnten Stockwerk das Pfeifen.

»Nein, vorerst hab ich nur Portemonnaie, Kosmetikbeutel und Haarbürste dabei«, schmunzelte Fatima. »Aber bald kommt noch die ›Lila Karte‹ hinzu. Damit halt ich mir die Sittenstrolche dann vom Leib.«

Bille, Jutta, Eva, Assi, Fatima, Walburga und ich stimmten lauthals in Volkers berühmt-berüchtigtes »Häää ...?« ein.

»Die Lila Karte ist fünf mal neun Zentimeter groß, passt also auch in jede Hosen- oder Jackentasche«, erklärte Fatima. »Entwickelt wurde sie von Frauen, die aus der täglichen Praxis wissen, dass sich die Region unter der männlichen Gürtellinie am besten für einen weiblichen Volltreffer eignet. Mal sehen, ob ich den Text noch zusammenkriege, der auf der Karte steht. ›*Sie haben gerade eine Frau sexuell belästigt*‹, fängt er an. Dann folgt die düstere Ankündigung: ›*Diese Karte ist chemisch präpariert. In den nächsten Stunden werden Sie erhebliche Störungen im Genitalbereich feststellen. Spätestens jetzt ist es an der Zeit, über Ihr Verhalten nachzudenken und Derartiges in Zukunft zu unterlassen.*‹« Fatima blickte uns triumphierend an. »Und so funktioniert's: Der Zotenreißer kriegt die Karte von mir gezeigt und grapscht sofort danach, weil sein Sittenstrolchgehirn denkt, es ist eine Visitenkarte mit meiner Adresse drauf. Beim Lesen des Textes vergeht ihm dann das Grinsen. Um der Drohung den gehörigen Nachdruck zu verleihen, ist die Karte mit einer wärmeempfindlichen Spezialfarbe überzogen. Kaum hat der Sexprotz die Message gelesen, verschwindet die lila Tönung wie von Geisterhand. Die Karte erbleicht und der Zotenreißer gleich mit.«

»Phantastisch! Wo kann man diese Karte denn bekommen?«, tönte es von allen Seiten. Nur Volker sagte nichts. Er war erbleicht. Dabei hatte er die Lila Karte noch nicht einmal zu Gesicht bekommen. Während die anderen über die vielfältigen Einsatzmöglichkeiten weiterschwatzten, grübelte ich darüber nach, welchen Haken die Sache hatte. Was war, wenn der Sittenstrolch gar nicht lesen konnte? Würde er dann auch nach der Karte oder lieber gleich nach den sekundären Geschlechtsmerkmalen der Kartenbesitzerin greifen? Plötzlich wurde ich von der Seite angestupst. »Was ist denn?«, zischte ich Volker an. »Kann ich mal eins deiner Zitatenbücher haben?«, flüsterte er. Was wollte er denn jetzt damit? Am Ende nur wieder frauenfeindliche Sprüche nachschlagen. Und das an meinem Wiegenfest! »Wenn's unbedingt sein muss«, murmelte ich, in Gedanken schon wieder beim an Analphabetismus leidenden Zotenreißer, und drückte Volker das nächstliegende Buch in die Hand.

»Ich bin mir sicher, die Lila Karte wird der Anti-Macho-Knüller«, trompete Fatima. »Denn wisst ihr, welche Reaktionen die Versuchs-Sittenstrolche bei ersten Tests gezeigt haben?« Mit einem Ellbogenschlag brachte ich Volker, der mir irgendwas aus dem Zitatenbuch zeigen wollte, zum Schweigen. »Als typische Reaktionen beobachteten die Karteninhaberinnen ängstliche Kontrollblicke auf Finger und ... Hosenlatz!«

In unser Lachen mischte sich erst ein leichter und gleich darauf ein schwerer Schlag. Das Buch lag am Boden und Volker daneben. Er war vom Stuhl gefallen. Mit Unterstützung von Eva und Bille hievte ich ihn wieder hoch.

»Sag mal, Volker, war das eben ein Hexenschuss?«, wollte ich wissen. »Oder hast du's mit dem Ischiasnerv?« Mit kalkweißem Gesicht starrte mich Volker an. »Bitte«, hauchte er, »bitte nicht noch mehr Witze.« Dann bat er darum, heimgehen zu dürfen. Ich brachte ihn zum Aufzug. »Nimm das mit der Lila Karte nicht so tragisch. Du weißt doch, wie manche Typen sind. Du hast mir schließlich selbst mal die Schreckschusspistole ausgeliehen«, erinnerte ich ihn noch, bevor er im Lift verschwand.

Im Zimmer hob ich das Buch auf. Auweia! Es war gar nicht der Zitatenschmöker gewesen, den ich Volker in die Hand gedrückt hatte, ich hatte ihm das ›Frauen schlagen zurück‹-Buch gereicht. Das mit den Witzen rund um die Männerwelt. Auf der von Volker zuletzt aufgeschlagenen Seite las ich: »Was ist ein Mann in Salzsäure? – Ein gelöstes Problem!« Betroffen klappte ich das Buch zu. Das war selbst mir zu heftig.

»Och, ist der knuffig!« Bille strahlte mich an. Sie knutschte gerade mit dem Plüschtiger. »Der Volker ist aber nett«, sagte sie dann. »Gar nicht so wie andere Männer. Er hat überhaupt nicht versucht, das Gespräch an sich zu reißen. Hat sogar nur ganz wenig gesagt. Richtig sympathisch.« Amüsiert rief ich mir Volkers Stippvisite in Erinnerung. Natürlich war er ein sympathischer Zeitgenosse. Nur, dass er kaum was gesagt hatte, hatte weniger mit seinem Wesen zu tun als vielmehr mit der ›Übermacht der lila Weiberschar‹, wie er es wohl selbst ausgedrückt hätte.

»Sag mal, ist der noch zu haben?« Verblüfft blickte ich Bille an. »Na, ich meine, ob er Single ist. So wie wir?« – »Ja«, stöhnte ich, »Volker ist Single. Genau wie wir alle. Leider!«

Damit war das Stichwort für das weitere Thema des Abends gefallen. Wir beschlossen ihn, indem wir uns in unseren Single-Ängsten und Single-Nöten – wenigstens gehörte der Katzentisch im Restaurant im Single-Zeitalter der Vergangenheit an – wechselseitig bestätigten.

Nachdem ich alle leeren Pils- und Roséweinflaschen unter der Spüle verstaut hatte, trat ich an Carusos Käfig und füllte ihm frisches Wasser nach. »Na, war das nicht ein gelungenes Wiegenfest, Caruso?« Mein Wellensittichmännchen fiepte zufrieden vor sich hin. Zum Ausklang hätte ich gerne noch mit jemandem gekuschelt. Auf meiner Matratze thronte der Tiger und blickte mich leidenschaftlich an. Ich griff in mein Schränkchen für sentimentale Stunden, langte in die Ecke für absonderliche Trophäen und zog das Tigertuch hervor. Das knotete ich dem Plüschtiger um den Hals. So gefährlich sah er nun gar nicht mehr aus.

Na gut, sagte ich mir, einmal ist keinmal. Ich machte das Licht aus und zog den Tiger zu mir unter die Bettdecke.

8. Kapitel
Wenn männliche Jogger schneller zu laufen beginnen oder: Der Letzte der unbändigen Machos

Am nächsten Morgen wurde ich von einem unangenehmen Brummen aus dem Schlaf gerissen. Es schien von draußen zu kommen, direkt vor meiner Tür. Dabei war es erst fünf vor sieben. Ich hatte nicht vorgehabt, vor elf Uhr aufzustehen. Wenn man ein Jahr älter geworden war, hatte man wohl das Recht, einmal auszuschlafen.

Missmutig setzte ich die Beine aus dem Bett und latschte auf den Tiger, der auf dem Fußboden lag. Er sah wüst zugerichtet aus, ich hatte ihn letzte Nacht wohl hart rangenommen. Liebevoll strich ich ihm die Mähne glatt. Von draußen brummte es munter weiter. Auch mein Kopf brummte. Von Pils und Roséwein. Ich schleppte mich an die Tür und zog sie auf.

Die Pforten von Volkers Zimmer gegenüber standen sperrangelweit offen. Drinnen wanderte ein mir unbekannter Typ mit einem silbergrauen Staubsauger in der Hand auf und ab. Im Flur standen jede Menge Sachen. Auch die Matratze von Volkers Bett lehnte an der Wand. Ach ja, wurde mir schmerzlich bewusst, das war ja gar nicht mehr Volkers Zimmer. »Hallo!«, rief ich ungehalten. »Geht das auch eine Spur leiser?« Ungeniert machte der Typ weiter. »Kannst du wenigstens die Tür schließen, wenn du schon so früh Krach machen musst?« Wieder keine Reaktion. Der Typ ging in die Hocke, wechselte die Düse aus und fuhr damit brummend den Heizkörper entlang auf und ab. Ich tippte ihm mit dem Finger auf die Schulter. Kein bisschen erschrocken drehte er sich zu mir um.

»Hab ich dich etwa geweckt?« Seinem amüsierten Blick

nach zu urteilen musste ich mindestens so wüst aussehen wie der Tiger. »Tut mir Leid, aber ich bin gestern Nacht hier eingezogen, und da musste ich heute Morgen erst mal kräftig saugen.«

Von dem Einzug hatte ich gar nichts mitgekriegt. Bei uns war's ja auch den ganzen Abend über feuchtfröhlich zugegangen. Der Staubsauger war jetzt aus, dafür brummte mein Schädel umso gewaltiger.

»Mein Vorgänger muss 'ne ziemlich hohe Schmutzschwelle gehabt haben.« Der Typ hielt einen prallen Staubbeutel hoch.

Ich zog die Brauen zusammen. Auf Volker würde ich nichts kommen lassen. Vor allem nicht von einem, der sich dazu berufen fühlte, zu unchristlichen Zeiten mit dem Staubsauger zu hantieren.

Der Typ wies stolz auf das silbergraue Gerät. »Ist übrigens mein eigener. Muss ich ja auch haben, wenn ich zweimal in der Woche Großputz mache.« Er sah mir tief in die Augen. »Ich hab nämlich eine Hausstauballergie.«

Das konnte ja heiter werden. Ich musste mich unbedingt bei der Heimverwaltung erkundigen, ob es überhaupt erlaubt war, um fünf vor sieben in der Frühe Staub zu saugen.

»Also, wenn du mal einen Staubsauger brauchst, nur bei Sigi nachfragen.« Er wies auf das Namensschild, auf dem bis vor kurzem noch Volkers Name geprangt hatte. Dann zwinkerte er mir zu. »Interessantes Plakat übrigens an deiner Tür.«

Mit dem Entschluss, es noch ein Weilchen hängen zu lassen, kehrte ich in die männerfreie Zone zurück.

»Einen Moment! Das muss ich dir noch zeigen.« Sigi hielt mir sein silbergraues Staubsaugerzubehör unter die Nase. »Außer der Kombinationsdüse mit zwei Stellungen für Glattböden und Teppiche habe ich noch eine Fugendüse für Ecken und Ritzen sowie eine Pinseldüse für Bücher, Gardinen und Lampen.« Stolz blickte er mich an. »Oder für empfindliche Gegenstände sonstiger Art.« Dann versuchte Staubsauger-Sigi mit seinem Düsen-Set einen Fuß in die männerfreie Zone zu setzen. Bevor er inspizieren konnte, wie hoch meine Schmutzschwelle war, drückte ich mit einem »Drüben wartet noch 'ne Menge Hausstaub auf dich« die Tür zu.

Da an Schlaf nicht mehr zu denken war, stiefelte ich in die Uni zum Germanistikfachbereich, um mich für die Seminare des kommenden Semesters anzumelden. Doch der von mir im Vorlesungsverzeichnis in dickstem Rot angestrichene Kurs über ›Literatur und Lust‹ war bereits voll. Dabei wäre ich aufgrund meiner in den vergangenen Monaten gesammelten Kenntnisse geradezu prädestiniert für dieses Seminar gewesen. Besonders zum Unterpunkt ›Literarischer Bedarf an authentischem Schmerz‹ hätte ich jede Menge beitragen können. Auch die ›Texte der Wollust‹ hätten mich brennend interessiert. Stattdessen musste ich mich nun für einen Kurs einschreiben, dessen Titel ›Grundbegriffe des Verses‹ weit weniger Wollust, aber das Zählen jeder Menge Silben und Akzente versprach.

Auch das Seminar ›Vom Bänkelsang bis zum Schlager – Aspekte mündlicher literarischer Tradition‹ war schon belegt. Ich hatte gar nicht gewusst, dass es so viele Germanistikstudenten gab, die sich für den Urtyp des Heimwehschlagers interessierten: Freddy Quinns ›Heimatlos‹ war eine ganze Doppelstunde gewidmet. »Brennend heißer Wüstensand ...«, trällerte ich vor mich hin, während ich den Gang des Germanistikfachbereiches entlang zum Zimmer eines anderen Dozenten schritt. »... fern, so fern dem Heimatland, kein Gruß, kein Herz, kein Kuss, kein Scherz ...« Ich blickte auf die Teilnehmerliste an der Tür. Außer dem des Dozenten stand noch kein einziger Name drauf. ›Neuere Ansätze der Literaturwissenschaft‹ lautete der Seminartitel. Die nähere Beschreibung trieb mir den Schweiß auf die Stirn: *»Der Zusammenhang zwischen der metaphysizierenden Hermeneutik der Geistestypologie und ihren Legitimationsfunktionen. Prämissen und Probleme der struktural-semantischen und generativen Texttheorie ...«* Ich biss die Zähne zusammen, setzte meinen Namen auf die noch leere Liste und hoffte, dass weitere Teilnehmer meinem Beispiel folgen würden. Mit Freddy Quinn auf den Lippen entfernte ich mich. »Viele Jahre schwere Fron, harte Arbeit, karger Lohn, tagaus, tagein, kein Glück, kein Heim, alles liegt so weit, so weit.«

In der Bibliothek lieh ich mir einen Teil der für die Seminare durchzuackernden Vorbereitungsliteratur aus und kehrte ins Wohnheim zurück. Staubsauger-Sigi würde inzwischen ja wohl alle Milben vertrieben haben. Tatsächlich, als ich aus dem Aufzug stieg, empfing mich wohltuende Stille. Unter Carusos lautstarkem Protest deckte ich mit dem Tigertuch den Wellensittichkäfig zu und haute mich ein Weilchen aufs Ohr.

Danach fühlte ich mich fit für die Vorbereitung meiner schwierigen Seminare. Allerdings hatte ich das Pech, gleich zu Beginn meiner Lektüre auf einen Satz zu stoßen, der meinem wissenschaftlichen Elan für diesen Tag den Garaus machte. Nachdem ich mich ein Dutzend Mal durch den Wortbandwurm *»Eine direkte methodische Konsequenz der These von der Interpretation als Applikation ist die Leugnung der Differenz zwischen Objektsprache und Metasprache der Literaturwissenschaft«* gequält hatte, gab ich geistig völlig ermattet auf. Von wegen viele vergnügliche Romane lesen, knurrte ich vor mich hin. Wer mir nochmal mit diesem dämlichen Vorurteil kam, den würde ich zur Strafe den eben gelesenen Satz schreiben lassen. Einhundertmal. Mindestens.

Unter dem Tigertuch grummelte es vorwurfsvoll. Ach je! Über meinem germanistischen Wissensdurst hatte ich mein Wellensittichmännchen vergessen. Mit einem Satz war ich beim Käfig und zog das Tuch ab. Caruso war so verstört über den plötzlichen Lichteinfall, dass er das Gleichgewicht verlor und auf den Käfigboden plumpste. Mit tadelndem Blick hangelte er sich wieder nach oben. Fest entschlossen, es nicht zu Spannungen zwischen uns beiden kommen zu lassen, griff ich nach einem weiteren Standardwerk. Eines, das ich zu meinem Wiegenfest bekommen hatte. Ich packte die anstrengenden germanistischen Schwarten beiseite und breitete ›Dein Wellensittich und du‹ zum Studium vor mir aus.

Da ich mit dem Gedanken spielte, für Caruso auf Brautschau zu gehen, studierte ich mit großem Interesse das Kapitel über Wellensittiche und ihre Partner. Ein Pärchen sollte man nur bei Zuchtabsichten halten, las ich jedoch. Wahlweise wurde mir geraten, zwei Hähne zu halten. Die würden sozusagen in homosexueller Gemeinschaft friedlich miteinander leben. »Na, Caruso, was hältst du davon?«, fragte ich in Richtung Käfig. Caruso drehte beleidigt sein Köpfchen weg. Dabei stand hier doch schwarz auf weiß, dass mit der Zeit eines der beiden Männchen in die Rolle des fehlenden Geschlechts schlüpfen würde. Mit Zoff in dieser Scheinehe sei nur dann zu rechnen, wenn sich ein Weibchen dazugesellte. Weiter las ich, dass Wellensittiche auch der Gesellschaft von Wachteln nicht abgeneigt seien. Allerdings sollten die Wachteln einen Unterschlupf haben, in den sie sich vor allzu neugierigen Wellensittichen flüchten konnten.

Kam als Partner nicht auch ein Plastikvogel infrage? In der Zoohandlung in der Innenstadt hatte ich reihenweise Kunstwellensittiche gesichtet. Einer schöner und schillernder als der andere. Eigentlich zum Verlieben. Gerade das schien aber das Problem. Zwar hieß es in ›Dein Wellensittich und du‹, dass erwachsene Hähne ihrem Plastikkameraden stundenlang etwas vorplappern könnten. Doch beim Zwitschern blieb es nicht. Das war nur die Vorstufe. Zur Balz und zum Begattungsversuch. Dass der von vornherein zum Scheitern verurteilt war, auch wenn das Wellensittichmännchen alle Register zog, entbehrte nicht einer gewissen Tragik. Keinesfalls wollte ich, dass Caruso dermaßen erotisch frustriert wurde.

Aus dem gleichen Grund schied der Kauf eines Spiegels aus. Auch hier würde Caruso stundenlang werben und buhlen, ohne auch nur die Spur einer Antwort zu erhalten.

Es sah ganz so aus, als ob sich mein Wellensittichmännchen weiterhin mit meiner Gesellschaft begnügen musste. Zumindest den Alltag konnte ich ihm abwechslungsreicher gestalten. Einen Vorschlag probierte ich gleich aus. Mit meiner Blumenspritze, die ich mit lauwarmem Wasser gefüllt hatte, sprühte ich Caruso durch die oberen Gitterstäbe vorsichtig ein. Doch statt sich im feinen Wasserstrahl wohlig zu räkeln, erhob er ein markerschütterndes Gezeter, als seien die Niagarafälle auf ihn herabgestürzt. Vielleicht mochte er nicht duschen und würde lieber in einem Badehäuschen planschen? Auch wir Menschen hatten schließlich gewisse Vorlieben und Abneigungen, was den Umgang mit dem erfrischenden Nass anging. Dann las ich aber weiter, dass es Wellensittiche gab, die sowohl Dusch- als auch Vollbad ablehnten. Die konnte man höchstens dazu bringen, ihr Gefieder an einem nassen Kräuterbündel zu befeuchten.

Ich staunte. Das war ja eine Welt für sich, die Psyche der Wellensittiche! Das musste ich erst mal verdauen. Besonders die Scheinehe mit dem Wachtelweibchen würde ich mir noch einmal durch den Kopf gehen lassen. Oder war es die homosexuelle Gemeinschaft mit dem Wachtelmännchen gewesen? Ich war schon ganz durcheinander ob der schweren geistigen Kost, die ich heute zu mir genommen hatte. Jetzt brauchte ich etwas leichte Lektüre. Ich schnappte mir das Fernsehheftchen und sog die darin enthaltenen spärlichen Informationen aus der Welt des Glitzer und Glamour gierig in mich auf. Mit Appetit auf mehr wählte ich die Nummer meines Zahnarztes. Ich ließ es zwei Dutzend Mal klingeln. So spät war es doch noch gar nicht. Auch wenn der Herr Doktor bereits genug verdient hatte, die Sprechstundenhilfe musste zumindest da sein. Ich hatte mich geirrt. Der Herr Doktor hatte noch lange nicht genug eingenommen. Er ging sogar selbst ans Telefon, um weitere Patienten in seinen Verschiebebahnhof aufnehmen zu können. Kaum hatte er meinen Nachnamen vernommen, schlug er mir eilfertig einen Termin für den nächsten Tag vor. Das kam mir gerade recht: Jetzt würde ich endlich die Wissenslücke zu Schulfreundin Assi wettmachen!

Exakt eineinhalb Stunden vor dem eigentlichen Termin tauchte ich in der Praxis auf. Ohne Umwege wollte ich gleich ins Wartezimmer. »Aber Frau Zimmermann«, stoppte mich die

Sprechstundenhilfe, »Sie sind ja viel zu früh dran. Möchten Sie, dass wir Sie vorziehen? So in zehn Minuten könnte ich Sie einschieben.«

»Keinesfalls!«, protestierte ich. »Ich möchte keine Sekunde früher als Viertel vor fünf aus dem Wartezimmer geholt werden!« Die Sprechstundenhilfe hatte gut reden. Sie saß ja direkt an der Quelle, konnte Tag für Tag in den informativen Zeitschriften schmökern. Voller Wissensdurst riss ich die Tür zum Wartezimmer auf. Kein lästiger Mitleser weit und breit zu sehen. Die saßen bestimmt alle schon im Verschiebebahnhof. Als ich das Tischchen mit dem Informationsangebot in Beschlag nehmen wollte, stutzte ich. Da lag ja nur eine einzige Zeitschrift, ausgerechnet ein Nachrichtenmagazin, dazu noch ein älteres Exemplar. Die Patienten mussten den Zeitschriftenstapel mit in den Verschiebebahnhof genommen haben. Unlustig blätterte ich im Nachrichtenmagazin. An einem Artikel über Psycho-Studien blieb mein Blick hängen.

Mit Empörung las ich, dass unattraktive Frauen, die sich um ein politisches Mandat bewarben, größere Chancen hätten, die Wahl zu gewinnen, als gut aussehende, dafür aber vonseiten der Männer den Verdacht erdulden müssten, sie würden häufiger masturbieren. Nicht minder erzürnt las ich, dass Männer die in Bars anwesenden Frauen für schöner, attraktiver und koitabler hielten, je höher ihr Alkoholpegel stieg, und – wie eine Zusatzstudie ergeben hatte – je näher die Sperrstunde heranrückte. Weiterhin hatten die Psycho-Docs erforscht, dass männliche Jogger schneller zu laufen begännen, wenn sie die Blicke einer Frau auf sich vermuteten. Nur gut, dass die Missetaten der Chauvis heutzutage von einer wachsamen Öffentlichkeit aufgedeckt wurden. Jetzt blieb es nicht mehr im Verborgenen, dass sich mit einem Häufigkeitsfaktor von fünf zu eins Männer im Flugzeug ungefragt der Armlehne bemächtigten, wenn im Gestühl neben ihnen eine Frau saß.

Die Tür ging auf, und eine Patientin kam mit einem Stoß regenbogenfarbener Zeitschriften aus dem Verschiebebahnhof zurück. Ich warf das Nachrichtenmagazin auf den Tisch und durchstöberte den bunten Blätterwald. Hier war noch Interessanteres zu erfahren: Etwa, dass Tante Hedwigs Liste der Jagdreviere des ausgehenden 20. Jahrhunderts eine grobe Lücke aufwies: Das Waschcenter fehlte. Doch gerade hier steckten jede Menge ungebundener Männer den ganzen Tag über jede Menge schmutziger Wäsche in die Trommel.

Außerdem erfuhr ich, dass es nicht mehr lange dauern würde, bis die ersten Single-Supermärkte aufmachten. Tante Hedwig würde begeistert sein! Natürlich nicht wegen Tiefkühlspinat und Zahnpasta im Miniformat. Sondern wegen der unglaublich hohen Trefferquote. Denn jeder, der seinen Fuß über die Single-Supermarkt-Schwelle setzte, war mit an hundert Prozent grenzender Wahrscheinlichkeit aller Bande ledig.

Dann erhielt ich einen weiteren Einblick in die Tiefen der Männerpsyche. Auch wenn mittlerweile zwei von drei Frauen bei der ersten Begegnung die Initiative ergriffen, hieß es, sollte die Frau dem Mann das Gefühl vermitteln, seiner Werbung erlegen zu sein. Doch es kam noch besser: »Männer ziehen die seelische Notbremse«, lautete die packende Headline des nächsten Artikels. »Starke Frauen machen die Männer schwach, treiben sie in die Enge«, las ich mit erhöhtem Puls, »und immer öfter auch auf die ›Psycho-Couch‹.« Nervös blickte ich auf die Uhr. Hoffentlich kam ich nicht Punkt Viertel vor fünf dran. Vielleicht hatte ich ja Glück und mein Zahnarzt diskutierte wieder die Französische Revolution. Ich las weiter. »Experten aller Fachrichtungen berichten übereinstimmend von neuen Ängsten bei Rat suchenden Männern –«

»Frau Zimmermann, darf ich Sie in mein Behandlungszimmer bitten«, schallte die Stimme des Herrn Doktor höchstpersönlich durch die Sprechanlage. Widerwillig trennte ich mich von meiner Lektüre. Das nächste Mal musste ich mindestens zwei Stunden früher herkommen. Die Zeitschrift mit dem Artikel über die Männerschar auf der Psycho-Couch versteckte ich im Stapel ganz unten. Nach der Behandlung wollte ich nochmal ins Wartezimmer zurück, um in aller Ruhe zu Ende zu lesen.

»Sie haben doch nicht etwa warten müssen«, sagte mein Zahnarzt erschrocken, als er mein missgestimmtes Gesicht sah. Behutsam half er mir auf den Zahnklempnerstuhl. »Und«, fragte er, »mussten Sie in letzter Zeit noch zusätzlich über den Tellerrand Ihres schon allein so zeitaufwendigen Studienfaches hinausblicken?«

»Und wie«, antwortete ich wahrheitsgemäß und murmelte bedeutungsvoll: »Unguis incarnatus.«

Der Zahnklempner glotzte mich mit offenem Mund an.

»Können Sie etwa kein Latein?«, fragte ich süffisant. »Als Mediziner?«, setzte ich spitz hinzu.

»Natürlich, natürlich«, beeilte sich mein Zahnarzt zu sagen. »Aber mein Studium liegt doch schon so lange zurück.«

Hoffentlich wusste er noch, wie er mit seinem Bohrer umzugehen hatte.

»Was heißt das denn nun, Ungis incar ...?«

Nicht nur das Langzeiterinnerungsvermögen, auch das Kurzzeitgedächtnis meines Zahnklempners schien bedrohlich angegriffen. »Unguis incarnatus«, trichterte ich ihm ein, »das bedeutet ›eingewachsener Nagel‹.« Dann spielte ich eine weitere Trumpfkarte aus. »Entzündungen am Nagel könnten natürlich auch auf Paronychie schließen lassen.«

Mein Zahnarzt blickte mich ehrfurchtsvoll an.

Mit »Melopsittacus undulatus« machte ich weiter.

»Das klingt nach einer besonders schweren Krankheit. Verraten Sie mir, welche?«, bettelte er.

»Das nächste Mal«, sagte ich kurz angebunden und befahl: »Und jetzt können wir mit der Behandlung beginnen.«

Sanft wurde der Zahnklempnerstuhl abgesenkt. Ich kicherte in mich hinein. Hieß ›Melopsittacus undulatus‹ doch schlichtweg übersetzt ›gewellter Singpapagei‹ – der lateinische Fachausdruck für Wellensittich, den ich in meinem Ratgeber gelesen hatte.

»Liegen Sie bequem, Frau Zimmermann?«, erkundigte sich der Zahnklempner. Dann überredete er mich zu zwei Spritzen, damit ich auch nicht das geringste Anzeichen eines Schmerzes verspürte. Sacht setzte er den Bohrer an, entfernte feinfühlig die alten Plomben und drückte noch behutsamer die neuen Füllungen in die Löcher. Ungeduldig harrte ich des Endes der Behandlung, damit ich im Wartezimmer endlich den spannenden Artikel weiterlesen konnte.

»Zum Polieren der Plomben können Sie sich jederzeit einen Termin geben lassen, auch kurzfristig«, versicherte mein Zahnarzt, während ich beim abschließenden Spülen Blut ins Waschbecken spuckte. Ich konnte kaum gurgeln, so taub fühlten sich beide Backen an. Was interessierten mich die noch zu polierenden Plomben, ich wollte endlich Bescheid wissen über die vielen Männer auf der Psycho-Couch! Mit knappem Abschiedsgruß stürzte ich am Zahnklempner vorbei. »Dort geht's raus«, wies mich die Sprechstundenhilfe an, als ich die Klinke zum Wartezimmer herunterdrückte. »Ich hab meinen Schirm vergessen«, brummte ich und ignorierte ihren penetranten Einwand: »Aber Sie haben doch gar keinen Schirm dabeigehabt, Frau Zimmermann.«

Das gab's doch nicht! Ich war sicher, die Zeitschrift an vorvorletzter Stelle in den Stapel gesteckt zu haben. Eine Patientin musste sie mitgenommen haben und las wahrscheinlich gerade im Verschiebebahnhof den hoch informativen Artikel. Verdrießlich tappte ich nach draußen.

»Haben Sie Ihren Schirm gefunden?«, fragte die Sprechstundenhilfe irritiert.

»Wieso, ich habe doch gar keinen dabeigehabt«, murmelte ich mürrisch. Was die immer von einem wollten!

Die Sprechstundenhilfe schien nicht richtig verstanden zu haben. »Vielleicht soll ich nochmal suchen …«

Ihren Vorschlag ignorierend strebte ich dem Ausgang zu. Als ich das Haus verließ, hatte die Trübsal ein Ende. Einer Fata Morgana gleich überquerte mein Traumtyp mit athletischem

Gang die Straße. Jetzt musste ich es den zwei Dritteln meines Geschlechts gleich tun und die Initiative ergreifen. Doch was sollte ich sagen? »Ey, du aus dem Treppenhaus im Studentenwohnheim, warte doch mal.« Oder: »Du hattest Recht. Ich gehe immer so stürmisch ran.« Oder: »Ich habe jetzt einen neuen Bademantel. Natürlich in Grün. Der wird dir bestimmt gefallen.« Das mit der Initiative war gar nicht so einfach. Nachdenklich lehnte ich mich an die Hauswand und stützte den Kopf in die Hände. Erschrocken tastete ich meine Backen ab. Die waren ja total geschwollen! Ich griff in meine Tasche und zog die Puderdose heraus. Fassungslos klappte ich sie wieder zu. Im Spiegel hatte ich einen riesigen Hamster gesichtet! Kläglich sank ich an der Hauswand herunter. Warum nur hatte ich mir die beiden Spritzen andrehen lassen! Ich verfluchte den Zahnklempner und mich gleich mit. Plötzlich wurde die Haustür aufgestoßen. Heraus düste die atemlose Sprechstundenhilfe und schwenkte einen roten länglichen Gegenstand. »Gut, dass ich Sie noch antreffe, Frau Zimmermann«, keuchte sie, »ich habe Ihren Schirm gefunden.« Stolz streckte sie mir das rote Teil entgegen.

»Wie oft soll ich es Ihnen denn noch sagen«, fauchte ich. »Ich habe gar keinen Schirm dabeigehabt!«

»Auch nicht das letzte Mal?«, fragte sie perplex.

»Auch nicht das letzte Mal!«, blaffte ich. »Rot kann ich übrigens nicht ausstehen. Meine Lieblingsfarbe ist Grün. Grün!!!«, hämmerte ich ihr ein.

Jetzt kam auch noch mein Zahnarzt hinzu. »Was ist denn hier los? Geht es Frau Zimmermann nicht gut?«

»Mir geht es blendend!«, schnauzte ich.

Der Zahnarzt wich erschrocken zurück und flüsterte mit der Sprechstundenhilfe. Ich spitzte die Ohren. »Das sind wahrscheinlich die Spritzen«, sagte sie. »Interessante Nebenwirkung«, sagte er.

Von meinem Traumtyp war weit und breit nichts mehr zu sehen. Ob ich noch eine dritte Chance bekam?

Die nächsten Tage verbrachte ich damit, in meinem grünen Bademantel und mit dem Duschzeug unterm Arm durchs Treppenhaus zu flanieren. Außerdem schmökerte ich in ›Dein Wellensittich und du‹. Ich beschloss, Carusos Ernährungsplan mit Hirsekolben und Honigstangen zu erweitern. Die Idee mit den Salzbrezeln verwarf ich allerdings. In dem Ratgeber stand, dass Wellensittiche ganz verrückt auf Salzbrezeln seien und dafür den feinsten Hirsekolben liegen ließen. Man musste aber höllisch aufpassen, denn sie durften nur wenige Krümel davon fressen. Doch schließlich kannte man das von sich selber: Kaum war die Tüte mit den Salzstangen aufgerissen, da war ruck, zuck die ganze Packung leer. Das Risiko, Caruso wegen zu viel Kochsalzgenuss durch Nierenversagen zu verlieren, wollte ich nicht eingehen.

In Sachen Käfigausstattung musste ich ebenfalls etwas tun. Zum einen galt es, die gedrechselten Sitzstangen gegen Naturäste auszutauschen, damit mein Wellensittichmännchen zu seiner täglichen Fußgymnastik kam. Der andere Schritt betraf sein Spielzeug. Schon seit geraumer Zeit stupste er das Glöckchen nicht mehr an. Es musste also etwas Neues her. War aber ein Spielzeugklavier, auf dem er über die Tasten hüpfen konnte, das Richtige für Caruso? Auch für das Wellensittich-Wasserballspiel mit Weintrauben konnte ich mich nicht erwärmen. Zumal Caruso das nasse Element zu scheuen schien. »Na, Caruso, welchem Hobby würdest du gerne nachgehen?«, fragte ich in Richtung Käfig. Doch Caruso weigerte sich, den Schnabel aufzumachen.

Nach ausführlicher Beratung in der Zoohandlung erstand ich dann einen Freisitz: einen Spielplatz mit Kletterstangen, Leitern und Wippen, der auf das Dach des Käfigs montiert wurde und auf dem mein Wellensittichmännchen bei Freiflügen Station machen konnte. Außerdem kaufte ich ein Plastikspielrad mit fünf Gitterbällen und Glocken, einen Spielwagen mit Sitzstange, einen Satz Olympia-Ringe, eine Sitzstangenrolle, einen Rasselball mit Glocke sowie eine Ringschaukel, die ich der Abwechslung halber ab und zu mit der Trapezschaukel in Carusos Käfig austauschen wollte. Mein Wellensittichmännchen würde Augen machen, wenn es all die schönen Spielsachen sah, die ich ihm mitgebracht hatte!

Das verlangte nach einer dicken Belohnung. Im Supermarkt nebenan griff ich beim günstigen Pikkolo-Doppelpack zu. Gleich zweimal. Schließlich hatte ich Caruso zusätzlich zu Kolbenhirse, Honigstangen und extradickem Knabberzapfen noch eine Flasche Mineraltrunk besorgt. Da musste ja wohl auch etwas mehr für mich drin sein. An der Kasse stellte ein Mann gerade seine letzten Sachen aufs Band. Ich platzierte die beiden Doppelpacks hintendran. Jetzt, wo ich schon mal in der Stadt war, konnte ich ja noch beim Zahnklempner vorbeischauen. Zwar hatte ich nicht den richtigen Drive zum Plombenpolieren, aber vielleicht würde ich hier noch einmal auf meinen Traumtypen stoßen. Das mit dem Duschen hatte ja wieder nichts gebracht. Ich schaute aufs Band. Die Kassiererin griff nach dem letzten Einkaufsartikel des Mannes vor mir, einem Doppelpack Klopapier. Dann griff sie nach einem meiner Doppelpacks und zog auch ihn über die Scannerkasse. »Halt!«, schrie ich. Zu spät. Der Sekt stand schon auf der Rechnung des anderen.

»Was mach isch dann jetzt?«, fragte die Verkäuferin verdutzt. »Isch bin hier neu, mit der Kass kenn isch mich noch net so gut aus.« Dann brüllte sie in den Supermarkt: »Edeltraud, kommst du mal?« Doch der Mann vor mir wollte nicht auf Edeltraud warten. Ebenso weigerte er sich, von mir Geld für den Sekt anzunehmen. »Ich lade Sie ein«, sagte er knapp, nickte mir zu und eilte mit seinen Einkaufstüten davon. So viel Uneigennützigkeit war mir zum einen gar nicht recht. Zum anderen hatte der Typ nicht unflott ausgesehen. Ich hielt die Kassiererin, die mir ein Gespräch aufs Auge drücken wollte (»Habbe Se so was schon mal gesehe, junge Frau?«), dazu an, mir den anderen Doppelpack abzuziehen und fing mit meinen vier Pikkolos in der Hand den Typen am Ausgang ab. »Darf ich

Sie zu einem Fläschchen Sekt einladen?«, fragte ich formvollendet.

»Auf keinen Fall!« Entsetzt wehrte der Typ ab. Dann floh er mit seinen Einkaufstaschen. Was hatte der sich denn gedacht! Sah ich etwa aus wie ein Schluckspecht, der mit ihm den Schampus vor dem Supermarkt kippen wollte? Einen der Pikkolos hatte ich ihm schenken wollen, damit er mich in guter Erinnerung behielt!

»*Ich* möchte aber gerne eingeladen werden«, tönte es hinter mir. Ich drehte mich um. Wenn mir jetzt jemand dumm kam ... »Aber, aber ...«, stotterte ich. Es war mein Traumprinz, der vor mir stand und mich anlächelte. Stumm riss ich einen der Doppelpacks auf und streckte ihm einen Sekt entgegen. Er lachte. »Jetzt habe ich dich wohl ganz verwirrt«, sagte er auf eine ganz liebe Art und schob meine Hand mit dem Pikkolo mit sanftem Druck zurück. »Wie wär's, wenn wir den in den nächsten Tagen bei dir trinken?«

Junge, Junge, der ging aber ran. Jetzt durfte ich nicht zurückstecken. »Wie wär's mit morgen Abend?«, piepste ich.

»Dann brauche ich nur noch deinen Namen«, sagte er mit einem Timbre, das meinen Pulsschlag verdoppelte.

»Gaby Zimmermann«, hauchte ich mit butterweichen Knien.

Männlich-sanft nahm er meine Hand in seine. »Ich bin der Falk.«

Falk! Was für ein maskuliner Name. Mühsam brachte ich meine Knie unter Kontrolle.

»Is des vielleicht Ihr Spielzeich?« Mit schnarrendem Organ brach die Kassiererin in die romantische Atmosphäre ein. Interessiert ließ sie ihren Blick über Falk schweifen. Von oben nach unten und wieder retour. Ich riss ihr die Tüte mit den Einkäufen für Caruso aus der Hand und schickte sie mit einem »Ich glaub, da geht jemand weg, ohne zu bezahlen« in den Markt zurück.

Falk wies auf die Einkaufstüte. »Spielzeug?«, fragte er amüsiert.

»Hab ich für jemanden besorgen müssen«, sagte ich schnell. Zu einer Aufklärung der näheren Umstände war ich jetzt nicht in der Lage. Caruso lernte er in Kürze ja persönlich kennen.

»Also bis morgen um acht?«, piepste ich noch einmal.

»Um acht«, bestätigte er mit maskulinem Lächeln.

»Moment noch«, rief ich ihm hinterher, »du weißt ja gar nicht, wo ich wohne.«

»Im Studentenwohnheim natürlich«, rief er lachend zurück, »warum solltest du dort sonst im grünen Bademantel herumlaufen.«

Ich ignorierte die neugierigen Blicke der Passanten. Hach! Sogar an die Farbe des Bademantels erinnerte er sich. Euphorisch schwang ich die Tüte mit dem Vogelspielzeug hin und her. Etwas flog heraus und landete krachend auf dem Asphalt. Die Packung mit den Honigstangen! Schüttelnd hielt ich sie an mein Ohr. Im Karton schepperte es gewaltig. Na ja, Caruso würde es schon nicht auffallen, wenn ein paar Körner fehlten.

Jetzt hatte ich den nötigen Drive, mir die Plomben polieren zu lassen. Ich eilte in die Zahnarztpraxis. Mit einem so kurzfristigen Auftauchen meinerseits hatte der Zahnklempner zwar nicht gerechnet, doch ohne mit der Wimper zu zucken schickte er einen lauthals protestierenden Patienten, der schon im Behandlungsstuhl saß, in den Verschiebebahnhof zurück. Mit kussecht polierten Plomben verließ ich die Praxis.

Der nächste Gang führte mich in die Dessousabteilung des Kaufhauses. Es war gar nicht so leicht, Reizwäsche in Grün zu finden. Ob ich mir in der Damenoberbekleidung noch ein passendes Ensemble in Grün zulegen sollte? Nein, das war des Guten doch zu viel. Wenn es denn zum Äußersten kam – und das hoffte ich nach monatelanger Abstinenz doch sehr –, konnte ich mir später immer noch den grünen Bademantel überziehen.

Mit einem »Horrido!« stürmte ich in meine fünfzehn Quadratmeter. Caruso, der ein Nickerchen gehalten hatte, plumpste vor Schreck von der Stange. »Ach, Caruso, wenn du wüsstest!«, rief ich ihm zu. Doch jetzt war keine Zeit für Erklärungen. Auch nicht dafür, meinem Wellensittichmännchen sein neues Spielzeug zu zeigen, geschweige denn den Freisitz zu montieren. Jetzt mussten die Kochbücher gewälzt werden, um eine passende kulinarische Begleitung für das Schäferstündchen zu finden.

Ich langte nach dem literarischen Kochbuch. Bei all den kulinarischen Liebesgaben Goethes für Charlotte von Stein und Christiane Vulpius musste auch ein Gericht dabei sein, das ich Falk kredenzen konnte. Ich kämpfte mich durch die Anleitungen zu Karpfen in Köstritzer Schwarzbier (von Fisch hatte ich immer noch die Nase voll), gebratenem Fasan im Wirsingbett (das war mir selbst für einen Mann wie Falk zu aufwendig, da hätte schon Robert Redford antanzen müssen) und Armen Rittern mit Quittenkompott (wo sollte ich bloß die Quitten herbekommen?). Bei Teltower Rübchen, wie der Geheimrat Goethe sie mochte, war ich mir nicht sicher, ob auch Falk sie mögen würde.

Als Nächstes griff ich zur Bauchtanzfibel. Ich erinnerte mich an ein Kapitel über kulinarische Köstlichkeiten für einen orientalischen Abend. Doch Kichererbsenbrei und Couscous sahen mir nach einem Tag Vorbereitung in der Küche aus. Danach war ich bestimmt nicht mehr zu erotischen Glanzleistungen fähig. Beim Überfliegen der orientalischen Süßspeisen fielen mir die Honigstangen für Caruso ein. Ich befestigte eine der lädierten Stangen im Käfig, schnappte mir das ›Dinner-for-two‹-Kochbuch und schlug die Seiten rund ums Candlelight-Dinner auf.

Ich entschied mich für das Versöhnungsmahl ›Schön essen nach dem Krach‹. Was den Rachedurstigen milde stimmen würde, konnte auch fürs erste Rendezvous nicht verkehrt sein. Die kulinarischen Streicheleinheiten bestanden aus Kalbsmedaillons in Morchelrahm. Gerade mal fünfundzwanzig Minuten dauerte die Zubereitungszeit, dazu kam die Einweichzeit für die Morcheln. Das war locker zu schaffen, da konnte ich mich auch noch an die Schokoflammeris mit Vanillesauce in Herzform machen.

Erleichtert klappte ich das Kochbuch zu. Jetzt konnte ich mich wieder meinem Wellensittichmännchen widmen. Ich montierte den Vogelspielplatz, richtete die diversen Klettergeräte auf, klappte die Käfigtür runter und feuerte meinen gefiederten Mitbewohner, da mir der Fliegergruß nicht geläufig war, mit einem »Na denn Mast- und Schotbruch!« zu seinem ersten Freiflug an. Caruso, der mein Tun argwöhnisch beobachtet hatte, hangelte sich vorsichtig zur Öffnung. Dort verharrte er wachsam und streckte dann das Köpfchen heraus, um abzuchecken, ob die Luft rein war.

»Komm schon, Caruso«, spornte ich ihn an, »in meinen fünfzehn Quadratmetern gibt es keinen Adler.« Höchstens einen Falken, grinste ich in mich hinein, aber den erst ab morgen.

Caruso hüpfte hinaus, ließ sich fallen, breitete dann die Schwingen aus und stieg zur Vorhangstange empor, wo er etwas ungeschickt zur Landung ansetzte. Heftig atmend betrachtete er sich sein Heim aus der Vogelperspektive.

»Aber nichts vollkacken da oben. Sonst kriegen wir Ärger mit dem Hausmeister«, drohte ich ihm aus der Froschperspektive.

Doch Caruso setzte bereits zum Sturzflug an. Er schoss scharf über den Schreibtisch hinweg, wobei er sämtliche dort liegenden Papiere durcheinander wirbelte, umkreiste dreimal seinen neuen Freisitz, entschied sich aber dann, woanders zu spielen, und erkor als Landeplatz den auf meinem Bett thronenden Plüschtiger. Triumphierend spazierte er auf dem Tigerkopf umher und pickte mit dem Schnabel ein paar Wollfäden heraus.

»Lass das, Caruso«, bat ich. Längst hatte ich mich mit dem Tiger versöhnt. Caruso sah das anders. Bevor er seine erste Flugstunde beendete und mit den erbeuteten Wollfäden, die er wohl für ausgerupfte Tigerhaare hielt, in den Käfig zurückkehrte, kackte er dem wehrlosen Plüschvieh noch aufs Haupt. Mit einem feuchten Papiertuch entfernte ich das schwarzweiße Kothäufchen.

Als ich das Plüschvieh zum Schlafengehen in den Arm nehmen wollte, müffelte es immer noch nach Carusos Bescherung. Halb im Schlummer setzte ich den Stofftiger auf den Linoleumfußboden ... und setzte mich kurz darauf auf Falks Schultern, der die Arme zu seinem ersten Freiflug ausbreitete und sich mit mir in schwindelnde Höhen emporschraubte. Über uns waren nur die Sterne ... und ein grüngelbes Etwas, das im Sturzflug auf uns zuraste. Es gelang mir nicht mehr, Falk zu warnen – Caruso hatte ihm bereits auf den Kopf gekackt. Orientierungslos stürzten wir zur Erde ...

»Nein!!!« Schreiend fuhr ich in meinem Bett auf. Schon lange hatte ich nicht mehr so einen schlimmen Albtraum gehabt. Schlotternd strich ich mir über die schweißnasse Stirn. Das war ja nun nicht gerade das, was man als gutes Omen für das erste Rendezvous bezeichnen konnte.

Am nächsten Morgen sah die Welt jedoch schon wieder anders aus. Fröhlich begrüßte ich den Tag. Nur noch elf Stunden trennten mich von der Vereinigung mit Falk. »Lady in Green, is dancing with me cheek to cheek ...« In einer leichten Abwandlung Chris de Burghs Hit trällernd, machte ich mich an die Vorbereitungen. Beim Eindecken des Schreibtisches stellte ich vorsorglich eine hohe Vase bereit. Für die langstieligen roten Rosen, die der Kavalier mitzubringen gedachte.

Dann besorgte ich die Zutaten für die kulinarischen Streicheleinheiten. Ich ließ mich sogar in einem Weinladen beraten und erstand eine Flasche exquisiten badischen Grauburgunders. Stolz kehrte ich in meine fünfzehn Quadratmeter zurück und weichte die Morcheln ein. Caruso hüpfte aufgeregt auf und ab. Er lechzte bereits nach der nächsten Flugstunde. Erst grummelnd und dann zeternd verfolgte er, wie ich den Freisitz vom Käfig nahm und unter dem Bett versteckte. Ich wusste ja nicht, ob Falk sich mit gefiederten Hausgenossen auskannte. Am Ende bekam er das mit dem Vogelspielplatz in den falschen Hals und hielt mich für leicht gaga. »Tut mir Leid, Caruso, aber du weißt, wir kriegen heute Abend Besuch.« Mit schlechtem

Gewissen hängte ich einen extradicken Knabberzapfen in den Käfig.

Nachdem Caruso auch noch mit frischem Mineraltrunk versorgt worden war, konnte ich wieder an den Abend mit Falk denken. Entzückt drehte ich die beiden Puddingförmchen in Herzform, die ich für die Schokoflammeris gekauft hatte, hin und her. Die Investition hatte sich gelohnt. Die würde ich bestimmt für viele weitere kulinarische Tête-à-têtes gebrauchen können.

Mit leichter Hand bereitete ich die Flammeris zu und begab mich mit ebenso sicherer Hand an die Zubereitung der Kalbsmedaillons. Um sieben Uhr fingen meine Hände jedoch zu zittern an. Um Viertel nach sieben war ich so nervös, dass ich mich hinsetzen musste. Ich quälte mich mit schlimmen Gedanken: Würde Falk auch kommen? Oder stand mir eine Reaktion à la Robert bevor? Ich hatte noch nicht einmal die Adresse geschweige denn den Nachnamen meines Traumtypen. Am Ende blieb ich auf den Kalbsmedaillons in Morchelrahm sitzen. Na ja, Falks Portion konnte ich zur Not auch morgen noch verspachteln. Und die Schokoflammeris hielten sich sowieso länger. Zumindest hatte ich nicht den Fehler begangen, den Kühlschrank bis zur Halskrause aufzufüllen. Ganz im Gegenteil. Das zumindest hatte ich aus dem Fiasko mit dem Lächler gelernt. Auch beim Putzen hatte ich mich aufs Gröbste beschränkt. Ach, Falk, wo bliebst du nur? Um acht wolltest du kommen; jetzt war es bereits halb acht und du warst immer noch nicht da. Unsinn!, schalt ich mich sogleich. Ich musste höllisch aufpassen, dass meine Hormone nicht gänzlich Besitz von mir ergriffen.

An meiner Zimmertür entdeckte ich voller Schreck den ›Männerfreie Zone‹-Anschlag. Nicht dass Falk auf die Idee kam, meine fünfzehn Quadratmeter seien ein lila Frauentreff. Ich riss das Plakat runter und stopfte es zu Carusos Vogelspielplatz unters Bett.

Mit der ›Lady in Green‹ auf den Lippen – die neuen grünen

Dessous zwickten allerdings leicht – schmolz ich in der Gemeinschaftsküche einen Teelöffel Butter in der Pfanne. Ich goss den Wermut hinzu, schließlich Sahne und Morchelsud, ließ alles kräftig einköcheln und würzte mit einem Schuss Worcestersauce. Aus dem Backofen nahm ich das bereits scharf angebratene Kalbfleisch und legte es in die Morchelsauce. Mit den deliziös aussehenden Medaillons schritt ich zu meinen Pforten zurück. Eine Minute vor acht streute ich den Schnittlauch auf. Um Punkt acht klopfte es. Mit pochendem Herzen öffnete ich. Auch gegenüber wurde die Tür aufgemacht. Neugierig beobachtete Staubsauger-Sigi, wie ich meinen Kavalier willkommen hieß. Hoffentlich schraubte er nicht gleich eine seiner Düsen an sein silbergraues Teil und belästigte uns mit unromantischen Geräuschen.

Vergeblich hielt ich nach den langstieligen roten Rosen Ausschau. Na ja, tröstete ich mich, dafür hat sich Falk eben selbst mitgebracht. In stattlicher Größe. Schnell stellte ich die hohe Vase weg, damit er nicht in Verlegenheit geriet. »Und das ist mein gefiederter Hausgenosse«, präsentierte ich ihm Caruso.

Interessiert trat Falk an den Käfig. Ich hatte ja gleich geahnt, dass er tierlieb war. Caruso und er würden bestimmt dicke Männerfreundschaft schließen.

Falk blinzelte mir zu. »Kann man den auch in der Mikrowelle braten?«

Caruso kreischte. Er verstand nicht, dass Falk nur einen Witz gemacht hatte. Sozusagen um die Stimmung aufzulockern. Caruso war gar nicht locker. Misstrauisch klebte er an den Gitterstäben: Er sah sein Leben an einem seidenen Faden hängen.

Das Missverständnis würde ich später aufklären. »Ich habe eine Kleinigkeit für uns zu essen vorbereitet«, flötete ich. »Darf ich zu Tisch bitten?« Ich reichte Falk Wein und Korkenzieher. Das war jetzt Männersache. Falk entkorkte gehorsam, goss badischen Grauburgunder in mein Glas, stellte den Wein dann beiseite und sagte: »Ich hätte gerne eine Flasche Bier.«

Irritiert ging ich zum Kühlschrank. Darin fanden sich nur die vier Pikkolos vom Tag zuvor. »Darf's auch ein Fläschchen Sekt sein?«, fragte ich bekümmert.

Falk nickte. »Ja, Schampus passt prima zum Essen.«

Ich schraubte den Verschluss auf und holte ein Sektglas aus dem Schrank. Die Geschmäcker waren halt verschieden, tröstete ich mich. Es konnte ja nicht jeder ein Freund edler Tropfen sein. Mit dem Weinglas stieß ich das Sektglas an: »Auf einen gelungenen Abend!«

Falk säbelte sich ein großes Stück Kalbsmedaillon ab und kaute mit sphinxähnlichem Gesichtsausdruck auf der kulinarischen Streicheleinheit herum.

»Na, schmeckt's?«, fragte ich vorsichtig.

»Hast du vielleicht etwas Ketchup da?«

Ich stand auf und durchforstete erneut den Kühlschrank. Vergebens. Damals, als ich Lächler Robert erwartet hatte, hatte ich alles präsent gehabt. Jetzt war nichts da. Außer den Schokoflammeris, einem halben Pfund Butter, einem Fläschchen Worcestersauce, den Pikkolos und Carusos Mineraltrunk. Den hatte ich versehentlich in den Kühlschrank gestellt.

Das Essen verlief ohne weitere Zwischenfälle. Ich stellte geschickte Fragen, und Falk erzählte. Vom Spanferkeltöten und feuchtfröhlichen Spare-Rib-Abenden mit seinen Kumpels. Er war wirklich ein ganzer Mann! Ich warf einen Blick auf Caruso, um zu sehen, ob er sich beruhigt hatte. Doch er rannte aufgeregt auf dem Käfigboden hin und her. Dann hangelte er sich die Stäbe hoch und demonstrierte mit akrobatischen Verrenkungen, wie unzufrieden er war. Nachdem Falk die Kalbsmedaillons verspeist hatte, drängte es ihn wieder zu meinem Wellensittich hin. Caruso überschlug sich in einem Salto und stieß einen schrillen Alarmruf aus.

»Eigentlich müsste der wie Wachtelbraten schmecken«, sagte Falk. »Ideal als Zwischengang.«

»Es ist auch noch Nachtisch da«, versuchte ich ihn an den Tisch zurückzuführen. Doch Caruso hatte inzwischen solch ein Gezeter erhoben, dass jeder Ablenkungsversuch zwecklos war.

So Leid es mir tat, ich musste ihn für den Rest des Abends woandershin verfrachten. »Ich bin gleich wieder da«, sagte ich zu Falk, packte den Käfig, klopfte bei Fatima, die nicht da war, und trug den wild kreischenden Caruso zum Abstellkämmerchen.

»Mensch, ist das sauber hier«, meinte Falk, als ich zurückkam. »Hast du extra für mich geputzt?«

»Nur ein wenig Staub gewischt«, wiegelte ich ab. »Der Wellensittich wirbelt immer so viel davon auf.« Nur gut, dass Caruso mich jetzt nicht hörte.

Falk grinste. »Ich halte es da eher mit Eric Burdon. Der hat mal gesagt: ›Das Einzige, was ich je in meinem Leben außer meinen Zähnen geputzt habe, war mein Motorrad.‹« Falk überlegte. »Bei mir ist es natürlich das Auto«, schob er hinterher. »Und Fische putzen, das mach ich auch noch.« Er reckte sich zu voller Größe. »Ist ja auch Männerarbeit, nicht wahr?«

Falk war wirklich ein toller Mann. Der hätte mich nicht sitzen lassen wie Konrad, als es in Sachen Stargazy Pie noch darum ging, den Sardinen das Rückgrat rauszunehmen.

»Was studierst du eigentlich?« Falk nahm mein prall gefülltes Bücherregal in Augenschein.

»Germanistik.« Ich machte eine kleine Pause. »Das ist das Fach, wo man so viele Romane lesen muss.« Hoffentlich war das nicht zu platt gewesen.

Doch Falk schlug sich kräftig auf die Schenkel. »Der ist echt gut, den muss ich mir merken«, prustete er. Dann wurde er wieder ernst. »Wenn du so viel liest, dann kennst du sicher auch meinen Lieblingsschriftsteller«, sagte er gewichtig.

Wer mochte das wohl sein? Vielleicht ein Vertreter der Gruppe 47, etwa Heinrich Böll oder Günter Grass? Oder hielt es Falk eher mit den Klassikern, also mit Goethe oder Schiller? Vielleicht war er ja auch von ganz feinsinnigem Gemüt und liebte die virtuosen Wortkunstwerke eines Rainer Maria Rilke? Das versprach nicht nur ein erotisch ergiebiger, sondern auch ein literarisch anspruchsvoller Abend zu werden.

»Ich geb dir mal 'nen Tip«, sagte Falk. »In Andernach wurde er geboren.«

Ein großer Schriftsteller, der in Andernach das Licht der Welt erblickt hatte? Weimar als Hort bedeutender Literaten war mir geläufig, aber Andernach? Wo lag das überhaupt? »Krieg ich noch 'nen Tip?«, bat ich. »Vielleicht irgendeinen berühmten Ausspruch?«

»Ich glaube, er hat mal gesagt: ›Ich bin ein Genie, es weiß nur keiner außer mir!‹«

Auch das half nicht weiter. Verkannte Genies gab es jede Menge in der Literaturgeschichte. »Vielleicht ein Satz aus seinem Werk?«

»Ich kann sogar ein paar Zeilen aus einem Gedicht auswendig«, sagte Falk mit stolzgeschwellter Brust. »Willst du sie hören?«

»Au ja!«, jauchzte ich und setzte mich gespannt auf.

»Das Gedicht heißt ›Die Brücke von Arles‹.« Falk räusperte sich und hob dann an:

»Van Gogh schnitt sich
das Ohr ab
und gab es einer Prostituierten
die es angewidert wegwarf.«

Falk strahlte mich an. »Na, wie findest du das?«

Während ich vor kurzem noch mit dem Gedanken gespielt hatte, die Schokoflammeris aus dem Kühlschrank zu holen und sie mit der Vanillesauce anzurichten, war mir beim Gedanken an van Goghs Ohr jetzt der Appetit vergangen. »Nettes Gedicht«, mumelte ich schwach, »der Name des Verfassers liegt mir sozusagen auf der Zunge.« In meinem Magen grummelte es verdächtig. Mit einem »Ich komme gleich wieder« stürzte ich aus dem Zimmer. Vom Gemeinschaftsklo aus lauschte ich den empörten Schreien Carusos. Zurück im Zimmer suchte ich nach der Kolbenhirse.

Falk postierte sich hinter mir. »Ich verrat dir's«, flüsterte er mir ins Ohr. »Es ist Bukowski.«

»Ach so, natürlich«, brummelte ich zerstreut und eilte mit einem erneuten »Ich komme gleich wieder« und der Kolbenhirse für mein Wellensittichmännchen hinaus.

»Schau mal, was für ein Schmankerl ich dir bringe«, zirpte ich. Caruso presste beleidigt die Schnabelhälften aufeinander. »Aber das ist ein ganz besonderer Leckerbissen«, versuchte ich ihn zu locken. Ich blieb in der Hocke und wartete. Doch Caruso rührte die kulinarische Streicheleinheit nicht an. Betrübt tappte ich zu meinen fünfzehn Quadratmetern zurück. Was hatte Falk mir da vorhin zugeflüstert? Bu ... Bukowski? Doch nicht etwa Charles Bukowski! Schlagworte wie ›Großmeister der Brunft‹, ›Lobsänger der Gosse‹, ›Sex- und Suff-Maniak‹, ›Barde der Bars und Bordelle‹ sausten durch meinen Kopf.

»Regelmäßig hat er sich einen Vollrausch angesoffen und darüber geschrieben«, schwärmte Falk mir vor, als ich zurückkam. »Mit einem Haufen von Frauen hat er geschlafen und darüber geschrieben. Der war nicht so ein Etepetete-Schriftsteller wie die meisten anderen. Der hat voll im Leben gestanden.« Falk hielt mir sein leeres Sektglas hin. »Hast du noch Nachschub?«

Ich entnahm dem Kühlschrank einen weiteren Pikkolo. Dunkel erinnerte ich mich, dass Bukowski eine schwer alkoholisierte Jugend hinter sich hatte. »Musst du nicht noch Auto fahren?«, fragte ich vorsichtig.

»Pah!«, stieß Falk hervor. »Ein Mann muss was vertragen können. Wie Papa Hemingway. Der hat auch etliches weggesteckt.«

Das stimmte. Der hatte am Ende sogar beim Frühstück gesoffen.

»Und einen Frauenverschleiß hatte der. Junge, Junge!«

Auch das stimmte. Mit seinen vier Ehen machte er sogar Tante Hedwig Konkurrenz.

»Drei Kriege hat er überlebt, zwei Flugzeugabstürze und

sechs Autounfälle. Und hat all die Knochenbrüche und Gehirnerschütterungen klaglos ertragen.«

Aber bei sonstigen Unpässlichkeiten hat er sich hypochondrisch ins Bett verkrochen, fiel mir ein.

»Fünfundneunzig Kilogramm bei einem Meter dreiundachtzig. Ein Bild von einem Mann!«

Ja, aber ohne die Fürsorge seiner Frauen wäre er wahrscheinlich verlottert.

»Naturbursche, Abenteurer, Boxer, Hochseeangler und Großwildjäger.« Falk blinzelte mir zu. »Ich glaube, auch in mir steckt ein kleiner Hemingway.«

Aber eher einer, der es darauf abgesehen hat, harmlosen Wellensittichen einen tüchtigen Schrecken einzujagen, dachte ich ein wenig boshaft.

»Und den Stierkampf darf man bei Hemingway natürlich nicht vergessen.« Falk warf sich in die Brust. »Im nächsten Jahr fahre ich übrigens zur Fiesta nach Pamplona.« Er sah mir tief in die Augen. »Dort, wo die mutigen jungen Männer vor den Kampfstieren herlaufen, die durch die engen Gassen in die Arena getrieben werden.«

Aber erst kommst du zu mir in die Arena, dachte ich, wild entschlossen, den erotischen Teil des Abends beginnen zu lassen. Ich eiferte den zwei Dritteln meines Geschlechtes nach und ergriff die Initiative. Wie zufällig schmiss ich mich aufs Bett, klopfte auf die Matratze und lud Falk mit einem möglichst frivol klingenden »Hier ist es viel bequemer« ein, sich zu mir zu gesellen.

War ich zu aktiv gewesen? Falk blieb wie festgewachsen auf meinem Schreibtischstuhl sitzen. Aus sicherer Entfernung prostete er mir zu. »Irgendwie wirkst du so angespannt«, sagte er unvermittelt und grinste mich an. »Ich weiß schon, wie ich dich lockerer kriege. Am besten erzähle ich dir ein paar Witze. Darin bin ich unschlagbar.« Er legte eine kleine Denkpause ein. »Kennste schon den? Sagt ein Pickel zum anderen ›Wo ist denn deine Frau?‹ – ›Abgekratzt.‹« Ich rang mir ein zustimmendes

Schmunzeln ab, was Falk zum Anlass nahm, mich mit einem Kalauer gleicher Art zu beglücken. Dann wurde die ›Sagt ein ...‹-Kategorie verlassen, und die Ostfriesen-Witze wurden aus der Versenkung geholt. »Was bedeutet es, wenn im Februar ein Ostfriese an einer Autobahnplanke angebunden ist? – Sein Hund ist in Winterurlaub gefahren.« Danach kam ein Hauch von Sex ins Spiel. »Nach der Hochzeitsnacht mit ihrem Prinzen beschwert sich die Prinzessin bei ihrer Freundin: ›So langweilig war's beim Bumsen für mich bisher noch nie!‹ Meint die Freundin: ›Was erwartest du denn auch von einem tausend Jahre alten Geschlecht!‹«

Mühsam unterdrückte ich ein Gähnen. Seltsam, eben war ich noch putzmunter gewesen. Doch da ich nicht als Pointenkiller dastehen wollte, lachte ich. Zunächst wohl wollend, dann gequält.

Falk griff ein weiteres Mal in sein Standardrepertoire witziger Bemerkungen: »Warum brauchen Frauen keinen Regenschirm? – Weil es in der Küche nicht regnet.« Er zwinkerte mir zu und fügte schenkelklopfend an: »Zarte Männerhände weg von der Hausarbeit, sage ich immer.«

Ich überlegte, ob ich ihn mit einer Kostprobe aus dem ›Frauen schlagen zurück‹-Buch erfreuen sollte. Doch dann erinnerte ich mich an Volkers schreckensbleiche Reaktion auf meinem Wiegenfest. Am Ende steckte auch unter Falks harter Schale ein zarter Kern; vielleicht würde er auch nicht verkraften, wenn das männliche Witzmonopol wackelte. Ich durfte ihn auf keinen Fall verunsichern, schließlich hatte ich noch einiges mit ihm vor. Schade, dabei war mir gerade ein nettes Männer-Bonmot aus den informativen Zeitschriften meines Zahnarztes eingefallen. »Wo ist zu lesen, wenn ein Mann seine Frau vom Balkon wirft?«, hatte es geheißen. »In ›Bild‹. Und wo steht, wenn eine Frau ihren Mann vom Balkon wirft? – In ›Schöner Wohnen‹.« Nach Falks abgelutschten Kalauern war dies ein zündendes Aperçu ganz nach meinem Geschmack. Gegen meinen Willen prustete ich laut los. Falk missdeutete meinen Heiterkeitsausbruch zu seinen Gunsten: »Siehst du, was hab ich gesagt! Jetzt bist du schon viel lockerer.«

Ich war tatsächlich so locker, dass ich aufsprang und den erschrockenen Falk vom Stuhl und mit mir aufs Bett riss. Zuerst streifte ich ihm die weißen Tennissocken ab. Sonst wurden sie im Eifer des Gefechts vielleicht vergessen, und Männer mit Socken im Bett – man wusste ja, was man davon zu halten hatte. Doch wie erstaunt war ich, als sich unter dem einen Paar Socken, wie bei den russischen Matrjoschkas, ein weiteres Paar Strümpfe, diesmal grau, verbarg. Falk lächelte mich verlegen an. »Ich trag immer zwei Paar, mir ist an den Füßen so kalt.« Hoffentlich war er an anderer Stelle nicht genauso schlecht durchblutet. Mir jedenfalls war glühend heiß. Mit einem Handgriff entledigte ich mich meines Pullis. Bestürzt starrte mein Gespiele auf den waldmeistergrünen Büstenhalter. »Gehst du heute noch auf die Jagd?«, krächzte er. »Horrido!«, jauchzte ich und zog ihm das zweite Paar Socken von den Füßen. Bei seiner übrigen Kleidung blieb es glücklicherweise bei einer Schicht.

»Ich bin total scharf auf dich«, raunte Falk mir ins Ohr, nachdem auch ich mich aus dem Rest meiner Kleidung gepellt hatte. Sein Wunderhorn sprach eine andere Sprache. Es sah aus wie ein gekrümmter Wurm, der partout nicht zur Schlange werden wollte. Begriffe wie Schniedel-Syndrom, Entertainer-Syndrom, Vulkan-Komplex und Samson-Komplex sausten durch meinen Kopf. Zwar zeigte mir Falks momentane Schwäche, dass auch er nur ein Mensch und kein lebensgroßer Vibrator war, doch langsam wurde mir die Sache *allzu* menschlich. Überdies gab Falk andauernd nervige »Das passiert mir zum ersten Mal«-Beteuerungen von sich, als sei ich an der leidigen Angelegenheit schuld. Auch an diversen Ausreden wie »zu enge Jeans angehabt«, »vorgestern Fußball auf die Eier gekriegt« und »neues Fahrrad mit falschem Fahrradsattel gekauft« versuchte er sich.

Langsam begann ich in meiner Eva-Montur zu frösteln. Dann hatte ich auch meinen ›Schöner Wohnen‹-Witz erzählen können, dachte ich grollend. Was sollte ich nur machen? War jetzt heiße Hühnerbrühe ratsam, Fußreflexzonenmassage oder ein gezielter Griff unter die Gürtellinie? Ich durchforstete mein Gedächtnis nach klugen Ratschlägen aus den Zeitschriften meines Zahnklempners. Hätte ich doch bloß den Artikel über die Männer auf der Psycho-Couch zu Ende lesen können!

Falk stand auf und schaltete das Radio ein. »Macho Macho kannst net lernen, Macho Macho muss man sein«, schallte es aus dem Äther. Oje, das war genau der falsche Text. »Willst du nicht lieber einen anderen Sender suchen«, schlug ich behutsam vor. »Wieso, lass doch, die Musik törnt mich an«, widersprach Falk und sang ergriffen mit: »Sie liebt Schimanskis Mörderhammer und liegt oft wach im Schlafgemach. Der Gatte im Flanellpyjama vergreift sich nur im Tiefkühlfach. Sie träumt von Eros Ramazottl und Julio Iglesias. Doch neben ihr der zahme Trottel sagt nur: Gib Ruh, jetzt les i was.« Nach Reinhard Fendrich kam auch noch Herbert Grönemeyer. Doch auch hier trällerte Falk begeistert mit. Wurde mein Tête-à-tête nun zum Karaoke-Abend? »Männer sind auch Menschen, Männer sind etwas sonderbar. Männer sind so verletzlich, Männer sind auf dieser Welt einfach unersetzlich ...« Vorsichtig lugte ich auf Falks neuralgische Stelle. Tat sich da vielleicht schon etwas? Von mir aus hätten sie im Radio auch die Wildecker Herzbuben oder die Maxi-Version von Heinos ›Schwarzbraun ist die Haselnuss‹ spielen können, wenn sich nur endlich eine Wirkung zeigte.

Nach einem halben Dutzend weiterer Hits aus dem Radio, die meinen Gespielen jedoch ausschließlich verbalerotisch antörnten, zog er unverrichteter Dinge ab. Ich fragte ihn zum Abschied (mich an die betreffende Stelle aus dem ›Frauen schlagen zurück‹-Buch erinnernd), ob er nicht zufällig eine Tafel Schokolade bei sich habe. Falk durchwühlte seine Taschen und förderte ein altes Schokoladen-Überraschungsei zutage. Dankend lehnte ich ab, Überraschungen hatte ich heute genug gehabt. Nachdem er fort war, zog ich mich an und ließ mir von Fatima, die wieder auf ihrem Zimmer war, eine Tafel Rum-Trauben-Nuss-Schokolade geben. Nachdem ich diese zu drei Vierteln und auch noch einen der Schokoflammeris verspeist hatte, fühlte ich mich einigermaßen befriedigt.

Ich holte Caruso aus dem Abstellkämmerchen und stellte ihn an seinen gewohnten Platz. »Der Falke ist für immer weg«, sagte ich zu ihm und versuchte ihn am Kopfgefieder zu kraulen. Caruso grummelte unwillig vor sich hin. Ich gab jedoch nicht auf und hackte nach Papageienmanier ganz sachte mit meinem Finger auf seinen Schnabel. Caruso zeigte nur noch schwache Zeichen von Abwehr. Nachdem ich mein Wellensittichmännchen besänftigt hatte, machte ich mich zur Nachtruhe bereit, streifte meinen Bademantel über und schwirrte mit einem »Ich komme gleich wieder« zum Gemeinschaftsklo. Dort prallte ich mit Staubsauger-Sigi zusammen.

Überschwänglich entschuldigte er sich, musterte dabei interessiert meinen Bademantel, wünschte mir ebenso überschwänglich eine gute Nacht, und als ich schon auf der Klobrille saß, rief er mir noch etwas nach.

Ich konnte es nicht vollends verstehen, aber es hatte sich angehört wie: »Grün steht dir übrigens ausgezeichnet!«

9. Kapitel
Luftveränderung mit texanischem Feuertopf
oder:
Eine Irrfahrt in die Weltstadt mit Herz

Am nächsten Morgen verspürte ich das Bedürfnis, in meinen fünfzehn Quadratmetern groß reine zu machen. Da ich keine Lust hatte, mir im Hausmeisterbüro das Neueste in Sachen Dauerwelle anzuhören, ging ich zu Staubsauger-Sigi. Bevor er sein Gerät samt Düsenset rausrückte, schärfte er mir ein, weder brennende Streichhölzer noch Zigarettenstummel oder Asche geschweige denn Nadeln, Reißzwecken, Nägel oder sogar Flüssigkeiten abzusaugen, das Gerät auch nicht auf nassem Boden zu verwenden und sorgsam darauf zu achten, das Netzkabel beim Saugen nicht zu überfahren. An meiner Tür nahm er mir noch das Versprechen ab, den Netzstecker keinesfalls am Kabel aus der Steckdose zu ziehen.

Mit dem Vorsatz, es das nächste Mal doch wieder beim Hausmeister zu versuchen, band ich mir das Tigertuch um die Hüften, suchte im Radio einen Sender mit morgenländischen Klängen und tänzelte im Bauchtanz-Wechselschritt mit dem Staubsauger über den Linoleumfußboden. Mit der Fugendüse fuhr ich am Heizkörper sowie in diversen Ecken und Ritzen auf und ab, mit der Pinseldüse ging ich über Regale, Matratze und Vorhänge. Zu guter Letzt hielt ich das Saugrohr unters Bett, wo ich besonders viele Flaumfedern von Caruso vermutete. Mit einem Knattern saugte sich etwas fest. Das ›Männerfreie Zone‹-Plakat war in den Luftsog geraten. Ich strich das zerknitterte Papier, so gut es ging, glatt und befestigte es wieder an meiner Zimmertür. Als Abschreckung für flügellahme Falken war das lädierte Plakat alle Mal noch gut.

Ich warf den Staubsauger erneut an und sah unter meinem Bett nach, ob ich auch allen Staub und Flaum erwischt hatte. In der rechten hinteren Ecke entdeckte ich noch eine Ansammlung grüngelben Flaums und richtete das Saugrohr dorthin. Es machte »Plopp«, und ich hatte das Gefühl, als ob da eben nicht nur ein paar Federn aufgesaugt worden waren. Wird ein altes Taschentuch oder ein zerknüllter Zettel gewesen sein, sagte ich mir, schaltete den Staubsauger aus und zog den Stecker gewohnheitsmäßig am Kabel aus der Steckdose.

Staubsauger-Sigi überprüfte bei der Übergabe sogleich, ob auch ja keine seiner Düsen fehlte.

Ich setzte mich an den Schreibtisch, um mich auf meine Seminare vorzubereiten. Zwischendurch schob ich ein paar Bauchtanz-Kopf-, Hand- und Schulterübungen ein. Durch rüdes Klopfen wurde ich unterbrochen. Die Tür ging auf, und durch den Spalt wurde mir etwas entgegengestreckt, das wie eine flusenbedeckte Unterhose aussah. Dann erschien das Gesicht von Staubsauger-Sigi.

Gleich nach mir habe er auch 'ne Runde gesaugt, blubberte er aufgeregt, der Staubsauger habe jedoch nicht richtig gezogen, was eigentlich gar nicht habe sein können, denn bevor er ihn an mich ausgeliehen habe, habe er einen frischen Beutel eingelegt. »Ich konnte mir kaum vorstellen, dass der Staub in deinem Zimmer einen ganzen Beutel gefüllt hat«, quasselte er und warf einen neugierigen Blick in meine fünfzehn Quadratmeter. »Also hab ich nachgesehen, ob etwa größere Gegenstände in den Staubbeutel gelangt sind.« Und gleich überprüft, ob nicht auch ein paar Streichhölzer, Reißzwecken oder Nägel mit dabei waren, dachte ich gereizt. »Und schau mal, was ich gefunden habe.« Er schwenkte die Unterhose durch die Luft. »Ich glaube, die gehört dir.« Staubsauger-Sigi räusperte sich. »Oder einem Besucher.« Er grinste mich verschwörerisch an, so, als ob wir nun ein süßes Geheimnis miteinander teilten. »Interessantes Muster übrigens«, sagte er und wedelte mit seinem Fang herum.

Mit spitzen Fingern nahm ich den Slip an mich. Nachdem ich Sigi von meiner Schwelle gedrängt hatte, nahm ich das eingesaugte Stück in Augenschein. Braunschwarze Flecken auf gelbem Untergrund, da gab es keinen Zweifel: Das war die Leopardenunterhose, die ich Falk von den Hüften gerissen hatte. Sie musste wohl hinters Bett gesegelt sein. Schmunzelnd stellte ich mir vor, wie Falk beim Ankleiden verzweifelt nach seinem Slip Ausschau gehalten, sich dann aber lieber die Jeans über die nackten Lenden gestreift hatte, als ein Wort darüber zu verlieren. Ich schüttelte den Slip aus und deponierte ihn in meinem Schränkchen für sentimentale Stunden. In der Extraecke für absonderliche Trophäen.

An den folgenden Tagen wurde ich in aller Herrgottsfrühe geweckt. Nicht etwa von Staubsauger-Sigi, sondern von einer Lastwagenkolonne, die jeweils pünktlich um sieben Uhr vorfuhr und von der dann eine Schar Gerüstbauer ausschwärmte, um ein Gerüst an unserem Studentenwohnheim hochzuziehen. Ich verstopfte meine Gehörgänge mit Ohrstöpseln und versuchte, mich trotz dumpfen Geklopfes auf meine Studienliteratur zu konzentrieren.

Auch mein Bauchtanztraining vernachlässigte ich nicht. Zum Aufwärmen machte ich Beckenwedeln, Katzenbuckel und Elefantenrüssel. Mit Hüftschwüngen eilte ich zum Schrank, holte das Bügeleisen heraus und begab mich mit Shimmys an die Bügelwäsche auf dem Schreibtisch.

Eines Nachmittags hatte ich das Gefühl, dass ich beobachtet wurde. Tatsächlich. Auf dem Gerüst vor meiner Fensterfront winkte ein Handwerkertrio feixend zu mir herüber. Hatten die etwa schon den Elefantenrüssel mitgekriegt? Ich stellte das Bügeleisen ab und versuchte die Außenjalousie herunterzulassen, die aber mal wieder nicht funktionierte. Unter dem Gepfeife und Gejohle der Arbeiter – es wurde auch eine Zugabe verlangt – zog ich die Vorhänge zu. Caruso schimpfte, da er argwöhnte, er würde in den Mittagsschlaf geschickt. Ich verhielt mich mucksmäuschenstill und bedeutete meinem Wellensittichmännchen mit dem Finger auf den Lippen, ebenfalls den Schnabel zu halten. Da die Vorhänge nicht ganz zugingen, fiel durch einen Spalt Licht ins Zimmer. Durch diesen Spalt hatten die Arbeiter anscheinend freien Blick auf mein Bücherregal. Ich hörte, wie sie sich lachend die Titel einiger meiner Romane vorlasen und irgendwas von »lustigem Studentenleben« faselten. Derweil watschelte ich im Entengang durchs Zimmer. Erst als ich das Brummen der abfahrenden Lkw-Kolonne vernahm, wagte ich es, die Vorhänge aufzuziehen.

Am nächsten Morgen hatte ich Muskelkater. Ob von den Shimmys oder vom Entengang, war nicht auszumachen. Erfolglos versuchte ich mich erneut an der Außenjalousie, packte dann meine Studienliteratur in die Tasche, fuhr mit dem Aufzug nach unten, las dort grimmig, dass wegen notwendiger Außenarbeiten an den Jalousien in den nächsten Tagen mit Lärmbelästigung zu rechnen sei, trabte zur Germanistikbibliothek, die, wie ich feststellen musste, bis zum Ende der Woche geschlossen hatte, eilte daraufhin zur Juristenbibliothek, die wegen Krankheit des Aufsichtspersonals bis auf weiteres nur zwei Stunden am Nachmittag geöffnet hatte, und versuchte es dann in der Zentralbibliothek, wo ich allerdings nach einer Viertelstunde gestört wurde. Und zwar von am Außenfenster lauthals miteinander kommunizierenden Handwerkern.

In der Cafeteria grübelte ich über einer Tasse heißer Schokolade darüber nach, in welche Bibliothek ich mich nun begeben sollte. Sollte ich es bei den Physikern versuchen? Bei den Komparatisten? Oder vielleicht doch eher bei den Altphilologen?

»Das gibt's doch gar nicht! Das ist ja die Gaby!«, kreischte plötzlich jemand hinter mir.

Ich drehte mich um. »Mensch, Waldemar«, sagte ich mäßig erfreut, »wir haben uns ja 'ne Ewigkeit nicht gesehen.« Im ersten Semester hatten wir uns über einen gemeinsamen Kommilitonen kennen gelernt, danach aber aus den Augen verloren. Verschwommen erinnerte ich mich, dass Waldemar mich mit irgendetwas ständig genervt hatte.

Waldemar klopfte mir auf die Schulter. »Und, was macht die Germanistik?«, fragte er. »Ich sehe, du bist auch in den Semesterferien fleißig.« Er deutete auf meine voll gepackte Tasche. »Du hast wohl heute noch einiges vor?«

»Schön wär's«, seufzte ich. »Leider findet sich keine einzige Bibliothek, die es mir erlaubt, meinen studentischen Verpflichtungen nachzukommen. Alle geschlossen oder von Handwerkern besetzt.«

»Dann komm doch mit zu den Historikern«, schlug Waldemar vor, der Geschichte belegt hatte. »Die haben auch in den Semesterferien bis abends geöffnet.«

»Und hämmernde Handwerker gibt's dort keine?«, fragte ich argwöhnisch.

»Nicht die Spur von einem«, versicherte mir Waldemar.

Was nicht ganz stimmte. Als ich in der Historikerbibliothek an dem von mir ergatterten Fensterplatz meine Studienliteratur ausbreitete, erblickte ich zwei Kerle im Blaumann, die mit Bier und Butterbroten auf der Wiese unweit meines Fensters Platz nahmen und lauthals ihre Frühstückspause begingen. Knurrend verzog ich mich an einen abgelegenen, von künstlichem Licht erhellten Platz hinter den Regalen.

Auf dem Weg zur Mensa erzählte mir Waldemar dann, dass er übermorgen für ein paar Tage nach München fahre.

»Einfach so?«, fragte ich mit einem Anflug von Neid.

»Einfach so«, bestätigte Waldemar und erklärte: »Ich kenn mich in München recht gut aus. Da ich dort einen Freund habe, bei dem ich unterkommen kann, bin ich schon öfter runtergefahren.«

Vor meinem geistigen Auge tauchten in rascher Abfolge die Orte auf, die ich mit München verband: Frauenkirche, Marienplatz, Hofbräuhaus, Olympiaturm, Nymphenburger Schloss. In Gedanken durchwanderte ich den Englischen Garten: Sonnenschein, Vogelgezwitscher und sympathische Mitmenschen erfreuten mein Herz; weit und breit war kein einziger klopfender Handwerker zu sehen. »Einfach so«, murmelte ich verzückt. Grollend gedachte ich meiner momentanen Lage im Studentenwohnheim. »Eigentlich könnte ich auch ein wenig Luftveränderung gebrauchen«, klagte ich.

Waldemar blinkte mich an. »Dann komm doch mit.«

»Mit? ... Nach München?« Abrupt blieb ich stehen.

»Pass doch auf! Beinahe wäre ich auf dich draufgeknallt!«, keifte ein Student, der dicht hinter mir gegangen war. »Heute gibt's bestimmt Auflauf in der Mensa«, flachste sein Kommilitone.

Unfreundliches Studentenvolk! Wie war das nochmal im Englischen Garten? Vogelgezwitscher und sympathische Mitmenschen ... »Ja, geht denn das so einfach, dass ich mitfahre? Was wird dein Freund dazu sagen?«

»Nichts«, behauptete Waldemar und blinkte mich wieder an. »Der ist nämlich gar nicht da.«

So war das also! Sturmfreie Bude war angesagt. Ich verzog mürrisch das Gesicht.

»Nicht, dass du da etwas in die falsche Kehle bekommst«, hob Waldemar salbungsvoll an. »Die Wohnung meines Freundes ist groß genug, sodass du ein Zimmer bekommst und ich ein anderes.«

»Hm ...«

»Mensch, Gaby, vier Tage München, willst du dir das wirklich entgehen lassen?«

Eigentlich wollte ich nicht.

»Wir sind doch alte Studienkumpels. Oder hast du kein Vertrauen zu mir?«

Was das männliche Geschlecht betraf, hatte ich im Moment nur Vertrauen zu Caruso. Und zu Volker – wenn er sich denn wieder mal blicken ließe.

»Du kannst es dir ja noch überlegen.«

In der Mensa gab es tatsächlich Auflauf: Karotten, Kartoffeln und Ei, mit dem einfallsreichen Namen ›Buntes Studentengericht‹. Außerdem gab es mal wieder ›Schweinesteak Robert‹. Verdrossen inspizierte ich die Speisenthcke und wählte ein halbwegs frisch aussehendes belegtes Brötchen. Unlustig kaute ich darauf herum, während Waldemar an seinem Schweinesteak Robert säbelte. Ich versetzte mich in den Englischen Garten, wo mich im Biergarten am Chinesischen Turm auf meinem Teller ein Paar Weißwürste anlachten. »Ja!«, sagte ich plötzlich entschlossen.

»Ja was?« Waldemar tauchte ein Stück Robert in die undefinierbare Sauce.

»Ja, ich fahre mit nach München.«

»Find ich echt super.« Waldemar fuhr mit dem Fleisch in der Sauce auf und ab. Er hatte nicht gerade das, was man als die Essgewohnheiten eines Gourmets bezeichnen konnte. Nachdem das Schweinesteak Robert verspeist war, griff Waldemar mit einem »Du erlaubst doch« nach dem Rest meines Brötchens und tunkte damit den Rest seiner Sauce auf. Na ja, in München konnten wir ja auch mal getrennt essen gehen.

»Das war ein feines Fresschen.« Waldemar griff in seine Tasche und zückte Stift und Papier. »Dann schreib ich dir mal meine Adresse auf.«

Ich sah ihm zu, wie er den Zettel vollkritzelte. An wen erinnerte mich bloß dieses nervige Blinken?

»Wie gesagt, übermorgen geht's los. Wann holst du mich denn für unsere große Fahrt ab?«

»Abholen? Wieso ich?«, fragte ich verdutzt.

»Du hast doch ein Auto, oder?«

Das kam überhaupt nicht infrage, dass ich die Chauffeuse spielte. Das Auto zu stellen war wohl das mindeste, was von einem Mann zu erwarten war, der eine Frau zu einer Fahrt nach München einlud.

Waldemar maulte herum. »Dann muss ich ja noch die Scheibe richten lassen. Die ist auf einer Seite nämlich kaputt. Hab stattdessen Folie drübergeklebt.«

»Auf welcher Seite denn?«, fragte ich argwöhnisch.

»Auf der Beifahrerseite.«

Das wurde ja immer schöner. Mir fiel das Rendezvous mit

Dr. Dr. Harald ein. Gegen Waldemars Karre war sein klappriger Ford Taunus ja die reinste Luxuskarosse gewesen.

Waldemar maulte weiter. »Außerdem hat mein Wagen schon fünfzehn Jahre auf dem Buckel.«

»Siehst du, und meiner ist schon sechzehn Jahre alt«, erwiderte ich trocken. »Du glaubst doch wohl nicht, dass ich mit so einem alten Auto noch die weite Strecke nach München zurücklege.«

Bevor weiterer Widerspruch aufkeimen konnte, ergriff ich den Zettel mit Waldemars Adresse und notierte auf der Rückseite meine Zimmernummer im Studentenwohnheim. »Also, wann darf ich dich übermorgen bei mir erwarten?«, fragte ich huldvoll.

Er kratzte sich am Kinn. »Äh, so um zwölf?«

Ich runzelte die Stirn. »Ich hatte eher an acht Uhr gedacht. – Morgens«, setzte ich hinzu, um Missverständnissen vorzubeugen.

Er starrte mich an. »Was, du willst im Dunkeln los?«

Ich teilte ihm mit, dass wir Frühling hatten und es zu dieser Jahreszeit um acht Uhr schon hell war. Waldemar erklärte mir daraufhin, dass er sich nicht erinnern könne, in den letzten Jahren jemals so früh aufgestanden zu sein.

»Zwölf Uhr ist mir aber eindeutig zu spät«, beharrte ich.

Nach langem Hin und Her fanden wir einen Kompromiss. Der war ziemlich faul: Waldemar sollte um elf Uhr dreißig bei mir aufkreuzen. Weiter ließ er sich nicht erweichen. Zufrieden blinkte er mich an. »Und nimm nicht den ganzen Kleiderschrank mit, Gaby. Nur das Nötigste. Im Kofferraum wird nicht viel Platz sein.«

Ich verkniff mir die Frage nach dem Modell, das er fuhr. Das würde ich noch früh genug erfahren. Stattdessen erkundigte ich mich, welchen Beruf Waldemar nach seinem Studium zu ergreifen gedachte. So weit ich mich erinnerte, gab es kein Metier, für das man erst um die Mittagszeit aus den Federn steigen konnte. Außer dem des Nachtwächters. Aber dafür brauchte man nicht unbedingt ein Studium der Geschichtswissenschaft zu absolvieren.

Ich hatte mich geirrt. Es gab noch einen anderen, von den Uhrzeiten her attraktiven Beruf für Waldemar. »Volkshochschullehrer«, sagte er, »ich glaube, das wäre das Richtige für mich.«

In meinen wegen der Gerüstarbeiten abgedunkelten fünfzehn Quadratmetern traf ich die nötigen Reisevorbereitungen. Die Außenarbeiten am Wohnheim würden bei meiner Rückkehr hoffentlich abgeschlossen sein. Aus dem Kühlschrank nahm ich mir das verbliebene Schokoflammeri. Das war die richtige Einstimmung für die lukullischen Genüsse, die mich in München erwarteten. Das Puddingförmchen trug ich mit dem übrigen Abwasch zur Gemeinschaftsküche. Als ich am Aufzug vorbeiging, hielt er gerade an. Ich spähte ins Guckloch, um zu sehen, ob jemand ausstieg, den ich kannte. Rasch blickte ich wieder weg. Zum Glück hatte mich der Lift-Insasse nicht gesehen. Es war Manfred, die dunkelhaarige Kopie des klemmigen Robert. Mit dem verzückten Gesicht, das er aufgesetzt hatte, wollte er bestimmt zu mir.

Ich versteckte mich hinter dem Aufzug und beobachtete, wie Manfred zu meinem Zimmer trabte. Das ›Männerfreie Zone‹-Plakat schien ihn nicht im Geringsten zu beeindrucken. Exakt zehnmal klopfte er gegen meine Tür. Zuerst sachte, dann immer fordernder. Dann trabte er zurück. Doch in den Lift stieg er nicht ein. Stattdessen inspizierte er, ob ich mich in der Gemeinschaftsküche oder im Gemeinschaftsraum verborgen hielt. Da er mich dort auch nicht erwischte, taperte er wieder zu meiner Zimmertür, wo er eine Nachricht für mich hinterließ. Als die Aufzugstür endlich zuschlug, wischte ich mir mit dem Handrücken ein paar Schweißtropfen von der Stirn. Puh, das war knapp gewesen!

Während des Spülens beglückwünschte ich mich zu meiner Entscheidung, nach München zu fahren. Die Luftveränderung würde mir gut tun, und mit den Marotten von Waldemar konnte ich leben. Nur sein ständiges Geblinke störte mich ein wenig.

Auch dieser Manfred hatte so merkwürdig auf der Flurfete geblinkt. Auf einmal wusste ich, an wen Waldemar mich erinnerte. Vom Regen in die Traufe, so nannte man das wohl. Hör auf, dich selbst verrückt zu machen, schärfte ich mir ein, während ich die Puddingförmchen abtrocknete, München wird bestimmt super!

Den lästigen Zettel, der an meiner Tür klebte, warf ich sogleich in den Papierkorb. Diesem Manfred fiel auch nichts Neues ein: In schnörkeligen Kinderbuchstaben erkundigte er sich wieder nach meinem werten Befinden. Besonders abschreckend wirkte dabei, dass er alle i's in seinem Schreiben mit neckischen Herzchen verziert hatte. Da das ›Männerfreie Zone‹-Plakat mich dermaßen im Stich gelassen hatte, nahm ich es kurzerhand ab.

Punkt halb zwölf am nächsten Morgen war ich abmarschbereit. Mit Fatima hatte ich vereinbart, dass sie sich während meiner Abwesenheit um Caruso kümmerte. Früher hatte ich ihn, wenn ich ein paar Tage abseits meiner fünfzehn Quadratmeter weilte, mit ausreichend Futter und Wasser versorgt auch mal alleine gelassen. Doch seit ich durch ›Dein Wellensittich und du‹ mehr Einblick in seine Psyche erhalten hatte, kam das nicht mehr infrage.

Ich blickte auf die Uhr. Waldemar würde doch nicht immer noch in Morpheus' Armen liegen? Ich blätterte in dem München-Reiseführer mit integriertem Bayrisch-Dolmetscher, den ich mir extra gekauft hatte, und probte ein paar Vokabeln. »Vaschdesd Boarisch?«, fragte ich in perfekter Aussprache Caruso. Ich schaute erneut aufs Zifferblatt. »Grüzafümferl!« Wo blieb Waldemar bloß? Um zehn vor zwölf entfuhr mir ein »Malefizbua, sog i!«. Um fünf vor zwölf klopfte es endlich. »Sorry, hab so lang an der Bahnschranke warten müssen«, versuchte Waldemar sich herauszureden. »Geh weida«, raunzte ich grantig, preschte mit Tasche und Wellensittichkäfig an ihm vorbei, gab Caruso bei Fatima ab und fuhr mit dem mich anblinkenden Waldemar mit dem Aufzug nach unten.

»Na, wo steht dein Porsche?«, fragte ich ironisch. Waldemar wies auf einen schmutzig-weißen, einen äußerst lädierten Anblick bietenden Lada, der nicht nach fünfzehn Jahren, sondern nach mindestens zweimal fünfzehn aussah. Ich klopfte an der Beifahrerseite gegen die Scheibe. »Hat 'ne ganze Stange Geld gekostet«, maulte Waldemar, der sich an der Kofferraumhaube zu schaffen machte. Ächzend hob sich der Deckel. »Ich glaube, deine Tasche muss auf den Rücksitz«, sagte er.

Ein großer Schalenkoffer nahm im Kofferraum fast den ganzen Platz ein. Wo noch Raum vorhanden war, steckten einige Plastiktüten mit dem orange-blauen Aufdruck des ›Superbillig‹-Marktes.

»Ich dachte, der Kleiderschrank bleibt zu Hause«, bemerkte ich spitz.

»Ach wo«, wehrte Waldemar ab, »hab nur ein Hemd und eine Hose zum Wechseln mit.« Er wies auf die ›Superbillig‹-Tüten. »Musste noch etliche Sachen fürs leibliche Wohl besorgen. München ist ein teures Pflaster.«

Ich traute meinen Ohren nicht. »Sag bloß, du hast Konserven eingekauft?«

»Ja, ganz leckere Sachen.« Er nickte begeistert. »Willst du sie sehen?«

»Nein danke!« Ich war nicht gewillt, in München Dosenfutter zu mir zu nehmen. »Und, wo ist der Campingkocher?«, fragte ich bissig.

»Brauchen wir nicht«, sagte Waldemar vergnügt. »Mein Freund hat 'ne große Küche.«

»Na dann.« Missmutig öffnete ich die Hintertür und schmiss meine Tasche auf die Rückbank. Schwerfällig setzte sich der Lada in Bewegung. Wirklich leicht schien in diesem Gefährt nichts zu gehen. Waldemar schraubte mit Nachdruck am Lenkrad, rührte kraftvoll in der knochenharten Schaltung und hebelte ebenso kraftvoll den Blinker rauf und runter. Als wir endlich auf der Autobahn waren, wirkte er bereits völlig erschöpft. Überholen war nur in den seltensten Fällen drin: Die Russenpferde zeigten sich nicht sehr temperamentvoll und schienen hohe Drehzahlen zu verabscheuen. Ich schaltete das Radio an. Auf Anhieb erwischte ich einen flotten Sender. »It's raining men ...«, tönte es aus dem Äther, zwar mono, weil einer der Lautsprecher kaputt war, aber immerhin. Ich drehte am Lautstärkeregler. »Hallejujah ...«, sang ich beschwingt mit.

»Machst du bitte das Radio aus!« Waldemar warf mir einen strafenden Blick zu. »Wie soll ich mich bei dem Lärm denn aufs Fahren konzentrieren?«

Aufmüpfig trommelte ich mit den Fingern gegen die billige Plastikverkleidung des Lada.

Waldemar erteilte mir den nächsten Befehl. »Schau lieber nach, welche Strecke wir fahren müssen.«

»Ich dachte, du kennst dich prima aus.«

»In München und Umgebung ja, aber die Fahrt auf der Autobahn ist schon etwas kompliziert.«

Ich machte das Handschuhfach auf, aus dem ich mit spitzen Fingern einen fleckigen Kaffeebecher zog. »Soll ich etwa im Kaffeesatz lesen?«

»Der Straßenatlas liegt irgendwo hinten.«

Vom Boden des Rücksitzes hinter mir hievte ich das zerfledderte Teil nach vorn. »Fahren wir von Norden oder von Nordwesten nach München?« Es kamen nur diese zwei Möglichkeiten in Betracht, von Kompliziertheit keine Spur.

Waldemar stutzte. »Du meinst, von oben oder von schräg rechts, äh links?«

So konnte man es auch ausdrücken.

»Nenn mir doch mal ein paar Orte kurz vor München, die oben, und ein paar, die links liegen«, verlangte Waldemar.

Jetzt wurde es wirklich kompliziert. Wozu wollte er das denn wissen? »Oben: Dachau, Oberschleißheim, Unterschleißheim, Garching, Ismaning.« Ich schielte zu Waldemar, der den Kopf schüttelte. »Rechts, äh links«, sagte ich schon selbst leicht verwirrt, »Fürstenfeldbruck, Emmering, Eichenau, Olching, Gröbenzell, Germering.«

Waldemar strahlte. »Wir nehmen die Strecke, die schräg links nach München führt.«

Ich informierte ihn über den weiteren Streckenverlauf. Den Straßenatlas behielt ich zur Sicherheit auf meinem Schoß. In Waldemars Gefährt war es nicht sonderlich gemütlich, und nach einiger Zeit fand ich es zudem recht kalt auf meinem Plastiksitz. Ich hielt meine Hand ans Gebläse: Kühle Luft strömte heraus. »Ist die Heizung kaputt?« Ich drehte am Regler.

»Läßt du bitte die Heizung aus!« Erneut wurde mir ein strafender Blick zugeworfen. »Die hab ich extra nicht angemacht. Wir müssen Benzin sparen. München ist ein teures Pflaster.«

Durch Nichtandrehen der Heizung Benzin sparen? »Der Motor ist doch eh warm«, legte ich Widerspruch ein.

Waldemar ging nicht darauf ein. »Mach's wie ich, wenn dir kalt ist. Zieh dir was über.«

Ich zerrte einen Pullover aus der Tasche, mit dem ich mich zudeckte. Mit meinen kalten Fingern trommelte ich noch etwas gegen die Plastikverkleidung, dann steckte ich auch sie unter den wärmenden Pulli. Langsam ahnte ich, was mich damals an Waldemar so genervt hatte.

Nach einer Weile fing er wieder an zu maulen. »Die lange Fahrerei macht einen fix und fertig«, jammerte er. Da Waldemars Lamento meiner Laune nicht gerade zuträglich war, griff ich nach dem München-Führer, um mich wieder in Stimmung zu bringen.

Waldemar schielte zu mir herüber. »Sag bloß, du hast dir so ein Touri-Buch zugelegt. Wie heißt es denn? ›Weltstadt mit Herz in fünf Stunden‹ oder ›Alle Sehenswürdigkeiten auf einen Blick‹?« Er lachte verächtlich.

»Also ich finde den Reiseführer sehr informativ«, verteidigte ich meinen Kauf. »Da werden nicht nur die Sehenswürdigkeiten behandelt, da steht auch ziemlich viel Background-Wissen über München und seine Bewohner drin.«

»Pah! Da werden bestimmt die üblichen Klischees abgehakt: weißblaue Bierseligkeit, Radi und bayrische Bläserbeschallung, dazu noch Schickeria, Amigos und Weißwurstolympiade.«

Ich wartete, bis Waldemar sein Genörgel beendet hatte, dann las ich mich in die bajuwarische Stammespsyche ein und machte mich mit dem Unterschied zwischen dem roten FC und den blauen Löwen vertraut. Leider versuchte Waldemar zwischendurch immer wieder durch ein »Die lange Fahrerei macht einen fix und fertig« meine Aufmerksamkeit zu erheischen.

»Wusstest du denn, Waldemar, dass eine richtige Lederhose wie eine Klimaanlage funktioniert und zudem die Nieren warm hält?«

»Pah! So einen Schmarrem, wie die Bayern so schön sagen, brauche ich nicht zu wissen.«

»Du meinst wohl Schmarr'n.«

»Pah!«

Nach zwei nervigen Staus und nach zwei kurzen Stopps an der Raststätte mit nervigen Kommentaren (»Musst du etwa schon wieder aufs Klo?«) sowie zwei Dutzend nervigen »Die lange Fahrerei macht einen fix und fertig«-Lamentos waren wir endlich da.

Trotz seines ständigen Gejammeres hatte ich es zu guter Letzt doch noch geschafft, ein erholsames Nickerchen zu halten. Ich machte die Augen auf. Vor mir ragte ein ockerfarbenes Wohnungetüm etliche Stockwerke in den Himmel.

»Das soll München sein?«, fragte ich enttäuscht.

»Das ist Germering«, belehrte mich Waldemar, »ein Vorort von München. Du hast doch wohl nicht erwartet, dass mein Freund mitten im Zentrum wohnt. München ist ein teures Pflaster.«

Im unteren Geschoss des ockerfarbenen Wohnungetüms war ein ›Billig‹-Markt untergebracht. »Du hättest dir gar nicht so viel Stress vor der Abfahrt machen müssen«, gähnte ich, »hier hättest du dein Dosenfutter auch gekriegt.«

»Bist du verrückt?«, raunzte Waldemar mich an. »Hast du

eine Ahnung, wie viel die Sachen im ›Billig‹-Markt kosten? Ich kaufe generell nur im ›Superbillig‹ ein. Außerdem ist München ein –«

»– teures Pflaster«, ergänzte ich. Irgendwo hatte ich das schon mal gehört.

Ich stieg aus, reckte und streckte mich. Meinen Unternehmungsgeist weckte Germering nicht gerade. Es sah eher nach Schlafstadt aus. Ich musste schon wieder gähnen.

Waldemar rammte mir den Ellbogen in die Seite. »Keine Müdigkeit vorschützen. Jetzt heißt es Gepäck hochtragen.« Ich schnappte mir meine kleine Reisetasche und beobachtete, wie Waldemar seinen Schalenkoffer aus dem Kofferraum wuchtete. Er wies auf die ›Superbillig‹-Tüten und befahl: »Und du trägst den restlichen Kram.«

»Das ist nicht dein Ernst«, rief ich entsetzt, als ich die Sixpacks in den Plastiktüten entdeckte, »bei all den Brauereien, die es in München gibt, schleppst du Bier von zu Hause mit!«

»München ist ein –«, setzte Waldemar an.

»Weißt du eigentlich, wie viel Biersorten die hier haben?«, unterbrach ich ihn entrüstet. »Weißbier, dunkles Weizenstarkbier, Mai-Bockbier, Doppel-Bock, Dunkles, Helles ...«

Waldemar schwieg trotzig. Schweigsam schleppten wir unser Gepäck an die Schwelle des ockerfarbenen Wohnungetüms. Er drückte gegen die Tür. »Zu!«, sagte er verdutzt.

»Hast du keinen Schlüssel?«

»Der liegt oben unter der Matte.«

»Schlauer Plan«, sagte ich. »Und wie kommen wir jetzt ins Haus?«

Waldemar drückte auf eine Klingel. Wir warteten ein Weilchen. Er wählte eine andere Klingel. Wieder nichts. Beim dritten Versuch schallte eine grantige Stimme durch die Sprechanlage: »Ja, bittschön?« – »Würden Sie uns freundlicherweise die Tür aufmachen? Wir möchten jemanden besuchen«, sagte Waldemar mit ausgesuchter Höflichkeit. »Nix da. Da kennt ja jeda kimma«, blökte es aus der Sprechanlage, gefolgt von einem ohrenbetäubenden schrillen Pfeifen. Unverdrossen drückte Waldemar auf die vierte Klingel. Dann auf die fünfte, sechste, siebte ... Aus Versehen drückte er sogar auf die Klingel seines Freundes. Ich gähnte. »Ich würde auch niemanden reinlassen, der behauptet, er möchte jemanden besuchen. Da würde ich mich doch gleich misstrauisch fragen: Warum klingelt der nicht bei demjenigen, den er besuchen will?«

Waldemar probierte es weiter. »Würden Sie uns bitte die Tür aufmachen? Wir möchten jemanden besuchen, bei dem die Klingel kaputt ist.« Eine misstrauische Stimme fragte: »So, wia hoasd dea denn?« Waldemar nannte den Namen. »Da hams eh koa Glück. Dea is verroast.« Es folgte das bekannte ohrenbetäubende Pfeifen.

»Was hat sie gesagt?«, fragte mich Waldemar.

»Na, dass dein Freund verreist ist. Deswegen lässt sie uns auch nicht rein.« Ich lachte schrill auf.

»Hast du vielleicht eine bessere Idee?«, blaffte Waldemar.

»Ja.« Ich wies auf einen Mann, der mit gezücktem Schlüssel direkt auf uns zukam. »Sieht ganz so aus, als ob der ins Haus will.«

Dem Mann schien es egal zu sein, zu wem wir wollten. Als ich mich an den Aufzug stellte, sagte er nur: »Da hams koa Glück. Der is kaputt.«

»In welchem Stockwerk wohnt dein Freund nochmal?«, fragte ich Waldemar.

»Im sechsten«, grinste er. »Du bist doch nicht etwa fußkrank?«

Ich nicht, aber mein Reisegefährte augenscheinlich. Mit dem Schalenkoffer voller Dosenfutter kam er kaum die Treppen hoch. Im vierten Stock machte er endgültig schlapp. Ich trug zunächst die Sixpacks hoch, rannte dann die zwei Stockwerke wieder runter und wuchtete den schweren Koffer hinauf. Heftig atmend schleppte sich Waldemar die restlichen Stufen hoch. Ächzend schloss er die Wohnungstür auf und verschwand dann in einem Zimmer, wo er, wie ich dem quietschenden Geräusch entnehmen konnte, sich aufs Bett warf. Zähneknirschend beförderte ich das Gepäck in die Wohnung. Dann suchte ich nach dem mir zugedachten Zimmer. Doch außer einer Küche und einem Bad gab es keinen weiteren Raum.

Erregt stürmte ich in das Zimmer, in dem Waldemar alle viere von sich streckend auf einem Doppelbett lag. »Und wo ist das *mir* zugedachte Bett?«

Waldemar klopfte auf die Matratze neben sich. »Wie wär's mit dem hier?« Er richtete sich auf und blinkte mich an.

»Auf keinen Fall!« Ich verschränkte die Arme über der Brust. »Du hattest doch von *zwei* Schlafzimmern gesprochen!«

»München ist ein teures Pflaster. Wer kann sich da schon zwei Schlafzimmer leisten?« Waldemar zuckte die Achseln. »Na gut, wenn's unbedingt sein muss. Dann schlafe ich eben in der Küche. Da steht eine ausklappbare Liege.«

»Wie wär's, wenn du dich gleich ans Ausklappen begibst?« Ich wollte ihn keine Minute länger als nötig auf meinem Bett haben.

Ächzend erhob er sich. »Jaja, aber erst muss ich was gegen meinen Kohldampf tun.«

Essen gehen! Das war eine prächtige Idee. Ich hängte schnell meine Kleidung auf ein paar Bügel, suchte im Reiseführer nach einem ansprechenden Restaurant, machte mich im Bad ein wenig frisch und eilte mit einem »Von mir aus kann's losgehen« zu Waldemar in die Küche, den ich kniend vor dem offenen Schalenkoffer fand. »Hast du eher Lust auf texanischen Feuertopf oder weiße Bohnen mit Suppengrün?«, wollte er wissen.

Eine bayrische Leberknödelsuppe aus der Konservendose, die hätte ich mir zur Not noch gefallen lassen. Aber auf die von Waldemar genannten Alternativen beziehungsweise sonstiges im Schalenkoffer befindliches Dosenfutter wie Erbsensuppe mit geräuchertem Schweinebauch, Hühner-Nudeltopf, Kartoffeleintopf mit Würstchen sowie Eiernudeln mit Fleischklößchen in Tomatensauce verspürte ich nicht die geringste Lust. »Entweder du gibst mir den Autoschlüssel und futterst deine

Büchse alleine, oder du kommst mit, und wir gehen in München essen und machen uns einen gemütlichen Abend.« Ich blinkte ihn an.

Waldemar blinkte zurück, was ich als Zeichen des Einverständnisses wertete. Ich zerrte ihn am Ärmel aus der Wohnung und schob ihn die Treppen runter. Unten reichte er mir den Autoschlüssel. »Ich bin nachtblind«, erklärte er. Bis zum Sonnenuntergang war es zwar noch etwas hin, aber für nervige Diskussionen war jetzt keine Zeit. Ich drückte Waldemar meinen Reiseführer in die Hand, der auch einen Plan des inneren Bereichs von München enthielt, und startete den Lada. Waldemar lotste mich in die Stadt – anscheinend kannte er sich doch recht gut aus, schließlich hatte er ja auch ganz alleine den Weg von der Autobahn nach Germering gefunden. Dann musste er jedoch die Karte benutzen, was sich fatal auf seinen Richtungssinn auswirkte: Ich wurde dermaßen unkoordiniert durch die Gegend geschickt, dass wir bald wieder an den Außenbezirk stießen und dann mehrfach im Kreis fuhren.

»So, jetzt reicht's«, sagte ich, nachdem wir nun schon zum fünften Mal dieselbe Stelle passiert hatten, und stoppte den Wagen.

»Gerade in diesem Teil Münchens kenne ich mich nicht aus«, jammerte Waldemar.

»Kannst du denn keine Karte lesen?«, fuhr ich ihn an.

Waldemar schüttelte den Kopf. »Das liegt bei uns in der Familie«, sagte er betreten. Er richtete sich in seinem Sitz auf. »Die Gegenden, wo ich schon mal war, die finde ich hundertprozentig wieder«, begehrte er auf. »Außer bei Autobahnen. Die sehen für mich alle gleich aus«, setzte er kleinlaut hinzu.

Mein Magen meldete sich zu Wort. »Warum hast du das denn nicht gleich gesagt!«, herrschte ich ihn an. »Dann hätten wir nicht stundenlang im Kreis fahren müssen.«

Waldemar presste die Lippen aufeinander. »Ich hab mich halt nicht getraut«, brummelte er und schob die Unterlippe trotzig vor. »Du bist immer so bestimmend.«

»Na gut«, sagte ich, »wenn ich schon so bestimmend bin, dann bestimme ich jetzt, dass wir zu dem Gasthof dort schräg gegenüber gehen und schauen, was die auf der Speisekarte haben.«

Wir überquerten die Straße. »Gebackener Spanferkelkopf, panierte Kalbsfüße, Lüngerl mit Semmelknödel, Milzpüreesuppe«, las Waldemar entgeistert vor. »Nee, so ein Zeug ess ich nicht!«

»Warte doch, es gibt auch noch Obazta und Reiberdatschi.« Doch Waldemar eilte bereits mit Siebenmeilenstiefeln auf seinen Lada zu, den gerade eine Politesse unter die Lupe nahm.

»Do dürfens frei nit parka.« Die Politesse zückte einen Strafzettel.

Bevor Waldemar schadenbringende Reden schwingen konnte, ging ich dazwischen. »Ja mei, wissens, der Föhn«, sagte ich entschuldigend zur Politesse. In meinem Reiseführer hatte ich gelesen, dass der Föhn, eine Besonderheit des Münchner Klimas, nicht nur für eine herrliche Fernsicht sorgte, sondern auch als Entschuldigung für Kopfweh, schlechte Laune, Unkonzentriertheit und missliebige Situationen diente.

»Von wegen Föhn«, mischte sich Waldemar kampfeslustig ein. »Ich bin in Hochform.«

Schnell schubste ich ihn beiseite. »Is scho recht«, sagte die Politesse und steckte den Strafzettel wieder ein.

»Und was machen wir jetzt?«, fragte Waldemar, als wir wieder im Lada saßen.

»Mir egal«, sagte ich finster. »Mach, was du willst.«

»Dann fahren wir zurück nach Germering und machen den texanischen Feuertopf auf.« Sprach's und lotste mich sicher durch die Außenbezirke zurück zur Wohnung seines Freundes. Dort zog er einen großen Topf aus dem Küchenschrank und stellte die auserwählte Dose daneben. Dann suchte er in den Schubladen nach dem Büchsenöffner.

»Warum hast du denn keinen mitgenommen?«, fragte ich.

»Weil ich hundertprozentig sicher war, dass sich bei meinem

Freund einer findet.« Hektisch durchwühlte Waldemar das Küchenmobiliar.

Ich zuckte die Achseln. »Vielleicht hat er sich für seinen Urlaub ja auch ein paar Büchsen gekauft und hat den Dosenöffner auf seine Reise mitgenommen«, bemerkte ich süffisant. Dann begann auch ich die Küchenschränke zu durchkämmen – nach etwas Essbarem. Im Hängeschrank über der Abzugshaube entdeckte ich eine Tüte mit drei Scheiben Knäckebrot. Meinen Fund hinter dem Rücken verbergend gab ich ein lautes Gähnen von mir. »Ich geh langsam schlafen. Die lange Fahrerei hat mich fix und fertig gemacht«, sagte ich und verschwand mit dem Knäckebrot im Zimmer. Mit den drei trockenen Scheiben beruhigte ich meinen Magen, schlüpfte dann nochmal ins Bad, wo ich einen Zahnputzbecher Leitungswasser mit einer aufgelösten Multivitamintablette zu mir nahm. Wie ich den aus der Küche zu mir dringenden Flüchen entnehmen konnte, suchte Waldemar immer noch nach dem Büchsenöffner.

Bevor ich aufs Doppelbett sank, ging ich zur Tür und drehte den Schlüssel rum. Für den Fall, dass es Waldemar auf seiner Klappliege zu ungemütlich wurde.

Strahlend schien die Sonne an Bayerns weißblauem Himmel am nächsten Morgen: Entgegen den eher kühlen Temperaturen des Vortags versprach es heute wohlig warm zu werden. Fröhlich tirilierend schwirrte ich durch den Flur, wo ich über eine Ansammlung leerer Bierflaschen stolperte. Das aus der Küche dringende Schnarchen wurde von einem klagenden »Was ist denn«-Ruf unterbrochen, dann wurde munter weitergesägt. Waldemar schien gestern den Dosenöffner nicht mehr gefunden zu haben, dafür aber den Flaschenöffner, mit dessen Hilfe er jede Menge flüssiger Nahrung zu sich genommen hatte: Ein Sixpack war bereits vernichtet.

Im Bad löste ich mir erst mal eine Multivitamintablette auf. Dann stellte ich Waldemars Wecker, der erst in eineinhalb Stunden klingeln würde, um eine Stunde zurück. Dreißig Minuten durfte Waldemar noch sägen, das musste ausreichen. Ich stiefelte unter die Dusche. Ein exaktes Timing hatte ich: Als ich den Haartrockner absetzte, klopfte es an der Badtür.

Eine halbe Stunde später war auch Waldemar abmarschbereit. In der einen Hand hielt er seine Kamera, in der anderen eine ›Superbillig‹-Tüte, in der es verdächtig klirrte. Unten stürmte er erst mal in den ›Billig‹-Markt, um zu sehen, ob es dort einen Büchsenöffner gab. Ich wartete derweil am Lada. Unverrichteter Dinge kam Waldemar heraus. Er winkte mir zu. »Wir fahren mit der S-Bahn«, befahl er. Mir war's recht. Das Risiko, ständig im Kreis zu fahren, tendierte damit gegen null.

An verschiedenfarbigen Wohnungetümen vorbei marschierten wir zu einem Schotterplatz mit einer schräg in den Boden gerammten Stange und vier Sitzbänken. »Halt mal.« Waldemar reichte mir die klirrende Plastiktüte und zückte die Kamera.

»Komm, ich setz mich auf eine der Bänke«, schlug ich vor.

»Bloß nicht!« Waldemar war entsetzt. »Ich mache doch keine kitschigen Andenkenfotos. Meine Bilder sind künstlerisch anspruchsvoll und fangen die momentane Stimmung der Stadt ein.«

Meine momentane Stimmung war fast wieder auf dem Nullpunkt. Missmutig wartete ich, bis Waldemar nach mehrmaligem Wechseln der Straßenseite und unter wildesten Verrenkungen sein Foto endlich im Kasten hatte.

»Schon fertig?«, stichelte ich. »Ich hab mal gelesen, dass ein guter Fotograf mindestens ein halbes Dutzend verschiedene Aufnahmen von einem Motiv macht, um dann das beste auszuwählen.«

»Ein guter Fotograf vielleicht, aber ein sehr guter Fotograf nicht«, blubberte Waldemar anmaßend.

In der S- Bahn nahm ich dann meinen Reiseführer und nannte ihm eine Reihe mich interessierender Sehenswürdigkeiten.

»Das klingt ja interessant«, setzte ich an. »Mit zweiunddreißig fast lebensgroßen Figuren stellt das Glockenspiel im Turm des Rathauses Szenen der Stadtgeschichte dar. Hunderte, wenn nicht gar Tausende von Menschen schauen jeden Tag diesem Schauspiel zu.« – »Pah! So einen Touristenschnickschnack schau ich mir prinzipiell nicht an!«, wies Waldemar mich zurecht.

»Und wie steht's mit dem Rathaus selbst?« – »Pah! Flandrische Zuckerbäckergotik! Das ist doch wohl nicht dein Ernst!«

»Aber ins Hofbräuhaus schauen wir mal rein.« – »Pah! In dieses Panoptikum aus Karten spielenden, saufenden und raufenden Monstern setze ich keinen Fuß!«

»Aber der Alten Pinakothek könnten wir einen Besuch abstatten.« – »Pah! Diese flämischen Gemäldeschinken dürfen sie sonstwohin hängen.«

»Und was ist mit der Städtischen Galerie im Lenbach-Haus? Hier ist sogar eine Wassily-Kandinsky-Sammlung untergebracht.« – »Pah! Freiwillig schaue ich mir diese Abstrakt-Art-Pinseleien nicht an!«

Von meiner langen Besichtigungsliste waren schließlich nur noch drei Punkte übrig: die Turmbesteigung des Alten Peter, die Stuck-Villa sowie das Deutsche Museum. Der Alte Peter schied aus, da Waldemar von seiner schwächlichen Kondition her kaum die dreihundertsechs Stufen zum Turm rauf schaffen würde. Auch für die Villa Stuck würde Waldemar wohl nicht zu begeistern sein, zumal vor deren Haupteingang das Reiterstandbild einer speerwerfenden Amazone prangte. Es blieb also nur ein Ziel übrig. »Im Deutschen Museum gibt es mehr als fünfzehntausend Ausstellungsstücke. Da wird ja wohl auch eins für dich dabei sein«, sagte ich bissig. Die sechzehn Kilometer Ausstellungsstrecke verschwieg ich wohlweislich.

Waldemar nickte. »Ins Deutsche Museum wollte ich schon immer mal.«

Erleichtert lehnte ich mich zurück.

»Aber zuerst gehen wir ins Valentin-Musäum«, befahl er. »Da gibt es so interessante Objekte wie ›Stuhlgang, plastisch dargestellt‹ zu sehen. Das nenne ich Kunst!«

Über Geschmack ließ sich bekanntermaßen nicht streiten.

Ich blätterte im Reiseführer. Das dem Münchner Volksschauspieler und Humoristen Karl Valentin gewidmete Museum, das wirklich ganz nette Kuriositäten zu bieten schien, befand sich in einem Turm des Isartors. Ich schlug den Schnellbahn-Streckenplan auf. »Theoretisch könnten wir direkt bis zum Isartor durchfahren. Aber ich würde ganz gerne schon eine Station vorher, am Marienplatz, aussteigen. Schließlich gilt der als Mittelpunkt der Stadt.«

Waldemar gab sich gönnerhaft. »Aber nur, wenn du auch weiterhin so brav bist, Gaby«, sagte er jovial und blinkte mich an.

Am Marienplatz wurde ich durch die prachtvolle neugotische Architektur des Rathauses wieder versöhnt. Mit mir starrten Hunderte von Augenpaaren in Richtung Glockenspiel. »Mach doch bitte ein Erinnerungsfoto, ja?«, bettelte ich.

Waldemar stellte sich stur. »So 'nen Touri-Scheiß fotografier ich nicht. Touristenbilder einer Stadt sind Bilder von Bauten als Beweis: Wir waren da! Am besten bei blauem Himmel«, belehrte er mich.

Dann düste er ins Kaufhaus am Eck, wo er einen Büchsenöffner für seinen texanischen Feuertopf erstand. »Heute Abend lassen wir's krachen«, jauchzte er.

Ohne mich! Seine Sparbrötchen-Party mit Erbsensuppe und weißen Bohnen konnte er alleine feiern.

Als wir am Isartor eintrafen, kam es zu zwei Zwischenfällen. Zunächst stürmten Jugendliche mit ihren Bikes in die Station und rannten Waldemar fast über den Haufen. »Puh, nochmal Glück gehabt«, schnaufte er, nachdem er einen Blick in die Bierflaschentüte geworfen hatte. Als wir dann im Freien waren, fuhr ein kleiner Junge mit seinen Inline-Skates Waldemar in die Hacken. Der blieb zwar unverletzt, doch bei dem Zusammenstoß ging die Hälfte seines Sixpacks zu Bruch.

Mühsam unterdrückte ich ein Lachen. »Ich schau mal, ob ich eine andere Plastiktüte organisieren kann«, gickelte ich und ließ vor dem Museum für den Meister des Humors einen völlig humorlosen Waldemar zurück. Tatsächlich trieb ich eine Tüte auf. Dass sie den Aufdruck des ›Preiswert‹-Marktes trug, gab der Sache erst die richtige Würze.

Nachdem wir die noch verbliebenen Bierflaschen umgepackt hatten, sahen wir, dass das Valentin-Musäum geschlossen hatte. Geöffnet hatte es Montag, Dienstag, Freitag, Samstag und Sonntag. Heute war Donnerstag. Unterm Löwenklopf-Türklopfer hing ein Messingschild. »99-Jährige in Begleitung ihrer Eltern Eintritt frei«, las Waldemar begeistert vor. Das war doch etwas für das Sparbrötchen an meiner Seite, dachte ich finster. Der wartete bestimmt gerne sieben Jahrzehnte, um sich die Eintrittskarte zu sparen.

Vor dem Isartor bauten junge Künstler ein paar Verkaufstische auf. Da an einem Stand Fotografien ausgestellt waren, ließ auch Waldemar sich dazu bewegen, sich die Objekte zu betrachten. Kommentarlos musterte er die gerahmten fotografischen Werke. »Du kannst dir ruhig Zeit nehmen, wenn du eins kaufen willst«, schlug ich versöhnlich vor. Waldemar blickte mich verächtlich an: »Pah! Ein Maler kauft doch auch nicht die Werke eines anderen.«

Erzürnt blätterte ich im Reiseführer, um die Besichtigungstour, die ich für den nächsten Tag allein zu unternehmen gedachte, festzulegen. Dabei stellte ich fest, dass wir uns ganz in der Nähe des Deutschen Museums befanden. Als ich Waldemar den Weg auf dem Stadtplan zeigen wollte, wehrte er ab: »Da frag ich lieber einen Einheimischen«, blaffte er.

Er erwischte sogleich ein gestandenes bajuwarisches Mannsbild mit Hirschlederhose, Filzhut, Gams- und Rauschebart, dessen Charivari – Wildschweinzähne und ein Stückchen Hirschgeweih – an einer Uhrkette in Höhe seiner Männlichkeit baumelte.

»Einen wunderschönen guten Tag«, säuselte Waldemar übertrieben in akzentfreiem Hochdeutsch.

»Griaseanagod«, erwiderte der Bajuware knapp, und das mit einer Grantlermiene, die darauf schließen ließ, dass er Waldemar bereits in die Kategorie der ›Saupreißn‹ eingeordnet hatte.

»Wie kommen wir denn am schnellsten zum Deutschen Museum?«, blinkte Waldemar den Bajuwaren an.

»Ja mei, woast net kemma, dann brauchest net z'fraga«, zog der Grantler seine ›Anti-Preißn-Nummer‹ durch.

Sprachlos starrte Waldemar sein Gegenüber an.

»Woast schomol in Minga?«, nahm der ihn unter verbalen Beschuss.

Auf meine Übersetzung hin, dass ›Minga‹ München bedeutete, bejahte Waldemar eifrig.

»Woast schomol auf a Kirdda?«

Genauso gut hätte man Waldemar auf Japanisch ansprechen können. Hilflos glotzte er mich an.

»Auf a Kirddafeschda?«, sagte der Bajuware eine Spur lauter.

Ich kostete meinen Triumph noch ein wenig aus, dann machte ich wieder den Dolmetsch: »Ob du schon einmal auf einer Kirchweih warst, will er wissen.«

Waldemar schüttelte den Kopf.

»Vadrogst as Wiesnbia need?«, fragte der Bajuware ungläubig. »A gstandnes Mannsbuid wia du?«

Ich kicherte vor mich hin. Der fußkranke Waldemar – ein gestandenes Mannsbild!

Nachdenklich fuhr sich der Bajuware durch den Bart. »Sabradi!«, brach es aus ihm heraus.

Endlich konnte ich das gelernte Vokabular an den Mann bringen. »Sagglzemend!«, fluchte ich begeistert mit.

Erst jetzt nahm der Bajuware mich richtig wahr. »Greizdeifi!«, entfuhr es ihm erstaunt.

»Bluadsakrament!«, setzte ich noch eins drauf.

Auf einmal wirkte der Grantler gar nicht mehr so grantig. »Host scho a Pfundsdirndl bei dir.« Anerkennend klopfte er Waldemar auf die Schulter.

Das nahm dieser zum Anlass, auch etwas zum Gespräch beizusteuern. Leider griff er ein heißes Eisen auf: den Fußball, für ›Zugeroaste‹ einer der heikelsten Gesprächsgegenstände überhaupt, wie ich durch die Lektüre meines Reiseführers erfahren hatte. Waldemar, der die Infos aus dem ›Touri-Buch‹ verschmäht hatte, ahnte nicht, auf welches Minenfeld er sich begab. Als er sah, dass das Thema Fußball bei seinem Gegenüber auf Interesse stieß, war er nicht mehr zu bremsen: Er spielte sich als FC-Bayern-München-Fan auf und machte große Töne spuckend die Kicker des TSV 1860 nieder. »TSV 18 Mark 60«, lästerte er, »FC Bayern light« und »Proletenkicker«.

Der Bajuware, augenscheinlich ein Sechziger-Fan, setzte seine übelste Grantlermiene auf.

»Ein einziges Europapokal-Endspiel, und das auch noch verloren«, goss Waldemar Öl ins Feuer.

Der Bajuware sah aus, als ob er zur Linderung unerträglicher Zahnschmerzen in eine grüne Zitrone gebissen hätte. Ein Pulverfass unterm Trachtenhut sozusagen. Gleich würde Waldemar sein weißblaues Wunder erleben.

»Hoit dei Babbn, du Depp, du dammischer«, wütete der Bajuware los.

Waldemar verstand zwar nichts, sah aber ob der watschenhaften Wucht, mit der sein Gesprächspartner lospolterte, dass er etwas falsch gemacht haben musste. Hilfe heischend drehte er sich zu mir.

»Du kannst doch vor einem Bayern nicht die Löwen schlecht machen!«, zischte ich ihm zu.

»Die Löwen?«, fragte Waldemar verdutzt.

»Ja, die Löwen, die Sechziger, den TSV 1860!«

Jetzt kapierte er endlich. Beschwichtigend legte er die Hand auf die Schulter des Bajuwaren.

»Ja, nimmst vielleicht dei Wichsgriffi do weg, du Saupreiß, du dammischer!«, herrschte der Sechziger-Fan, dann wurde seine Aufmerksamkeit abgelenkt. Eine Frau mit einem kleinen Kind auf dem Arm war herangetreten, augenscheinlich eine Bekannte von ihm. »Das Nordgesochse is a ganz a dafeids Hexengraffl«, raunte er mit Blick auf Waldemar der Frau zu, dann wechselte sein Gesichtsausdruck um hundertachtzig Grad. »Buzziwaggerl, Herzibobberl«, säuselte er, tätschelte das in Filzhut und Hirschlederhose gewandete Kleinkind und strahlte.

Als die Frau weiterging, kriegte mein Reisegefährte wieder sein Fett ab. »Wos gibstn do so bleed zlocha?«, brauste es dem blinkenden Waldemar entgegen. Der Bajuware trat einen Schritt auf ihn zu. »I bin von Geburt an a Preißngegner. Aber i hob no koan gefressen«, grollte er und sah ganz so aus, als ob er nicht übel Lust hätte, mit seinem Gegenüber anzufangen.

Doch so plötzlich das Gewitter hereingebrochen war, so plötzlich verzog es sich auch wieder. Kein Wunder, stellte der schreckensstarre Waldemar nicht gerade einen würdigen Gegner für den aus vollstem Herzen grantelnden Bayern dar. Mit einem, der den Grant nicht erwiderte, ja die wollüstigen Beschimpfungen nicht einmal verstand, konnte es auf Dauer keinen Spaß machen.

»Sammawiedaguad«, köterte er derb-freundlich und fragte dann mit alpiner Grandezza: »Mogst a Schmei schnupfn?«

»Ob du einen Schnupftabak willst«, flüsterte ich Waldemar zu. »Jetzt sag bloß nicht nein«, zischte ich, als ich seine Unentschlossenheit bemerkte.

Nach der Prise Schnupftabak, die Waldemar eine erfrischende Röte ins Gesicht trieb, wurde er noch dazu genötigt, dreimal »Oachkadzlschwoaf«, einen Zungenbrecher für Preußen, zu wiederholen. Nachdem er die bayrische Bewährungsprobe hinter sich gebracht hatte, hieb der Bajuware ihm dermaßen derb auf den Rücken, dass Waldemar sich ächzend krümmte. »Bist fei scho a scheens Rindviech!«, brummte der Bayer und verabschiedete sich.

Stöhnend richtete Waldemar sich auf. »Ist der bayrische Hillbilly endlich weg?« Ich hielt ihm den Stadtplan unter die Nase. »Darf ich dir vielleicht jetzt zeigen, wie wir zum Deutschen Museum kommen?« Waldemar sah nicht so aus, als ob er noch einen zweiten Einheimischen nach dem Weg fragen wollte.

In der Eingangshalle des Deutschen Museums maulte er jedoch schon wieder herum. Er gab mir die Schuld daran, dass er seinen Studentenausweis vergessen hatte (»Weil du mich morgens so gehetzt hast«) und nun den vollen Preis berappen sollte. »Komm jetzt, ich leg auch fünf Mark dazu«, erbot ich mich, als er mit der Kassiererin ein Palaver anfangen wollte. An der Garderobe, wo Waldemar seine Plastiktüte abgeben musste, weigerte ich mich, den Zahlmeister zu spielen. Was musste er auch das Bier mit nach München schleppen! Zähneknirschend schob Waldemar der Garderobenfrau ein Einmarkstück zu. Da sie nicht herausgeben konnte, mussten wir fünf Minuten warten, bis ein Besucher mit Kleingeld kam und das Sparbrötchen seine zehn Pfennig Restgeld erhielt.

Wir einigten uns darauf, mit dem Bergbau anzufangen. Ein Besucherbergwerk versprach milieugetreue szenische Nachbildungen der Arbeitswelt unter Tage. »Bevor wir da reingehen, muss ich nochmal wo hin«, informierte ich Waldemar. Wer wusste, wie lange wir unter Tage blieben. »Musst du schon wieder aufs Klo«, nörgelte er, obwohl ich auf unserer heutigen Tour noch kein einziges WC aufgesucht hatte. Am Bergwerkseingang postierte er sich unter einem roten Punkt, auf dem ›Treffpunkt Führung‹ stand, und deutete auf die danebenhängenden Uhrzeiten. »Beeil dich, die Führung fängt gleich an«, schärfte er mir ein.

Auf dem Weg zur Toilette entdeckte ich ein Piktogramm, auf dem Teller, Gabel und Messer abgebildet waren. Sogleich meldete sich mein Magen zu Wort. Kein Wunder, hatte ich doch kein Frühstück gehabt. Nachdem ich mich erleichtert hatte, folgte ich dem mich magisch anziehenden Piktogramm die Treppen hoch zum Restaurant, wo mir allein schon beim Lesen von Gerichten wie Käsespätzle und Putencurry das Wasser im Munde zusammenlief. Auch an der ›Strudelaktion‹, auf die auf einer Extratafel hingewiesen wurde, hätte ich mich gerne beteiligt. Widerwillig verließ ich den Restaurantbereich.

»Wo bleibst du denn!«, herrschte Waldemar mich an, der

immer noch mutterseelenallein unter dem roten Punkt ausharrte. »Bei deiner Trödelei geht die Führung noch ohne uns los!«

»Das glaube ich kaum«, meinte ich ungerührt und zeigte auf eine Hinweistafel: »Die Führung kann heute nicht stattfinden. Wir bitten um Ihr Verständnis«, las ich betont deutlich vor.

»Na, dann führe ich dich eben«, sagte Waldemar großspurig und stolzierte durch den steinernen Bogen. Etwa eine Stunde sollte der Rundgang dauern, war am Bergwerkseingang zu lesen. Mit dem fußkranken Waldemar erblickte ich wahrscheinlich erst nach der doppelten Zeit wieder Tageslicht. Mein Hungergefühl tapfer ignorierend, stieg ich in die Erde hinab.

Die erste szenische Nachbildung stellte einen Schacht mit zwei Bergleuten dar, die mit Schlägel und Eisen hantierten. »Bis zur Einführung der Sprengarbeit im 17. Jahrhundert waren Schlägel und Eisen die wichtigsten Abbauwerkzeuge des Bergmanns, der in einem Jahr rund zehn Meter Strecke von eins Komma zwei Meter Höhe und null Komma sechs Meter Breite schaffen konnte. Schlägel und Eisen werden seit dem 15. Jahrhundert vom Bergbau als Wahrzeichen geführt«, dozierte Waldemar.

Ich war baff. »Woher weißt du das alles?«

Waldemar plusterte sich auf. »Als Geschichtswissenschaftler habe ich mich eben auch mit der Historie des Bergbaus beschäftigt.«

Hatte ich ihn unterschätzt? Auch über die erste verbürgte Anwendung von Pulver zum Sprengen im Bergbau wusste er Bescheid. Dann sah ich jedoch, dass er von den Erklärungstafeln ablas.

»Die Zündung erfolgte über Schwefelfaden oder Zündschwamm.« Schon wieder drehte sich Waldemar zu mir um, um mir etwas vorzulabern. Befriedigt sah ich, wie er sich den Kopf an einem Holzbalken stieß. »Pass auf, dass du das Bergwerk nicht erschütterst«, sagte ich trocken.

Ob zum Senkschachtverfahren, zum Sackbohrer, zum Zementierverfahren oder zur Tomson'schen Wasserziehvorrichtung: Waldemar hielt mir zu jedem Thema einen enervierenden Vortrag. Als er mit den vorgeschichtlichen bergmännischen Hauwerkzeugen aus Hirschhorn und Feuerstein loslegte, steckte ich mir meine Ohrstöpsel rein, die ich klugerweise mitgenommen hatte. Ich tat so, als ob ich andächtig lauschte, und stellte mir stattdessen vor, wie das Sparbrötchen in ein Fell gewandet mit einem Klopfstein und einem Sack aus Schweinshaut über der Schulter das Erz aus dem Gestein freilegte.

Dann versuchte Waldemar neckische Spielchen zu treiben. Im Erzbergbau versteckte er sich hinter einem Vorsprung. Sein Vorhaben, mich zu erschrecken, geriet zur Slapstick-Einlage: Als er zum ›Buh!‹ hervorsprang, stieß er sich den Schädel an einem hervorstehenden Gesteinsbrocken. Bei all den Tafeln, die er mir vorgelesen hatte, hatte er eine übersehen. »Wir bitten unsere Besucher, sich vorsichtig und langsam zu bewegen und auf Stufen, niedrige Decken oder hervorstehende Gegenstände zu achten«, hatte darauf gestanden.

Nach dem Untertage-Pferdestall mit einem nachgebildeten Grubenross ging es etliche Stufen wieder hoch, wobei Waldemar selbst wie ein Gaul keuchte. Schließlich erblickten wir Tageslicht. Ich nahm die Ohrstöpsel raus. Sehnsüchtig starrte ich auf das Piktogramm mit Messer und Gabel, Waldemar dagegen zeigte auf das Schild, das zur Schifffahrt wies. Dort drückte er mir seine Kamera in die Hand, und dann ging's los: Waldemar vor Dampfschlepper ›Renzo‹, vor Dampfbarkasse ›Nathalie‹, vor Ewer ›Maria‹. Erinnerungsfotos seien das keine, wies er mich auf meine Nachfrage hin zurecht, die Aufnahmen dienten allein dokumentarischen Zwecken. Auch vor der Galionsfigur der ›Benjamin Franklin‹ musste ich ihn ablichten. Ich rätselte, wer wohl den dümmeren Gesichtsausdruck hatte, die Galionsfigur oder Waldemar. Wir schritten eine Treppe tiefer. Während ich die siebenundzwanzig Stufen wieder hochstieg, weil ich einer Frau beim Tragen ihres Kinderwagens behilflich war, hatte Waldemar Bedeutenderes vor: Er eilte zum Unterseeboot U1, wo er mehrere Blickwinkel für eine seiner dokumentarischen

Aufnahmen ausprobierte. Meinen Vorschlag, sich auch am Klein-U-Boot Typ Seehund fotografieren zu lassen, verwarf er mit seinem üblichen »Pah!«. Stattdessen positionierte er sich mit Chauvi-Grinsen und leicht vorgeschobenem Unterkörper am Torpedo G7.

Der Ausflug in die Luft- und Raumschifffahrt verlief ähnlich: Waldemar vor der ersten bemannten Montgolfiere, Waldemar vor der Graf Zeppelin, Waldemar vor der Fokker D VII. Fehlte nur noch, dass er selbst anfing, mit den Flügeln zu schlagen. Dazwischen langatmige Erklärungen über die Entwicklung der Fliegerei von Ikarus bis zu den Brüdern Wright. Natürlich wieder abgelesen. Dann Waldemar vor der Messerschmitt Bf 108 ›Taifun‹, unter der Fock-Wulf Fw 44 ›Stieglitz‹ und schließlich im Cockpit der Junkers Ju 52. Entzückt knipste ich mit der letzten Aufnahme, wie er sich beim Verlassen der Kabine die Birne anhaute: Das waren die Momente, für die es sich gelohnt hatte, ins Deutsche Museum gekommen zu sein.

In der Energietechnik schwang sich Waldemar aufs Fahrrad, um seine Muskelkraft in elektrische Energie umzuwandeln und einen Becher Wasser um zehn Grad zu erwärmen. Nach der Tretprozedur war er fix und fertig. Nach meiner Schätzung hatte er das Wasser allenfalls um sechs Grad erhitzt. Ich nutzte seinen erschöpften Zustand, um ihm vorzuschlagen zu gehen. Waldemar protestierte nicht. Da der Film in seiner Kamera voll war, konnte er seine Heldentaten jetzt sowieso nicht mehr für die Nachwelt dokumentieren.

Kurz vor dem Ausgang zerrte ich ihn die Treppe zum Restaurant hoch. »Hast du etwa schon Hunger?«, fragte er erstaunt. Ich versuchte die Restauranttür aufzudrücken. Von drinnen stemmte sich jemand dagegen. »Wir schließen jetzt«, drang es dumpf durch das Glas zu mir. Ich schaute auf die Uhr. Himmel, war es wirklich schon so spät? Das Museum musste in Kürze zumachen. Ich warf Waldemar einen finsteren Blick zu. Wegen seiner langatmigen Vorträge hatte ich jetzt die Strudelaktion verpasst. »Die Preise waren eh zu hoch«, murmelte

Waldemar, als wir die Treppe hinuntergingen. »München ist halt ein teures Pflaster.«

An der Garderobe nahm Waldemar seine flüssigen Vorräte in Empfang, die er auf dem Weg zur S-Bahn-Station in sich hineinkippte. Ich hielt derweil Ausschau nach fester Nahrung. »Beeil dich«, rief Waldemar mir nach, als ich auf die andere Straßenseite zu einem kleinen Imbiss wechselte. An Ort und Stelle verschlang ich ein üppiges Hackepeter-Sandwich. Als wir am Isartor ankamen, verschwand Waldemar plötzlich. Eine Viertelstunde ging ins Land, dann eine halbe Stunde. Langsam wurde ich unruhig. Weg konnte ich nicht, da er sowohl S-Bahn-Tageskarte als auch Wohnungsschlüssel einstecken hatte. Nach einer Dreiviertelstunde tauchte er endlich auf. »Ich war mal kurz pinkeln«, sagte er. »Biesln heißt das hier«, wies ich ihn brummig zurecht. »Jaja, von mir aus, aber jetzt müssen wir weiter«, drängelte Waldemar schon wieder.

Weiter bedeutete, zurück nach Germering. Dort ließ es Waldemar krachen: Mit seinem neu erworbenen Dosenöffner machte er den texanischen Feuertopf auf. Auch wenn mich immer noch ein wenig Hunger plagte – ich verschmähte es, an Waldemars Gelage teilzunehmen. Naserümpfend beobachtete ich, wie er nach dem Feuertopf noch die Erbsensuppe mit geräuchertem Schweinebauch verdrückte. Dann ging es an die Vernichtung eines Sixpacks. Hier beteiligte ich mich allerdings zu zwei Sechsteln.

Mit leichten Kopfschmerzen wachte ich am nächsten Morgen auf. Ich hatte geträumt, dass ich zwei Stunden am Isartor ausharren musste, bis Waldemar seine Pferdeblase entleert hatte.

Leise klopfte ich an die Küchentür. »Komm nur herein«, flötete Waldemar, der sich mir auf der Klappliege stolz mit nacktem Oberkörper präsentierte. Um seinem blinkenden Blick zu entgehen, starrte ich zur Seite. »Hast du vielleicht eine Kopfschmerztablette?« Waldemar wühlte in den Plastiktüten. Sinnloserweise ließ er dabei ständig den Bizeps spielen. »Ich lasse dir ein Glas Wasser einlaufen«, sagte er, als er die Tabletten endlich gefunden hatte, und stolzierte zum Spülbecken. »Nicht nötig, ich nehme sie im Bad«, erwiderte ich rasch, entriss ihm die Packung und eilte hinaus, bevor er am Wasserhahn auch noch den Trizeps trainierte.

An der Germeringer S-Bahn-Station ließ ich mich von Waldemar zähneknirschend zu einer weiteren gemeinsamen Tour überreden.

Diese entpuppte sich als Odyssee durch graue Unterführungen, Beton- und Backsteinwüsten. »Überraschung«, gab Waldemar jedes Mal von sich, wenn ich ihn bat, mir zu sagen, wohin es denn ginge.

Auf einmal schrie er aufgeregt: »Da sind sie!«

»Wo ist was?«, fragte ich missmutig.

Aufgeregt fuchtelte Waldemar mit seinem Zeigefinger vor meinen Augen herum. Außer drei in den Himmel ragenden Schornsteinen konnte ich nichts ausmachen. Waldemar stupste mich an. »Industriedenkmäler! Das sind die wahren Sehenswürdigkeiten einer Stadt!«, kreischte er und galoppierte los. Erst nach links, dann nach rechts und dann direkt auf ein schmutzig-weißes Industrie-Ungetüm zu, das aus drei Kesseln und einem Bau mit drei Schornsteinen bestand. Mangels Alternativen – ich hätte höchstens noch die Autobahnauffahrt nehmen können – rannte ich hinterher. ›Heizkraftwerk Süd‹ prangte in blauen Lettern auf dem Ungetüm. Völlig erschöpft sah ich mich nach einer Sitzgelegenheit um. Waldemar, der mit seinem Fotoapparat vor dem Ungetüm auf- und abturnte, um, wie er mich informierte, »künstlerisch anspruchsvolle, die industrielle Historie einer Großstadt dokumentierende Aufnahmen« zu schießen, hörte ich hin und wieder brüllen: »Mist, die Schornsteine sind zu lang.« Meine Bitte, auch mal ein Foto von mir zu machen, wiegelte er ab. Ich revanchierte mich, indem ich ein besonders künstlerisches Foto von ihm schoss. »Bist du auch nicht zu dicht dran?«, fragte Waldemar besorgt, als ich mich ihm rachedurstig mit dem Objektiv näherte. »Nicht dass ich nachher verzerrt wirke.« – »Keine Angst. Du kommst genau richtig«, erwiderte ich trocken und machte eine formatfüllende Aufnahme seines Konterfeis mit Weitwinkelobjektiv aus Froschperspektive und geringstmöglicher Entfernung. Den dazu passenden unterbelichteten Gesichtsausdruck machte das Fotomodell von ganz allein.

Ich blätterte im Reiseführer. »Also ich fahr jetzt zum Englischen Garten. Und was machst du?«, fragte ich herausfordernd.

»Ich komme mit«, sagte Waldemar williger als erwartet. Unterwegs hielt er mir einen Vortrag darüber, wie natürlich und biodynamisch dieser im englischen Stil angelegte Volkspark doch sei. »In einen Lineal-Garten wie den französischen Park von Schloss Nymphenburg würde ich keinen Fuß setzen. Pah!«

Ich hörte nur mit halbem Ohr zu. In Gedanken weilte ich schon bei den Schmankerln, die ich mir im Biergarten am Chinesischen Turm genehmigen würde. Wohlig stöhnte ich auf. Es war inzwischen frühsommerlich warm geworden.

An den Pforten des Englischen Gartens angelangt, machten wir kurz Station auf der Brücke an der Prinzregentenstraße. Eifersüchtig beäugte Waldemar, wie ich ein paar gut gebauten Surfern beim Wellenreiten zusah. Einer winkte mir zu. Ich winkte zurück. »Komm weiter«, drängelte Waldemar, »ich hab Hunger.« Das war ja ganz was Neues. Ich hatte schon gefürchtet, er würde heute Abend wieder seine Sparbrötchen-Party feiern. Ein Stück weiter am Eisbach schien Waldemar jedoch andere Gelüste zu entwickeln. Eindringlich stierte er nach den hier liegenden Nackten und zog sich in einer plötzlichen Hitzewallung den Pullover über den Kopf. Auch ich machte einen Knopf an meiner Bluse auf.

»Hätte ich gewusst, dass hier so ein Wetterchen ist, hätte ich meine Badehose mitgenommen«, murmelte Waldemar und begutachtete mein Dekolleté.

Ich zuckte die Achseln. »Kannst dir ja auch in der Stadt eine kaufen.«

»Meinst du, die haben hier so große Größen?« Lüstern blinkte Waldemar mich an.

Rasch schloss ich den Blusenknopf wieder. »Wie steht's jetzt mit dem Hunger?«, fragte ich barsch. Ich hatte keineswegs vor, mich von Waldemar in eine Plauderei über die Größe seines Gemächtes verwickeln zu lassen.

»Och, das mit dem Essen ist nicht so eilig«, brummelte der und sah sich wieder nach den weiblichen FKKlern um. Besonders von einer Nackten, die mit ihrem Hund herumtollte, konnte er den Blick nicht lassen. Das Stöckchen wurde in unsere Richtung geworfen. Der Foxterrier rannte los, ließ aber das Astholz links liegen und lief geradewegs auf uns zu. Das heißt, direkt auf Waldemar. An dem schnüffelte er kurz und sprang dann an ihm hoch, um nach seiner Oberbekleidung zu schnappen. »Aus! Aus! Du böser Hund!«, kreischte Waldemar hysterisch und zerrte an dem einen Ärmel des Pullovers. Der Terrier zerrte knurrend am anderen. Waldemar trat zurück, um mit noch mehr Kraft ziehen zu können, stieß aber gegen einen Stein, strauchelte, ließ den Pulloverärmel los, ruderte heftig mit den Armen, verlor vollends das Gleichgewicht und landete mit seinen vier Buchstaben auf dem Grün des Englischen Gartens. Triumphierend zog der Terrier mit dem Pullover von dannen. Vor seinem Frauchen, das sich zum Sonnen niedergesetzt hatte, legte er die Beute ab, rannte nochmal los, um auch das Stöckchen zu holen, kläffte den verdatterten Waldemar aus der Ferne an und setzte sich dann mit dem Stöckchen schwanzwedelnd zu seinem Frauchen in Bewegung. Die hatte inzwischen spitzgekriegt, woher die erbeutete Oberbekleidung stammte, und kam auf uns zu – ganz so wie Gott sie erschaffen hatte. Doch Waldemar schien der Appetit auf fleischliche Genüsse vergangen zu sein. Er riss der nackten Schönen den Pullover aus der Hand, würdigte sie keines Blickes und untersuchte stattdessen sein Eigentum auf mögliche Blessuren. »Tut mir Leid«, sagte die Nackte mit entschuldigendem Lächeln, »ich weiß auch nicht, was in den Tarzan gefahren ist, der ist sonst so ein nettes Zamperl.«

»Soso«, brummte Waldemar, der einen Zähneabdruck Tarzans im Pullover entdeckt hatte, ungehalten. Ungeduldig drängte er zum Aufbruch. Nicht einmal für die interessante Information, dass ›Zamperl‹ der bayrische Ausdruck für ›Hund‹ war, war er mehr zugänglich.

Am Chinesischen Turm kam dann das, was ich befürchtet hatte. »Ich hab keinen Appetit mehr«, quengelte Waldemar. Also doch wieder Konserven-Party! Stirnrunzelnd reihte ich mich in die Schlange am Biergartenkiosk ein. »Ich geh derweil auf Erkundungstour«, sagte das Sparbrötchen und verschwand.

Nachdem ich Weißwürschtl, Breezn und Radi verdrückt und auch mein Radler geleert hatte, begann ich mir langsam Sorgen um Waldemar zu machen. Vielleicht war er pieseln gegangen? Das dauerte bei ihm ja etwas länger. Während ich abwog, ob ich mir noch ein Radler bestellen oder lieber auf die Suche nach ihm gehen sollte, hörte ich hinter mir fremdländisches Gezeter und Geschrei, unterbrochen von ein paar derben bayrischen Flüchen. Neugierig drehte ich mich um und sah – zusammen mit Hunderten weiterer Biergartenbesucher –, wie eine Frau mit buntem Kopftuch, hochgeschlossener Bluse und buntem langen Rock einen halbbekleideten jungen Mann um den Biergarten jagte. Sie stieß einen Schwall – augenscheinlich türkischer – Wörter aus, dann folgten ein bayrisches »Schleich di!« sowie ein »Exübütionüst, dammischer!«. Dabei schwenkte die Frau lassoartig ein Kleidungsstück in der Hand, das wie Waldemars Pullover aussah.

Mein Einschreiten war nicht nötig. Völlig außer Atem legte die Frau eine Pause an einem der Biertische ein. Wie vom Teufel gejagt, galoppierte Waldemar weiter. Es half nichts, ich musste hinterher. Dafür, dass er fußkrank war, hatte er eine ganz schöne Geschwindigkeit drauf. Nach ein paar hundert Metern stoppte ich ihn unter einem Kastanienbaum. Japsend ließ er sich fallen.

»Na, wie war die Erkundungstour?«, fragte ich Waldemar spitz.

Er hechelte immer noch.

»Die Frauen sind ja ganz schön hinter dir her.«

»Ich wollte doch nur freundlich sein«, keuchte Waldemar. »Da war so ein nettes türkisches Mädchen mit langen schwarzen Haaren. Da bin ich hin zu ihr, um mich ein bisschen mit ihr zu unterhalten. Multikulti, verstehst du? Und auf einmal taucht die Alte mit dem Kopftuch auf und will mir an die Wäsche.«

»Bloß unterhalten, ja?«

»Natürlich!«

»Eine Türkin!«

»Ja, warum?«

»Und du mit freigelegtem Oberkörper!«

»Wieso, ich kann mich doch sehen lassen!« Waldemar begann sich schon wieder aufzuplustern. Ich verzichtete auf ohnehin vergebliche Belehrungen und schickte mich an, nach seiner Oberbekleidung zu suchen. Ihm schärfte ich ein, sich nicht von der Stelle zu rühren. Just an dem Ort, wo die Türkin erschöpft Halt gemacht hatte, fand ich den Pullover. Nachdem ich Waldemar gezwungen hatte, ihn überzuziehen, traute ich mich mit ihm aus dem Schutz des Kastanienbaumes wieder hervor. Wir schlenderten noch eine Weile im Englischen Garten umher, fuhren dann zum Marienplatz, wo wir umstiegen und ich Waldemar, der wieder mal von falschen Voraussetzungen ausging (»Dort sind ja die Sechziger!«), davor bewahrte, in Kontakt mit einer Horde grölender, rotblau bemalter Fans des FC Bayern München zu treten, und kehrten schließlich nach Germering zurück, wo das Sparbrötchen es wieder ordentlich krachen ließ.

Am nächsten Tag düste ich allein los und verbrachte einen wunderschönen Tag unter Münchens weißblauem Himmel – ohne Kommandojargon und nervtötendes Genörgel. Ich pilgerte zum Reiterbild der speerwerfenden Amazone vor der Villa Stuck, machte einen Schnupperbummel durch die Feinschmeckerdorados von ›Käfer‹, besuchte die Wolpertinger-Ausstellung im Deutschen Jagdmuseum, zuzzelte im ›Franziskaner‹, einer Hochburg weißblauer Lebensfreude, eine Weißwurst aus und stieg die dreihundertsechs Stufen zum Turm des Alten Peter empor. Als Krönung sah ich mir in der Glyptothek schöne nackte Männer aus der Antike an. Auch diverse Andenken vergaß ich nicht zu erstehen: für mich ein Paar Edelweiß-Ohrringe, einen Schlüsselanhänger mit dem Bildnis Ludwigs II., eine Wolpertinger-Anstecknadel sowie einen Kuschel-Wolpertinger mit großen Zähnen, Hirschgeweih, Hahnenkamm und Flügeln im Leopardenmuster, für Caruso etwas Charivari als Spielzeug, das heißt einen Plastikwildschweinzahn und einen Miniaturgamsbart, für Eva ein Duftsackerl ›Münchner Frühling‹, für Fatima einen weißblauen Regenschirm und für Volker einen Korkenstopfen mit dem auf der Harfe spielenden Engel Aloisius, auf dessen Himmelsbotschaft die bayrische Staatsregierung bekanntermaßen nach wie vor wartet.

Stolz präsentierte ich Waldemar des Abends meine Einkäufe. »Ist der nicht niedlich«, jubelte ich und streckte ihm den Kuschel-Wolpertinger entgegen.

Waldemar wehrte blinkend ab. »Es gibt da eine Theorie, nach der Frustkäufe zur Kompensation bei sexueller Unzufriedenheit dienen.«

Angesäuert stapfte ich in mein Zimmer und drehte diesmal vorsichtshalber den Schlüssel zweimal um.

Nicht zu Unrecht. Am nächsten Morgen wurde die Klinke runtergedrückt. Und das um sieben Uhr morgens! Dieser frühe Trieb sah Waldemar gar nicht ähnlich. Ich beschloss, mich mucksmäuschenstill zu verhalten. Die Schritte entfernten sich. Dann hörte ich Stimmen aus der Küche. Ich schlich zur Tür und lauschte. »Wieso bist du denn schon zurück?«, fragte eine schlaftrunkene Stimme, die Waldemar gehörte. »Ich dachte, du wärst schon weg«, antwortete ein anderes, mir unbekanntes Organ. Aha, anscheinend war Waldemars Kumpel früher als erwartet zurückgekehrt. Dann hörte ich wieder Schritte, und die Wohnungstür fiel ins Schloss. Kurz darauf lauschte ich Waldemars kräftigen Schnarchlauten. Ich gähnte und legte mich wieder hin.

Zwei Stunden später pochte es gegen meine Tür. »Aufstehen! Wir fahren gleich!«, polterte Waldemar im üblichen Kommandoton. Verdutzt streckte ich meinen Kopf aus dem Zimmer. »Ich dachte, wir schauen uns noch was in München an und fahren dann am Nachmittag.« Waldemar stöhnte: »Nichts da. Ich bin jetzt schon fix und fertig. Ich bin seit sieben Uhr auf den Beinen!«

Dieser schnarchende Spielverderber! Je früher der unsägliche München-Trip beendet war, desto besser. Am Sparbrötchen vorbei rauschte ich ins Bad.

»Du brauchst gar nicht so zu hetzen. Ich muss erst noch was frühstücken«, wies mich Waldemar zurecht, als ich abmarschbereit in der Küche stand. »Für die lange Fahrt brauche ich eine gute Unterlage«, sprach er und rührte eifrig im Inhalt seiner letzten Konservenbüchse herum. »Willst du auch was?« Er streckte mir einen Löffel dampfender weißer Bohnen mit Suppengrün entgegen. Das war zu viel für mich am frühen Morgen. »Ich warte unten am Lada«, brummelte ich und hielt mir die Hand vor den Mund.

Die Fahrt zurück verlief überaus eintönig, da Waldemar mir wieder untersagte, das Radio anzustellen. Statt Musik lief sein nervtötendes »Die Fahrerei macht einen fix und fertig«-Gejaule.

»Du hast übrigens Glück gehabt, dass mein Freund heute Morgen zuerst in die Küche ist und mich geweckt hat«, unterbrach er plötzlich sein Klagelied.

Ich grinste. »Zu mir konnte er ja nicht. Ich hatte zugesperrt.«

Waldemar bremste abrupt. »Waaas? Du hast dich eingesperrt?«, kreischte er.

»Nicht eingesperrt. Zugesperrt«, berichtigte ich, jederzeit bereit, ins Lenkrad zu greifen.

Nun spielte Waldemar den in seiner Mannesehre Gekränkten. »Nicht zu fassen. Eingeschlossen hat sie sich«, jammerte er die ganze Zeit über kopfschüttelnd.

Unser Abschied vor dem Studentenwohnheim verlief unterkühlt. »Ich ruf dich an, wenn die Bilder fertig sind«, presste Waldemar zwischen den Lippen hervor, woraufhin ich ein geheuchelt-höfliches »Ja danke, ist aber nicht so eilig« herausbrachte.

Ich preschte nach oben. Fatima war nicht da. »Caruso, ich bin wieder zurück!«, rief ich durchs Schlüsselloch. Von drinnen hörte ich es fröhlich tirilieren. Ach, war es schön, wieder zu Hause zu sein. Ich schloss meine fünfzehn Quadratmeter auf und öffnete die Fenster. Das Gerüst war weg; zumindest hatte ich vor den Handwerkern Ruhe. Auspacken konnte ich auch später noch. Jetzt würde ich erst mal Eva anrufen, um ihr von meinem Ungemach in München zu erzählen. Doch auch sie war nicht da. Ich nahm den Kuschel-Wolpertinger aus der Tasche und legte mich mit ihm aufs Bett.

Es klingelte. Das war bestimmt Eva, die begierig war zu erfahren, wie es mir auf meiner Reise in die Weltstadt mit Herz ergangen war. »Hallo?« Aufgeräumt presste ich die Muschel ans Ohr.

»Aber Kind, wo steckst du denn! Ich versuche schon seit Tagen, dich zu erreichen!«, tönte aus der Leitung die vorwurfsvolle Stimme von Tante Hedwig.

Auch das noch! »Ich war in München. Mit einem netten jungen Mann«, versuchte ich möglichst begeistert zu klingen.

»Und ich dachte schon, ich müsste mir für dich wieder etwas einfallen lassen.« Die Tante war entzückt. »Du hast doch bestimmt auch die Maximilianstraße aufgesucht, allein natürlich?«, führte Tante Hedwig das Verhör fort.

War nicht die Maximilianstraße Münchens noble Einkaufsmeile, in der jede Menge betuchter Einheimischer flanierten? »Ja, in der Maximilianstraße war ich auch. Jeden Tag«, log ich rasch. »Ich bin dort sogar auf ein Glas Champagner eingeladen worden.«

Die Tante war hocherfreut. »Aus dir scheint doch noch was zu werden.«

»Jetzt muss ich aber auspacken«, würgte ich sie ab. »Außerdem klopft es gerade.« Es klopfte tatsächlich. Das war bestimmt Fatima, die mir Caruso zurückbringen wollte. »Hereinspaziert«, tirilierte ich und riss die Tür auf. Das Lächeln erstarb mir auf den Lippen. Mein Gegenüber strahlte dafür umso heftiger. »Ich wollte dir die frohe Botschaft so schnell wie möglich selbst überbringen. Am nächsten Wochenende ziehe ich hier ein. Nur zwei Stockwerke über dir«, sagte ein blinkender Manfred und streckte mir eine tiefrote langstielige Rose entgegen.

10. Kapitel
Auch Männer haben Zellulitis
oder:
Chauvi oder Hausschwein, das ist hier die Frage

Was sollte ich bloß tun? Vorsichtig hatte ich Manfred klarzumachen versucht, dass er wohl Gefühle für mich hegte, die ich nicht erwiderte. »Du willst mich doch nicht als verliebten Hansel hinstellen?«, hatte er empört von sich gegeben.

»Nein, nein«, beschwichtigte ich, »ich wollte doch nur ... sozusagen um Missverständnissen vorzubeugen ...«

»Ich bin halt ein geselliger Mensch und lerne gerne neue Leute kennen. Das ist doch normal unter Studenten, oder?«

Ich begann unsicher zu werden. Hatten mich die Knallerbsentarzans schon so geschafft, dass ich in jedem Kommilitonen eine amouröse Nervensäge witterte?

»Kommst du nun zu meiner Einweihungsparty oder nicht?«

Jetzt, da er jegliche erotische Absicht von sich gewiesen hatte, gab es keinen triftigen Grund mehr für mich abzulehnen.

»Du kannst auch gerne eine Freundin mitbringen«, bot Manfred an. »Damit du dich vor mir sicher fühlst.« Hinter seinen Brillengläsern blinkte es gewaltig.

Nachdem ich für die tiefrote Rose eine leere Rotweinflasche aufgetrieben hatte, überlegte ich, wer mich zu dieser ominösen Einweihungsfeier begleiten könnte. Nach der Männer-Pleite auf der Flurfete verspürte Eva sicherlich keine Lust dazu. Zumal Manfreds Freunde wohl ähnlich aufregend aussahen wie er selbst. Gedankenvoll musterte ich die langstielige Rose. Trotz Manfreds Beteuerungen hatte ich ein ungutes Gefühl. Lieber hätte ich einen männlichen Begleiter zur Fete mitgenommen. Doch woher nehmen? Bimmelimmelim. Hoffentlich war das nicht

Tante Hedwig mit ihren inquisitorischen Fragen. Hocherfreut vernahm ich Volkers Stimme. »Na, vermisst du mich schon?«, fragte er keck.

Ich seufzte. »Ach, Volkerli, wenn du wüsstest!« Dann berichtete ich ihm: von meinem Fehlschlag mit dem flügellahmen Falken, von den Staubsauger-Orgien des Sauberkeitsfanatikers Sigi und von der Irrfahrt in die Weltstadt mit Herz mit Sparbrötchen Waldemar. »Ich hab dir auch was aus München mitgebracht«, schloss ich.

Am anderen Ende der Leitung blieb es still. Dann fragte Volker misstrauisch: »Sag mal, Gaby, mit dem Geschenk ist da ... äh ... eine Bedingung verknüpft?«

»Bedingung?«, fragte ich erstaunt zurück.

»Na ja, du weißt schon ... äh ... dass ich dir einen Gefallen tun soll ... Wäre ja nicht das erste Mal.«

»Als ob ich dich ständig für irgendwas einspannen würde!« Ich war empört. »Natürlich ist das München-Mitbringsel an keine Bedingung geknüpft.«

Ich hörte erleichtertes Aufatmen.

Obwohl ... Volker hatte mich da auf eine Idee gebracht. Ich schilderte ihm die Story mit Rosenkavalier Manfred. »Mich plagt das ungute Gefühl, dass ich, wenn ich jetzt nichts tue, von dem klemmigen Chemiker alle sieben Tage mit einer langstieligen Rose bedacht werde. Bis ans Ende meines Studiums.«

»Mensch, Gaby! Jede Woche Blumen. Ist doch toll!«

»Aber nicht, wenn an die Rosengrüße Bedingungen geknüpft sind.«

»Häää ...???«

»Erotische Bedingungen. Verstehst du jetzt?«

Volker gluckste. »Freut euch des Lebens, weil noch das Lämpchen glüht; pflücket die Rose, eh' sie verblüht!«, plärrte er in die Muschel. »Da staunst du, was! Ich hab mir auch ein Zitatenbuch zugelegt.«

»Lass das jetzt!« Doch Volker war schon am Blättern.

»Eine Rose gebrochen, ehe der Sturm sie entblättert. Na, von wem ist das wohl?«

»Lessing. Emilia Galotti«, stellte ich meine germanistische Sattelfestigkeit unter Beweis.

Wie immer war Volker schwer zu bremsen, wenn er erst mal in Fahrt geraten war. »Rosen, Tulpen, Nelken, alle Blumen welken, Marmor, Stein und Eisen bricht, aber unsre Freundschaft nicht. Und, von wem stammt das?«

»Einfacher geht's wohl nicht mehr. Drafi Deutscher natürlich.«

»Falsch!«, brüllte Volker in die Muschel. »Alter Stammbuchvers, steht hier. Ätsch, reingefallen!«

Ich rieb mir das Ohr. »Apropos Freundschaft«, setzte ich an. »In Sachen Rosenkavalier müssen wir uns was überlegen.«

»Wir?«

»Du bist doch mein Freund, oder?«

Ich hörte, wie Volker sich am Kinn kratzte.

»Und als solcher begleitest du mich zu Manfreds Party.«

»Nichts dagegen einzuwenden«, brummelte Volker. »Solange es ordentlich Bölkstoff gibt. Nur, was soll das Ganze bringen?«

»Du verstehst nicht«, sagte ich energisch. »Du kommst nicht als *ein* Freund mit, sondern als *mein* Freund!«

»Häää?« Dann kapierte Volker. »Mensch, Gaby, muss das sein?«

»Ach, Volkerli, bitte, nur noch den einen Gefallen«, schnurrte ich. »Das Geschenk kriegst du auch gleich nach der Party. Natürlich hat das eine mit dem anderen nicht das Geringste zu tun.«

Doch Volker plagten ganz andere Sorgen. »Muss ich dich da auch küssen?«, fragte er besorgt.

»Was heißt hier ›müssen‹!«, entgegnete ich entrüstet. »Ja, du darfst mir auch mal einen Kuss auf die Wange hauchen.«

»Wird schon gehen. Wenn ich mir zuvor ein paar Bier genehmige.« Bevor ich protestieren konnte, schob er hinterher:

»Aber mit den anderen Mädels auf der Party darf ich nichts anfangen?«

»Natürlich nicht!«, entgegnete ich erbost. »Du hast doch bestimmt schon mal 'ne Freundin gehabt, oder?« Ich kannte Volker zwar nur in Begleitung einer Pulle Bier, doch das spielte jetzt keine Rolle. »Dann weißt du auch, dass es sich für den männlichen Part eines Liebespaares nicht schickt, auf Partys fremdzugehen.«

»Keine Bange, Julia. Ich werd das Kind schon schaukeln.«

»Hab ich auch nicht anders erwartet, Romeo. Und vielen Dank für den kleinen Freundschaftsdienst.«

Ich hörte es wieder blättern. Volker räusperte sich. Mit einem »Gott schütze mich vor meinen Freunden« verabschiedete er sich von mir. Ich schüttelte den Kopf. Na ja, Hauptsache, der Rosenkavalier war bald in die Flucht geschlagen.

Mit der Bezeichnung ›Party‹ für die Einweihungszeremonie in seiner neuen Räumlichkeit hatte Manfred ziemlich dick aufgetragen. Zu einem drögen Singsang aus dem Radio saßen wir steif um den gedeckten Schreibtisch herum: Manfred, Faltenrock Kathrin, Volker, ich und ein unscheinbarer Chemiestudent namens Dieter aus der Karohemdenfraktion. Zu essen gab's ein chemisches Experiment, das uns als Tomaten-Mozzarella-Frikadellen angepriesen wurde (Manfred hatte sich, wie ich mit Grauen vernahm, am Stargazy Pie versuchen wollen, das Rezept aber glücklicherweise nirgends auftreiben können). Außerdem hatte Kathrin Nudelsalat mitgebracht. Zumindest bezeichnete sie ihn als solchen. Es steckte allerdings so viel Mayonnaise drin, dass nur ab und an das Grün einer Erbse durchschimmerte. »Passt prima zu meinen toskanischen Hackfleischkreationen«, lobte Manfred. Volker betäubte etwaige Irritationen der Geschmacksnerven mit reichlich Bier.

Ein Gespräch wollte nicht so recht in Gang kommen. Kein Wunder: Manfred schielte feindselig nach Volker, der Faltenrock schielte feindselig nach mir, Volker schielte aufs Bier und ich ständig auf die Uhr. Nur bei Dieter wusste man nicht, wohin er blickte. Denn der schielte wirklich.

Als Romeo machte sich Volker zunächst ganz ordentlich. Mit zunehmendem Bierkonsum wurde er allerdings immer stürmischer und drückte mir jede Menge feuchter Schmatzer auf die Backe. Besitzergreifend legte er seinen Arm um mich und kniff mich sogar in den Po, was ihm einen hasserfüllten Blick Manfreds eintrug. Kathrin dagegen taute auf und belegte ihrerseits Manfred mit Beschlag. Der machte gute Miene zum bösen Spiel, schielte aber ständig nach mir, um zu sehen, ob ich nicht auch nach ihm schielte. Der schielende Dieter ging derweil das Geschirr spülen.

Um halb zwölf war endlich Schluss mit dem ganzen Zinnober. Zur Verabschiedung bedachte Manfred meinen Romeo nochmal mit einem besonders grimmigen Blick, während Kathrin im Hintergrund freudig tönte: »Ich bleib noch und helfe beim Aufräumen.«

»Den sind wir los«, gluckste Volker auf dem Weg zum Aufzug und kniff mir kräftig in den Po. Im Lift spitzte er die Lippen zu einem weiteren feuchten Bussi. Energisch schob ich ihn weg. »Schluss jetzt mit der Vorstellung!«

»Och, wo ich mich so an dich gewöhnt habe«, maulte er.

»Du hast doch wohl nicht vor, unsere Freundschaft zu gefährden«, mahnte ich. »Auf einen Sprung mit reinkommen darfst du aber. Das München-Mitbringsel wartet ja noch auf dich.« Freudestrahlend nahm Volker den Korkenstopfen mit Engel Aloysius in Empfang, dann schwankte er von dannen. »Ich geh noch in die Wohnheimbar, ein bisschen mit alten Kumpels plaudern.«

Langstielige tiefrote Rosen sah ich in den nächsten Tagen und Wochen nicht mehr. Stattdessen lief mir auffallend oft Manfred über den Weg, mit Kathrin im Schlepptau. Die beiden turtelten wie die Täubchen. Manfred zwickte Kathrin ab und zu in den Faltenrock, was diese mit einem hysterischen Kreischen quittierte. Triumphierend sah mich Manfred dabei an – mit einem Blick, der zu sagen schien: »Das hättest du auch haben können, Baby.« Ich war viel zu beschäftigt, um mich von diesen Mätzchen stören zu lassen. Schließlich war das Semester in vollem Gange. Außerdem musste ich mir wegen Ebbe in meinem Geldbeutel – die München-Fahrt hatte ein weiteres Loch hineingerissen – dringend einen Job suchen.

An der Uni machte ich mich zum schwarzen Brett mit den Jobangeboten auf. »Du musst aufpassen. Die Anzeigen sind nicht immer aktuell«, sagte eine Studentin neben mir. »Zum Beispiel die da.« Sie wies auf eine Notiz am Brett, die noch aus der Karnevalszeit stammen musste. »Dringend Schwellkopfträger gesucht«, las ich, »keine Frauen!« Als ob ich nicht ein paar Stunden lang einen Schwellkopf durch die Gegend tragen könnte! Die Studentin neben mir zuckte die Achseln: »Frauen werden immer noch an allen Ecken und Enden diskriminiert.« Erbost nickte ich. Diese Missstände müssten eigentlich publik gemacht werden.

Sehr hoch schienen meine Chancen nicht zu stehen, einen Job zu ergattern. Zwei studentische Putzhilfen wurden gesucht – ich war schon froh, wenn ich meine fünfzehn Quadratmeter einigermaßen sauber kriegte –, eine Aushilfskraft für die Historikerbibliothek – da würde ich Waldemar ständig in die Arme laufen – und jemand für die Übersetzung walisischer Texte – war das nicht die Sprache mit den fünfzehn Konsonanten hintereinander? – ins Finnische oder Ungarische. Das Psychologische Institut suchte eine Versuchsperson, die bereit war, jeden Tag fünf Stunden lang in die Flimmerkiste zu gucken. Allerdings hatte der Proband männlich zu sein. Wieder eine Diskriminierung, die man publik machen sollte! Zum Beispiel in der Zeitung.

Apropos ... Da hing doch tatsächlich eine Annonce der ›Morgenpost‹, einer der beiden Tageszeitungen vor Ort. »Engagierte freie Mitarbeiter für die lokale Berichterstattung gesucht«, las ich mit Interesse. Als Germanistin und mit der Lebenserfahrung, die ich in meinen jungen Jahren schon gesammelt hatte, fühlte ich mich prädestiniert für diesen Job. Ich ließ mir von der Mitarbeiterin der Jobvermittlung die Telefonnummer geben und rief sogleich an.

»Sie sind aber fix«, lobte mich die Sekretärin der ›Morgenpost‹. »Wir haben die Anzeige erst heute Morgen an die Uni durchgegeben. Mal sehen, wann der Redaktionsleiter Zeit für Sie hat.«

Ich bekam einen Termin für den übernächsten Tag. Überglücklich hängte ich auf. Natürlich war ich fix. Als rasende Reporterin würde ich die Skandale der Chauvi-Welt schon aufdecken. Tante Clara würde begeistert sein, Tante Hedwig wollte ich lieber nichts davon erzählen. »Aber Kind, du darfst es dir mit den Männern nicht verscherzen!«, würde sie bestimmt tönen. Von wegen Eisen im Feuer haben, anpacken würde ich die Eisen jetzt, vor allem die heißen.

Das Erste, was mir in der Lokalredaktion der ›Morgenpost‹ auffiel, war, dass der Redaktionsleiter einen Kopf kleiner war als ich. Das heißt, eigentlich war er eineinhalb Köpfe kleiner, was nicht gleich zu sehen war, da er Schuhe mit Plateausohlen trug. »Sie sind also Frau Zimmermann.« Er reckte irritiert den Hals. Dann befahl er mir, mich zu setzen, und baute sich in voller Größe vor mir auf.

»Worüber haben Sie denn bisher geschrieben?«

»Über die Todesverherrlichung der Frühromantik, vor allem von Friedrich Freiherr von Hardenberg, genannt Novalis«, entgegnete ich stolz.

»Wie bitte?«

Vielleicht mochte er eher sprachwissenschaftliche Themen? »Außerdem über die graphische Fixierung von Inhalten der sprachlichen Einheiten, also der Bedeutung von Wortteilen, Wörtern, Sätzen und Texten.«

»Hä?« Der Redaktionsleiter guckte jetzt ebenso konsterniert wie Volker.

»Ein Wortstamm wird möglichst gleich geschrieben, selbst wenn er in unterschiedlicher Umgebung verschieden ausgesprochen wird«, erläuterte ich fachlich versiert. »Man spricht hier von Stammschreibung oder Schemakonstanz.« Ich hatte mich besonders gut auf dieses Gespräch vorbereitet.

Der Redaktionsleiter war blass geworden. »Welche Tageszeitung druckt denn solche Artikel ab?«

»Tageszeitung?«, fragte ich erstaunt. »Das sind Seminararbeiten. Ich bin Germanistin.«

Der Redaktionsleiter schlug sich mit der flachen Hand gegen die Stirn. »Germanistik! Auch das noch«, stöhnte er. Dann besann er sich. »Ist das nicht das Fach, wo man so viele vergnügliche Romane lesen muss?«, prustete er los.

Langsam hatte ich diese Germanistenwitze satt. Das nächste Mal würde ich wieder Elektrotechnik als Studienfach angeben.

»Kleiner Spaß am Rande«, entschuldigte sich der Redaktionsleiter. »Aber mal im Ernst. Wissen Sie eigentlich, wie viele Germanisten die Printmedien wegen einer Anstellung bedrängen?«

»Was heißt hier bedrängen«, ereiferte ich mich. »Sie haben doch freie Mitarbeiter gesucht ... Engagierte freie Mitarbeiter«, setzte ich hinzu. »Und das bin ich. Engagiert und lebenserfahren.«

»Sie meinen, Sie verlassen auch mal den Elfenbeinturm?«

»Ständig!«, betonte ich und begann meine bisherigen Erlebnisse zum Ausbau meiner Lebenserfahrung aufzuzählen: »Aufgabe einer geschickt formulierten Kontaktanzeige zwecks Analyse des darauf antwortenden Männerspektrums, theoretische Untersuchung der ehelichen Chancen erwachsener Frauen anhand eines einschlägigen Werkes und Praxistest bei einer so genannten ›Fisch sucht Fahrrad‹-Fete, diverse Forschungen zur Belästigung von Studentinnen auf dem Uni-Campus, Untersuchung des unterschiedlichen Schmerzverhaltens der Geschlechter unter besonderer Berücksichtigung männlicher Probanden aus dem Ausland, Ausprobieren fremdländischer Kulturelemente zur Steigerung weiblicher Lebensfreude sowie Aufspüren des Zeitgeistes in Deutschlands Trendsetter-Stadt Nummer eins.«

»Donnerwetter«, murmelte der Redaktionsleiter beeindruckt. »Ich sehe, bei den Trends im geschlechtlichen Mit- und Gegeneinander kennen Sie sich bestens aus.« Er kratzte sich am

Kopf. »Wir planen da nämlich eine regelmäßig erscheinende Rubrik, um unsere weiblichen Leser bei der Stange zu halten. Der bisherige Arbeitstitel lautet ›Die moderne Frau‹, was mir aber ein bisschen zu dröge klingt. Hätten Sie aufgrund Ihrer Lebenserfahrung vielleicht einen anderen Titelvorschlag?«

»Wie wär's mit: Wer sich nicht wehrt, kommt an den Herd.«

Der Redaktionsleiter winkte ab. »Ist mir ein bisschen zu stark. Schließlich haben wir auch weibliche Leser, die Hausfrau sind oder gerne kochen. Und die wollen wir auf keinen Fall verprellen. Außerdem sollte der Titel auch eine Anspielung auf die Männerwelt beinhalten.«

»Und was ist mit ›Neues vom faulen Geschlecht‹?«

Irritierter konnte man gar nicht mehr schauen. »In die Pfanne buttern wollen wir natürlich niemanden ... äh ... auch nicht die Männer ... nein, es sollte ein Titel sein, der leicht ironisierend solche Trends wie die von Ihnen erwähnte ›Der Fisch auf dem Fahrrad‹-Fete –«

»›Fisch sucht Fahrrad‹-Fete«, berichtigte ich.

»– mit einbezieht. Außerdem sollte der Titel nicht zu lang und sprachlich eingängig sein.«

Sprachlich eingängig. Jetzt war wieder die Germanistin gefordert. Hm, Alliteration kam immer gut. »Und was halten Sie von ›Von Machos, Mackern und Möchtegernhelden‹?«

Der Redaktionsleiter zupfte sich am Kinn. »Hm ... vielleicht sollten wir ... äh ... doch besser bei ›Die moderne Frau‹ bleiben ... äh ... Wir möchten schließlich auch unsere männlichen Leser nicht verprellen ... Am besten, Sie machen erst einmal ... äh ... geschlechtsneutrale Termine ... sodass Sie die Arbeit in der Lokalredaktion von der Pike auf lernen.«

Mein erster geschlechtsneutraler Termin betraf die städtische Berufsfeuerwehr. Ich sollte ein Kurzporträt liefern und die Einsätze der letzten Zeit zusammenfassen. Tefefonisch vereinbarte ich ein Treffen mit dem zuständigen Brandoberrat. »Wie war nochmal Ihr Name?«, fragte ich und notierte mir Zeit und Ort des Treffens. »Gunst. Wie die Gunst. Wie wäre es, wenn Sie mir Ihre Gunst schenkten oder ich Ihnen?«, sagte der Brandoberrat und ließ ein lautes Chauvi-Lachen erklingen.

Beim Interview war dann keine Rede mehr von Gunstbezeigungen. Brandoberrat Elmar Gunst visierte wie hypnotisiert den Fotografen an und würdigte mich keines Blickes. Wenigstens ließ er sich herab, meine Fragen zu beantworten. Leider hatte es in jüngster Zeit keine aufregenden Einsätze gegeben. Die Berufsfeuerwehr war fast ausschließlich mit der Rettung von Tieren beschäftigt gewesen. Sie hatte eine junge Ente aus dem Gully geholt, ein Pferd aus einer Baugrube befreit sowie den altersschwachen Elefanten eines Zirkus wieder auf die Beine gestellt. Außerdem waren die Mannen der Feuerwehr auf Affenfang gegangen. Der Affe hatte sich in den Alleebäumen der Haupteinkaufsstraße verschanzt und den Feuerwehrleuten seine Rettung mit einigen kräftigen Bisswunden gedankt. Und schließlich war da noch die Story von Goldhamster Rudi, der sich im Ring eines Aktenordners verklemmt hatte.

Tröstlich zu wissen, dass, falls Caruso auch einmal ein solches Ungemach zustoßen sollte, ich jederzeit auf die Mannen von Brandoberrat Elmar Gunst zurückgreifen konnte. Ansonsten war ich nicht ganz glücklich mit meinem Interview. Wie sollte ich aus den gegebenen Antworten bloß einen informativen Bericht stricken? Der mich betreuende Redakteur zeigte sich jedoch hochzufrieden. »Endlich mal eine fesselnde Lesegeschichte. Kinder und Tiere, das mögen unsere Leser«, sagte er aufgeräumt und gab mir die nächsten Termine.

In den folgenden Wochen berichtete ich querbeet: Unter dem Titel ›Wie viel Nashorn steckt in mir‹ rezensierte ich die Aufführung von Ionescos absurdem Dreiakter an der Freien Waldorfschule, spürte den Brunftschreien von Schildkröten in einem aktuellen Nachbarschaftsstreit nach und schrieb über die Korkenzieher-Kollektion eines skurrilen Privatsammlers, der mir stolz seinen Flügelkorkenzieher mit bunt bestrumpften Damenbeinen (»für Can-Can-Liebhaber«) präsentierte. Mit Ohrstöpseln bewaffnet lauschte ich dem Konzert des von seiner

Agentur als ›King of Romance‹ angepriesenen Engelbert, den ich als ›König der Weichspüler‹ entlarvte, und konnte in einem Bericht über einen Orientalischen Tanzworkshop schließlich auch meine Bauchtanz-Kenntnisse einbringen.

Dann schlug meine große Stunde. Ich durfte die Eröffnungs-Kolumne für die neue Rubrik der ›Morgenpost‹ verfassen. Leider hatten sich die – hauptsächlich männlichen – Mitglieder der Redaktionskonferenz nicht mit meinen innovativen Titelvorschlägen anfreunden können und der Arbeitstitel ›Moderne Frau‹ war übernommen worden. Bei der Wahl des Themas wurde mir freie Hand gelassen. Ich bekam allerdings die Direktive, beim Miteinbringen meiner persönlichen Erfahrungen eventuelle negative Erlebnisse hintanzustellen (»Wir wollen erst mal sehen, Frau Zimmermann, wie unsere Leserinnen auf die neue Rubrik reagieren«). Das war ja wie die Quadratur des Kreises. Über Männer berichten und die vielen Knallerbsentarzans außen vor lassen? Knurrend setzte ich mich an den Schreibtisch. Ich nahm meine gesammelten Erlebnisse, zog die subjektiven Erfahrungen ab, ließ das objektive Faktengerüst stehen und ergänzte es durch eine Reihe weiterer Rechercheergebnisse. Dann bastelte ich einen Artikel mit dem Titel ›Nationalsport Numero eins: Die Jagd nach dem Single‹, in dem ich die Leserin mit der Geschichte der Kontaktsuche vertraut machte und vergangene Aufrissmöglichkeiten (Ball der einsamen Herzen), aktuelle Kennenlern-Trends (Fisch-sucht-Fahrrad-Fete) sowie Zukunftsweisendes auf dem Single-Markt (Car-Flirt) vorstellte.

»Gratuliere, Frau Zimmermann.« Hocherfreut drückte mir der Redaktionsleiter ein paar Tage nach Erscheinen des Artikels die Hand. »Wir haben jede Menge positives Feedback zu unserer neuen Rubrik bekommen. Das Einzige, was kritisiert worden ist: Wir waren zu zahm. Unsere Leserinnen wollen anscheinend eine etwas schärfere Gangart.« Er räusperte sich. »Also, tun Sie sich keinen Zwang an, Frau Zimmermann, schwingen Sie die verbale Keule, hauen Sie drauf. Ich hab da auch schon einen passenden Termin für Sie. Kommen Sie doch nachher in mein Büro.« Er drehte sich nochmal um. »Ach übrigens, wir haben die Rubrik umbenannt. Sie heißt jetzt: ›Von Machos, Mackern und Möchtegernhelden‹.«

Zufrieden rieb ich mir die Hände. Der verbale Kampf gegen Chauvis und Knallerbsentarzans war hiermit eröffnet! Auch meine Kollegen in der Redaktion würde ich mir noch zurechtbiegen. Erst gestern hatte ich mitgekriegt, wie zwei Redakteure am Nebentisch über mich getuschelt hatten. »Die Frisur von der Neuen ist nicht schlecht. Wenn sie sich jetzt noch das passende Dekolleté zulegt«, hatten sie geflüstert und sich dann grölend auf die Schenkel geschlagen. Auch einer der Anzeigenberater zerrte an meinem Nervenkostüm. Nachdem er vergeblich gefragt hatte, ob ich mal einen Kaffee mit ihm trinken wolle, schlich er jetzt dauernd um mich herum, um mir Getränke-Alternativen anzubieten. Da ich bei Sekt, Weißwein, Rotwein, Kirschsaft und Apfelsaftschorle ebenso nein gesagt hatte, waren wir inzwischen bei den Cocktails angelangt.

»Vielleicht mögen Sie lieber eine Bloody Mary mit mir trinken?«, fragte er und schüttelte seinen unserem Hausmeister im Studentenwohnheim nicht unähnlichen ondulierten Kopf.

In diesem Moment ging die Sekretärin an uns vorbei. »Wilhelm, Wilhelm«, mahnte sie und schnalzte mit der Zunge. »Wenn das deine Frau wüsste, dass du dauernd bei den jungen Mitarbeiterinnen sitzt.«

Der ondulierte Wilhelm nahm die Farbe des von ihm angepriesenen Getränkes an. An den folgenden Tagen schlich er mit einem Kollegen an mir vorbei, zu dem er auffällig oft sagte: »Du, Ernst, der größte Fehler, den ich je gemacht habe, war, dass ich geheiratet habe.« Das fand ich nicht. Ich sah den Fehler in der Dauerwelle.

»Und, wie gefällt Ihnen Ihr Termin?« Der Redaktionsleiter lachte mich an. »Äh, wie maßgeschneidert«, sagte ich tapfer, als ich meine Einladungskarte zum Männerstrip-Wettbewerb in der Hand hielt. »Muss ich da alleine hin?«

»Keine Angst. Einer der Fotografen kommt mit.« Der Redaktionsleiter stand auf und klopfte mir auf die Schulter. »Machen Sie was draus, Mädel.«

»Na, schon mal 'nen nackten Mann gesehen«, feixte Fotograf Tommy, als wir in den Kellergewölben des ›No Limits‹ auf die Eröffnung der Show warteten. »Schreiben Sie was Gutes über uns, Mädel«, hatte der Diskothekenbesitzer gesagt und mir zwei Dutzend Getränkebons in die Hand gedrückt. Interessiert musterte ich das weibliche Publikum, das hauptsächlich aus kichernden Teenies bestand. Männer waren heute Abend als Gäste nicht zugelassen, es sei denn, sie wagten sich auf die Bühne und entledigten sich ihrer Kleidung. Doch bis jetzt hatte ich kein einziges männliches Exemplar im Publikum ausmachen können. Auch von den angekündigten Strippern war noch kein Zipfel zu sehen.

Mit einstündiger Verspätung – wir hatten bereits ein Drittel der Getränkebons aufgebraucht – ging der Budenzauber los. Eine aufgedonnerte Blondine tat durch ein pfeifendes Mikro kund, dass sogleich fünf Kandidaten um die Gunst der weiblichen Zuschauer wetteifern würden. Zwei Amateure hätten sich zum Strippen bereiterklärt, ansonsten würden die uns bereits auf der Eintrittskarte angekündigten drei Halb-Profis ihre edlen Körperteile vorführen.

»Seid ihr bereit?«, kreischte die Blondine. Dann sprang ein dunkelhaariger deutscher Durchschnittsmann auf die Bühne: Amateur Georg. Erste Buhrufe ertönten. Das T-Shirt riss sich Georg bereits beim Satz auf die Tanzfläche vom Leib, die Jeans fielen wenige Sekunden später. Als die Musik endlich einsetzte, war Georg schon fertig. Von Striptease-Dramaturgie keine Spur. Im roten Slip – mit Leopardenlook an der gewissen Stelle – brachte er, begleitet von weiteren Buhrufen, noch drei lange Tanzminuten hinter sich, bis er erlöst wurde. Vom nächsten Amateurstripper, einem biederen Bürschlein, das sich todesmutig den Künstlernamen ›Stripman‹ verpasst hatte. Auch dessen Akt war eher zum Einschlafen. Nachdem sich die Teenies reihenweise seinem heißen Wunsch entzogen hatten, ihm die Radlerhose runterzuziehen (»Hausmannskost gibt's auch daheim«, hatte eine geschrien), streifte er sie sich mühsam selbst ab. Mit einem »Es ist wirklich nicht leicht für die Männer« rang die Blondine den Zuschauerinnen noch ein paar laue Klatscher ab.

Während Tommy mit ein paar Teenies flirtete (»Kannst du mich nicht mal in die Zeitung bringen?«), ging ich auf die Suche nach Amateur Georg. Der saß inzwischen wieder angezogen am Tresen und schlürfte zufrieden sein Bier.

»War dir das nicht peinlich, dich im knappen Slip auf der Tanzfläche zu zeigen?«, interviewte ich ihn. »Hast du keine Angst, dass dich irgendwelche Bekannten darauf ansprechen?«

»Wieso? Wenn ich im Schwimmbad so rumlaufe, wundert sich doch auch keiner und sagt: ›Ich hab dich letzte Woche im Tanga gesehen‹«, antwortete Georg ungerührt.

»Wie bist du überhaupt zu deinem hüllenlosen Auftritt gekommen?«

»Na, ganz einfach. Hab eigentlich nur ein Bier hier trinken wollen, da wurde mir an der Kasse mitgeteilt: ›Du kommst nur runter, wenn du strippst‹, und da hab ich halt gestrippt«, meinte Georg lakonisch und nahm einen tiefen Schluck.

Ein Strip fürs Bier: Deutlich sah ich die Schlagzeile meines Artikels vor mir. Georg fasste mich am Arm: »Ich verrat dir noch was. Darfste aber nicht schreiben. Den roten Slip haben die mir ausgeliehen, normal trage ich nur Feinripp. Naturweiß.«

Keine Sekunde zu früh kam ich an meinem Platz wieder an. Es setzten schon die ersten Musiktakte ein. Gespielt wurde ›Stars and Stripes‹, die amerikanische Nationalhymne. Gebannt starrten alle auf die Tanzfläche. Dann kam er, ein Bulle von einem Mann, in knackig enger Uniform und mit wehendem Sternenbanner. »Captain America!«, kreischte die Blondine.

Zugegeben, Captain America ging ungleich professioneller vor als seine linkischen Vorgänger. Die kreisenden Bewegungen seiner schweren Hüften brachten die Teenies ganz schön ins Schwitzen. Mich ließ das Getue jedoch kalt. Ungerührt machte ich mir meine Notizen. »Auch Männer haben Zellulitis«, schrieb ich zu guter Letzt nieder, nachdem ich die wabbeligen Oberschenkel von Captain America inspiziert hatte.

Von welchen edlen Körperteilen die aufgedonnerte Blondine gesprochen hatte, war mir ein Rätsel. Wirklich zu sehen gab es nichts; die Halb-Profi-Stripper zogen zwar ihre Unterhosen aus, das heißt, per praktischem Klettverschluss rissen sie sie sich regelrecht von den Lenden, was die Teenies an den Rand der Ohnmacht brachte, dann hielten sie sich aber die Hand vors Gemächte.

Nach Captain America betrat L. A. Gigolo die Bühne, ein turbogebräunter Beau wie aus dem Katalog mit langen schwarzen Haaren, der – soweit ich die Reaktion der Teenies beurteilen konnte – das Rennen beim Strip-Wettbewerb machen würde. Erst ließ er es mit dem Phallussymbol Sektflasche zwischen den Beinen kräftig sprudeln, dann ließ er sich von den Teenies mit Gel aus der Shampoo-Flasche Oberkörper und turbogebräunte Kehrseite einreiben.

Zum Abschluss marschierte Doc Lover auf. Ich verschluckte mich fast an meiner Bloody Mary; mit dunkler Sonnenbrille, Trenchcoat, hoch aufgeschlagenem Kragen und tief in die Stirn gezogenem Hut sah der farbige Amerikaner aus wie eine Mischung aus Inspektor Clouseau und Sammy Davis junior. Nachdem Doc Lover eine Runde gedreht hatte, schleuderte er den Hut von dannen und riss sich den Trenchcoat vom Leib. Darunter trug er einen glänzend-schwarzen Slip und einen Revolvergurt mit Pistolenhaltern. Die Sonnenbrille saß immer noch auf seiner Nase. Das Ganze entbehrte nicht einer gewissen Komik. Ich hielt mir die Hand vor den Mund, um nicht laut loszuprusten. Doc Lover ließ die Hüften kreisen, zog seine Pistolen und machte Peng. Ich kritzelte emsig auf meinem Block, während Doc Lover einige Teenies erschreckte. Dann tänzelte er mit kreisenden Hüften auf mich zu, nahm endlich die Sonnenbrille ab, sah mir tief in die Augen, zog den Revolver und zwang mich mit vorgehaltener Pistole auf die Tanzfläche. Die Teenies starrten mich neiderfüllt an. »Tommy, Hilfe!«, schrie ich, bevor mir Stift und Notizblock aus der Hand fielen und ich mit Doc Lover zu Boden sank. Während Tommy mich von allen Seiten mit seiner Kamera ins Visier nahm, machte Doc Lover Liegestütz über mir. Um uns herum kreischten die Teenies.

»Bist du die Freundin von Doc Lover?«, fragte mich ein aufgeregter Teenie, als ich mir im Toilettenraum den Staub von den Kleidern wischte. »Nein nein, keine Angst«, brummte ich, immer noch höchst ungehalten darüber, dass nun auch ich zu einem Auftritt im ›No Limits‹ gekommen war. Nach der Bodennummer wäre ich am liebsten davongestürmt, aber ich musste ja noch ein paar Interviews machen. »Du hast noch was im Haar«, sagte der Teenie, als ich nach draußen ging.

»Gabriele Zimmermann von der ›Morgenpost‹«, belehrte ich einen der Türsteher, der an der Garderobe der Stripper die Teenies in Schach hielt. Der Blick hinter die Kulissen war ernüchternd. Nicht nur der enge Raum wirkte deprimierend, sondern ebenso die Lebensgeschichte der Strip-Boys. Captain America und Doc Lover hatten bisher in der U.S. Army treu dem amerikanischen Vaterland gedient und mussten sich nach ihrer Entlassung aus den Streitkräften mit Strippen ihren Lebensunterhalt verdienen, und L.A. Gigolo war ein Student, dem sie das Bafög gestrichen hatten. Hoffentlich hatte ich jetzt noch die Kraft, einen ordentlichen Verriss zu schreiben, dachte ich betrübt, als ich mit dem nörgelnden Tommy, der während meiner Abwesenheit mit unseren Getränkebons die Teenies freigehalten hatte (»Mensch, Gaby, es waren noch zwei Bons übrig«), die Diskothek verließ.

Beim nächsten Termin im ›No Limits‹ erhielten wir kein einziges Freigetränk. »Die Show hat noch nicht einmal angefangen, und wir sitzen bereits auf dem Trockenen«, maulte mir Tommy die Ohren voll. »Hättest du nicht auch was Postitives über den Laden hier schreiben können?«

»Schon mal was von journalistischem Ethos gehört?«, wies

ich ihn zurecht. »Das setze ich doch wegen ein paar läppischer Getränkebons nicht aufs Spiel.« Mein Artikel über den Männerstrip hatte voll eingeschlagen. So sehr, dass mein Chef auch den heutigen Termin mit mir besetzt hatte. »Sie sind die Richtige, Frau Zimmermann, um aufzudecken, was es mit dieser Wahl zum ›Disko-Mann-oh-Mann‹ auf sich hat«, hatte er mir bescheinigt.

»Zumindest einen Satz über das stilvolle Ambiente hätte man schreiben können«, nörgelte Tommy. »Das hätte uns wenigstens *ein* Freigetränk eingebracht.«

Abfällig musterte ich das plüschige Dekor, das bei voll eingeschalteter Beleuchtung besonders scheußlich aussah.

»Wenn ich Durst habe, kann ich nicht fotografieren.«

»Versuch's doch mal mit den Bons vom letzten Mal«, schlug ich vor. »Die sind bestimmt noch gültig.« Auch meine Kehle fühlte sich mittlerweile recht trocken an. Wenn ich mir bei den unverschämt hohen Preisen im ›No Limits‹ allerdings noch selbst die Getränke kaufen musste, dann würde vom Zeilenhonorar fürs Artikelschreiben nichts mehr übrig bleiben.

»Wo hab ich die Dinger bloß hingesteckt?« Hektisch kehrte Tommy den Inhalt seiner Taschen hervor.

Zugegeben, auch ich hatte mit ein paar Freigetränken gerechnet. Mit »Wir kommen von der ›Morgenpost‹ und schreiben einen Artikel über die Veranstaltung« hatte ich Einlass begehrt. Auf Tommys Frage hin, wo denn die Vertreter der Presse diesmal die Getränkebons bekämen, hatte der Türsteher per Handy erst mal mit dem Diskothekenbesitzer geflüstert. Dann war er mich barsch angegangen: »Sind Sie etwa Frau Zimmermann?« Stolz hatte ich bejaht. Mein Bekanntheitsgrad war ja enorm gestiegen. »Frau Gabriele Zimmermann?« Der Türsteher hatte hämisch gegrinst. »Dann gibt's keine Bons. Anweisung von oben.«

Pah! Wenn die Veranstaltung auch nur halb so schlecht war wie die letzte, dann würde ich wieder einen ordentlichen Verriss aufs Papier bringen. Mit Getränkebons oder ohne.

»Ich hab sie!« Tommy wedelte mit den beiden Bons vor meinem Gesicht herum. »Also, was willst du trinken?«

»O-Saft«, entgegnete ich. Dann packte ich Tommy, der sich zur Bar aufmachte, an der Schulter. »Den lass lieber hier«, sagte ich und zeigte auf den Fotoapparat. »Es sei denn, du hast eine gute Versicherung.« Ich wies auf einen Tisch kreischender Damen unweit der Bar, die, wie eine stattliche Ansammlung leerer Gläser und Flaschen auf ihrem Tisch bewies, bereits in den Genuss diverser Alkoholika gekommen und nun außer Rand und Band waren. »Denen fällst du besser nicht in die Hände.«

Ja, heute Abend war wieder ›Ladys only‹ angesagt; das ausschließlich weibliche Publikum, das zumeist aus Damen im besten Alter bestand, sollte unter zehn Kandidaten den ›Disko-Mann der Stadt‹ küren. Der bekam dann einen Geschenke-Gutschein in die Hand gedrückt und hatte zudem Aussicht auf eine zweiwöchige Reise in die Karibik, wenn er denn ein Jahr später in der Endausscheidung unter allen bundesweit ermittelten Disko-Männern das Rennen machte. Das Konzept war von der ›Mann-oh-Mann‹-Show aus dem Fernsehen abgekupfert. Statt jedoch in den Swimmingpool geschubst zu werden, sollten die Verlierer im ›No Limits‹ in ein Kinderplanschbecken aus Plastik getunkt werden.

Ich blickte zur Theke, wo Tommy gestenreich mit dem Barkeeper verhandelte. Das hochalkoholisierte Damen-Quintett unweit der Bar hatte sich von den Sitzen erhoben und forderte im Chor »Männer! Männer!« ein. Das Licht ging aus und die Schummerbeleuchtung an.

Ein auf Peer Augustinski getrimmter älterer Mann im schwarzen Anzug mit Fliege stelzte auf die Bühne. »Aber meine Damen«, näselte er, »Contenance, Contenance. Jetzt geht's doch erst los. Und ich verspreche nicht zu viel, wenn ich sage: Bühne frei für die aufregendsten Männer der Stadt!« Die zehn Kandidaten stürmten heraus und drehten unter dem Gekreische, Gejohle und Gepfeife des weiblichen Publikums ihre Runden. Hatte ich da eben nicht Falk gesichtet? Ich reckte den Hals, sah aber nichts, da sich inzwischen die Damen von den Stühlen erhoben beziehungsweise selbige erklommen hatten und nun stakkato klatschten. Das war ja schlimmer als bei den Teenies die Woche zuvor! Um was zu sehen, stieg auch ich auf meinen Stuhl. Jemand zerrte an meinem Hosenbein. Es war Tommy, der mir ein Pilsglas entgegenstreckte.

»Wo bleibst du denn!«, raunzte ich, das Glas ignorierend. »Jetzt sind alle auf der Bühne. Du musst fotografieren!«

»Was denkst du, was ich gerade machen will?«, raunzte er zurück und kletterte mit Kamera und Pils auf den Stuhl neben mir. »Da, halt mal. Aber nicht trinken.«

»Und wo ist mein O-Saft?«

Tommy drückte auf den Auslöser. »Ich musste all meine Überredungskunst aufwenden, bis der Typ am Tresen das eine Bier rausgerückt hat. Die Bons seien abgelaufen, hat er behauptet.«

»Und nun, meine Damen«, näselte der Peer-Augustinski-Verschnitt, »geht's in die erste Runde.« Alle Kandidaten verließen die Bühne – außer einem. Und der musste dem weiblichen Publikum, das zum Glück wieder auf seinen vier Buchstaben saß, nun erzählen, warum gerade er ein toller Typ sei.

»Ich bin ein toller Typ, weil ... äh ... äh ... tut mir Leid, ich habe den Text vergessen.« Mit rotem Kopf trabte der Unglücksrabe hinter den Vorhang. »Ich bin ein toller Typ, weil ich meine Freundin einmal im Jahr auch mal alleine in die Disko lasse«, gab der nächste Wettbewerber von sich. Die Kanonade von Buhrufen ließ keinen Zweifel daran, dass er dafür ins Planschbecken wandern würde. Beim dritten Kandidaten traute ich meinen Augen kaum. Das biedere Bürschlein, das sich vom Peer-Augustinski-Verschnitt als Friedemann vorstellen ließ, hatte seinen Auftritt letzte Woche noch unter dem Künstlernamen Stripman absolviert. Todesmutig intonierte er: »Ich bin ein toller Typ, weil ... Frauen umschwirr'n mich wie Motten das Licht.« Auch die weiteren Kandidaten erweckten nicht den Anschein, als hätten sie das Pulver erfunden. Ich gähnte. Jetzt mussten eigentlich alle durch sein. Falk war nicht darunter gewesen. Ich hatte mich wohl getäuscht.

»Und jetzt, sehr verehrte Damen, bitte ich Sie um Aufmerksamkeit für den Letzten unserer mutigen Kandidatenriege. Begrüßen Sie mit mir ... Falk!«

Also doch! Ich reckte den Hals. Vergebens. Das weibliche Publikum hatte schon wieder das Gestühl erklommen. »Ich bin ein toller Typ«, hörte ich Falk säuseln, »weil ich wie Elvis das Becken kreisen lassen kann.« Von wegen! Alles Betrug, schimpfte ich vor mich hin. Doch die anwesende Damenwelt ließ sich nur allzu gerne täuschen. Das Gejohle wollte kein Ende nehmen. Wie ich befürchtet hatte, erhielt Falk nach der ersten Runde die meisten Stimmen. Auch Stripman Friedemann lag wider Erwarten im guten Mittelfeld. Raus mussten nach dem Urteil der Damen der mit dem Blackout, der mit dem blöden Spruch und ein weiterer dröger Typ. Von einer leicht bekleideten Blondine wurden sie an das Planschbecken geführt und mit ein paar neckischen Wasserspritzern verabschiedet. »So haben wir aber nicht gewettet«, brummte ich, und die Damenwelt kreischte: »Tunken! Tunken!«

»Aber meine Damen! Contenance, Contenance«, näselte der Peer-Augustinski-Verschnitt mit aller Kraft ins Mikro, um das Geschrei zu übertönen. »Zügeln Sie Ihr Temperament noch ein wenig. Denn jetzt geht's erst mal in die zweite Runde.«

In der sollten die Kandidaten eine flotte Sohle aufs Parkett legen – allein und zu »nicht abgesprochener Musik«, wie der näselnde Moderator treuherzig versicherte. Schon der erste Kandidat hatte Pech. Phil Collins' ›You can't hurry love‹ war mindestens zehn Nummern zu schnell für ihn. Die »Aufhören! Aufhören!«-Rufe des weiblichen Publikums brachten ihn vollends aus dem taumeligen Schritt. Auch Stripman war die Tanzmusik nicht gerade auf den Leib geschneidert. Zur Suite aus Tschaikowskys ›Schwanensee‹ musste er seine Künste als Balletthäschen zeigen, wirkte jedoch eher wie ein dahinsiechendes Entlein denn wie ein stolzer Schwan. Falks Auftritt hingegen kam blendend an: Zu Elvis' ›Viva Las Vegas‹ ließ er das Becken kreisen und schwang die Hüften. Ich seufzte, als ich die stämmigen Waden der Dame vor mir in Augenschein nahm. Hoffentlich hielten das die Stühle den ganzen Abend aus!

Falk machte auch in der zweiten Runde das Rennen. Die bei den Damen in Ungnade gefallenen Männer wurden an das Planschbecken geführt. Auch Stripman befand sich darunter. Wie der mit ein paar Wasserspritzern nach Hause geschickt wurde, das konnte ich mir schenken. Da Tommy sich strikt geweigert hatte, mir einen Schluck von seinem Bier abzugeben, und mir die Kehle von der rauchgeschwängerten Luft brannte, ging ich aufs Klo, um mir eine Erfrischung aus dem Wasserhahn abzuzapfen. Selbst bis hierher drang das Gejohle, ja, ich hatte sogar das Gefühl, als sei es lauter geworden. Ich ließ mir Zeit und trank gemächlich.

»Da hast du vielleicht was verpasst!«, rief mir Tommy zu, als ich zurückkehrte.

»Was war denn hier los?«, fragte ich verdutzt. Die Bühne sah aus wie nach einer Wasserschlacht, und auf ihr tummelten sich etliche pudelnasse Gestalten.

»Tja, nachdem die Verlierer wieder keine Wassertaufe bekommen hatten, haben die Damen da drüben«, Tommy blickte grinsend zu dem Tisch, an dem das kreischende Quintett gesessen hatte, »selbst Hand angelegt. Der Moderator sowie der Diskothekenbesitzer, der zu Hilfe eilen wollte, wurden kurzerhand mitgegautscht.«

Ich reckte den Hals. Der Moderator trat mit gelichtetem Haupthaar – ihm war augenscheinlich das Silberhaar-Toupet bei der Wasserschlacht abhanden gekommen – vors Mikro und näselte beherrscht: »Meine Damen, wegen eines unerwarteten Zwischenfalls sehen wir uns leider gezwungen, eine längere Pause einzulegen.« Dann wurde das halb leere Planschbecken von der Bühne getragen, diverse Hilfskräfte dazu verdonnert, mit Schrubber und Putzlumpen die Reste der Wasserschlacht zu beseitigen, und eine noch trockene rote Plüschcouch von unten auf die Bühne gehievt.

Auf dieser mussten sich die Kerle nun flachlegen. Die Damenwelt wurde dazu aufgefordert, Psychologe zu spielen. »Forschen Sie tief im Innenleben unserer Kandidaten«, näselte der Moderator, der mit seinem neuen brünetten Toupet glatt zehn Jahre jünger wirkte. »Stellen Sie jede erdenkliche Frage. Egal wie ungehörig sie Ihnen erscheinen mag!« Die Damen johlten vor Begeisterung.

Der Erste, der sich auf die Psycho-Couch legte, war Falk. Eine korpulente Mittfünfzigerin rechts von mir erhob sich. »Welche Stellungen sind dir bekannt?«, fragte sie unter lautem Beifall. Jetzt würde der flügellahme Falke abgeschossen, triumphierte ich. Doch ohne zu zögern, legte Falk los: »Coitus a posteriori, Coitus in anum, Coitus in os, Coitus inter femora, Coitus intermammarius, Coitus interruptus, Coitus prolongatus, Coitus reservatus, Coitus saxonicus, Coitus suspectus, Coitus vestibularis.« Kaum hatte er die Aufzählung beendet, brandete der Jubel los. Außer mir schien keine der Anwesenden der lateinischen Sprache mächtig zu sein: Als ›Coitus suspectus‹ galt der Beischlaf mit einem Partner, der zurzeit dieses Beischlafs wahrscheinlich geschlechtskrank war. Schöne Stellung! Vom ›Coitus interruptus‹ ganz zu schweigen. Hier hatte einer etwas auswendig gelernt und nicht verstanden! Dagegen musste protestiert werden. Ich ließ ein verhaltenes »Buh …« ertönen. Sofort wurde ich zum Schweigen gebracht. »Wenn Sie keine richtigen Kerle vertragen können, dann bleiben Sie gefälligst zu Hause!«, zischte mich die mit den stämmigen Waden an. Als ich sie fragen wollte, was denn der ›Coitus interruptus‹ mit richtigen Kerlen zu tun habe, wurde mir mit einem drohenden Fingerzeig bedeutet, dass ich mich jetzt still verhalten solle. Denn Falk setzte zu einer weiteren Aufzählung an. »Klaffende Position, Position der Gemahlin des Indra, Stutenposition, Bambusspalten, Nageleinschlagen, Krabbenposition, Lotusposition …«, sprudelte es aus ihm heraus. Ich traute meinen Ohren kaum. Der flügellahme Falke tat tatsächlich so, als stünde er auf Du und Du mit dem indischen Kamasutra.

Da hatte der nächste Kandidat schlechte Karten. Vor allem, als er auf die Frage nach der Stellung treuherzig plapperte: »Also mir macht die gute alte Missionarsstellung immer noch am meisten Spaß.«

»Jetzt wäre ein ›Buh‹ wohl angebracht«, zischte die mit den stämmigen Waden mir zu.

»Und welche Stellung bevorzugst du?«, wurde dem dritten Kandidaten auf den Zahn gefühlt. »Mir gefällt meine Stellung bei der Post am besten«, ließ der unbedarft verlauten und war damit prompt aus dem Rennen.

»Noch Fragen an unsere Kandidaten?«, näselte der Moderator, bevor es zur Endausscheidung ging. Mir brannte die Frage, aus welchem Lexikon sich der flügellahme Falke sein sexuelles Wissen zusammengeklaut hatte, auf der Zunge. Leider behielt mich die mit den stämmigen Waden immer noch im Auge. Bis Falk den Titel des ›Disko-Mann-oh-Mann‹ in der Tasche hatte. Dann hielt es sie nicht mehr auf dem Sitz. Mit den anderen stürmte sie nach vorne. Tommy zerrte an meinem Ärmel. »Wir müssen auch auf die Bühne. Ein Interview mit dem Gewinner machen.«

Nichts lag mir ferner als das. Doch wie sollte ich mich meiner journalistischen Pflicht entziehen? Die Damenwelt kam mir zu Hilfe. Sie war mittlerweile auf der Bühne angelangt und riss an Falks Kleidung. Die, die nicht an ihn herankonnten, taten sich am Moderator gütlich. Die korpulente Mittfünfzigerin hatte sich seinen brünetten Skalp geschnappt und schwenkte die Trophäe siegestrunken durch die Luft. »Aber, meine Damen, Contenance, Contenance«, hörte ich den Moderator noch näseln, bevor er in Richtung Plüschcouch verschleppt wurde.

»Wenn du bei lebendigem Leib verspeist werden willst, dann nur zu«, sagte ich trocken zu Tommy.

Der war kreidebleich geworden. »Nichts wie raus hier.«

In einem Rutsch schrieb ich am nächsten Tag meinen Verriss

nieder. Bis auf eine kurze Unterbrechung. Der ondulierte Wilhelm schlich sich an mich heran und erkundigte sich mit dämlichem Grinsen, ob er denn schon Frau Zimmermann zu mir sagen müsse oder noch Fräulein sagen dürfe. Mit einem gezielten »Ich frage Sie doch auch nicht, ob Sie noch ein Männlein sind!« schlug ich ihn in die Flucht.

Mein Artikel erntete wieder allgemeines Lob. Es ging eindeutig aufwärts: Die männlichen Kollegen begegneten mir voller Respekt, und der ondulierte Wilhelm zog immer weitere Kreise um mich. Auch meinen nächsten Termin hatte ich schon in petto. Wieder im ›No Limits‹. Ob die mich da überhaupt noch reinließen, überlegte ich mit stolz geschwellter Brust. Mit Getränkebons konnte ich auf keinen Fall mehr rechnen. Ich würde eine Flasche Mineralwasser hineinschmuggeln müssen.

»Was ist das überhaupt für eine Veranstaltung?«, fragte mich Tommy, als er seine Fototermine für die nächsten Tage zusammenstellte.

»Weiß ich nicht. Aber der Chef wollte mir einen Zettel hinlegen.« Ich stöberte in meiner Ablage. »Hier ist was vom ›No Limits‹«, sagte ich und reichte Tommy das Blatt. »Bestimmt wieder so eine Veranstaltung, wo sich die Männer produzieren sollen.«

Schmunzelnd las Tommy den Zettel durch. »Machst du da auch mit?«, grinste er mich an und heftete seinen Blick auf meine Oberweite. »Ich glaube, so schlecht stehen deine Chancen gar nicht.«

Ich riss ihm den Wisch aus der Hand. »Das ist ja wohl –!« Aufgebracht stürmte ich an der Sekretärin vorbei ins Redaktionsleiterbüro. Dort baute ich mich vor meinem Chef auf, der gerade seine Plateauschuhe ausgezogen hatte. »Sie glauben doch wohl nicht im Ernst, dass ich auf diesen Termin gehe!«

»Tja, Frau Zimmermann … äh … ich dachte, dass Sie mit Ihrer spitzen Feder … äh …« Der Redaktionsleiter starrte wie gebannt auf meine Oberweite, die sich in Höhe seiner Augen befand.

»Busenwiegen! Das ist ja wohl die frauenverachtendste Veranstaltung, von der ich je gehört habe!« Ich schleuderte den Wisch auf den Schreibtisch.

»Aber Frau Zimmermann ... bestimmt interessieren sich einige unserer Leser –«

»Ich schreibe erst wieder, wenn ich etwas Anspruchsvolles bekomme!« Erzürnt stürmte ich hinaus. »Der Termin ist gecancelt!«, brüllte ich Tommy von weitem zu. Der ondulierte Wilhelm, der mir entgegenkam, erschrak und machte auf dem Absatz kehrt.

Tommy maulte. »So ein schöner Termin!«

Am nächsten Tag kam der Redaktionsleiter auf seinen Plateausohlen angestelzt, um Abbitte zu leisten. »Unsere Kulturredakteurin hat heute Morgen angerufen. Sie ist überraschenderweise krank geworden und kann einen wichtigen Interviewtermin nicht wahrnehmen. Hätten Sie Lust einzuspringen, Frau Zimmermann?«

»Worum geht es denn?« Seit dem ›Busenwiegen‹ war ich misstrauisch geworden.

Der Redaktionsleiter strahlte mich an. »Deutschlands schlimmster Chauvi: Traugott Burger. Möchten Sie den für unsere Leserinnen entlarven, Frau Zimmermann?«

Das war der Grund, weswegen ich zur ›Morgenpost‹ gekommen war. »Sie können mit mir rechnen«, strahlte ich zurück. »Wann findet der Termin statt?«

Er fand schon am frühen Nachmittag statt. Viel Zeit blieb nicht zur Vorbereitung. Der Redaktionsleiter drückte mir ein Buch in die Hand. Es trug den bezeichnenden Titel: ›Rettet die Männer! Kampf den Emanzen, Xanthippen und anderen Spielverderberinnen‹. »Das ist Burgers jüngstes Pamphlet. Setzen Sie sich in eine ruhige Ecke damit und sammeln Sie Gegenargumente.«

Doch dreihundert Seiten in zwei Stunden durchzuarbeiten war selbst für mich als lesefreudige Germanistin zu viel verlangt. Ich beschloss, mir ein aussagekräftiges Kapitel herauszusuchen und gründlich zu beackern.

Bereits die Eingangsfrage von Traugott Burger war pure Provokation. »Fräulein oder Frau Zimmermann?«, fragte er mit hochgezogenen Augenbrauen, als ich mich vorstellte. »Männlein oder Mann Burger?«, setzte ich entgegen. Es war besser, die Fronten gleich zu klären. »Die Französinnen haben keine Probleme mit Mademoiselle. Ganz im Gegenteil«, bemerkte Burger wie beiläufig, als er mich ins Wohnzimmer führte. Blitzschnell erfasste ich die Situation. Das würde kein normales Interview, sondern ein nervenaufreibendes Rededuell werden: Burger hatte zwei Stühle vom Esstisch entfernt und im freien Raum gegenübergestellt.

»Was halten Sie von der Frauenbewegung?«, ging ich gleich in medias res, nachdem ich auf dem mir zugewiesenen Stuhl Platz genommen hatte.

Burger griente mich an. »Ich mag Frauenbewegungen«, feixte er. »Solange sie schön rhythmisch und gleichmäßig sind.« Ein herbes Chauvi-Lachen dröhnte durch den Raum. »Mögen Sie etwa keine Witze?«, fragte er heuchlerisch, als er mein betretenes Gesicht sah. Dann polterte er los: »Bei den Heerscharen von bornierten Lesben, die tagtäglich über uns Männer herfallen, müssen wir uns doch wohl noch den Frust von der Seele lachen dürfen.«

Was sprach eigentlich dagegen, dass auch ich mir ein wenig Frust von der Seele lachte? »Witze mag ich recht gern«, säuselte ich. »Möchten Sie einen hören?«

Schmunzelnd beugte sich Burger nach vorne. »Nur zu. Sie können auch gerne zwei oder drei erzählen«, sagte er leutselig. Er schien keine Konkurrenz zu fürchten.

»Warum haben so viele Männer Slipper an den Füßen?«, setzte ich an und legte eine kurze Pause ein. »Weil man einen Intelligenzquotienten von mindestens fünfundsiebzig braucht, um Schnürsenkel zuzubinden.« Burger schielte auf seine Slipper. Dann warf er einen Blick auf meine Schnürschuhe. Das Schmunzeln verschwand von seinen Lippen.

Da ich noch jede Menge Frust auf der Seele hatte, machte

ich weiter: »Wie bringt man einen Mann montags zum Lachen? – Indem man ihm am Freitag einen Witz erzählt.« Burger starrte mich finster an. Er sah so aus, als ob er frühestens am Mittwoch lachen würde. Ich kam richtig in Fahrt.

»Wie kann man feststellen, dass ein Computer von einem Mann bedient wurde? – Auf dem Bildschirm sind überall Tipp-Ex-Spuren zu sehen.«

»Sind Sie nun zum Witzeerzählen hergekommen oder um ein Interview mit mir zu machen?«, blaffte Traugott Burger humorlos.

»Ich habe natürlich auch einen passenden Witz zu unserem Interview.« Jovial beugte ich mich nach vorne. »Zu welcher Karriere rät ein Ehemann seiner intelligenten, kreativen Frau? – Zu der einer Hausfrau.«

Burger hielt es nicht länger auf seinem Stuhl. Erregt sprang er auf. »Das ist genau der Punkt!«, ereiferte er sich. »Den jungen Frauen ist doch allein der Gedanke schon ein Gräuel, nach Studium oder Lehre im erlernten Beruf tätig werden zu müssen. Sie sehen keinen Sinn darin, einen eigenen Beitrag zum Bruttosozialprodukt zu leisten. Die kluge Frau will gar nicht arbeiten. Versorgt will sie sein!«

Bei so viel chauvinistischer Plattheit verging mir das Lachen. »Und was ist mit den Frauen, die nicht heiraten wollen? Die für die Gleichberechtigung der Geschlechter kämpfen?«

»Das ist doch eine Minderheit, die prozentual überhaupt nicht ins Gewicht fällt! Das sind Frauen, die von der Männerwelt links liegen gelassen werden und sich nun als Fürsprecherinnen einer scheinbar versklavten Frauenwelt wichtig tun.« Breitbeinig pflanzte sich Traugott Burger vor mir auf. »Fest steht: Die Masse der Frauen will einen Ehegatten mit möglichst vielen Ressourcen, um sich einen bequemen Lebensabend zu sichern.«

»Aber die Emanzipationsbewegung –«

»Hören Sie mir auf mit den Emanzen«, wetterte Burger. »Alles frustrierte Jungfern, die unbegattet vor sich hin darben,

Blaustrümpfe, deren Schicksal es ist, ohne Mann durchs Leben zu gehen, dröge Mannweiber in selbst gestrickten Pullovern, die sich zusammengeschlossen haben, weil sie mangels äußerer Vorzüge bislang keinen abgekriegt haben, lesbisch sind oder es in Bälde werden. Disproportionierte, wandelnde Jutesäcke, die, weil sie keine Zeit mehr für das tägliche Verschönerungsritual aufwenden müssen, diese dazu missbrauchen, dem Mann das Rückgrat zu entfernen.« Burgers Stimme schwoll gefährlich laut an. »Jawohl! Zum Hausschwein wollen uns die Emanzen machen!«

Ich wischte mir ein paar Schweißtropfen von der Stirn. Vielleicht hätte ich doch lieber zum Busenwiegen gehen sollen …

»Aber bei den meisten ist es eh nur eine Frage der Jahre. Anfangs machen sie auf Emanze, und dann, mit zunehmendem Alter, dann wird halt doch geguckt, dass jemand da ist, der die Brötchen herbeischafft.« Burger blickte mich triumphierend an. »So, was wollen Sie noch wissen?«

»Sie sind also nicht der Meinung, dass Frauen in der Berufswelt ihren Mann stehen können?« Verflixt, jetzt spielte ich ihm sprachlich auch noch in die Hände.

»Frauen sollen ihren Mann stehen?« Burger lachte höhnisch auf und setzte sich im Stuhl zurecht. Ich richtete mich auf einen langen Chauvi-Monolog ein.

»Der Mann, von Natur aus neugierig, will wissen, wie die Welt um ihn herum funktioniert. Die Frau dagegen interessiert sich nur für Dinge, die für sie von persönlichem Nutzen sind. Beispiel: Wenn eine Frau einen politischen Artikel über den Nahostkonflikt liest, dann nicht etwa deshalb, weil sie Anteil am Schicksal der Palästinenser oder Israelis nimmt. Gott bewahre. Sie kämpft sich mühsam durch den Artikel hindurch, weil sie sich an einen Studenten der Politikwissenschaft heranschmeißen will!«

»Aber –«

»Nächstes Beispiel: Wenn eine Frau im Lexikon den Namen eines römischen Staatsmannes nachschlägt, dann nicht etwa, weil sie sich für die Entwicklung der ›res publica‹ interessiert. Das römische Gemeinwesen lässt sie völlig kalt. Nein, sie braucht den Namen zur Lösung des Kreuzworträtsels in der Illustrierten!« Burger rückte näher zu mir heran. »Und jetzt nehmen wir ein Beispiel aus Ihrem persönlichen Leben.«

Ich presste meinen Rücken an die Stuhllehne.

»Dieses Frage- und Antwortspiel, machen Sie das den ganzen Tag über oder nur ab und zu?«

»Wie ... äh ... was?«

»Na, die Interviews. Sind Sie gelernte, hauptberuflich tätige Journalistin oder machen Sie das nur nebenbei?«

»Nur nebenbei«, bestätigte ich. Dann verbesserte ich rasch: »Zusätzlich. Ich mache das zusätzlich, um mir Geld zu verdienen.«

»Ach, das ist aber nett.« Burger griente. »Sie haben also ein Jöbchen ergattert, um ein paar Märkchen für ein paar nette Sächelchen zusätzlich übrig zu haben.«

»Wo denken Sie hin!«, fauchte ich. »Ich finanziere mir mein Studium damit.«

»Ein Studium. Das ist ja interessant.« Burgers Mundwinkel zuckten verdächtig. »Was studieren wir denn Schönes?« Er hob die Hand, um einer schnellen Antwort Einhalt zu gebieten. »Lassen Sie mich raten.« Genüsslich wurde ich gemustert. »Bestimmt studieren Sie dieses Fach, wo man so viele vergnügliche Romane lesen muss. Germanistik. Habe ich Recht?«

Ich wartete, bis das dröhnende Chauvi-Lachen abgeklungen war. »Viel Menschenkenntnis scheinen Sie ja nicht gerade zu besitzen.«

»Wenn es nicht die Germanistik ist, dann die Anglistik.«

»Einen Versuch haben Sie noch«, sagte ich trocken.

»Jetzt bleibt nur noch die Romanistik.«

Ich sah dem Chauvi fest in die Augen. Dann schlug ich zu: »Ich studiere Elektrotechnik.«

Für einen Moment schien Traugott Burger aus der Fassung gebracht. Dann zeigte er wieder sein Haifischgrinsen. »Aber gerade Ihr Fall ist doch ein Beweis für meine These. Unter denen, die das Studium der Elektrotechnik aufnehmen, sind nur wenige Frauen. Fazit: Die Chancen, einen Mann zur bequemen Lebensabendsicherung zu finden, stehen hier besonders gut.« Burger nickte mir anerkennend zu. »Sie sind eine kluge Vertreterin Ihres Geschlechts, Frau Zimmermann.«

Nur nicht provozieren lassen, hämmerte ich mir ein. Vielleicht konnte ich Deutschlands schlimmsten Chauvi ja mit meinen sprachwissenschaftlichen Germanistikkenntnissen knacken? »Was sagen Sie denn zu der Tatsache, dass – entgegen dem weit verbreiteten Vorurteil – Männer weit mehr reden als Frauen?«

»Wo haben Sie das denn her? Die Schwatztanten und Klatschbasen, von denen der Volksmund spricht, sind doch eindeutig weiblich.« Selbstgefällig lehnte sich Burger zurück. »Also ich sage immer: Ein Mann ein Wort, eine Frau ein Wörterbuch.« Er bleckte die Zähne und fing an zu wiehern.

»Nein, es stimmt wirklich«, beharrte ich stoisch. »Die stereotype Vorstellung, nach der Frauen mehr reden als Männer, ist nach wissenschaftlichen Erkenntnissen völlig unbegründet. Sie gilt nicht einmal im privaten Bereich. Verschiedene linguistische und soziologische Untersuchungen zeigen eindeutig, dass auch in Trivialunterhaltungen, etwa am Frühstückstisch, Männer das Gespräch dominieren –«

»Und das weiß man alles, wenn man Elektrotechnik studiert?«, unterbrach mich Burger argwöhnisch.

»– indem sie Themen einbringen und steuern, ihr Gesprächsthema durchsetzen, sich nicht unterbrechen lassen, dagegen selber unterbrechen«, ich warf meinem Gegenüber einen strafenden Blick zu, »und vor allem die von Frauen eingeführten Themen nicht unterstützen. Frauen dagegen zeigen ein völlig anderes Gesprächsverhalten, sie reagieren auf das, was die Männer sagen, stellen dreimal so viele Fragen wie die Männer –«

»Ja klar«, unterbrach mich Burger schon wieder. »Weil sie inhaltlich nicht so viel zu sagen haben.«

Ich war nahe daran, die Beherrschung zu verlieren. »Warum

geben sich die Männer denn überhaupt mit den Frauen ab, wenn sie nur von ihnen ausgenutzt werden und das weibliche Geschlecht nicht einmal zum gleichwertigen Gesprächspartner taugt?«

»Jetzt kommen wir endlich zum Kern meines Buches!«, brüllte Burger begeistert. »Es ist der Sexualtrieb, der den Mann in die Arme der Frauen treibt. Der liebe Gott hat ihn nun mal dazu auserkoren, den Fortbestand der Menschheit zu sichern. Ohne den Sexualtrieb würde ein Mann sich aus dem Staub machen, wenn ihm eine Frau gegenübersteht. Oder gegenübersitzt.« Burger starrte auf meine Oberweite. »Was machen Sie eigentlich heute Abend, Frau Zimmermann?«

Da gehe ich in die Lesbengruppe der Elektrotechnikstudentinnen, war ich schon drauf und dran zu sagen, als die Tür aufging und eine hoch gewachsene, löwenmähnige Schönheit mit mindestens einem halben Dutzend Einkaufstüten hereintrat. »Hi darling«, sagte die Schönheit. »Hello sweetheart«, antwortete Burger. »Have you been successfully shopping?« – »It was quite okay«, entgegnete die Schönheit gelangweilt und schwebte davon.

Ich rieb mir die Augen. »Wer war das denn?«

»Mein mir angetrautes Eheweib.« Burger plusterte sich stolz auf.

»Was sagt Ihre Gattin denn zu Ihren Thesen?«

»Bis jetzt gar nichts.« Burger griente. »Meine Frau ist nämlich Amerikanerin. Und wie ich sie kenne, hat sie nicht vor, in diesem Leben noch eine weitere Sprache zu erlernen. Mit einem Buch habe ich sie jedenfalls noch nie gesehen.« Er wies auf die Einkaufstaschen. »Sie geht viel lieber zum Shopping.«

»Jeden Tag?«, fragte ich ungläubig. Burger, der auf mich eher wie ein in die Jahre gekommener Waldschrat denn wie ein flotter Womanizer wirkte, musste jede Menge Ressourcen haben. Bestimmt kam noch ein erkleckliches Sümmchen durch den Verkauf seines jüngsten Pamphlets hinzu. Die Chauvis würden sich darum reißen.

»Wo waren wir stehen geblieben?«, riss mich Burger aus meinen Überlegungen.

»Beim Sexualtrieb«, sagte ich finster.

»Ah ja, richtig«, sagte Burger, rammte sich eine dicke Zigarre zwischen die Zähne, die er zum Glück nicht anzündete, und fing wieder an zu monologisieren. Zunächst über die hormonfreie Zeit kleiner Buben: Unter ihresgleichen würden sie mit ihren Bausteinen kleine architektonische Meisterwerke schaffen, durch die Wälder streifen, Höhlen bauen, Nester ausrauben, Kartoffeln klauen und sie am Lagerfeuer braten. Diese paradiesische Zeit, in der die kleinen Männer ihren Entdeckerdrang auslebten, fände mit dem Einsetzen der Pubertät schlagartig ihr Ende. Die Mädels bekämen schnell spitz, dass sie mit entenähnlichem Gang und sonstigen anatomischen Besonderheiten die Jungs kirre machten. Fortan putzten sie sich lockvogelartig heraus und investierten jede Menge in Verpackung und Fassade. »Auch wenn der Inhalt nicht hält, was die Verpackung verspricht, als Köder ist sie narrensicher«, resümierte Burger kaltschnäuzig und ging mich gleich darauf an: »Erzählen Sie mir jetzt nicht, dass Sie sich noch nie aufgedonnert haben, um einen Kerl an Land zu ziehen.«

Schuldbewusst gedachte ich der Kuppelfete, zu der ich in hautengen Satin-Leggings, tief ausgeschnittenem schwarzen Body und mit handbreitem Ledergürtel um die Taille erschienen war.

»Abend für Abend gehen Legionen von Frauen an die Front, aufgerüscht und aufgeputzt, um einen Kerl in die Falle zu locken. Gerade die schwachen Männer sind den Golddiggern hilflos ausgeliefert. Nur einmal Geschlechtsverkehr, und schon heißt es lebenslänglich. Spätestens nach der Geburt des ersten Kindes, mit dem sich die kluge Frau ihren Lebensabend sichert, wird aus dem einst bunt schillernden Schmetterling eine graue Motte. Aber es gibt auch den umgekehrten Fall: Gut aussehende Damen, die auch nach Jahren noch viel Zeit und Geld in Verpackung und Fassade investieren und sich im Laufe ihres Lebens durch strategische Hochzeiten und Scheidungen ein gewaltiges Vermögen erarbeiten. Sicher haben auch Sie ein Beispiel in der Familie? Eine reiche Tante vielleicht?«

Das fehlte noch, dass ich Tante Hedwig an diesen Ober-Chauvi verriet. »Das klingt ja gerade so, als seien die Frauen den Männern in Wirklichkeit überlegen«, bemerkte ich ironisch.

»Dass wir uns da bloß nicht missverstehen.« Warnend erhob Burger den Zeigefinger. »Der Sexualtrieb macht die Männer natürlich in gewisser Weise von den Frauen abhängig, aber ansonsten ist das männliche dem weiblichen Geschlecht haushoch überlegen. Männer sind von der Natur als Jäger konzipiert, Frauen als Heger. Wenn Frauen auf die Pirsch gehen, dann höchstens nach einem jagdbaren Junggesellen.« Burger zog an seiner kalten Zigarre. »Nein, an der jahrmillionenalten Führungsrolle der Männer auf dem Globus kann nicht gerüttelt werden. Wir sind größer und stärker als die Frauen und können schneller laufen und besser werfen.« Burger, der von seiner Physis so aussah, als könne er gerade noch eine Schildkröte fangen, wenn er sich anstrengte, schaute mich mitleidig an. »Durch das Y-Chromosom sind wir Männer eindeutig im Vorteil.«

Endlich kam mein Einsatz. Das war das Kapitel, das ich gründlich vorbereitet hatte. Ich atmete tief durch. »Die Wissenschaft sagt aber etwas anderes. Und zwar, dass das männliche Geschlecht das schwächere ist. Die Liste der Leiden, die eher Männer als Frauen treffen, ist nämlich sehr lang. Sie und ihre Geschlechtsgenossen, Herr Burger, sind anfälliger für Bronchialasthma und Bruzellose, Magengeschwüre und Gicht, Hasenscharten und Hepatitis. Und das ist nur ein kleiner Auszug.« Die ›Morgenpost‹ hatte wirklich ein gut geführtes Archiv. Leider hatte ich keine Zeit mehr gehabt, die Bedeutung von Bruzellose nachzuschlagen. Aber Traugott Burger sah nicht so aus, als ob er sich danach erkundigen wolle. Ihm war gerade die Zigarre aus dem Mund gefallen.

»Sicher wissen Sie auch nicht«, machte ich weiter, »dass es vier besondere Merkmale gibt, die durch die Gene des Y-Chromosoms weitergegeben werden und gegen die Frauen total immun sind. Entstellende Merkmale wohlgemerkt. Und zwar Borkenhaut, außergewöhnlich behaarte Ohren, schwielenähnliche Verdickungen an Händen und Füßen und Schwimmhäute zwischen der zweiten und dritten Zehe.«

»Schwimmhäute ...«, krächzte Burger und starrte auf seine Slipper. Unruhig rutschte er auf seinem Stuhl herum. Dann deutete er angestrengt auf das Zifferblatt seiner Armbanduhr. »Es war wirklich sehr anregend, sich mit Ihnen zu unterhalten, Frau Zimmermann, aber leider muss ich darauf drängen, das Interview zu beenden. Ich habe noch einen wichtigen Termin.« Da ich mich nicht gleich rührte, zündete er seine Zigarre an und blies eine dicke Rauchwolke in meine Richtung.

Ich verzichtete darauf, ihn zu erinnern, dass für das Interview mit der ›Morgenpost‹ zwei Stunden anberaumt gewesen waren. Auch mir war danach, das Gespräch zu beenden.

»Soll ich Ihnen noch eine Widmung in mein Buch schreiben?«, erbot sich der Chauvi. Kühl sah ich ihn an. »Vielleicht was Lustiges?«, insistierte er. Ich bleckte die Zähne. »Sehr freundlich, aber nein danke!« Burger gab nicht nach: »Wie wär's mit ›Frauen faulen, Männer reifen‹?« Er schickte ein Haifischgrinsen hinterher.

Nichts wie raus hier! Leider kam ich nicht drum herum, mir von Traugott Burger auch noch in die Jacke helfen zu lassen. »Ich hätte wetten können, dass Sie Germanistik studieren«, sagte er verschlagen, als ich in den linken Ärmel schlüpfte. Das konnte ich unmöglich auf mir sitzen lassen!

»Aus welchem Grund hassen alle Affen Charles Darwin?«, fragte ich den Chauvi, als ich ihm zum Abschied die feiste Hand schüttelte.

Er blickte mich erwartungsvoll an.

»Sie wollen nicht, dass geglaubt wird, sie seien mit den Männern verwandt.«

Hocherhobenen Hauptes marschierte ich davon.

11. Kapitel
Wenn Psychonauten auf die Reise gehen oder: Der Feminist im Manne

»Das muss ja ein interessantes Interview gewesen sein«, sagte der Redaktionsleiter mit Sinn für Understatement, nachdem er meinen Artikel über den infamen Traugott Burger gelesen hatte.

»Das kann man wohl sagen«, schnaubte ich.

»Und der hat tatsächlich eine Frau, die nicht weiß, was ihr Gatte da so zu Papier bringt?«

»Vielleicht könnte ihr die ›Morgenpost‹ ja einen Deutschkurs spendieren«, schlug ich rachedurstig vor und übernahm dann den nächsten Termin: eine Reportage über Frauen in technischen Studiengängen und die Vorurteile, denen sie ausgesetzt waren. Da konnte ich mitreden. Bei der Nennung des Studienfaches Elektrotechnik erntete ich selbst immer wieder höchstes Erstaunen.

Die Rubrik ›Von Machos, Mackern und Möchtegernhelden‹ – ich hatte inzwischen noch den Untertitel ›Die neuen Leiden des weiblichen Geschlechts‹ durchgesetzt – war nicht mehr aus der ›Morgenpost‹ wegzudenken. Wo andere über das journalistische Sommerloch stöhnten, hatte ich Themen zuhauf.

Mit Beginn des Herbst-/Wintersemesters musste ich meine Arbeit in der Redaktion etwas vernachlässigen. Ich ließ mich als Kandidatin für die Heimvertretung des Studentenwohnheims aufstellen. Die Wohndauer im Heim war auf wenige Jahre befristet. Ich hatte jedoch noch nicht vor, aus meinen fünfzehn Quadratmetern auszuziehen. Jedes Semester an Mitarbeit in der Heimvertretung würde meine Wohndauer um ein Semester verlängern. »Drück mir die Krallen, dass ich in die HV gewählt werde«, bat ich Caruso, bevor ich mit dem Lift in das fünfzehnte Stockwerk zur Vollversammlung der Heimbewohner fuhr.

Außer mir stellten sich noch zwei Frauen zur Wahl: Ina wollte das Haushaltsreferat übernehmen, Imke als Schriftführerin fungieren. Ich liebäugelte mit dem Festereferat. Gut organisierte Feten waren schließlich das A und O der Wohnheimgeselligkeit. Mangels weiterer Kandidaten wurden wir drei Frauen einstimmig in die neue HV gewählt. Damit wir die auf uns zukommende Arbeit bewältigen konnten, fehlten uns jedoch noch zwei andere Heimvertreter. Ich beriet mich kurz mit Ina und Imke. Dann trat ich vor die Vollversammlung. »Am liebsten wären uns zwei männliche Bewerber.« Was die Vorbereitung der Feten anging, galt es schließlich jede Menge Kisten und Kästen zu schleppen.

»Ich würde gerne bei euch mitmachen.« Ein Typ mit halb langem, strähnigem blonden Haar trat nach vorne. »Ich bin der Karsten.«

»Nun, welches Amt möchtest du bekleiden, Karsten?« Soweit ich wusste, waren die Kontaktpflege zur Wohnheimverwaltung und das Ausländerreferat noch zu haben.

»Ich möchte das Feminismus-Referat übernehmen!«

Im Raum wurde es mucksmäuschenstill. Dann wurde im Hintergrund gegluckst.

»Femi ... äh ... nismus-Referat? Ich glaube, das gibt es gar nicht.«

»Dann muss es eben eingerichtet werden.« Karsten drängte mich zur Seite.

»Der ist schon bei der Lesbengruppe und beim Autonomen Frauenreferat vorstellig geworden«, flüsterte mir Ina zu. »Aber die haben ihn nicht genommen, und jetzt haben wir ihn auf dem Hals«, ergänzte Imke kichernd.

»Liebe MitbewohnerInnen, liebe KommilitonInnen«, hob Feminist Karsten feierlich an, »ich sehe mich in der Nachfolge von Olympe de Gouges, die 1791 in ihrer ›Déclaration des droits de la femme et de la citoyenne‹ zum ersten Mal die völlige rechtliche, politische und soziale Gleichstellung der Geschlechter forderte. Ich stehe auch in der Nachfolge von Louise Otto-Peters, Vorkämpferin der bürgerlichen Frauenbewegung, und von Clara Zetkin, Führerin der Schwestern auf proletarischer Seite.«

Das Glucksen im Hintergrund hörte auf. Auch ich lauschte gespannt. Schließlich war Clara Zetkin die Namensgeberin meiner fortschrittlichen Großtante Clara gewesen.

Pathetisch füllte die Stimme des Feministen den Raum: »Ich setze den Kampf unserer tapferen Suffragetten fort und suche in den vordersten Reihen von Women's Lib und der Neuen Frauenbewegung die tägliche Auseinandersetzung mit dem männlichen Establishment.« Karsten legte eine kleine Pause ein und reckte stolz die Brust. »Ich habe mich durch meterdicke Stapel feministischer Literatur gelesen. Ich war am Aufbau von Frauenläden quer durch die Republik beteiligt und habe dabei unzählige Kisten mit feministischer Literatur durchs ganze Land getragen.«

»Also ich bin dafür, dass er bei uns mitmacht«, flüsterte ich Imke und Ina zu. »Der kann uns doch prima die schweren Sachen schleppen.«

»Ich protestiere dagegen, dass Frauen immer noch als Sexualobjekte dargestellt werden, die keinen klaren Gedanken fassen können und deren Bereich die Küche ist, während Männer Entscheidungen fällen und sich als Autoritätsfiguren oder siegreiche Helden aufspielen«, warf sich Karsten jetzt voll in die Brust. »Ich protestiere dagegen, dass Frauen von lächerlichen Schönheitsidealen versklavt werden. Ich protestiere gegen gebundene Lotusfüße sowie gegen einengende Korsetts aus Stahl und Fischbein.«

Und gegen mit handbreiten Ledergürteln gezurrte Taillen, ergänzte ich in Gedanken und ließ meinem Bauch freien Raum.

Erzürnt blickte Karsten in den Raum. »Holt Nora endlich aus dem Puppenheim!« Die Heimbewohnerinnen klatschten begeistert. Mit herrischer Geste gebot der Feminist dem Applaus Einhalt. Er war noch lange nicht fertig mit seiner flammenden Philippika.

»Was ist der Mann denn schon? Nichts weiter als ein Riesensäugling im emotionalen Kuschelnest!« Applaus brandete auf. »Ohne die Frauen würde unser Sozialsystem zusammenbrechen. Sie sind die wahren Helden. Und nicht die Gefühlsparasiten, zu deren Lieblingsbeschäftigungen es gehört, abends vor der Flimmerkiste zu hocken, ein Bier nach dem anderen zu trinken, zu rülpsen und zu furzen und auch noch ohne Zahnputz ins Bett zu gehen.«

»Karsten! Karsten!«, riefen die Heimbewohnerinnen völlig verzückt.

»Für uns Frauen ist endlich die Zeit gekommen, unseren Teil der Macht zu übernehmen und unsere Talente und Fähigkeiten dort zu entfalten, wo wir es gerne möchten«, schloss Karsten salbungsvoll.

Hatte ich mich da eben verhört oder hatte der Feminist tatsächlich von ›uns Frauen‹ gesprochen? So weit konnte die Identifikation mit dem weiblichen Geschlecht doch wohl nicht gehen? Doch ich hatte keine Zeit, darüber nachzusinnen, denn es wurde auf Abstimmung gedrängt. Klar, dass die anwesenden Bewohnerinnen alle ihre Hand für Karsten hoben. Klar war auch, dass sich die anwesenden Männer nicht trauten, gegen ihn zu stimmen. Bis auf einen, der sich der Stimme enthielt und vor sich hin brummelte: »Ich habe es satt, mich ewig zu rechtfertigen, zur Gattung der Unterdrücker und Vergewaltiger zu gehören.«

»Ein Anhänger von Camille Paglia«, flüsterte Karsten mir zu.

»Camille was?«

»Na diese aggressive Antifeministin, die solche bizarren Thesen drischt wie ›Wäre die Zivilisation den Frauen überlassen geblieben, wir lebten noch immer in Schilfhütten‹. Die ist zehnmal so schlimm wie Esther Vilar.«

»Esther wie?«

Karsten blickte mich überrascht an. »Na, besonders gut scheinst du dich ja nicht auszukennen.«

»Ich kenne nur Traugott Burger«, murmelte ich betreten.

»Ach du meine Güte! Das ist ja der Schlimmste überhaupt!« Der Feminist schlug die Hände über dem Kopf zusammen. »Schon mal was von Betty Friedan, Germaine Greer oder Kate Millet gehört?«

Ich schüttelte den Kopf. »Aber Clara Zetkin, die sagt mir was.«

Karsten musterte mich interessiert. »Am besten, ich komme mal bei dir vorbei und gebe dir ein paar Nachhilfestunden in Sachen Feminismus.«

Ina und Imke schubsten uns an. »Seid doch mal still. Da hat sich ein weiterer Interessent für die Heimvertretung gemeldet.«

Richtig, einen brauchten wir ja noch. Die künftigen Feten schienen gerettet. Auch dieser Kandidat sah so aus, als ob er nicht gleich nach dem ersten Kasten schlapp machen würde.

»Ich bin der Ulf«, stellte er sich vor, »und ich verlange, dass wir auch ein Männer-Referat bekommen. Ein Wilde-Männer-Referat.«

»Ist das auch ein Fan von Camille Paglia?«, fragte ich Karsten bestürzt.

»Quatsch! Das ist natürlich ein Anhänger von Robert Bly und Sam Keen«, zischte mir der Feminist genervt von meiner Unkenntnis zu.

Schon wieder eine Wissenslücke. Kein Wunder, dass Traugott Burger mich als leichtes Opfer betrachtet hatte. Den feministischen Nachhilfeunterricht von Karsten durfte ich keinesfalls ausschlagen.

»Nicht nur für die Befreiung der Frau, auch für die Befreiung des Mannes muss gekämpft werden«, hob Ulf an. »Aber die Befreiung des Mannes ist zum Scheitern verurteilt, wenn sie auf Selbstanklage und Selbsthass beruht und sich die feministischen Behauptungen zu Eigen macht. Es ist höchste Zeit, dass wir wieder mit den Energien des wilden Mannes in Berührung kommen. Wir müssen den Wurzeln des Mannseins nachspüren, jener archaischen Kraft, die einst vom Vater auf den Sohn übertragen wurde.«

Erregt sprang Karsten auf. »Der wilde Mann ist doch nichts weiter als ein wild gewordener Softie, der endlich seine Rambo-Instinkte ausleben möchte.«

Wie Donnerhall schallte Ulfs Stimme durch den Raum. »Wir dürfen uns nicht länger den Mythos aufschwatzen lassen, dass der Mann in unserer Kultur begünstigt ist. Wusstet ihr, dass Frauen im Durchschnitt acht Jahre länger leben als Männer? Dass Männer sich dreimal häufiger umbringen als Frauen? Dass fünfundsiebzig Prozent aller Mordopfer Männer sind? Dass fast nur Jungen Schulprobleme haben? Dass zwei Drittel der Patienten in den Notfallstationen Männer sind?«

Aus den Reihen der männlichen Heimbewohner war zustimmendes Gemurmel zu hören. Einige versicherten sich gegenseitig ihrer die Statistik in die Höhe treibenden Wehwehchen.

»Härte, Leistung, Unerschütterlichkeit, Konkurrenz, Egoismus, Verschlossenheit: Männer, wie lange wollt ihr noch das Klischee vom virilen Supermann pflegen – zäh wie Leder und hart wie Kruppstahl?«

»Wir sind doch auch nur Menschen«, tönte es Mitleid erregend aus dem Hintergrund.

»Seit Adam den Apfel gegessen hat, werden wir für alles, was geschehen ist, verantwortlich gemacht: Als Weltzerstörer steht der Mann am feministischen Pranger.«

Das zustimmende Gemurmel wurde immer lauter.

»Männer, wollen wir denn lebenslängliches Objekt feministischer Beziehungsliteratur sein? Wir müssen endlich etwas bewegen, um unseren Untergang als Mann zu verhindern.«

Tosender Applaus unterbrach Ulfs Rede. Der Mann als aussterbende Art? So hatte ich das Ganze bisher noch nicht betrachtet.

»Wie ein schmales Südseeatoll inmitten des monsungepeitschten Ozeans ist die männliche Psyche ständig in Gefahr, von der femininen See überrollt zu werden. Längst haben Frauen die männliche Sozialisation übernommen. Männer werden als Jungen von Frauen abgerichtet. Mutter, Großmutter, drei Schwestern, zwei Tanten, eine Großtante sowie eine Urgroßtante – auch bei mir hatten Frauen zu Hause die Schlüsselpositionen besetzt. Mein Vater sagte mir morgens kurz guten Tag, ging dann zur Arbeit, raschelte mit der Zeitung, wenn er zurückkam, und sagte mir abends noch kurz gute Nacht.« Ulf wischte sich eine Träne von der Wange. Im Hintergrund wurde leise geschluchzt. »Auch Kindergärtnerinnen und Grundschullehrerinnen verhinderten erfolgreich meinen Kontakt mit dem haarigen wilden Mann aus der Tiefe.«

»Das ist noch gar nichts gegen meine Kindheit«, schluchzte ein Heimbewohner aus der ersten Reihe. »Ich hatte auch im Gymnasium nur Lehrerinnen.«

Ulf unterbrach seine Rede, ging zu dem Leidgeplagten und umarmte ihn kräftig. »Wir müssen die Macho-Maske endlich fallen lassen, aussprechen, was uns bewegt, anstatt es mit ein paar Pullen Bier in der Kneipe herunterzuspülen. Wir müssen zu Psychonauten werden und uns selbst entdecken.«

Ein Heimbewohner aus der zweiten Reihe mit lila Latzhose stand auf: »Bis vor kurzem war ich noch ein Softie, der die Kehle darbot. Ich habe gestrickt, gekocht und gekuschelt, was das Zeug hielt.«

Ulf ging auch zu ihm und drückte ihn fest an sich. Dann fuhr er fort. »Die freundlichsten Männergestalten, die der Menschheit Freude, Freiheit und Erkenntnis gebracht haben, sind allesamt in Mannesnähe aufgewachsene Söhne – ob Mozart, Michelangelo, Shakespeare, Kopernikus, Gandhi oder Rousseau. Caligula dagegen, Nero, Iwan der Schreckliche, Dschingis Khan, Robespierre, Hindenburg und Wilhelm II. wuchsen in enger Beziehung zu ihren Müttern auf.« Ulf legte an Lautstärke zu: »Wir haben keine Lust mehr, uns an klischeehaften Männerbildern auszurichten.«

Ein Heimbewohner aus der dritten Reihe brach zusammen.

»Wisst ihr, was mein Therapeut zu mir gesagt hat, als ich mit meinen Gefühlen zu ihm gekommen bin?«, wimmerte er. »Er hat gesagt: ›Reißen Sie sich zusammen und seien Sie ein Mann!‹« Ulf nahm sich auch dieses Bewohners an. »Wir sind keine Männlichkeitsmaschinen!«, rief er in die Vollversammlung. »Wir möchten keine Angstträume mehr haben, in denen wir von übermächtigen Muttermonstern abgerichtet werden. Wir schreien um Hilfe.« Ein herzzerreißender Schrei aus tiefster Männerseele hallte durch die Vollversammlung. Unter lautem Schluchzen wurde abgestimmt. Auch die Frauen gaben Ulf ihre Stimme.

Nach der Vollversammlung machte ich mich an die Arbeit. Es galt die Semester-Eröffnungsfete vorzubereiten. Der Termin musste festgelegt, Musik live und aus der Konserve organisiert werden, Plakate und Flugzettel gemalt und vervielfältigt, Essen und Getränke bestellt werden. Für das Schleppen der Getränkekästen rechnete ich fest mit Ulf und Karsten.

Beide wohnten drei Stockwerke über mir, auf dem gleichen Flur, fast Tür an Tür, nur durch ein Zimmer getrennt. Man brauchte bloß dem Gehör zu folgen. Aus Karstens Zimmer schmetterte Ina Deter »Ich sprüh's auf jede Wand: Neue Männer braucht das Land«, während aus Ulfs Räumlichkeiten Herbert Grönemeyer dröhnte: »Männer haben's schwer, nehmen's leicht, außen hart und innen ganz weich.«

Als ich bei Karsten klopfte, ging beim daneben liegenden Zimmer die Tür auf. Eine zermürbt wirkende Studentin steckte den Kopf heraus. Sie hielt sich einen Eisbeutel vor die Stirn. »Kann man denen nicht mal 'ne andere CD schenken. Ich bin schon reif für die Klapse.«

Ich trat zu ihr hin. »Sag bloß, da läuft den ganzen Tag das Gleiche.«

»Auch die halbe Nacht«, klagte die Gebeutelte, die, wie ich ihrem Schild an der Tür entnehmen konnte, Pia hieß. »Jetzt, wo die in der Heimvertretung sind, ist es noch schlimmer geworden.« Pia erzählte, dass auf dem Flur mittlerweile ein regelrechter Kleinkrieg tobe. Ulf versuche die Heimverwaltung davon zu überzeugen, die Zimmer auf dem Flur nur noch an männliche Studenten zu vermieten, sozusagen eine männliche Trutzburg zu errichten, in der die Männer ungestört Psychoballast abwerfen und sich auf die Suche nach dem wilden Mann begeben könnten. »Ich glaube, das hat mit einem Trauma aus seiner Kindheit zu tun«, erklärte Pia. »Der ist unter lauter Frauen aufgewachsen: Mutter, Großmutter, drei Schwestern, zwei Tanten und eine Großtante.«

»Nicht zu vergessen die Urgroßtante«, ergänzte ich lachend.

»Und Karsten will die Männer rausekeln und lauter Bewohnerinnen auf den Flur holen. Eine frauenbewegte Zone schaffen«, kicherte Pia, die schon etwas entspannter aussah, »mit ihm als feministischem Gockel mittendrin. Kikeriki!!!« Wir hielten uns den Bauch vor Lachen. Pia griff sich an die Stirn. »Ich glaube, meine Kopfschmerzen sind weg. Lachen ist eben die beste Medizin. Komm doch rein, da lässt sich's besser quatschen.«

Pia hatte Recht. In ihr Zimmer drang ein grauenhafter Deter-Grönemeyer-Mix: »Kratze es in Birkenrinde, Männer sind auf dieser Welt einfach unersetzlich, schreib's in Gold auf die Altäre, Männer baggern wie blöde, Männer lügen am Telefon ...« Das Ganze wurde begleitet von unregelmäßigen dumpfen Schlägen. Auf Pias Gesicht erschien ein gequältes Lachen. »Das ist Ulf, der auf den Boden einschlägt, um seine Mutterwunden zu heilen.«

Doch warum lange bei Karsten und Ulf verweilen, wenn es so viel über andere Knallerbsentarzans auszutauschen gab. Ich erzählte von Sparbrötchen Waldemar und dem flügellahmen Falken, und Pia gab ihre Erlebnisse mit ›Crispus longus‹ zum Besten: einem hoch gewachsenen, eigentlich nicht übel aussehenden Studenten, der aber bereits nach wenigen Minuten schrecklich zu nerven begann und der sich vorzugsweise auf junge, im Umgang mit Knallerbsentarzans unerfahrene Studentinnen spezialisiert hatte, die ihn nicht so leicht von der Pelle bekamen.

»Und warum nennt man ihn ›Crispus longus‹?«, fragte ich.

»Na, wegen seinem halb langen, lockigen Haar. Und weil er fließend Latein spricht.« Pia kicherte. »Das ist vielleicht ein Irrer. Der besucht sogar die Ringvorlesungen in lateinischer Sprache. Die neueren romanischen Sprachen beherrscht er natürlich auch alle. Gibt mächtig damit an. Stell dir vor, der behauptet doch glattweg, die Italiener, Spanier und Portugiesen könnten alle nicht richtig sprechen, die hätten immer irgendeinen Dialekt drin.«

»Ich fasse es nicht«, sagte ich fassungslos.

»Es kommt noch besser.« Pia gluckste. »Einmal stand er vor meiner Tür. Nur mit Badehose bekleidet. Er habe seine Sachen gerade in der Waschmaschine, schwafelte er, ob er bei mir so lange warten dürfe. Erst bin ich furchtbar erschrocken, dann hab ich mir meine Sofortbildkamera geschnappt und ihn für die Nachwelt festgehalten. Und dann schnell aus meinem Zimmer hinauskomplimentiert.« Pia ging zu ihrem Schrank und holte einen Schuhkarton heraus. »Das ist mein Monstrositäten-Kästlein.«

»Das gibt's doch gar nicht. Ich besitze auch so was!«, rief ich begeistert. »Ich habe ein Schränkchen für sentimentale Stunden und darin noch einmal eine Extraecke für absonderliche Trophäen.«

Pia lächelte geheimnisvoll. Ganz langsam zog sie aus dem Schuhkarton eine getigerte Männerunterhose. »Hast du auch so was?«

Ich hieb mir auf die Schenkel. »Ja, aber mit Leopardenmuster.«

»Das gibt's doch gar nicht!«, brüllten wir im Duett.

Pia gab mir das Foto: »Dem gehst du besser aus dem Weg, wenn du ihn triffst. Sonst schwallt er dich in Grund und Boden.« Interessiert betrachtete ich das Bild, auf dem ein bis auf die gestreifte Badehose nackter Enddreißiger mit einer geblümten Tasse in der Hand auf Pias gestreiftem Sessel thronte. Den würde ich bestimmt nicht so schnell vergessen.

»Das ist aber schon ein älteres Semester«, bemerkte ich, als ich Pia das Foto zurückgab.

»Schließlich musste er ja erst die ganze Ostromania, dann die Westromania studieren. Hast du eine Ahnung, wie viel romanische Sprachen es gibt! Ich glaube, der spricht selbst Rätoromanisch besser als die Einheimischen.« Pia grinste mich an. »Was hast du eigentlich belegt?«

Geschlechtsgenossinnen brauchte man zum Glück nicht anzuschwindeln. »Germanistik«, bekannte ich offen.

»Boh! Das ist aber schwer. Da muss man unheimlich viele tiefsinnige Sachen lesen, nicht wahr?«

Pia wurde mir immer sympathischer. »Och, es geht«, sagte ich bescheiden. Dann fiel mir ein, dass ich ja noch bei Ulf und Karsten wegen dem Schleppen der Getränkekisten klopfen musste.

»Ich fürchte, da wirst du wenig Glück haben«, orakelte Pia. »Die sind viel zu sehr mit sich selbst und ihren Thesen beschäftigt.«

Sie hatte Recht. Ulf schob sein Psychonauten-Programm vor, und Karsten beteuerte, er feile gerade an besonders wirksamen feministischen Kampfstrategien. Mir blieb nichts anderes übrig, ich musste Volker anrufen und ihn um eine kleine Hilfestellung bitten.

»Geht's etwa wieder um Leben oder Tod?«, argwöhnte er, als ich ihn endlich an der Strippe hatte.

»Das nicht gerade«, meinte ich betont gleichgültig. »Es geht eigentlich nur um fünf Dutzend Kästen Bier.«

Ich konnte förmlich hören, wie Volker das Wasser im Munde zusammenlief. »Ich komme sofort«, sagte er.

»Mindestens ein halber Kasten ist aber für mich reserviert«, forderte er, nachdem wir das Bier in den Fetensaal verfrachtet hatten.

»Lieber Volker«, sagte ich salbungsvoll, »lass doch endlich die Macho-Maske fallen, sprich aus, was dich bewegt, anstatt es mit ein paar Pullen Bier herunterzuspülen.«

Volker sah nicht aus, als ob er je Kontakt mit dem wilden Mann aufnehmen würde. »Häää?«, sagte er nur und kratzte sich am Kopf.

»Na da!« Ich wies auf ein Plakat am Eingang zum Fetensaal. »Lies das und du weißt Bescheid.«

Auf dem Plakat wurde von Ulf für sein sorgfältig ausgearbeitetes Psychonauten-Programm geworben. Anberaumt waren zehn Sitzungen im wöchentlichen Turnus, jede drehte sich um ein spezielles Problem:

Der Mann – das unbekannte Wesen?

Wer wagt es, sich zum Psychonauten ausbilden zu lassen? Wer möchte mit uns den wilden Mann aufspüren? Auf uns wartet eine Pilgerfahrt in das größte unterentwickelte Land der Welt!

1. Sitzung: Heilung der Mutterwunden (möglichst viele Stöcke mitbringen)
2. Sitzung: Urschrei-Therapie (evtl. gemeinsames kaltes Duschen)
3. Sitzung: Nächtliches Tanzen und Trommeln (Congas gibt's momentan besonders billig im ›Spielzeugland‹)
4. Sitzung: Reise in das Land Mann mit Reiseleiter Dr. Dr. Edelbert Eisenbarth – Für Proviant ist gesorgt
5. Sitzung: Theoretische Aufarbeitung I – Der Placenta-abhängige männliche Embryo
6. Sitzung: Vom armen Willi bis zu Rambo – Männer und ihre Rollen
7. Sitzung: Theoretische Aufarbeitung II – Der Placenta-abhängige männliche Fötus
8. Sitzung: Männer zeigen Gefühle – Wir küssen und umarmen uns
9. Sitzung: Männer fragen um Rat – Von der Vorhautverletzung bis zum vorzeitigen Samenerguss
10. Sitzung: Brodelnde Bruderschaften – Männer schüren das Feuer in ihrem Bauch

Die Sitzungen 4 bis 10 finden im HV-Raum des 15. Stockwerkes des Studentenwohnheimes statt. Auch zu den Sitzungen 1 bis 3 treffen wir uns zunächst im HV-Raum und überlegen dann gemeinsam, wohin wir gehen.

Volker erstarrte. »Da geh ich nicht hin!«, protestierte er. »Auch wenn ich dafür auf mein Bier verzichten müsste.«

»Keine Angst, das mit dem Bier geht klar«, beruhigte ich ihn. »Und vielen Dank für deine Hilfe, Volkerli.« Ich wollte den Arm heben, um Volker an der Schulter zu tätscheln, doch ich kam nur wenige Zentimeter hoch. Meine Muskulatur tat höllisch weh. Ich musste mich unbedingt etwas ausruhen. In meinen fünfzehn Quadratmetern warf ich mich auf meine Liegestatt und schaffte es gerade noch, den Fernseher anzuschalten. Caruso fiepte empört. Er wartete auf frisches Futter. »Tut mir Leid, Caruso, aber du musst dich noch etwas gedulden.« Ratlos sah ich zum Schrank hoch, auf dem die Packung mit den Körnern stand.

In der Flimmerkiste lief eine lautstarke Diskussion. Zu der Frage »Sind wir Opfer unseres Geschlechts?« waren eine Frauensoziologin, ein Männersoziologe, eine Frauenpsychologin, ein Männerpsychologe, ein Biologe, eine Prostituierte, eine streitbare Feministin sowie ein streitbarer ›Maskulinist‹, wie er genannt wurde, eingeladen worden. Das war doch Traugott Burger! Mühelos brachte er den Männersoziologen, den Männerpychologen, den Biologen sowie den Moderator auf seine Seite. Ich war viel zu erschöpft, um empört zu sein. Stöhnend massierte ich meine Muskulatur.

Ein Poltern schreckte mich auf. Ächzend schleppte ich mich zur Tür und öffnete sie einen Spalt. Mit einem Ruck wurde sie aufgestemmt, und Feminist Karsten stürzte an mir vorbei ins Zimmer. »Ein Skandal!«, tobte er. »Das ist ein Skandal!« Er starrte auf den Bildschirm, auf dem gerade der Abspann zur Diskussionsrunde lief. »Die Männerwelt holt zum Gegenschlag aus!« Voller Groll baute sich Karsten vor mir auf. »Wir Frauen müssen jetzt noch mehr zusammenhalten als bisher.« Er packte meinen schmerzenden Arm und riss ihn nach oben. Ich schrie auf. »Ja, weiter so!«, brüllte Karsten. »In Grund und Boden müssen wir sie schreien, die Chauvis!«

Dann warf er seinen Kopf mit den strähnigen, halb langen Haaren zurück, befahl mir, mich hinzusetzen und ihm zuzuhören. Der Nachhilfeunterricht in Sachen Feminismus begänne jetzt. Ich hoffte nur, dass er meinen Arm zufrieden lassen würde.

Zuerst erzählte mir Karsten, dass bei den nigerianischen Woodabe, wo die ökonomische Macht bei den Frauen liege, männliche Schönheit eine große Rolle spiele. Danach impfte er mir ein, gegen die unbewusste Propaganda in meinem Kopf anzugehen. »Wenn du fragst: ›Essen wir heute Abend beim Italiener oder beim Griechen?‹, dann hast du die Italienerin und die Griechin aus deinem Kopf verbannt, die in der Küche stehen. Wenn du jemandem rätst: ›Du solltest mal zum Arzt gehen!‹, dann hast du alle weiblichen Konkurrentinnen aus dem Kopf der Angesprochenen verbannt.« Dazu wollte ich auch etwas bemerken, aber Karsten unterbrach mich, um mir zu sagen, dass Forschungen zeigten, dass Frauen häufiger von Männern unterbrochen würden als umgekehrt. Auch hier hätte ich gerne etwas beigesteuert, aber Karsten ließ mich nicht zu Wort kommen, weil er mir empört mitteilen musste, dass in der viktorianischen Zeit eine Frau nicht zugeben durfte, zwei Beine zu besitzen, da diese nicht als anatomische Einrichtung zum Tragen des Körpers und zum Gehen betrachtet wurden, sondern als Pfeile, die unmissverständlich den Weg zu den Geschlechtsorganen wiesen. »Bifurkation!«, erregte sich Karsten. »Gabelung oder Zweiteilung: Das war die prüde Umschreibung, die man damals für die Beine einer Frau benutzen durfte!« Dabei ließ er gar nicht prüde einen Blick über meine Bifurkation streifen.

Dann teilte mir Karsten mit, dass ihm Frauen beim Urinieren ein Vorbild seien. »Beim Pinkeln gehe auch ich in die Hocke«, bekannte er stolz. Das war mir nun doch ein wenig zu intim. Um ihn abzulenken, bat ich ihn, mir Carusos Körnermischung vom Schrank zu holen. »Jaja, das waren noch Zeiten, als Alice Schwarzer und die französische Frauenbewegung den Männern auf den Pariser Boulevards in den Hintern kniffen«, gluckste Karsten, als er mir das Wellensittichfutter in die Hand drückte. Dabei fiel ihm ein, dass er mir ja ein wenig feministische Basisliteratur besorgen könne.

Mit einer riesigen Kiste kehrte er zurück. Er habe mir eine kleine Auswahl zusammengestellt, einen feministischen Schnellkurs sozusagen. »Das schenke ich dir«, sagte er und drückte mir zwei Bücher in die Hand: zum Urbild und zur Wiederkehr der Großen Göttin.

Überwältigt betrachtete ich die zwei Dutzend Bücher, mit denen Karsten meinen Schreibtisch übersäte. »Liebenswürdige Unwissenheit, das ist es, worauf Frauen gedrillt werden.« Karsten schnäuzte sich lautstark die Nase.

»Also meiner Meinung nach«, sagte ich, froh, endlich auch mal zu Wort zu kommen, »wird eine Frau heutzutage noch als Blaustrumpf diskreditiert, wenn sie sich klug und ernst gibt.«

Karsten betrachtete sich ausführlich im Taschentuch sein Schnäuz-Ergebnis. »Hast du gerade etwas gesagt?«

Mit femininer Geduld wiederholte ich meine Aussage.

»Von wegen Blaustrumpf!«, kreischte Karsten los. »Simone de Beauvoir, der feministische Blaustrumpf schlechthin, war eine überaus leidenschaftliche Liebhaberin.« Er leckte sich die Lippen. »Was meinst du, so eine Beziehung à la Sartre und Beauvoir ...«

Ich runzelte die Stirn. Waren da nicht neue Erkenntnisse aufgetaucht, nach denen Sartre ein fleißiger Schürzenjäger gewesen war, sich aus Sex aber nicht viel gemacht hatte, vielmehr die Bewunderung seiner zahlreichen jungen Geliebten genoss und immer dann bei der Beauvoir Zuflucht suchte, wenn er sich aus der erdrückenden Umklammerung der jeweils aktuellen Gespielin zu befreien gedachte?

»Ich glaube«, druckste ich herum, »ich muss mich da erst ein wenig kundig machen ... äh ... einlesen ...«

»Wenn du etwas nicht kapierst, kannst du mich gerne fragen«, erbot sich Karsten großzügig. »Jederzeit«, blinkte er, bevor er mich mit der feministischen Basisliteratur alleine ließ.

Tapfer blätterte ich mich durch den ersten Bücherstapel hindurch. Danach schwirrte mir der Kopf. Den Schmöker zur Wiederkehr der Großen Göttin legte ich in meinem Schränkchen für sentimentale Stunden ab, das andere geschenkte Buch kam als Nachtlektüre auf den Bettkasten. Im Innern klebte ein Etikett mit einem unleserlichen Namen. Ich riss es heraus und setzte mein Autogramm hinein. Drei Seiten schaffte ich noch, dann umschlang mich Morpheus fest mit seinen Armen.

Doch es war eine unruhige Nacht, die ich verbrachte. Im Traum kämpfte ich mich durch einen mindestens zweitausend Seiten starken Wälzer, der den Titel trug: ›Wenn Frauen zu viel Männer lieben, die Frauen lieben lernen, deren Söhne Väter wollen‹. Nach eintausend Seiten schrie ich auf: »Hilfe, ich kann nicht mehr.« Es tat einen Schlag, und ich wachte auf. Caruso flatterte wild durch seinen Käfig. Mit meinem Schrei hatte ich ihn wohl erschreckt, und er war von der Stange geplumpst. »Sorry, Caruso«, murmelte ich und trat ans Fenster, um ein wenig frische Luft zu schnappen. Es war gerade mal fünf Uhr morgens, deswegen war ich erstaunt, einen Trupp Männer auf dem gegenüberliegenden Feld bereits fleißig herumwerkeln zu sehen. Mit Stöcken und anderem Gerät bearbeiteten sie den Boden. Ihre Arbeitsmethode kam mir merkwürdig vor. Ich zog den Vorhang zurück und lehnte mich aus dem Fenster. Grunzlaute drangen an mein Ohr. Das musste die erste Sitzung des Psychonauten-Programms sein: Mutterwunden heilen. Ich erkannte Ulf, der versuchte, einen jungen Baum zu entwurzeln. Auch wenn Ulf besonders große Mutterwunden hatte – das ging eindeutig zu weit! Ein anderer junger Mann peitschte wild enthemmt mit einer Gerte auf den Boden ein. Er sah aus wie Lächler Robert. Ich schaute genauer hin. Es war Robert! Nur dass das Lächeln auf seinen Lippen einem überaus grimmigen Ausdruck gewichen zu sein schien. War auch er von einem Muttermonster abgerichtet worden?

Caruso grummelte ärgerlich vor sich hin. Du hast ja Recht, bedeutete ich ihm, wir sollten lieber noch ein wenig schlafen. Als ich mich dann um sieben Uhr aus den Federn quälte – ein Professor hatte sein Seminar zu unchristlicher Zeit angesetzt –, war der Spuk draußen vorbei. Wahrscheinlich hatte der kollektive Jähzorn pünktlich zum Frühstück sein Ende gefunden.

Ich ließ die ganze Woche über die Große Göttin Große Göttin und die wilden Männer wilde Männer sein, bis es wieder an meiner Tür polterte. Bestimmt war es Karsten, der sich nach meinen feministischen Leseleistungen erkundigen wollte. »Ich komme gleich«, rief ich. Schnell schnappte ich mir ein Exemplar der feministischen Basisliteratur, klappte es auf und platzierte es mitten auf dem Schreibtisch.

Doch es war Pia, die so dringend nach mir verlangte. Eine völlig aufgelöste Pia. »Kann ich bei dir Asyl bekommen?«, flehte sie. »Mindestens ein Dutzend Männer hat bei uns den Duschraum besetzt und schreit sich die Kehle aus dem Leib.« Pia hielt sich immer noch die Ohren zu. »Ich weiß nicht mehr, wo mir der Kopf steht. Und morgen schreibe ich auch noch eine Klausur.«

Nachdem ich Pia beruhigt hatte, klärte ich sie auf: »Das ist bestimmt die zweite Sitzung des Psychonauten-Programms. Wahrscheinlich funktioniert die Urschrei-Therapie im Trockenen nicht, und da hat Ulf seine Mannen unter die kalte Dusche geschickt.«

»Kannst du gegen diesen Irrsinn denn nichts unternehmen?«, bat mich Pia. »Du bist doch Mitglied der Heimvertretung.«

Ich beschloss, mir die Sache genauer anzuschauen und an ein oder zwei Pychonauten-Sitzungen teilzunehmen. Auch mein journalistisches Interesse war geweckt. Bestimmt ließ sich aus dem Material etwas für meine Rubrik in der ›Morgenpost‹ basteln.

Ulf stellte sich jedoch quer. »Frauen sind als Psychonauten nicht zugelassen«, blaffte er mich an, »wir Männer müssen unter uns bleiben, sonst verlieren wir dic Spur des wilden Mannes.«

Na warte, Bürschchen, dachte ich und erstand zunächst billig in einem Secondhandshop ein Fernglas, mit dem ich das nächtliche Tanzen und Trommeln auf den Spielzeug-Congas von meinem Fenster aus ins Visier nahm. Das allein gab jedoch nicht genug Stoff für meinen Artikel her. Ich schlich mich also zur vierten Sitzung hoch in den fünfzehnten Stock und versuchte unbemerkt durch einen Türspalt an der Reise in das Land Mann teilzunehmen.

Etwa zwei Dutzend Reiselustige hatten sich im Halbkreis um eine Tafel herum versammelt, an die ein schmächtiges Männlein ohne Haupthaar, dafür aber mit rostrotem Vollbart – augenscheinlich Dr. Dr. Edelbert Eisenbarth – mit Kreide die Umrisse eines großen, breitschultrigen und schmalhüftigen Mannes malte.

»Was also müssen wir beachten, wenn wir uns zu einer Reise in das Land Mann aufmachen«, krächzte das Männlein und wandte sich dem Auditorium zu. »Zunächst einmal, dass es im Land Mann jede Menge Strand, aber auch jede Menge Klippen gibt. Dafür müssen wir gerüstet sein.« Edelbert Eisenbarth griff in einen Koffer und holte eine altmodisch gemusterte Badehose sowie abgelatschtes, festes Schuhwerk heraus. »Mal sehen, was wir noch so alles im Koffer haben.« Er zog eine Pistole mit Schreckschussplättchen sowie Verbandszeug hervor. Es folgten ein Paar Babyschühchen in Hellblau sowie diverse Nuckelobjekte wie Schnuller, Bierflaschen und Zigaretten.

»War das etwa schon alles an Proviant?«, fragte eine empörte Stimme. Ich reckte den Hals, um auszumachen, wer da gemault hatte. Es war der Schnorrer. Auch er war gekommen, um ins Land Mann mitzureisen. Ich mutmaßte allerdings, dass ihn die Ankündigung mit dem Proviant hergelockt hatte.

Edelbert Eisenbarth schien aus dem Konzept gebracht. Nervös strich er sich über die Glatze, zupfte sich am Bart, griff dann erneut in den Koffer und stellte ein paar Konservenbüchsen auf den Tisch. »Natürlich brauchen wir auch Essensproviant auf unserer Reise.«

»Und wo ist der Büchsenöffner?«, fragte der Schnorrer frech.

Das Männlein wühlte verwirrt im Koffer. Dann linste es über den aufgeklappten Kofferdeckel entschuldigend ins Auditorium. »Den Büchsenöffner haben wir nicht eingepackt.«

»Das ist ja wohl nicht möglich!« Der Schnorrer stand so ruckartig auf, dass sein Stuhl nach hinten wegkippte. »Den Büchsenöffner vergessen. Das ist mir ja eine schöne Reise!« Dreist wies er auf Zigarettenschachtel und Bierflasche. »Kann ich die mitnehmen?« Bevor Edelbert Eisenbarth etwas einwenden konnte, hatte er beides schon in seine Taschen gesteckt und stapfte zur Tür. Rasch verbarg ich mich hinter einem Vorsprung. »So eine Pleite!«, hörte ich den Schnorrer noch schimpfen, bevor er in den Aufzug stieg.

»Äh, wo waren wir stehen geblieben«, stammelte das Männlein.

»Bei der Reise ins Land Mann«, versuchte Ulf ihm wieder auf die Sprünge zu helfen.

»Ach ja, richtig«, bestätigte das Männlein. »Da brauchen wir ja auch eine Landkarte.« Er wies auf die Tafel mit dem Umriss. »Nur hat unsere noch lauter weiße Stellen. Was muss da alles hinein?«

»Das Herz«, brachte einer der Psychonauten vor.

Dr. Dr. Eisenbarth nahm es mit der Anatomie nicht so genau und malte auf die rechte Seite ein großes Herz.

»Viele Muskeln!«

Dr. Dr. Eisenbarth zeichnete mehrere wellenförmige Linien an verschiedene Stellen des Umrisses.

»Ein gutes Seelenleben!«

Edelbert Eisenbarth stockte. Wo sollte das nun hin? Mit Hilfe der Psychonauten setzte er es schließlich ungefähr an die Stelle des Kreuzbeins. Und so ging es weiter, bis die Landkarte fast ausgefüllt war. Zufrieden betrachtete er sein Werk. Dann stutzte er. »Da fehlt doch noch was«, murmelte er verdutzt. Klar, der Schniedelwutz war noch nicht platziert! Die Psychonauten taten keinen Muckser. Meine Güte, die mussten wirklich Probleme mit ihrer Sexualität haben! Da würden zehn Sitzungen aber nicht ausreichen.

»Ich hätte schwören können, dass da noch was fehlt«, brummelte Dr. Dr. Eisenbarth, als er in seiner Tasche wühlte und ein paar beschriebene Blätter herauszog, von denen er nun sorgfältig ablas. »Schon die Sechs- bis Dreizehnjährigen haben doppelt so viele Unfälle wie Mädchen«, krächzte er. Eifrig notierte ich für meinen Artikel mit. »Mit Einsetzen der Pubertät beginnen für die männlichen Jugendlichen die inneren und äußeren Kriegsvorbereitungen«, schnarrte er weiter. Gegen Ende seiner Ausführungen zog Edelbert Eisenbarth einen großen Rucksack aus dem Koffer und stopfte allen möglichen Ballast hinein, um zu demonstrieren, welche psychischen und physischen Belastungen die Männer in ihrem kurzen Leben zu ertragen hatten.

»Gibt es noch Fragen?«, murmelte er in seinen rostroten Vollbart, als er den Koffer zuklappte, und machte durch einen Blick auf seine Armbanduhr klar, dass er auf nicht allzu viele Fragen hoffte.

»Warum haben Männer keinen Busenfreund?«, fragte ein neben Ulf sitzender Psychonaut.

Edelbert Eisenbarth blickte ihn erstaunt an: »Na, weil Männer keinen Busen haben.« Dann griff er in seine Tasche, legte einen Stapel Reklamezettel für sein nächstes Seminar auf den Tisch und erklärte die Reise ins Land Mann für offiziell beendet.

Obwohl ich aus Recherchegründen noch gerne einen Handzettel mitgenommen hätte, machte ich, dass ich wegkam, bevor mich jemand entdeckte. Als ich in meinem Stockwerk aus dem Lift stieg, stieß ich mit Karsten zusammen. Mein schlechtes Gewissen, noch immer nicht mit der feministischen Basisliteratur weitergekommen zu sein, ließ mich prompt erröten.

Karsten bemerkte es nicht. »Gut, dass ich dich noch antreffe«, rief er erfreut. »Ich habe nämlich eine Überraschung für dich.« Er schien etwas hinter seinem Rücken zu verbergen.

»Schon mal was von der Wolfsfrau gehört?«, fragte er mich aufgekratzt, als wir in meinen fünfzehn Quadratmetern angelangt waren.

»Wolfsfrau … äh … wilder Mann … äh …« Das wurde mir jetzt langsam zu viel. Ich brachte ja schon alles durcheinander.

»Mit ›wild‹ liegst du gar nicht so falsch«, lobte Karsten. »Die Rollen des Nett-Seins und des Still-Haltens lassen nämlich wesentliche Quellen unserer weiblichen Urenergie versiegen. Dabei kann jede Frau auf ihre Urkraft stoßen: auf die wilde, ursprüngliche Kraft der Wolfsfrau.«

»Aha«, sagte ich.

»Hoooouuuuuhhh«, machte Karsten. Caruso beäugte ihn misstrauisch und verkroch sich sicherheitshalber in die hinterste Käfigecke.

»Wir Frauen sind überdomestiziert«, sagte Karsten. »Wir müssen zu den Wurzeln unserer wilden, instinktiven Natur zurückfinden. Weg vom gezähmten Selbst.«

»Aha«, sagte ich wieder.

»Ich habe für dich eine Maske gebastelt«, sagte Karsten stolz. »Damit du zu deinem zukünftigen besseren Selbst finden kannst.«

Ich sagte nichts. Ich staunte nur.

»Dieses neue Selbst wird nämlich durch die Maske repräsentiert.« Sprach's und streckte mir einen roten, bösen Bulldoggenkopf entgegen. Ich erschrak, schrie und fiel nach hinten aufs Bett. Mein Wellensittichmännchen erschrak ebenfalls, kreischte und stürzte auf den Käfigboden. Auch Karsten erschrak ob der heftigen Reaktionen, die er ausgelöst hatte, stolperte über die höckerartige Ausbuchtung meines Fußbodens und knallte der Länge nach aufs Linoleum. Ich beruhigte erst mich, dann den zitternden Caruso, dann jagte ich Karsten hinaus. Da hörte bei mir der Spaß auf. Meinem Wellensittichmännchen einen solchen Schrecken einzujagen!

12. Kapitel
Als blindes Huhn zum Blind Date
oder:
Für den etwas anderen Mann: Man nehme

Ende der letzten Novemberwoche bekam ich Besuch. Von einem mir unbekannten Mann. »Sie haben noch zwei Bücher von mir«, sagte er. »Die hätte ich gerne zurück.« Bevor ich die Tür zudrücken konnte, stellte er seinen Fuß in den Spalt. »Keine Angst, ich tue Ihnen nichts«, beteuerte er, als er mein beunruhigtes Gesicht sah, »ich will nur meine Bücher wiederhaben.« Er streckte seinen Kopf ins Zimmer. »Da liegt ja das eine«, rief er erfreut und zeigte auf den Bettkasten, wo ich ›Das Urbild der Großen Göttin‹ deponiert hatte.

»Das ist meins. Das habe ich geschenkt bekommen«, erwiderte ich und nahm das Buch vom Bettkasten.

»Geliehen«, betonte mein Gegenüber. »Gerade war ich bei Karsten. Der sagte mir, er habe Ihnen meine zwei Bücher ausgeliehen«, strafend blickte er mich an, »und bis jetzt noch nicht zurückbekommen.«

Das war ja wohl ... Nichts als Ärger gab's mit dem Feministen. Meinetwegen konnte der komische Typ sein Buch mit der Großen Göttin wiederhaben.

»Da muss auch ein Etikett drin sein. Mit meinem Namen drauf. Reginald Böttcher. So heiße ich nämlich«, sagte der Typ und schlug das Buch auf. »Rausgerissen!«, schrie er dann. »Sie haben das Etikett rausgerissen und Ihren Namen reingeschrieben. Das ist mutwillige Beschädigung fremden Eigentums!«

Ich versuchte Reginald Böttcher klarzumachen, dass ich gar nicht gewusst hatte, im Besitz seines Buches gewesen zu sein.

Er hörte nicht zu. »Und wo ist das andere Buch? Hoffentlich noch nicht weiterverkauft.« Er blickte mich finster an.

»Das muss auch irgendwo sein. Die Frage ist nur, wo?«

»Damit lasse ich mich nicht abspeisen«, zeterte Reginald Böttcher. »Ich bleibe so lange hier, bis ich mein Buch habe.« Breitbeinig pflanzte er sich in der Türöffnung auf und las ungerührt im ›Urbild der Großen Göttin‹, während ich mein Zimmer auf den Kopf stellte. Nach einer Stunde hatte ich genug. »Sie sehen doch, dass ich es momentan nicht finden kann. Lassen Sie mir Ihre Telefonnummer hier, ich rufe Sie dann an, wenn es auftaucht.«

Widerwillig kritzelte Reginald Böttcher seine Nummer auf einen Zettel und verließ das Zimmer. Dann klopfte er wieder: »Ich möchte noch einmal dran erinnnern: Das ist mein Buch, und ich habe dafür bezahlt!«

Anfang der ersten Dezemberwoche stieß ich in der Stadt auf den flügellahmen Falken. Er fragte mich, ob ich nicht mal wieder einen heißen Nachmittag mit ihm verbringen wolle. Er sei zwar gerade in der Landesausscheidung des Disko-Mann-Wettbewerbes zum Sieger gekürt worden und habe daher mit dementsprechendem weiblichen Andrang zu kämpfen, könne mich aber bestimmt mal zwischendurch einschieben. Dankend verzichtete ich.

Anfang der zweiten Dezemberwoche durchstöberte ich mein Schränkchen für sentimentale Stunden und stieß dabei auf den von Reginald Böttcher verlangten Schmöker. Da er sich so schofelig verhalten hatte, trat ich von meinem Vorhaben, ihn anzurufen, zurück, packte ›Die Wiederkehr der Großen Göttin‹ in meine Extraecke für absonderliche Trophäen zu Styroporfisch, Leopardenslip und Bulldoggenmaske und riss vorher noch das unleserliche Namensetikett heraus.

Anfang der dritten Dezemberwoche bekam ich einen Anruf. Von einem mir unbekannten Mann. Sogleich stellte ich klar, dass ich weder Bücher noch CDs, noch sonstige Dinge von ihm besaß. »Wenn ich dir je etwas geliehen hätte, ich forderte es bestimmt nicht zurück«, singsangte die Stimme mit angenehmem Schmelz, sodass mein Groll blitzschnell verschwand und ich mir fast schon wünschte, er hätte mir etwas geborgt. Träumerisch harrte ich der weiteren Worte. »Ich möchte mich bei dir entschuldigen. Ich glaube, ich habe mich verwählt«, singsangte die Stimme aufs Neue.

»Aber das ma… macht doch nichts. We… wen wolltest du denn sprechen?« Ich hoffte, nicht allzu sehr gestottert zu haben.

»Jetzt, wo ich mit dir spreche, habe ich das völlig vergessen.«

Und ich hatte schon befürchtet, die charmanten und großzügigen Männer seien alle einer Epidemie zum Opfer gefallen.

»Entschuldige, ich will wirklich nicht aufdringlich erscheinen, aber darf ich dich was Persönliches fragen?«

»Jahhh, natürlich«, hauchte ich in die Muschel.

»Du hast so eine intellektuelle Art, die Dinge zu formulieren. Du bist bestimmt Studentin. Verrätst du mir dein Studienfach?«

Charmant, großzügig und treffsicher dazu. Natürlich durfte er mein Studienfach erfahren. »Germanistik«, schnurrte ich.

»Germanistik, welch interessante Materie!«, drang es viril an mein Ohr. »Darüber wollte ich schon immer mehr erfahren.«

Jederzeit, wollte ich schon flöten, bremste mich aber und piepste: »Hast du auch die Universität besucht?« Blöde Frage, schalt ich mich sogleich. Der hatte bestimmt studiert.

»Ich stehe kurz vor meinem Abschluss. Schneller als erwartet. Bei der Menge der Sprachen, die ich gelernt habe, eine beachtliche Leistung. Ich stehe sozusagen mit der ganzen Romania auf Du und Du. Ob Rumänisch oder Rätoromanisch, Provenzalisch oder Portugiesisch, Gaskonisch oder Galizisch – ich bin jeder romanischen Sprechsituation gewachsen.«

Wie gebildet er doch war! Und so bescheiden dazu. Ich hatte vielleicht ein Glück! »Die Romania, über die wollte ich schon immer mehr erfahren«, sagte ich schwärmerisch.

»Welcher Teil interessiert dich denn besonders?«

Welcher Teil? Keine Ahnung! Dunkel erinnerte ich mich, dass Pia da mal was hatte verlauten lassen. »Die Westromania?«, deutete ich vorsichtig an.

»Die Westromania ist groß. Frankreich, Spanien, Portugal?«

»Spanien«, sagte ich aufs Geratewohl.

»Das trifft sich ja ausgezeichnet«, vernahm ich wieder die betörende Stimme. »Ich kenne da ein exquisites kleines spanisches Restaurant. Da können wir Theorie und Praxis miteinander vereinen.«

Rhetorisch versiert war er auch noch. »Ich hätte nichts dagegen einzuwenden«, fiepte ich.

Nachdem ich den Hörer aufgelegt hatte, japste ich nach Luft. Dann tanzte ich vor Carusos Käfig auf und ab. »Ich habe eine Verabredung, Verabredung. Ein Blind Date, Blind Date«, war ich mein eigenes glückliches Echo. Mit einem charmanten, großzügigen, treffsicheren, gebildeten, redegewandten und trotzdem bescheiden gebliebenen jungen Mann. Ich war so happy, dass ich sogar Tante Hedwig anrief, um ihr von meinem Hauptgewinn zu erzählen.

Die Tante war sprachlos. »Gibt's solche Männer denn überhaupt noch?«

Tante Clara rief ich lieber nicht an. Die würde bestimmt nach dem Haken bei der Sache forschen, meinen Volltreffer madig machen und mir am Ende den Spaß verderben.

Was zog man bloß an, wenn man sich zum Essen beim Spanier traf? »Zum Spanier, nicht zur Spanierin, zum Spanier, nicht zur Spanierin«, sang ich eigensinnig. Ich war Karsten immer noch gram, dass er meinem Wellensittichmännchen einen derartigen Schrecken eingejagt hatte. Ich holte meine schwarzen Satinleggings aus dem Schrank, kombinierte dazu eine rote Rüschenbluse und zurrte meine Taille mit dem handbreiten schwarzen Ledergürtel mit Goldschnalle. Zufrieden betrachtete ich mich im Spiegel. Männer, aufgepasst, jetzt kam Carmen Zimmermann, olé!

Da ich das Restaurant nicht kannte, wollten wir uns im Foyer des Stadttheaters treffen, um dann gemeinsam zum Spanier zu schlendern. »Wünsch mir Glück, Caruso«, sagte ich und hängte meinem Wellensittichmännchen, das mit seinem Wildschweinzahn-Charivari aus München spielte, ein extragroßes Knabberherz in den Käfig. Da ich früh dran war, blickte ich mich im Foyer des Stadttheaters um, wo gerade eine Ausstellung mit Szenen aus Bizets ›Carmen‹ hing. Versunken verglich ich mich mit der Protagonistin. Ich sah eindeutig besser aus!

Jemand legte mir von hinten zart und einfühlsam seine weiche und doch kräftige Hand auf die Schulter. »Du musst Gaby Zimmermann sein«, sagte eine warme, wohlklingende Stimme. Ich schloss die Augen und genoss die Berührung. Im Zeitlupentempo drehte ich mich um. Gleich würde mein Märchenprinz vor mir stehen. Langsam öffnete ich die Augen. »Crispus longus!«, schrie ich entsetzt.

»Du sprichst Latein?«, stellte Crispus longus hocherfreut fest. »Das verspricht ja ein interessanter Abend zu werden.« Damit ich nicht entkommen konnte, hakte er mich unter. »Veni, vidi, vici«, jauchzte er, als er mich ins Restaurant schleppte.

»Camarero!«, brüllte er dann, als der Kellner nicht gleich auftauchte, und verlangte herrisch nach der Speisekarte: »Traígame la carta.«

»Heißt ›bitte‹ auf Spanisch nicht ›por favor‹?«, gab ich Crispus longus einen Wink mit dem Zaunpfahl.

»Minima non curat praetor.«

Aha, um Kleinigkeiten kümmert sich der Prätor also nicht, dachte ich mit immer düsterer Laune. Zum Glück hatte ich vor der unglückseligen Verabredung noch mein Zitatenbuch hervorgezogen und ein paar lateinische Sprüche aufgefrischt. Grimmig harrte ich der Gelegenheit, ein treffendes Bonmot anzubringen.

»Camarero!«, brüllte Crispus longus schon wieder, um das Tagesgericht in Erfahrung zu bringen. »Cuál es el plato del día?«

»Gemüsesuppe, gebackene Seezunge und Karamellpudding als Nachtisch, mein Herr.«

»Ich verstehe kein Wort«, raunzte Crispus longus. »Sprechen Sie denn kein Spanisch?«

Der Kellner rollte gefährlich mit den Augen, wiederholte aber gehorsam: »Sopa de verduras, lenguado frito y flan de postre.«

Crispus longus beugte sich über den Tisch und flüsterte mir vertraulich zu: »Diese Spanier können alle nicht richtig sprechen. Die haben immer irgendeinen Dialekt drin.« Wichtigtuerisch las er verschiedene Gerichte aus der Speisekarte auf Spanisch vor und verlangte vom Kellner jeweils die genaue Zusammensetzung. Dann bestellte er endlich und ließ sich vom Kellner die Bestellung bestätigen – natürlich auf Spanisch.

»Und was möchten Sie essen, Señorita?«, fragte mich der Kellner völlig erschöpft.

Ohne allzu viel Appetit wählte ich ›Gazpacho‹ – eine kalte Suppe aus Brotstückchen, Öl, Essig, Salz, Knoblauch, Gurken und Zwiebeln. Ich hoffte, dass sie viel Essig und Knoblauch reintaten. Essig wegen meiner tief in den Keller gesunkenen Laune, Knoblauch wegen Crispus longus.

Den schien das nicht zu stören. Ganz im Gegenteil. »Meum est propositum in taberna mori«, sagte er prächtig gelaunt, hob sein Rotweinglas und prostete mir zu.

Von wegen Vorsatz, in einer Taverne zu sterben. »Hehre Worte«, setzte ich kampfeslustig an.

»Aut Caesar aut nihil«, trumpfte Crispus longus auf.

Aha. Entweder ein Cäsar oder nichts. Mit Cäsar hatte ich keine Lust, mich anzulegen. Da schwieg ich lieber. Crispus longus war das nicht unrecht. So konnte er mich noch besser vollquatschen. So viel Dummheit muss einfach bestraft werden, dachte ich betrübt, während mein Gegenüber im Wechsel vor sich hin schmatzte und mich volllaberte. Obwohl Pia mich gewarnt hatte, war ich mit offenen Augen in die Falle gesprungen.

»Camarero!« Crispus longus riss mich aus meinen Grübeleien. »Traígame la cuenta.« Ich war baff. So schnell hatte ich noch keinen Kellner die Rechnung bringen sehen. Dreist schob Crispus longus mir das Tellerchen mit der Rechnung zu. »Beim nächsten Mal zahle ich dann wieder«, versuchte er mich mit sonorem Organ einzuwickeln. Stumm schob ich das Tellerchen zurück. Unverfroren schob er es mir wieder hin. Entsetzt beobachtete der Kellner unser Spielchen. Gleich würde er die Rechnung selbst übernehmen. Nur, damit er uns endlich los war. Schließlich setzte ich durch, dass jeder das bezahlte, was er gegessen und getrunken hatte. Crispus longus zog ein mürrisches Gesicht. Hatte er doch mindestens dreimal so viel gefuttert wie ich.

Am Ausgang versuchte er mich für die nächste Woche dingfest zu machen. »Ich kenne da ein exquisites portugiesisches Lokal. Da gehen wir in acht Tagen hin. Ich rufe dich aber vorher nochmal an.« Crispus longus schmunzelte. »Ich habe ja deine Nummer.«

Da war sie endlich, meine Chance. »Das kannst du vergessen«, sagte ich hoheitsvoll. »Aquila non captat muscas.«

Meinem Gegenüber verging das Schmunzeln. »Ein Adler fängt keine Fliegen«, übersetzte Crispus longus stockend. Ich ließ ihn mit völlig verdatterter Miene zurück. Das war die Sprache, die auch ein Cäsar verstand. Siegreich zog ich von dannen.

Pia, die ich am nächsten Tag von meinem romanischen Abend in Kenntnis setzte, dämpfte mein Triumphgefühl ein wenig. »Das Einzige, was ich nicht verstehe«, hatte ich sie, meinen Schreckensbericht abschließend, gefragt, »warum ist Crispus longus im Besitz meiner Telefonnummer? Er hat sich doch verwählt.« Vorwurfsvoll schaute Pia mich an: »Mensch, Gaby, kapierst du denn nicht? Der hat sich nicht verwählt. Der hat exakt deine Nummer eingegeben, um zu testen, ob sich ein leichtes Opfer dahinter verbirgt.«

Mitte der dritten Dezemberwoche tat ich ein Gelöbnis. Nach diversen Weihnachtseinkäufen schwor ich mir bei einem Glas Cola und einem Stück Bienenstich im Stadtcafé, mich von nun an zurückhaltend und wortkarg zu verhalten, um ja nicht wieder zur leichten Beute zu werden. Reserviert ließ ich meine Blicke umherschweifen. Ein neu eintretender Cafébesucher fing sie auf. Schnurstracks kam er auf mich zu. »Würden Sie mit mir eine Tasse Kaffee trinken?«, fragte er und zog den Hut. »Nein danke«, knurrte ich, »aber die zwei Mark sechzig dürfen Sie gerne hier lassen.« Der Typ war so perplex, dass er sein Portemonnaie zückte und zwei Einmarkstücke sowie ein Fünfzigpfennigstück auf den Tisch legte. »Da fehlen aber noch zehn Pfennig«, sagte ich kaltblütig. Auch die bekam ich noch, in zwei Fünfpfennigstücken. Schade, dass wir keinen Sommer hatten. Auf der Terrasse des Stadtcafés, wo nur Kännchen ausgeschenkt wurden, hätte ich locker fünf Mark zwanzig rausschlagen können.

Ende der dritten Dezemberwoche stellte ich mir ein neues Outfit zusammen. Zurückhaltend zu sein, genügte offenbar nicht, zugeknöpft musste ich mich geben. Passend zur hochgeschlossenen Kleidung wählte ich die Farbe Schwarz. Zufrieden betrachtete ich mich im Spiegel. Gar nicht mehr nett, sondern richtig düster, fast schon erbarmungslos sah ich aus. Das würde hoffentlich ausreichen, um potentielle Interessenten in die Flucht zu schlagen.

Bei den restlichen Weihnachtseinkäufen brachte ich mein neues Outfit zum Einsatz. Ich war begeistert. Ohne auch nur ein einziges Mal im vorweihnachtlichen Einkaufstrubel angerempelt worden zu sein, erreichte ich mit meinen prall gefüllten Tüten und Taschen die Bushaltestelle. Von einem ebenfalls wartenden, bieder gekleideten und aussehenden Fahrgast wurde ich fortwährend beäugt. Ich knöpfte den obersten Mantelknopf zu, schlug den Kragen übers Kinn und starrte einschüchternd zurück. Als wir in den Bus einstiegen, steckte er mir eine Karte zu. Bevor die Türen zugingen, hetzte er hinaus. Nachdem ich meine Einkäufe auf dem Sitz verstaut hatte, schaute ich mir die Karte genauer an. Eine Telefonnummer stand drauf. Darunter las ich »Tränen der Freude – Können Sie sich das vorstellen?«. Erschrocken drehte ich die Karte um: Es war gar keine Karte, es war ein Foto. Darauf war der Überbringer abgebildet. So wie Mutter Natur ihn geschaffen hatte, ohne biedere Kleidung, dafür mit jeder Menge Speck an Hüfte und Brust. In Hündchenstellung kniete er auf seiner Liegestatt.

»Kein Zweifel, der will gepeitscht werden«, sagte Eva, als ich ihr das Foto zeigte. Sie grinste übers ganze Gesicht. »Hast du schon gesehen? Ihr habt beide den gleichen Telefonapparat.«

»Zeig her!« Ich riss ihr das Foto aus der Hand. Auch das noch! Ich machte Anstalten, das Bild zu zerreißen.

»Stopp!« Eva fiel mir in den Arm. »Das würde ich aufheben. Für die schlechten Zeiten«, feixte sie.

»Haha.« Na ja, zumindest konnte ich es in die Extraecke für absonderliche Trophäen legen. Die würde ich bald vergrößern müssen. Sie platzte schon aus allen Nähten.

Anfang der vierten Dezemberwoche packte mich der vorweihnachtliche Blues. Das unglückselige ›Gans-mit-Trüffeln-und-Streit-Weihnachten‹ im trauten Heim meiner Erzeuger rückte immer näher. Meine Mutter hatte bereits angerufen und mir aufgetragen, dass ich in diesem Jahr unbedingt das praktische Heimwerkerlexikon für Paul-Gustav besorgen sollte. Haarklein erzählte sie mir von den Neuerungen, die Herr Schicklgruber, Herr Bickelhaupt und Herr Kolbenschlag in Haus, Hof und Garten vorgenommen hatten. »Wenn ich doch auch nur so einen Mann hätte«, seufzte sie, bevor sie auflegte.

Dann rief auch noch Tante Hedwig an, die sich erkundigen wollte, wie es denn mit diesem charmanten, großzügigen, treffsicheren, gebildeten, redegewandten und trotzdem bescheiden gebliebenen jungen Mann laufe.

»Och, ganz okay«, brummelte ich lahm.

»Ich habe eine gute Nachricht für dich«, jubelte die Tante.

»Da bei zwei meiner Großnichten demnächst die Hochzeitsglocken läuten, kann ich mich dieses Weihnachten ganz auf dich konzentrieren. Dann kann ich dir einige Tipps geben, wie es noch besser läuft.«

Super-Sonder-Spezialbehandlung! »Das ist ja prima«, krächzte ich.

Sofort klingelte ich bei Tante Clara an, um Unterstützung anzufordern. »Tut mir Leid«, sagte sie, »aber zwei meiner Großnichten haben sich auf Drängen meiner Schwester Charlotte verlobt. Ich muss da unbedingt hin. Um zu retten, was noch zu retten ist.«

Niedergeschlagen legte ich mich mit dem Stofftiger und dem Kuschel-Wolpertinger aufs Bett. Caruso fiepte mitfühlend. Ich sann über all die Knallerbsentarzans nach, die in der letzten Zeit meine Wege gekreuzt hatten. Das machte mich noch trübsinniger. Ich holte mir einen Pikkolo Sekt aus dem Kühlschrank und goss mir ein Wasserglas damit voll. »Wo sind bloß die Männer, vor denen uns unsere Mütter immer gewarnt haben?«, jammerte ich und leerte das Glas in einem Zuge.

Das Telefon klingelte. Es war Eva, die wissen wollte, was ich an den Feiertagen treiben würde. »Na, was schon!«, knurrte ich in die Muschel. »Ich muss nach Hause. Punchingball bei den elterlichen Ehescharmützeln spielen. Und Tante Hedwig möglichst glaubwürdig vorspielen, dass ich mich bald verlobe.« Ich tat einen tiefen Schluchzer. »Wo sind nur die Männer, vor denen uns unsere Mütter immer gewarnt haben?«

»Tja, wo haben sie sich bloß versteckt«, pflichtete Eva mir bei.

»Wenn man sich nur einen backen könnte!«, seufzte ich betrübt.

Am anderen Ende der Leitung wurde es merkwürdig still. »Hallo! Bist du noch dran?«, tönte ich in die Muschel.

Ich hörte Eva tief durchatmen. »Mensch, Gaby, das ist es!«, rief sie entzückt. »Dann backen wir uns eben einen!«

»Backen? Wen? Was?«, gab ich verdattert von mir.

»Na, einen Mann! In Originalgröße.«

»Einen Mann? Backen?«

»Wie Plätzchen backen eben. Nur dass wir ein Riesenplätzchen backen.«

Ein männliches Riesenplätzchen. Ich überlegte. »Mit allem Drum und Dran?«

»Was denkst du denn? Alles kommt an die richtigen Stellen.« Eva kicherte. »Wir haben da völlig freie Hand.«

Ich hatte noch Zweifel. »Und wo wird gebacken? In den Herd der Gemeinschaftsküche passt das Riesenplätzchen auf keinen Fall.« Jetzt kicherte auch ich. »Es sei denn, wir vierteilen es vorher.«

»Nichts da«, erwiderte Eva. »Unser männliches Riesenplätzchen muss aus einem Guss sein.« Sie überlegte. »Ich telefoniere ein bisschen herum. Es wird sich schon jemand finden, der uns einen großen Ofen zur Verfügung stellt. Also du bist dabei? Auch an Weihnachten?«

»Gerade an Weihnachten!«, betonte ich. Das war meine Chance, sowohl den elterlichen Ehescharmützeln als auch Tante Hedwig zu entkommen.

Zwei Stunden später klopfte es an meiner Tür. »Sieh mal, was ich hier habe«, jubelte Eva und wedelte mit einem Stück Papier. »Hier ist schon das Rezept!«

»Sag mir lieber, was mit dem Ofen ist.«

Eva strahlte. »Du wirst staunen. Wir haben einen Ofen, da drin könnten wir einen Zwei-Meter-Mann backen!«

»Ein Meter achtzig reicht völlig.« Schließlich hatte ich keine Lust, mir den Hals zu verrenken. »Wem gehört der Ofen überhaupt?«

»Na, die Bille arbeitet doch im Krankenhaus. Und weil der Fraß in der Kantine so öde ist, bestellt sie für ihre Abteilung dreimal in der Woche das Essen beim Pizzabäcker nebenan. Der hat einen kleinen Stehkiosk, ›Pizza-Bruno‹ oder ›Da Bruno‹ oder so ähnlich. Vor allem hat er einen großen Ofen. Und den dürfen wir benutzen.«

Ungläubig blickte ich Eva an. »Und der stellt uns sein Geschäft so mir nichts, dir nichts zur Verfügung?«

»Über die Feiertage fährt er sowieso nach Hause zu seiner Familie.« Eva grinste. »Außerdem hat Bille bei ihm durchblicken lassen, dass man in Zukunft auch wieder in der Kantine essen könnte.«

»Raffiniert!«, lobte ich.

»Also, ich würde sagen, wir trommeln noch ein paar Frauen zusammen – es gilt nämlich, jede Menge Teig zu fabrizieren – und treffen uns am vierundzwanzigsten Dezember morgens zum Einkaufen in der Stadt. Du kannst dir ja schon mal das Rezept durchlesen.« Sie reichte mir den Zettel.

»Das ist ja ein Osterhasen-Rezept!«, rief ich bestürzt.

»Ob Osterhasen oder Männer, das ist doch Wurscht«, belehrte mich Eva, »Hauptsache, die Zutaten stimmen.«

Am Morgen des Vierundzwanzigsten traf ich mich mit Eva, Bille, Fatima, Jutta, Pia, Ina und Imke – meine Schulfreundin Assi sowie Juttas ältere Schwester Walburga waren leider so kurzfristig nicht abkömmlich gewesen – im Stadtcafé, wo wir unseren Schlachtplan respektive Backplan bequatschten.

»Spaghetti brauchen wir auch noch. Für die Haare«, sagte Fatima, während ich alles auf dem Einkaufszettel notierte.

»Ich mag aber keine Männer mit blonden Haaren«, protestierte Imke.

»Dann kaufen wir zum Färben halt etwas schwarze Flüssigkeit vom Tintenfisch. Die gibt's im Fischgeschäft«, schlug Bille vor.

»Nicht, dass das nachher so eine Schmalzlocke wird«, wandte Jutta ein. »Auf die stehe ich nämlich nicht.«

Eva und ich sahen uns an und zogen leicht genervt die Augenbrauen hoch. Das mit dem männlichen Riesenplätzchen war gar nicht so einfach, wie wir es uns vorgestellt hatten. Jede Frau hatte eben einen anderen Geschmack.

»Wie wär's, wenn wir die Spaghetti rot färbten? Mit Tomatenpüree«, versuchte ich zu einem Kompromiss zu gelangen.

»Hm, ein Rothaariger. Mal was anderes«, murmelte Pia.

»Die sollen besonders feurig sein«, kicherte Jutta.

Ich sah mich in der Runde um. »Also abgemacht, Tomatenpüree kommt auch auf die Liste.«

»Das mit den Haaren, ich meine, mit den Nudeln könnte ich übernehmen«, erbot sich Ina. »Wenn man die färben will, muss man die nämlich selbst herstellen.«

Ich schlug mir mit der Hand gegen die Stirn. Das hatte ich gar nicht bedacht!

»Außerdem bin ich dafür, dass wir keine Spaghetti nehmen, sondern Bandnudeln wie Tagliatelle oder Fettucine. Sonst sehen die Haare so strähnig aus.«

»Das wollen wir auf keinen Fall!«, tönte die gesamte Backrunde.

Während darüber diskutiert wurde, ob man für die Augen besser Mandeln oder Nüsse nehmen sollte, ließ ich meine Blicke umherschweifen. Ein neu eintretender Cafébesucher fing sie auf. Auf dem Absatz machte er kehrt. Recht hatte er. Diesmal wäre es ihn teuer zu stehen gekommen. Zwei Mark sechzig mal acht hätte er berappen müssen. Das machte zwanzig Mark achtzig, Trinkgeld nicht eingerechnet.

»Lies mal vor, ob wir jetzt alles haben«, drängte Eva.

»Mehl, Butter, Milch, Eier, Salz –«

»Jodsalz«, schaltete sich Pia ein, »schreib Jodsalz auf. Ich hab's an der Schilddrüse.«

»Du willst ihn doch wohl nicht gleich vernaschen?« Jutta drohte mit dem Zeigefinger. Alles lachte.

»Was macht ihr da eigentlich?« Die Bedienung, die uns die ganze Zeit neugierig beobachtet hatte, war an unseren Tisch gekommen. »Wollt ihr einen neuen Backrekord aufstellen? Den längsten Christstollen der Stadt?«

»Wir backen uns einen Mann«, sagte Bille frei heraus.

Die Bedienung kicherte. »Jaja, das habe ich auch schon oft gesagt, wenn ich wegen den Typen Frust geschoben habe.«

»Nein, wir machen Ernst. Wir backen uns wirklich einen.«

Ich reichte ihr den Einkaufszettel. »Einen mit roten Bandnudelhaaren.«

Die Bedienung guckte neidisch. »Was, ein Rothaariger! Auf die fahre ich doch so ab.« Sie warf einen Blick auf ihre Armbanduhr. »Darf ich nicht bei euch mitmachen«, bat sie. »Um ein Uhr hab ich hier Schluss.«

Zustimmend nickten wir. Wir konnten wirklich noch jemanden beim Backen gebrauchen.

Die Bedienung, die sich als Melanie vorstellte, strahlte uns dankbar an. »Ihr werdet es nicht bereuen. Ich kann tolle Ohren und Nasen formen. Ich war nämlich mal im Töpferkurs.«

Beim Einkaufen hatten wir ganz schön zu schleppen, die Zutaten fürs Osterhasen-Rezept mussten schließlich zwanzigfach beschafft werden. Außerdem brauchten wir noch eine große Schüssel und ein elektrisches Rührgerät mit Knethaken. Ein paar Flaschen Schampus mussten wir ebenfalls besorgen. Das Backen sollte uns schließlich leicht von der Hand gehen.

Um halb sechs wollten wir uns an Brunos Pizzakiosk treffen. Spätestens um acht sollte die Bescherung stattfinden, das heißt, dann wollten wir unseren knusprigen Rothaarigen aus dem Backofen ziehen. Ich rief noch schnell meine Mutter an, um ihr mitzuteilen, dass sie in diesem Jahr die Gans ohne mich verspeisen mussten. »Aber Gabriele, du wolltest doch das praktische Heimwerkerlexikon für Paul-Gustav mitbringen«, sagte Mutter nicht sehr erfreut. »Es stehen doch diverse Reparaturen im Hause an. Wie soll er die denn jetzt machen ohne Anleitung?« Tante Hedwig hatte mehr Verständnis für meine Lage. »Ja, wenn dein Auserwählter sich einen Schnupfen zugezogen hat, dann solltest du über Weihnachten unbedingt bei ihm bleiben«, stimmte sie mir zu. »Er könnte dir das sonst übel nehmen und sich eine andere suchen.«

Im Kiosk musterte Pizzabäcker Bruno uns mitleidig. »Ach, ihr povere belle ragazze, immer studiere, studiere, nix ausruhe. Nix Natale, nix Weihnachte feiere mit Mamma und Papà.« Er zerdrückte eine Träne auf der Wange. »Ich gleich fahre in Heimat, nach Napoli in bella Italia.« Gerührt überreichte er uns den Kioskschlüssel. »Ihr mir verspreche, nix traurig sein questa sera, ihr viel mangiare, mangiare.« Neugierig schaute er auf unsere Taschen. »Ihr große Weihnachtskuche backe?«

Bille drängte ihn in Richtung Ausgang. »Jaja, Bruno, ein großes Weihnachtsplätzchen. Aber jetzt musst du dich beeilen, sonst kommst du heute nicht mehr nach Napoli.«

»Aber nix Dummheite mache«, rief Bruno uns von draußen noch zu.

»Sag mal, fährt der heute wirklich noch nach Neapel?«, fragte ich erstaunt. »Das ist ja eine ganz schöne Strecke. Wie will er das denn schaffen?«

»Quatsch«, antwortete Bille. »Der fährt in den Ruhrpott. Das schafft er noch ganz gut.«

»Häää?« Jetzt war ich völlig verwirrt. »Ich wusste gar nicht, dass es im Ruhrpott auch ein Napoli gibt.«

»Nee«, sagte Bille trocken, »aber ein Gelsenkirchen.« Dann klärte sie mich auf. Darüber, dass Bruno mit richtigem Namen Erwin Kowalski hieß, im Ruhrpott aufgewachsen und in seinem ganzen Leben noch nie in Italien gewesen war und sich als Italiener ausgebe, um sich als Pizzabäcker auf dem heiß umkämpften Markt behaupten zu können. »Wer kauft schon eine Pizza bei einem, der Erwin Kowalski heißt«, schloss Bille ihre Ausführungen.

»Mädels, jetzt geht's los!«, rief Eva, öffnete zwei Schampusflaschen und schüttete die Zutaten für den Teig in die große Schüssel. Ich wollte das Rührgerät in Bewegung setzen, konnte aber nirgends eine Steckdose entdecken. »Das gibt's nicht«, brummte Bille, die eifrig mit mir nach dem Stromanschluss suchte. »Irgendwo muss da eine Steckdose sein. Bruno hat doch immer Musik während der Arbeit laufen.«

»Wozu haben wir denn so viel woman power hier?« Ina setzte unserer Suche ein Ende. Jede kam der Reihe nach für fünf Minuten zum Kneten an die Teigschüssel. Wer vorzeitig schlappmachte, wurde mit einem Glas Schampus wieder auf die Beine gestellt.

Bille heizte derweil den Ofen vor. Auf Brunos extragroßem Backblech rollten wir den Teig mit den leeren Schampusflaschen aus. Dann ging es an die Feinarbeit. Melanie wurde auf den Kopf angesetzt, Fatima auf den Brustumfang und Jutta auf die Oberarmmuskulatur. Ich war für den Waschbrettbauch zuständig.

»Da sieht man ja noch das Ende der Nabelschnur«, nörgelte Imke an meinem Werk herum. »Ich bin eher für eine rundliche Vertiefung«, sagte sie und steckte an der Stelle des Nabels den Finger in den Teig. »Und ich bin eher für Bauchnabelpiercing«, sagte ich und steckte eine Rosine in das Loch. Alle lachten.

Der Unterleib gestaltete sich noch schwieriger. Muskulöse Oberschenkel mussten modelliert, stramme Waden geformt werden. Ina hatte ein spezielles Faible für Füße und achtete darauf, dass der zweite Zeh nicht größer als der große Onkel wurde. Dann ging's an den Schniedelwutz. Auch hier galt es, unterschiedliche Vorlieben unter einen Hut zu bringen. Melanie mochte ihn dicker, Jutta dünner und länger, Fatima wollte ihn beschnitten und Bille bevorzugte rechts und links große Glocken.

Mit einem Küchentuch wischte sich Eva den Schweiß von der Stirn. »Ich glaube, jetzt ist er perfekt«, sagte sie, nachdem sie unsere Schöpfung nochmal von oben bis unten unter die Lupe genommen hatte. »Er ist wirklich göttlich«, murmelten wir ehrfürchtig. Zuletzt hatte Pia die von Ina al dente gekochten, rötlichen Tagliatelle in den Osterhasen-Teig gedrückt.

Aufgeregt schoben wir das Backblech in den Ofen. Eva schaute auf ihre Uhr. »Jetzt ist es neunzehn Uhr dreißig«, hielt sie fest, »bei einer Backtemperatur von zweihundert Grad Celsius müsste unser Held in circa zwanzig Minuten knusprig sein.« Wir machten eine weitere Flasche Schampus auf. Beschwingt prosteten wir uns zu.

Um zehn vor acht stach ich mit einer Stricknadel in den Schniedelwutz. »Ich glaube, er braucht noch fünf bis zehn Minuten.«

Pünktlich um acht Uhr fand die Bescherung statt. Mit vereinten Kräften zogen wir das Backblech heraus. »Riechen tut er schon mal nicht schlecht«, stellte Pia fest. »Und er hat jede Menge Feuer«, freute sich Jutta, die ihn anfassen wollte, aber dann doch vor der Hitze zurückschreckte.

Nachdem der Rothaarige sich etwas abgekühlt hatte, richteten wir ihn auf. »Vorsicht, damit keines der edlen Teile abbricht«, mahnte Eva. Der Schniedelwutz sah recht angekokelt aus.

Stolz inspizierten wir unser Meisterwerk. »Seht nur die kräftigen Oberschenkel«, lobte Ina. Und Imke schwärmte: »Dieser Brustumfang! Ein Gedicht!«

»Am besten gefällt mir, dass er nichts sagen kann«, kicherte Eva. Schmunzelnd zwinkerten wir uns zu. Die Lippen aus Mandeln, die Zähne aus Rosinen, die Zunge, um überflüssiges Zeug zu schwafeln, erst gar nicht vorhanden – ja, das war ein Mann nach unserem Geschmack.

Pia zückte ihre Sofortbildkamera. »Wir machen jetzt Erinnerungsfotos«, schlug sie vor. »Und zwar reihum. Jede nimmt mal den Apparat in die Hand und fotografiert jeweils die anderen.«

Ich war die Erste. Ich gab ein paar Kommandos, ging vor und zurück, nach rechts und nach links, wechselte nochmal die Perspektive, löste aus und wartete, bis das Gruppenbild mit Herrn heraussurrte. Dann übergab ich Bille die Kamera. Ich stellte mich zu den anderen, umfasste zärtlich die Hüfte des Backwerks und schmiegte meinen Kopf an seine Brust. Als Bille auf den Auslöser drückte, passierte es. Der Schniedelwutz brach ab.

Bestürzt blickten wir uns an.

Es war fast so wie im richtigen Leben.